The Black in Lacquer　漆中之黑

Christopher Doyle　［澳］杜可风 著

张熠如、张露婷 译

上海文艺出版社

神秘
永远是最关键的元素,
在创作中
黑暗必不可少。

这就像那浓黑的漆：
绚烂的事物
总来自深渊，
但我们无人知晓原因。
——阿兰·瓦兹

目录

(序) 我不是你　　　　　　　007

PART 1 庄周梦蝶　　　　009　　　　**PART 2 周游世界**　　　　131

01 故事的第一章：Yes
02 词不达意
03 着陆
04 被绑架
05 畅然喝酒
06 猎头
07 我四处周游
08 重新开始
09 霓虹世界
10 兰陵剧坊
11 行万里路
12 《海滩的一天》
13 样片
14 黄金时代
15 镜头之内，画面之外
16 《八美图》
17 诗人之眼
18 觉醒的日子
19 重庆大厦
20 有关王菲
21 "影迷俱乐部"
22 我们眼中的城市
23 夜未眠
24 一个房间
25 幸福地在一起
26 南回归线的意义
27 我所追求的真诚
28 想说什么就说什么
29 日复一日

30 主观 / 客观
31 听从本心
32 新鲜蔬菜
33 新生
34 杜可风与 Chris
35 置身事外 / 沉浸其中
36 对谈
37 Away with Words
38 三条人
39 剧本朗读
40 照着剧本拍
41 如何拍出情绪
42 关注思想
43 力所能及
44 禅意
45 黑非黑，白非白
46 篱笆外的人
47 让我看到你的世界
48 小红帽
49 "监督员"
50 萨努克

| PART 3 青出于蓝 | 205 | PART 4 来不及后悔 | 265 |

51 生命中的六个月
52 混沌理论
53 领导力
54 头五天
55 控制的极限
56 当你的朋友碰巧是导演
57 你觉得你只能做到这样吗?
58 心脏病
59 谦卑
60 内容物：易碎品
61 触碰我，感受我
62 爱上它，或者离开它
63 语速再快一些
64 静止不动
65 专业且自信
66 荒诞剧场
67 问题频生
68 演员导演
69 "上镜脸"
70 天使的脸庞

71 床戏
72 能这么做吗?
73 打不打
74 男子汉
75 群众演员
76 无限的诗
77 年龄歧视
78 和田惠美
79 南京路
80 伊斯梅尔的咖喱和讨好
81 北京城的夏天
82 像电影一样
83 痛苦止于艺术
84 拼贴画
85 留白
86 正在拍的电影
87 各异人群
88 不同篇章
89 虚度光阴
90 不会再有下次了

(序) 我不是你

　　我有幸能和来自于世界各地、风格迥异的人们一起，制作了许多不同的电影。

　　我为我们的互相包容感到自豪。我们将各自的能量联结在一起，拍出了在力所能及的范围内最好的电影。我们尽可能真实地去分享作品的意义和思想。

　　但我不是你。

　　我不是那些难民。他们为了逃离战火，冒着失去生命和至亲的危险，坐上并不适于航海的船只，贸然出海。

　　我不是那些巴勒斯坦人。他们为了自己的家乡与信仰，奋起抗争。

　　我不是那些原住民女孩。她们被残忍地从母亲身边夺走，为了回家，不得不走上几千公里……

　　我甚至不是一个在中国土生土长的孩子。我学着去了解自己的身份，试图拼凑出这个不断变化的世界。我想要理解生活，但我不是你。我希望能与你并肩。我唯一能做的，就是分享我们的故事，赋予它们应有的色彩、光线和形式。

　　为此，我感谢所有人。我有幸负起这份重大的责任。我有幸可以源源不断地汲取讯息，再把它们传递、分享给世人。

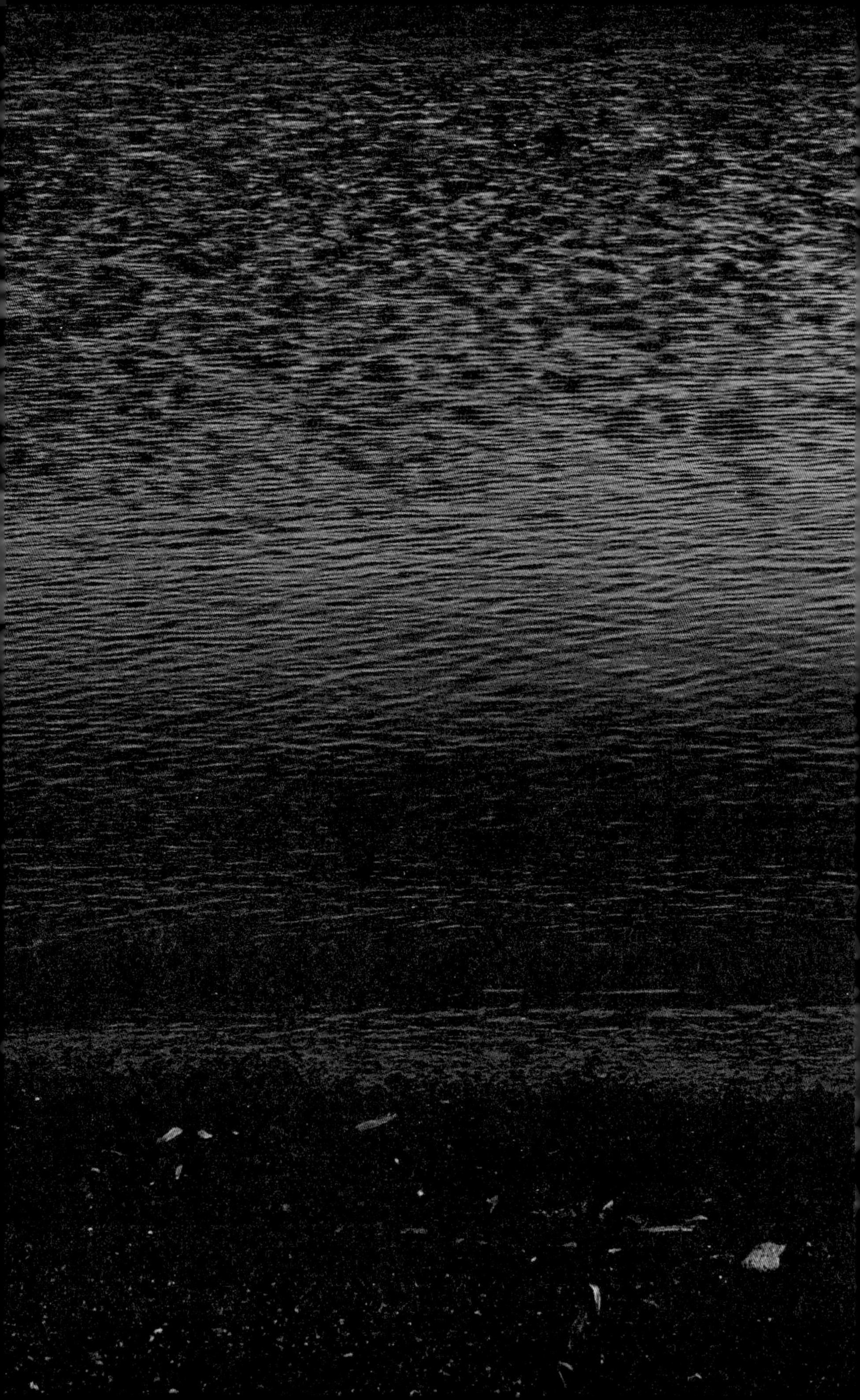

Part 1

庄周梦蝶

Zhuang Zi Dreams He Is a Butterfly
A Butterfly Dreams It Is Zhuang Zi

我并不确定我是否真的存在。

我是我读过的所有作家。
我是我见过的所有人。
我是我去过的所有城市。
我是我爱过的所有女人。
——豪尔赫·路易斯·博尔赫斯

艺术不是你看到什么，

而是你让别人看到什么。

——埃德加·德加

旅行并非总是美妙、舒适的,
它有时候很伤人,
甚至会让你心碎。

但没关系,
旅程会改变你。
它也应该要改变你,

在你的记忆、意识、心头，
以及身体上留下痕迹。
　　——安东尼·波登

1 故事的第一章：Yes

起初，我只是一个二级水手。

粉刷船身，擦洗甲板。每天，大海都能让我见证越来越多的奇迹。

水手的合同是有期限的。有时，新的船员来了，一些老船员也要走了。

在迪拜，五名来自印度尼西亚的新船员上了船。

当时我们已经靠岸了——我们的船都没停泊在海上，连一丝波纹都没有，但这几个人一登上船，其中两个就开始呕吐、晕船。

显然，他们从未出过海，是从来没和大海来往过的一些人。我们都知道他们背后的故事：整个村子集资给他们办了假证，以便获得这份海上的高薪工作，然后再把钱寄回村子，让家人可以有更好的生活。

这五个人，两个被安排在甲板上工作，两个在机舱，还有一个则是舵手，负责掌舵开船。

在船上，船长或者他的副手会对舵手下达指令。他们会让舵手把巨大的船舵转向不同的角度，掌控航行的方向。

在海上航行了几个小时后，船长就把我喊到了舰桥上。

那个印尼"舵手"站在船舵前，吓得发抖。

一艘大船正朝着我们驶来，我们得赶快调转方向，不然就会撞上它。

我看着船长用英语让那个印尼船员将航向调整五度，以避开迎面驶来的船只。

在公海上，无论你的船来自哪里，无论你来自哪里，所有指令都要用英语下达。

那个人回答："Yes Sir！"（"是的，长官！"）但他什么都没做。

对面的船离我们越来越近了。

下一个指令是"Ten degrees port-side"（"左舵十度"），印尼人再次回答："是的，长官！"但是他依然什么都没做。

这下不好了——那艘船离我们更近了。

船长对这位"舵手"说："你明摆着就没干过这事，你根本听不懂我的话吧？"

"是的，长官。"他回答道。

船长转向我："Chris，你来掌舵。我求你了，现在赶紧向左转十五度！"

"是的，长官！"我和那个人一同回答道。我接过船舵，尽我所能地将它向左转动。

2 词不达意

大海会将你拥入怀中,大海也会让你丧命。即使你活了下来,其他船员也可能离去。

所以,水手们大都喜欢酗酒和赌博。

虽然船上总是争执不断,但我印象最深的,却是一个中国船员和水手长之间的争吵(甲板上、甲板下都有船员,水手长负责管理这些拥有不同背景、说着不同语言的互相无法沟通的人)。

那个船员对水手长说了一句很明显是骂人及不尊重人的话,以至于让水手长掏出了刀,狠狠割开了船员的脖子——他差点就砍下了那个船员的脑袋。

那是我第一次听到中文,我至今记得那句话。

不久后,我们的船停靠在了中国香港。

我在城里四处游荡。

路上,我经过了一家电影院。那时,我一部中国电影都没看过,后来才知道,那部电影是《忠烈图》。

那时我也从未见过中国女人。海报上,美丽的女演员徐枫骑着马向前奔驰。看到她的第一眼,我就被震撼到了。

我观察到一两百个位子中只有四个中年男人孤独地、零散地坐在其中。

我找了一个座位坐下后,马上就过来一个人,坐在了我的身边。我突然意识到这种电影院应该就是我听说过的某些人群约会的地方,假装放映艺术电影其实私下穿插其他片段。

但我想看一场真正的电影,而不是做戏。

于是,我换到了一个我认为比较保险的座位上。结果,刚一坐下,后面又来了一个人,还把他的光脚搭在了我的椅背上。

我又挪了一个座位,然后就陶醉在女侠的世界中,耳边只有刀剑飞舞的声音,叮叮当当,噼里啪啦,只见她来一个杀一个,又来一个又杀一个,杀一个又来一个……我看这部电影看得入了迷,直到突然感觉天空下起了雨。

有东西像雨点一样砸在了我的头顶。

我慢慢抬头往上看去——屋顶上并没有洞。

再回头一看,发现后面那个人在吐着什么东西:嚓嚓嚓,啪啪啪,他在不停地把嘴里的东西吐到空中,然后又落在我的身上。那个时候的我不懂那是什么东西,后来才知道,那是瓜子。

我站了起来,摆出一副很凶的样子,然后就说了那句差点让那个中国船员丧命的话:××××××。

后面那个人茫然地看着我。接着，他又吐了些瓜子皮。直到我起身离开，我都不明白为什么我们没打上一架。

多年之后，有人向我解释说："如果用普通话来说，你这句话的确很侮辱人。但在当时的中国香港，大多数人都听不懂你在说什么，他们只会说粤语，所以你碰到的那个人没有任何反应，因为他听不懂普通话。"

真正的发现之旅，
不在于寻找新的风景，
而在于拥有新的眼光。
——马赛尔·普鲁斯特

3 着陆

我喜欢海上的生活。

每开四个小时的船,我就会休息八个小时。

我会阅读、写作,吸收大海带来的不断变幻着的能量。

那样的生活很浪漫。那时我还很年轻。

我们花了十二天时间,从西澳大利亚横渡印度洋,抵达非洲的东岸。

海豚喜欢和船只嬉戏,一路追赶着我们。它们撞击船头的声音夹杂着信天翁尖厉的鸣叫,不断回响在我的耳边。这些声音此起彼伏,好像它们在一问一答地歌唱。

离海岸大约一百公里的时候,开始有来自陆地的鸟儿在我们的头顶飞翔。我可以闻到草地和泥土的气息。

紧接着,空中"砰砰"两声枪响,击碎了我的感受。

我从上层甲板往下看去,只见有两名船员想把这些鸟儿从空中击落。

他们和那个浪漫的我截然相反——他们就是想吃上一顿新鲜的肉而已。

但问题是,被击落的鸟儿往往会坠入他们够不着的大海,而不是落在他们脚边的甲板上!

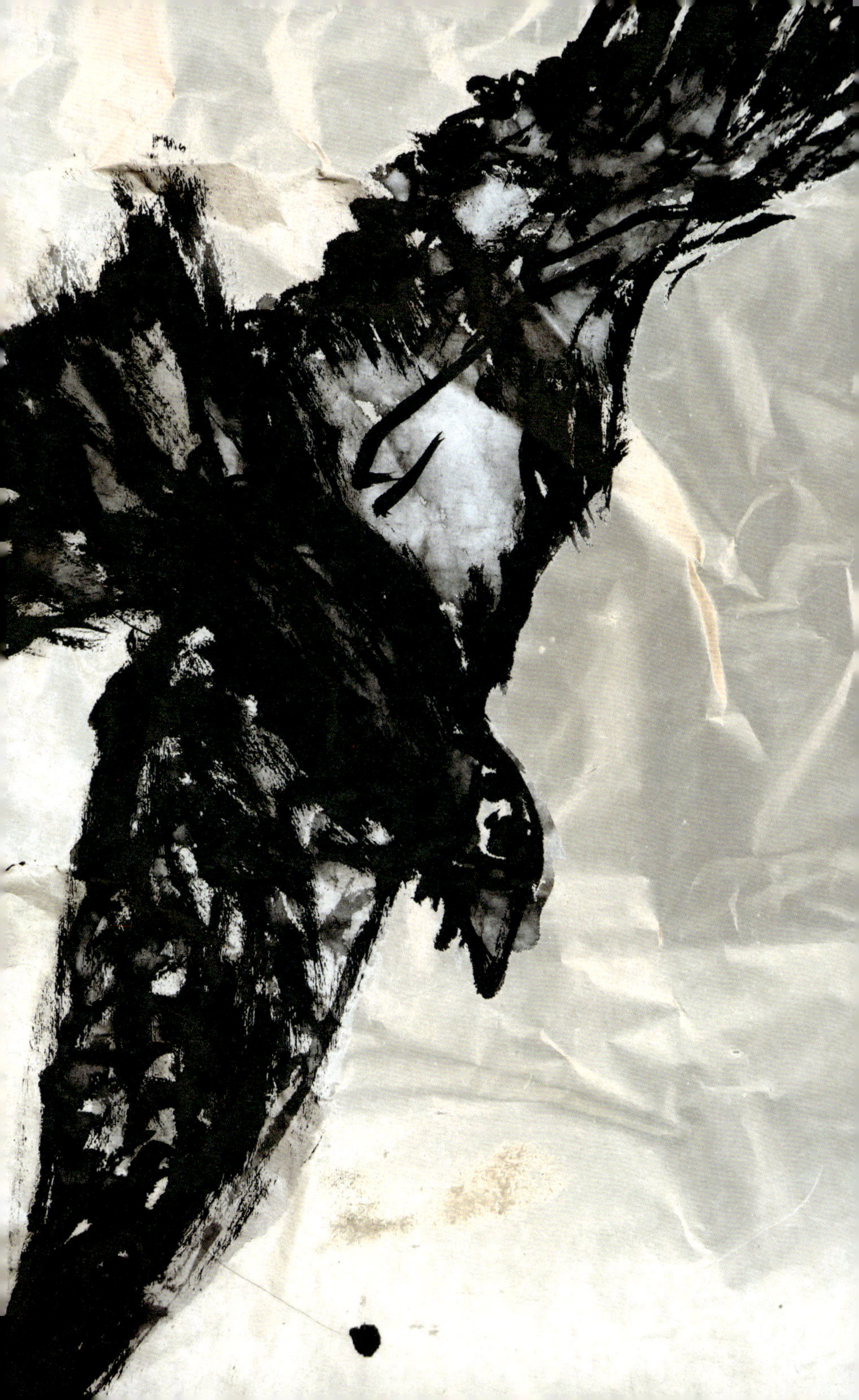

⁴ 被绑架

我和我当年的女友一起,从荷兰的阿姆斯特丹一路步行去往印度。

我们没什么钱,大多数时候,我们都在搭便车。

她有一头金色的长发,极具异国风情。在市集上,有人会偷摸她的头发,甚至偷摸一下她丰满的身体。

遇上卡车司机就更麻烦了。几乎每次搭便车,司机都会问我:"她是你妹妹吗?"

如果我回答"不是",那么下一个问题就是:"她是你的妻子吗?"

一开始,我还是会继续说"不是",但很快我就学会了撒谎:"是的。"

因为,如果我回答"不是",他们就一定会问:"和她上床多少钱?"

因为在他们的观念里,如果一个女人跟男人没有任何关系的话,那么她就是大家的,所以我后来一直回答"是",才让我们得以平安地继续前行。

我们从阿富汗穿越了著名的开伯尔山口——那里地势险要,常常有人丧命于此——一路向北,进入了巴基斯坦的部落地区。

这里群山环绕，像世界的尽头一样偏远，当时，不同的武装组织占据着各个山谷和村庄，市场上卖的枪比菜和羊肉还多，就连小孩身上都有枪。其实，制造枪支的也大都是孩子，他们可以制造出你想要的任何样子的武器——无论是伪装成钢笔的枪支，还是火力十足的仿制 AK-47。

那个时候，部落首领和塔利班武装分子都在这一区域，政府管不了他们。

虽然如此，但这里葱郁的山谷、绵延的山脉依然让人惊叹。我们与一对开车度蜜月的英国夫妇同行。道路虽然坑坑洼洼，但我们周围的乡村景色却很迷人。我们太陶醉于这一路的风光，结果不小心撞上了一辆当地农民的马车。

愤怒的当地人突然从四面八方冲了出来。他们都拿着枪，一脸怒火，令人害怕。我们遇上大麻烦了。

这时，一辆吉普车出现了，一个三十多岁的高个男人从车上走了下来，一看就是当地的"可汗"（当地武装组织首领）。他估摸了下损失。车夫想要自己把整件事再说一遍，但男人抬起一只手，让车夫别再说个不停。然后，他转向我们，用纯正的英式英语说道："我稍后会处理这件事，但现在，你们最好跟我走。"

我们来到了一处戒备森严的建筑——其实就是一座巨大的木制堡垒，看上去跟《权力的游戏》里的堡垒差不多。

警卫们全副武装，在堡垒顶上的岗哨巡逻。

堡垒的大门是一座吊桥，村民们必须跟大门保持一百米以上的距离。看得出来，这位"可汗"相当厉害，而现在，我们成了他的"客人"。

当地的武装组织首领有三个儿子，那个救了我们的男人是其中之一。

他们都是在英国读的书，看上去高贵又优雅。

我们知道，这将是一场独一无二的关照。

每天晚餐后，都会有人护送我的女友和那位度蜜月的妻子去女士房间沐浴和休憩。她们都挺开心的。

与此同时，我与那位丈夫会和那个男人，以及他的兄弟们一起喝点什么。

他们时不时会把我拉到一旁，要给我一笔钱，诱惑我想让我赶快走，却让我的金发女友单独留下来和他们三兄弟住在一起。他们说保证会把我的女朋友照顾得特别好……其实，他们是打算三个人一起把她照顾得"比妻子还要好"！

因为我不可能答应,所以在和我纠缠了大概六个星期后,他们终于受够了我反复的拒绝,宣布说,你们可以走了。

一名武装护卫开车送我们南下,去往更像文明社会的奇特拉尔。

一路上,我们都在说自己和堡垒里的那些男男女女的故事。

当我提到那几个男的想要买下我的女朋友时,她问道:"多少钱?"

"他们一开始只肯出六百英镑……但到了上周,已经涨到六千英镑了!"我回答说。

我的女朋友非常震惊:"六千?哇!你怎么没答应呢?我在那里过得太舒服了,而且那个年轻点的男人还挺帅的!"

我知道她在开玩笑,所以,我也开玩笑地回答说:"因为我坚持要一万英镑!"

我们一起大笑了起来,但那对度蜜月的英国夫妇非常震惊。他们大概以为我们是认真的。

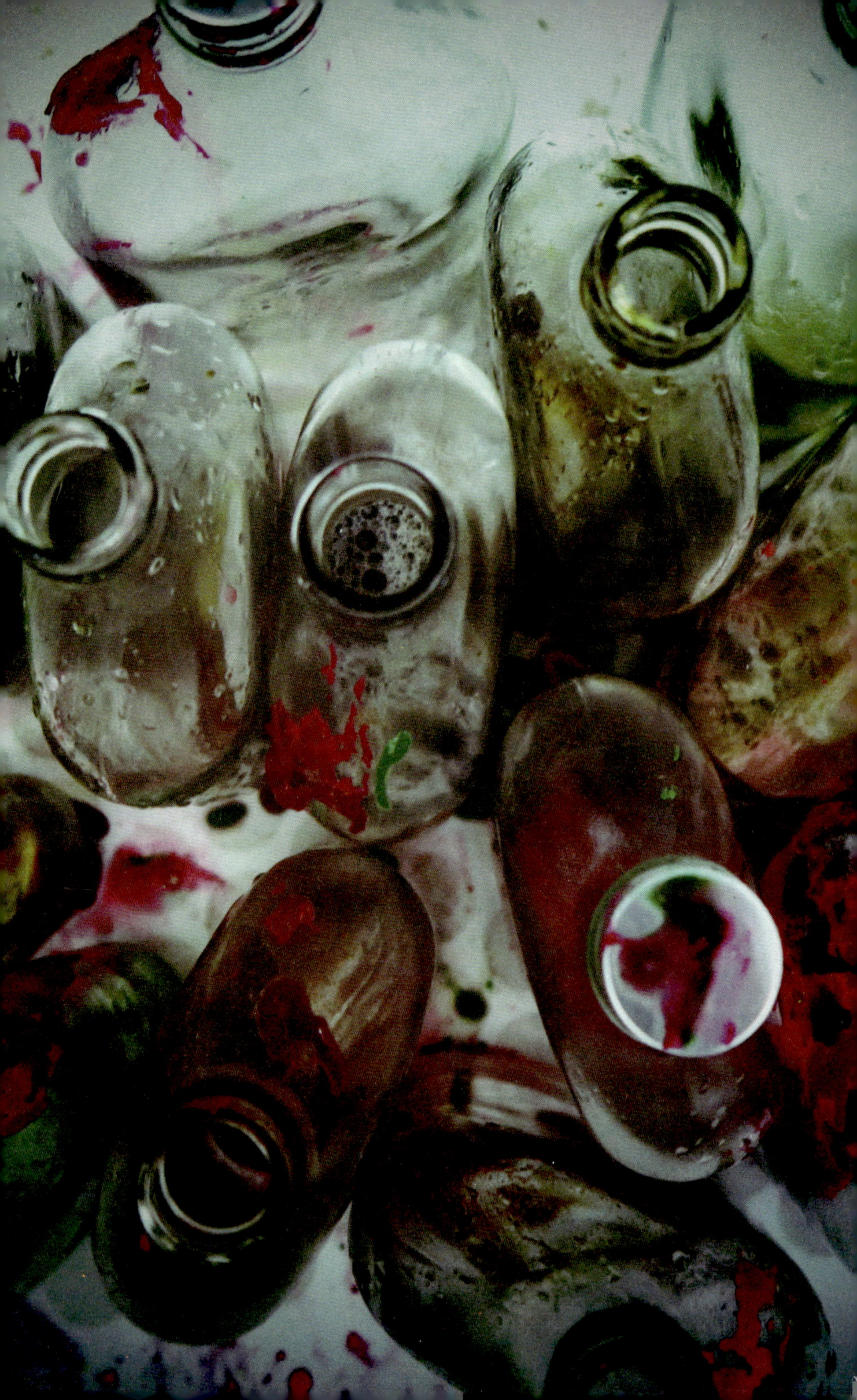

5 畅然喝酒

在印度，有些地区是禁酒的，我曾经生活和工作过三年的比哈尔邦就是其中一个，此处明文规定禁酒。

其实，即使在很小的城镇里，地下酒水交易也是一笔大生意。

离我所住的村庄最近的那间"酒吧"开在一条小路上，小路位于城镇的边缘，尘土飞扬。

那是一间小屋，里面摆着几张木桌和几把塑料椅子。

每当收到一批新鲜的私酿烈酒，酒吧就会开门营业。

当地人喝完这些酒后，酒吧便会打烊一两个星期，等收到下一批酒才又重新开门，与此同时，人们开始酿造一批新的烈酒。

喝酒的代价因酒的批次而异，因为酿酒这件事往往要看运气。所谓看运气，其实就是因为他们用来酿酒的原料常常是有毒的，所以经常有人在喝酒后病得不轻，有人甚至喝完就死了。

所以，每次新到了一批酒，我们都会先观察一下那些已经喝了酒的人，看看他们的脸上浮现的到底是恹恹的病色，还是快乐的神情。然后，我们才敢开怀畅饮。

⁶ 猎头

我决心离开印度，但身上没钱。于是，我想到了一个绝妙的主意（哈哈哈）：步行去中国！因为我爱中国。

我打算先穿越阿萨姆邦，再进入缅甸，然后南下至新加坡。

我觉得自己可以在讲英语的新加坡找到一份工作。等赚够了钱，我就飞到中国。

我坐着公共汽车四处周游。当时的阿萨姆邦，到处都是警方的检查站，我总是乔装打扮，然后蒙混过关。每当我在一个村庄停留，就有一场小型宴会或《圣经》朗读会等着我——他们以为我是传教士。在村民们的帮助下，我总能避开检查站，继续前行。

就这样，我一路来到了印度和缅甸的接壤处，跨越了边境上的大桥，离开了印度的国境，然后我的旅途就此结束了——海关把我拦了下来，将我送进了监狱。

在印缅边境，印度的那一侧叫作那加兰邦，居住着那加人，是当时闹独立闹得最厉害的地方，因此，印度政府把那加兰邦所有的领导人都逮捕了。

因为是唯一一个被抓的外国人，糊里糊涂的我竟被安排和那加兰邦的领导人进了同一所监狱，也就是政治犯监狱，也许他们自己也不清楚应该怎样处理我这个流浪汉。

与其说这是个监狱，不如说它是个度假村。
看得出来，当地的狱警很同情这些领导人。

我被大家好奇地打量。换句话说，我就是一个很受欢迎的局外人而已。我尽情享受着他们的特权，抽他们的烟，喝他们的酒，吃他们的饭。他们都急着要跟我讲述当地的文化、自己的抗争。到了周末，我们甚至会溜出监狱，去体验一把当地乡村的夜生活！

有一天，我溜达到了监狱另一头的操场上，那里关押着真正的罪犯和农民叛军。
一位看上去很绅士的中年男子走近我，用标准的英语问了我很多莫名其妙的问题。
我真是犯了个大错。
第二天，狱警就命令我搬离独立的小屋，住进一间水泥砌成的牢房，里面有四十个铺位，它们紧凑地排列在一起，人都没法挤进去。

屋里也没有窗户，到处都是尿液和粪便的气味。

我一进屋，那位"绅士"立刻出现，把我赶到了大院角落的窝棚中——那里不比厕所大多少。

在窝棚里，十个人挤在一起。

"绅士"递给我一本《圣经》，书页都快散架了，只能用绳子捆在一起。他开口说道："你来朗读，我翻译。"

在那里，一天只有两顿饭，每顿都是一样的稀粥，一样的带着鱼腥味的汤——虽然汤里没有鱼，也没有一根鱼刺。

第二天，我就得了痢疾。

我尽我所能地去朗读那本《圣经》，但我的身体状况开始迅速恶化。

我向监狱长提出抗议。

他们带我去了医院，治好了我。然后，他们又把我带上法庭，将我从加尔各答驱逐出境。就这样，我终于阴差阳错地来到了新加坡。

OCÉAN AUSTRAL
ATLANTIQUE MÉRIDIONAL
Tropique du Capricorne
LIGNE ÉQUINOXIALE

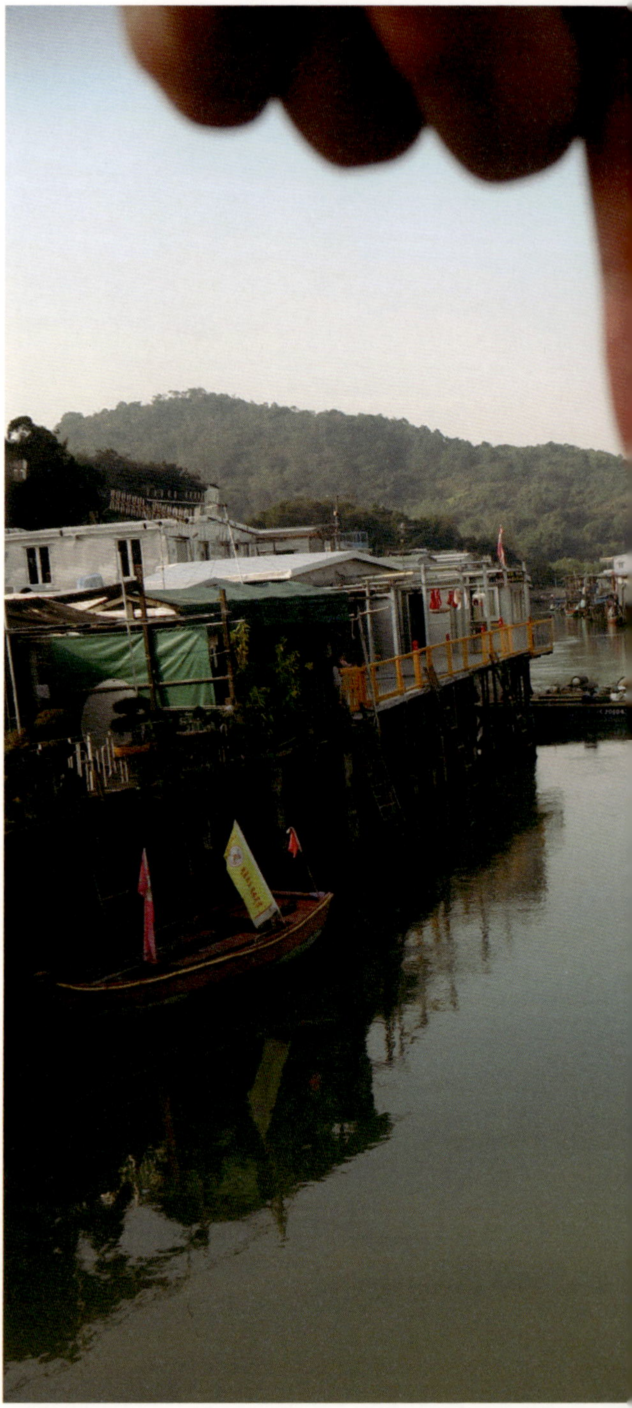

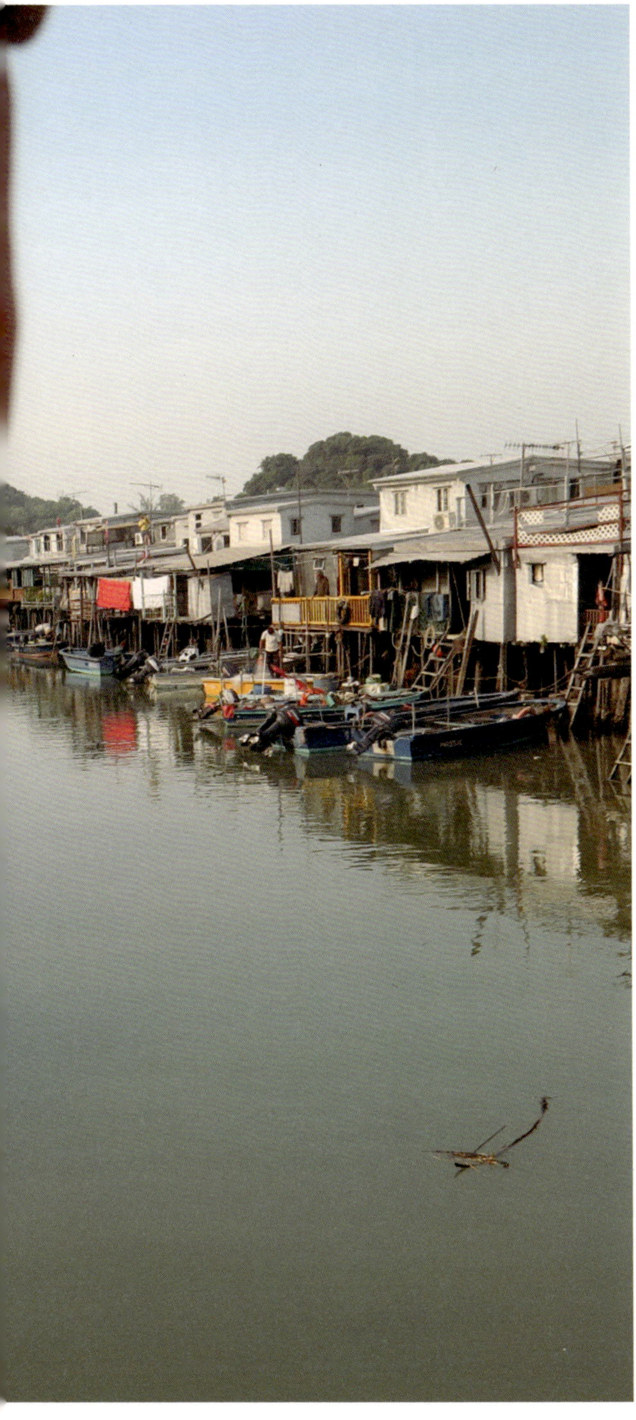

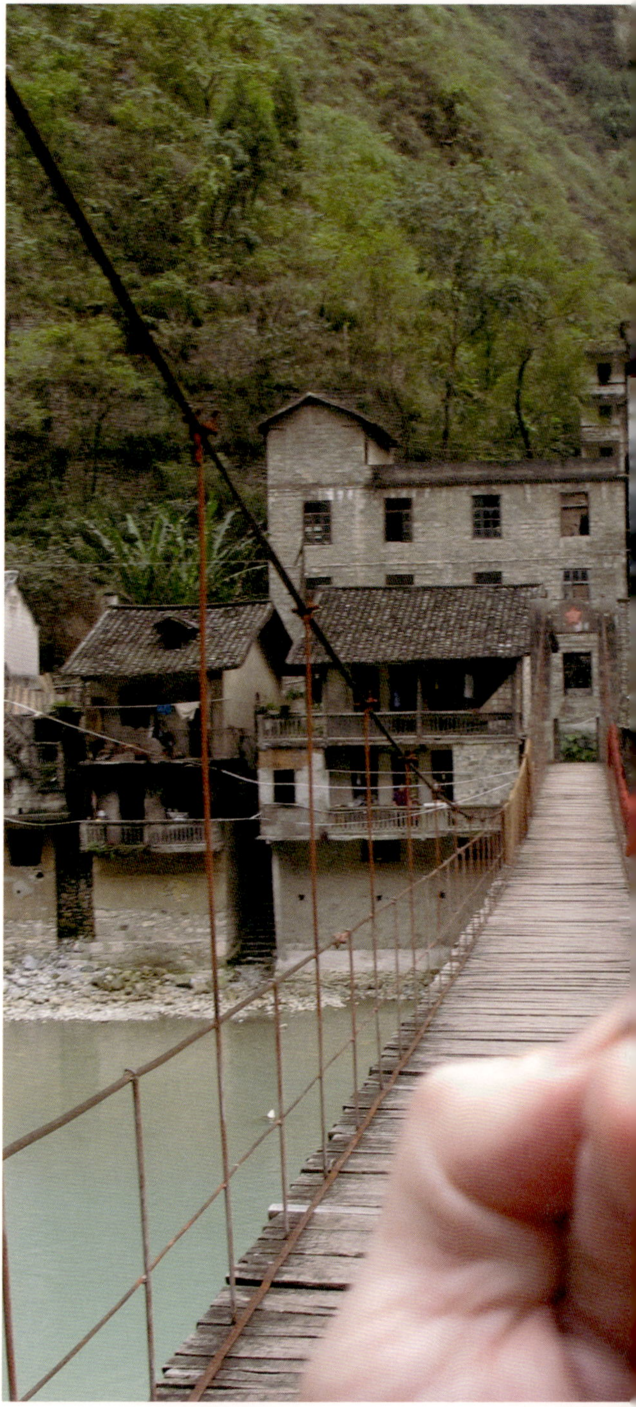

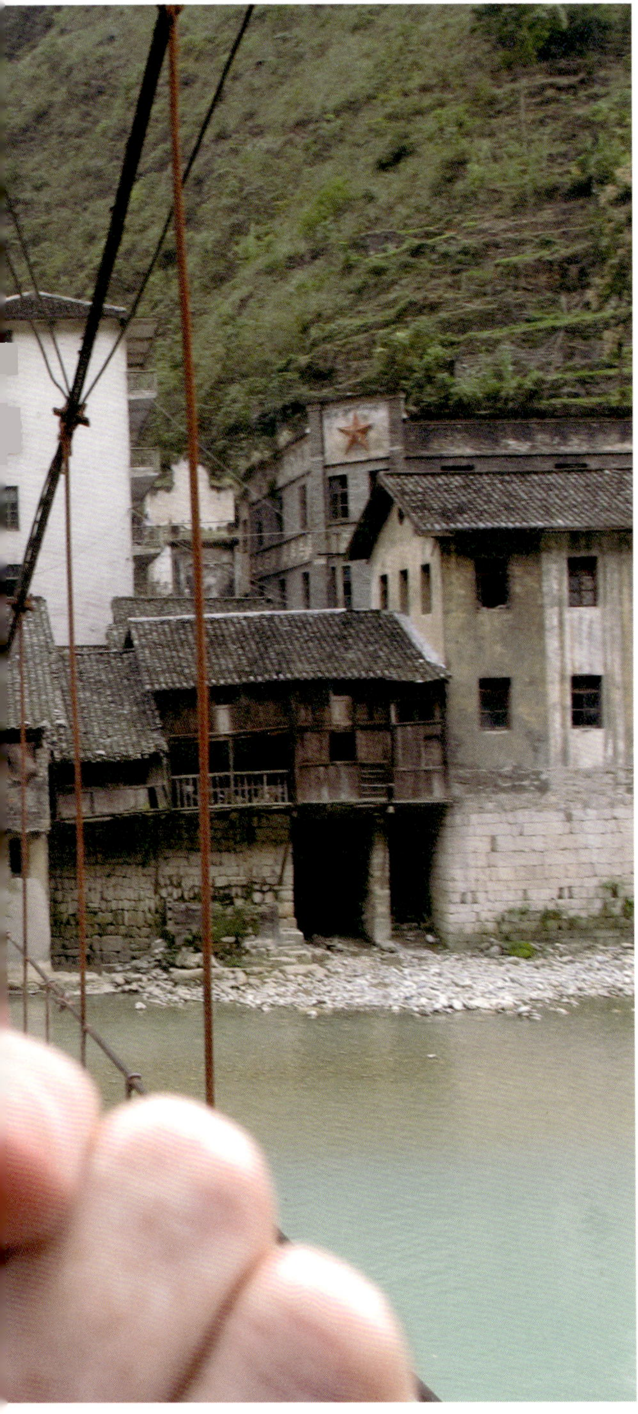

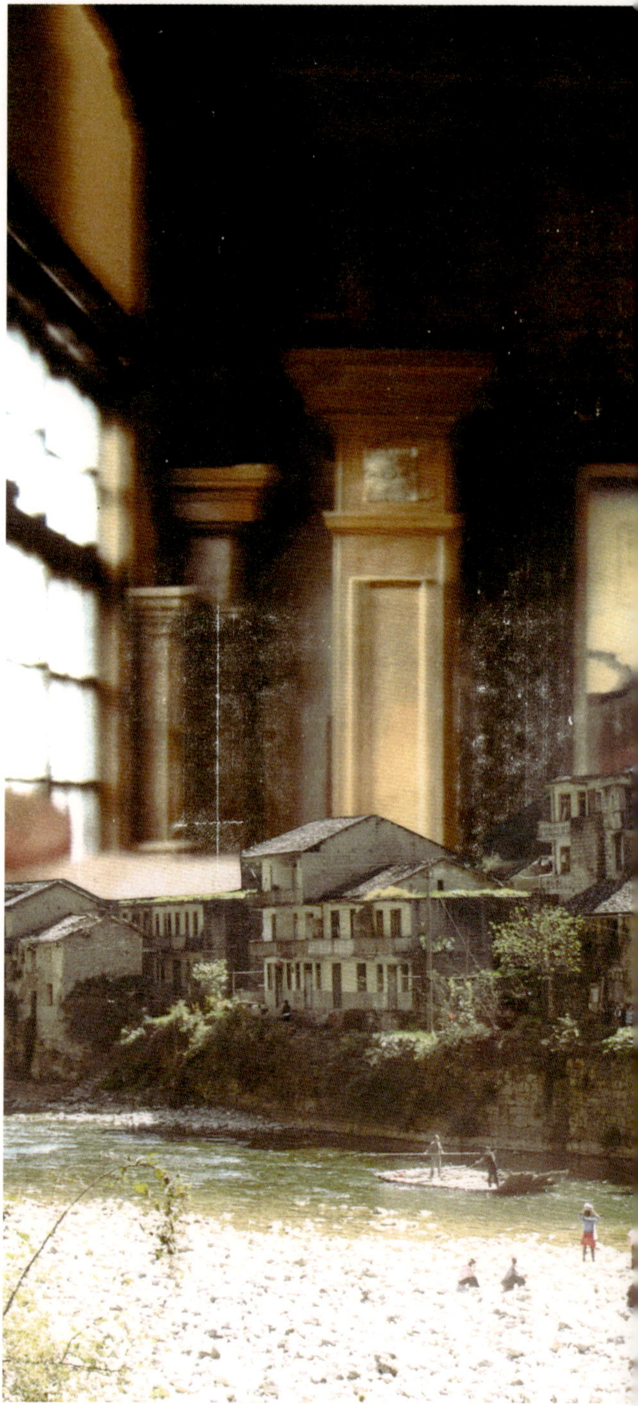

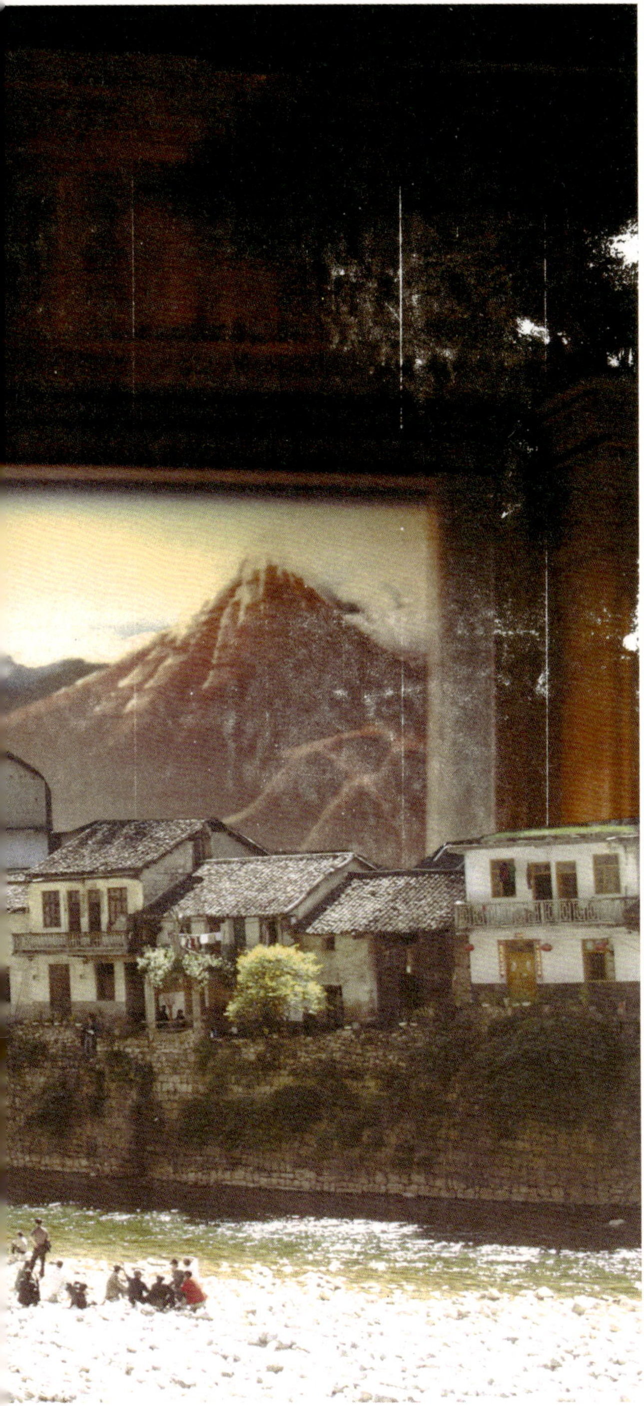

⁷我四处周游

我在海边长大。从小,我就看着无边无际的大海,我看着大海带来的一切和带走的所有。

百分之八十以上的澳洲人都住在海边的城市,在我们的身后则是广袤无垠的沙漠。我不曾了解那里神圣的原住民传说,但它们已在我的灵魂深处沉淀。

我总觉得自己是一个客人,一个旁观者。

不知为何,即使身处自己的故乡,我也如同异乡人。

只有在书里,在酒精里,在床上,我才能感受到自己真正属于何方。

比起悉尼郊区的这个世界,书中的生活、书中的地方和经历,好像要精彩太多。

所以,在十八岁那年,我登上了一艘货船,前往大海。

我在海上环球航行了三年,然后又在陆地上游历了六七年。我在阿姆斯特丹的背包客旅社打工。我在巴黎当司机。我在巴黎联合国教科文组织总部大楼边上的情趣旅馆做案头工作。我前往以色列的集体农场,成为一个修理栅栏和照顾牲畜的"牛仔"。

时光飞逝。不知不觉中,我流落到了印度北部,在那里挖井——那里也是悉达多生活、布道的地方。

我那时很穷,看上去就跟个"印度人"一样。

我去过的每个村庄都有不同的习俗、需求和语言。我浑浑噩噩,每天都要努力用两三种不同的方言跟人交流。

这让我迷茫,也让我沮丧。我渐渐明白,我必须从最基础的地方开始,学习一种文化。

学习一门语言。

然后重新开始。

8 重新开始

转瞬间已经周游世界十年。

在人格发展的关键时期,我一直被叫作"外国人""白人"和"鬼佬"。

我太久没有说过我的母语英语了,我甚至说不出一句完整的话。我能把好几种语言混着说,但我想找到一个全新的声音。我想像一个孩子那样,在一门新的语言里长大。

我已经会说一点西班牙语和阿拉伯语,但我对中文和中国社会一无所知。所以,我可以真正做一个什么都不知道的婴儿,从头开始学习,从学习中文开始。

记得三岁那年,我的爸爸把我扔进了海里(那时他有点喝醉了)。他想看看,我需要用多长时间来学会游泳。

没想到的是,我瞬间就学会了,如鱼得水地在海中复活。直到现在,也只有在水中我才会感觉到我的存在。

这一次,我把自己扔进了中文的海洋。我用崭新的眼光去看待这个世界,用崭新的方式去遨游。是中文打开了我人生中真正的美好世界。

43

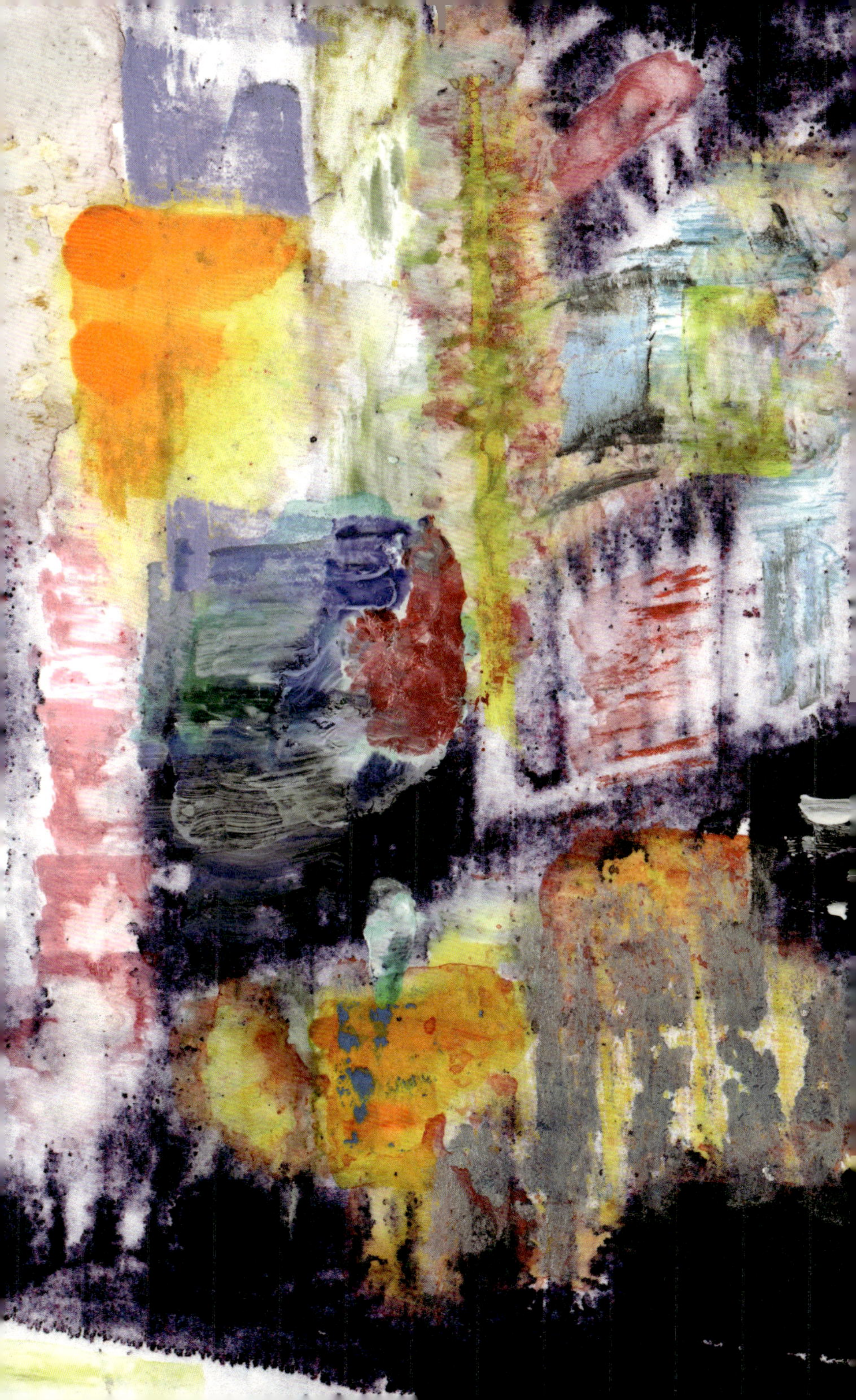

⁹ 霓虹世界

我坐在驶入尖沙咀的巴士顶层，见到了整个的中国香港。我有些焦虑，又有些兴奋。终于，新生活要开始了。

弥敦道的两侧，竖立着许多霓虹招牌。那些招牌好像都在煽动我，挑逗我。可这是为什么呢？

我很好奇。那些霓虹招牌似乎都在怂恿着我去做点什么。可我也不太确定。

但我是来学习中文的，我需要认识汉字，霓虹招牌上的一笔一画都在给我莫大的精神鼓励和希望，虽然我看不懂上面写了什么，但我知道，它们在给我一种神秘的暗示。

多年后的今天，我才明白它们为什么与我息息相关。它们是我工作的一部分，也是我整个人生的一部分。它们是我与这个特殊的地方联结的方式，现在，我把这个地方称为"家"：中国是我的家。

那些霓虹招牌催促着我去学习上面的语言，只有这样，我才能理解它们的含义。霓虹招牌的大小、形状和颜色也都在传递着一种信念，它们让我开始相信中国香港这个城市。几十部电影拍完以后，谁能想到就是这些霓虹招牌发射出来的光彩成了我的艺术及审美的源泉和度量，就连我自己也没有预知这一切的奠定及改变，但这种无声无息的潜移默化已经让我拥有了自己独特的艺术风格。

霓虹灯会以一种与众不同的方式点亮世界。它看上去是那样坚定。

它总是摆出一副特殊的姿态。

它很宏伟——要花费不少钱，还要有自己独立、特别的空间。一栋楼，一家餐厅，一间咖啡馆或酒吧，都要依靠一块不同的霓虹招牌来吸引不同的客人，并以此展示自己的门面。

它由真正的匠人精心制成。和这些匠人一样，霓虹灯也让人明白，它有值得骄傲的传统和资本。

不过，因为是手工制成，霓虹灯也会有一些意想不到的缺陷——正如我们所有人都会有缺陷。正是这些缺陷，让霓虹灯拥有了独一无二的个性和魅力。

然而严格说来，霓虹灯又转瞬即逝：它不过是玻璃中的气体。

霓虹灯里混杂着思想和能量、需求与意图。到了夜晚，一切都会在绚烂、鲜艳、充满诱惑的色彩和光线中爆炸——这就是霓虹灯。

霓虹灯的色彩像创造出它们的气体那样，极易挥发。

霓虹灯的形态则像给它们定型的玻璃那样，妖娆性感。

霓虹灯就像化妆品——夜晚，穿戴上它，你就会闪闪发光。

霓虹灯也像一个渴望派对的女孩。但讽刺的是，无论怎样喧闹、快乐的夜晚，她也只能独自回家。

霓虹灯比白炽灯更冰冷。

霓虹灯不像其他灯光那样，能产生那么多热量。

冷色调的霓虹灯总是很凌厉，而暖色调的又不太真实；可无论怎样，它们都那么诱人，让人神魂颠倒。

它们看上去也很自信。或者可以说，它们甚至让人感到冷漠。

白炽灯就像一位妻子：给你温暖的拥抱、满满的热量，填补你的空虚，也洗涤你的身心。

霓虹灯则像你梦中的女孩：你根本不能去触碰。

要是不小心碰到玻璃，你就可能会将它打碎。你不能靠得太近。

但她吸引着你。她让你着迷。于是，你终于走进了她的世界，把一切后果都抛在脑后。

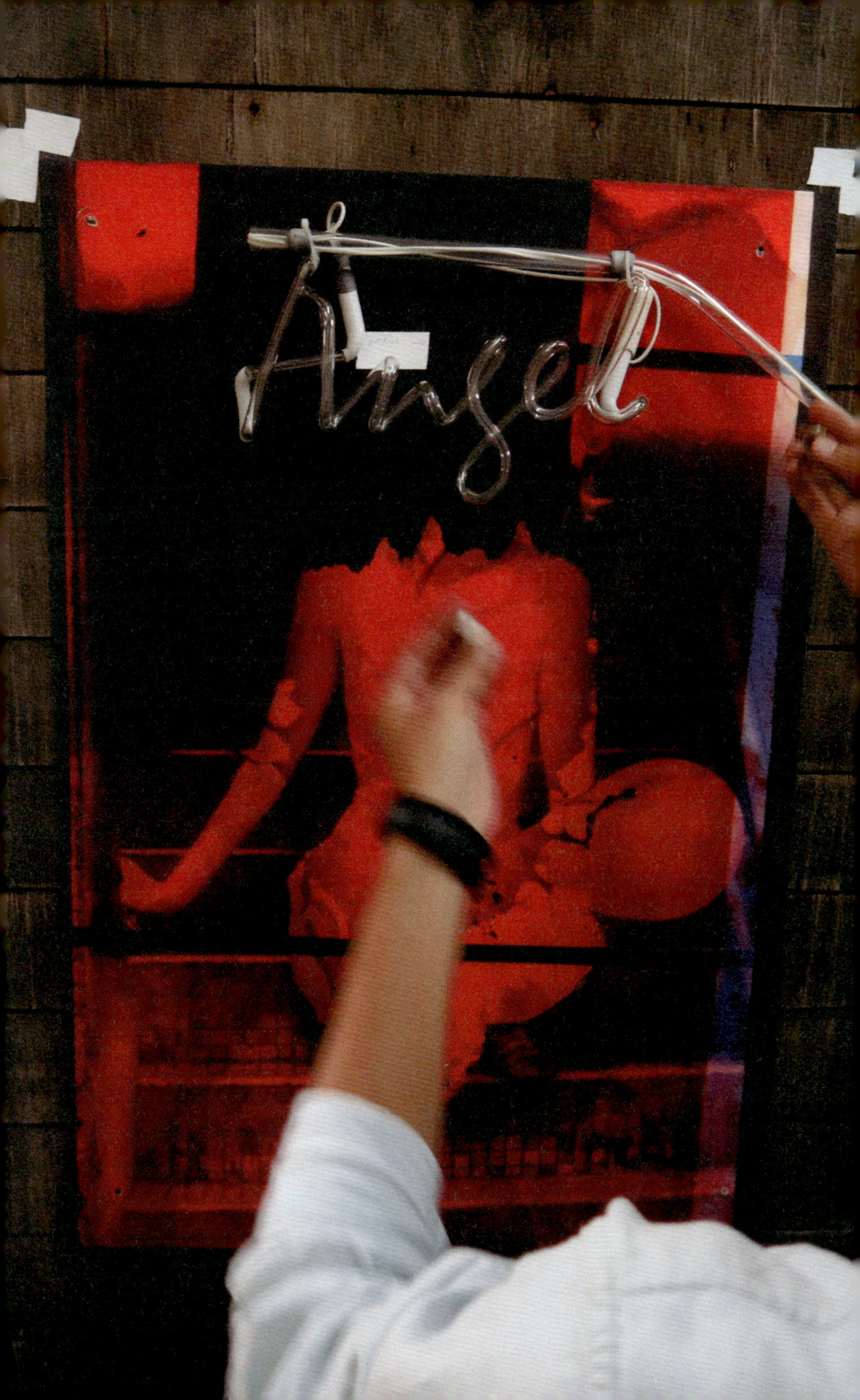
Angel

10 兰陵剧坊

那时我还是一名学生。

我有一位研究客家民谣的音乐人朋友,他姓陈,是客家人,家中有四个兄弟。

当时,为了进行高水准的研究,他需要申请一笔奖学金,条件是必须得有一部自己的作品,无奈他没有钱,碰巧,我有大把的时间。

于是,我们前去记录那些客家人的生活和歌谣——随着最后一批能记住客家民谣的老人相继离世,他们的故事也在慢慢消亡。

我们用八毫米的摄影机和简单的录音设备记录下这些优秀的、快要逝去的民族音乐家,几周后,我们从暗房拿回了那些珍贵的胶片。

在冲洗完的胶片上,村庄的屋顶红得透亮,绿色的稻田一片葱郁,天空呈现出鲜艳的、高饱和度的蓝。

但室内却是一片漆黑。根本就看不到我们采访的那些老人。

有懂电影的人跟我们解释说,胶片的感光度不够,农舍里的光线又太暗,因此,胶片上的画面很难显现出来。

更糟的是,我们录的歌声和画面完全不同步,因为我们不清楚如何让它们同步，我们也不知道问题出在哪里。

我很生气。我们都很失望，满心愤懑——直到今天，我都还有这种感觉。当时我想去学习更多的知识，却连一个拍电影的人都不认识——而且，在那个年代，当地也没有真正的电影学院。所以我只能单干。所以，我只能自学拍电影。

那时，我和大概六个朋友住在一起，我们成立了一个剧团，叫作"兰陵剧坊"。起初，我们只是拍摄一些短片，渐渐地，我们开始将电影创作融入到戏剧之中。我们会打各种各样的零工，比如我当时就选择去教英语。只有这样，我们才能生存，才买得起胶片。只有这样，我们才能在学习艺术、戏剧和电影的道路上继续走下去。

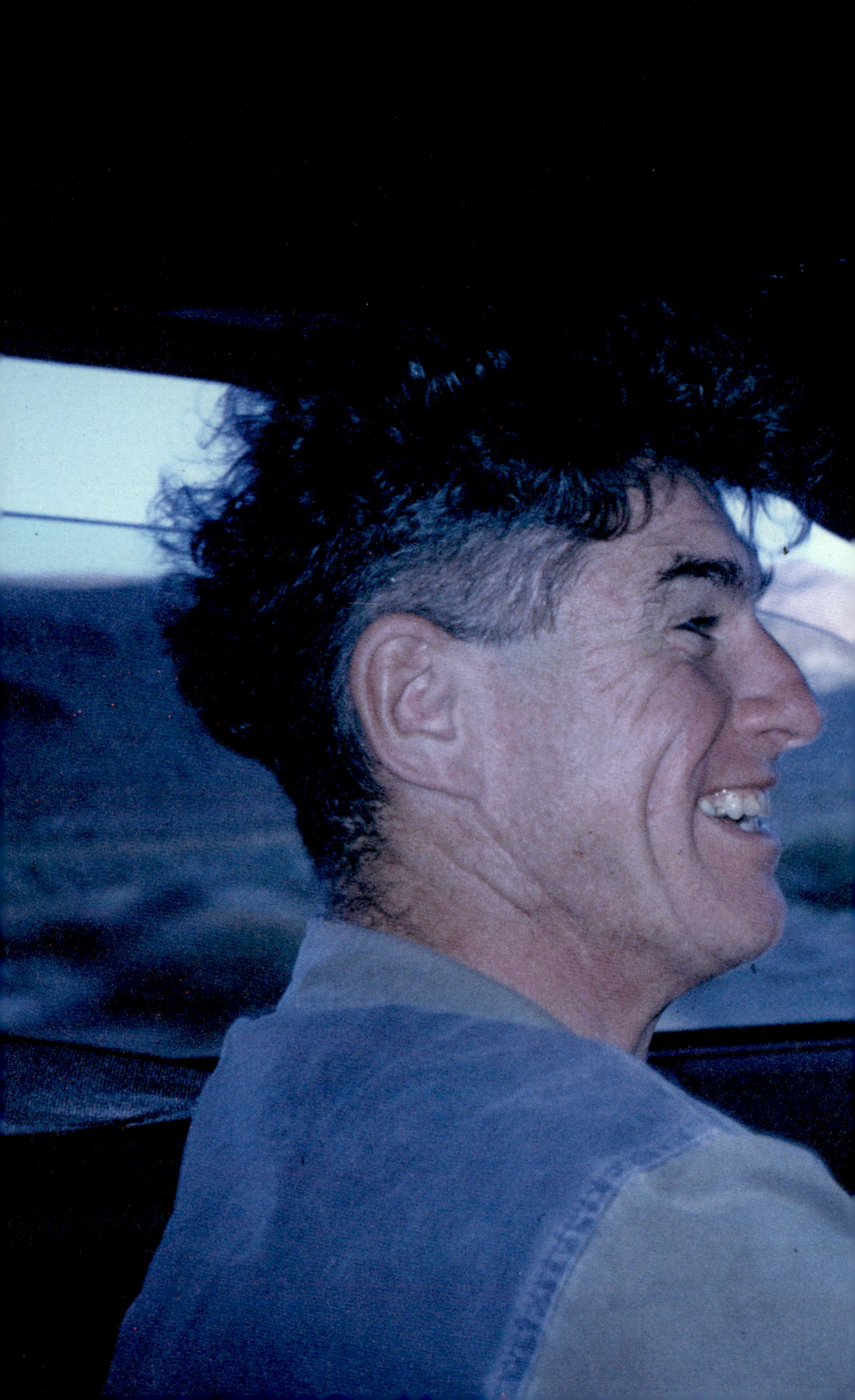

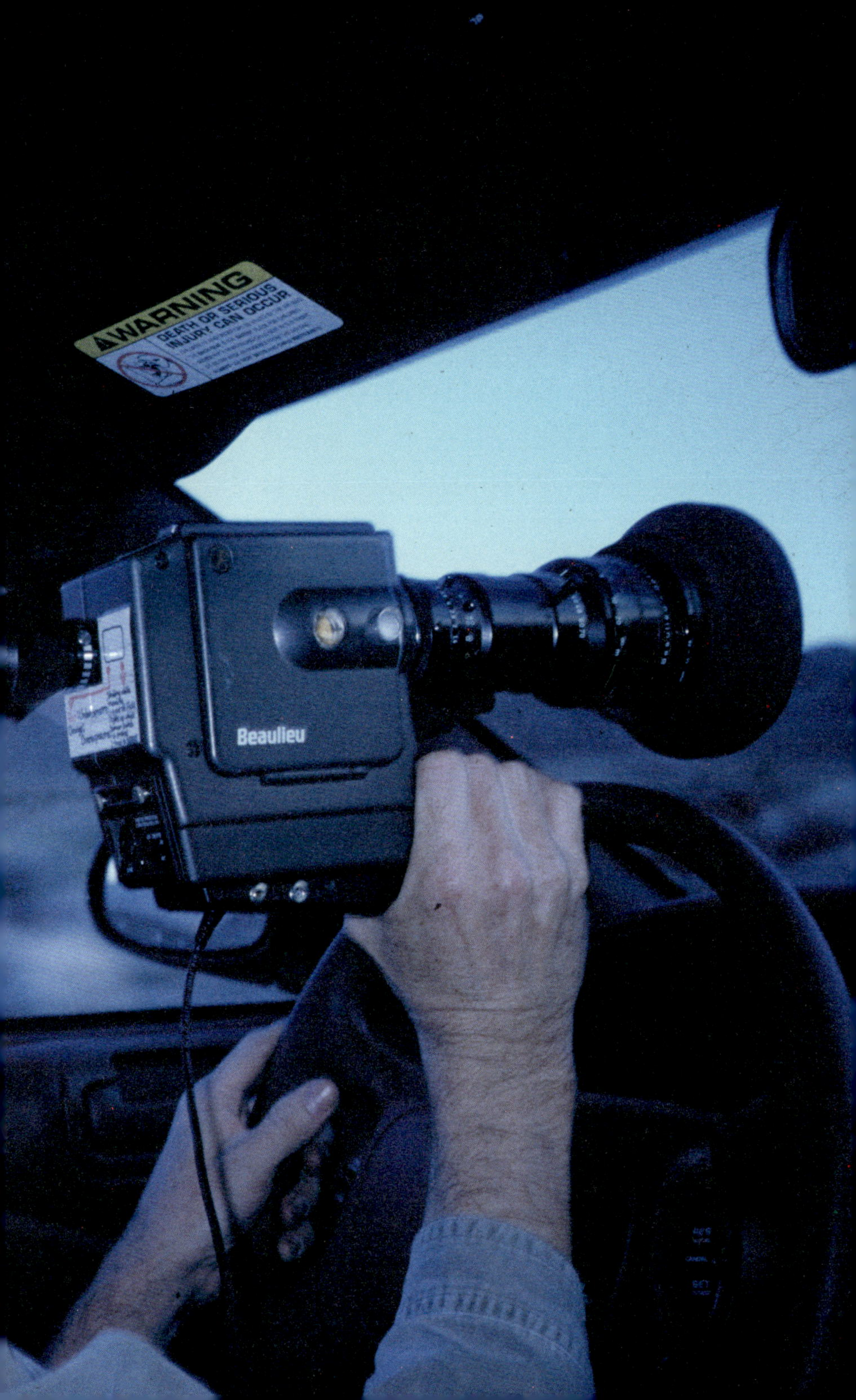
WARNING
DEATH OR SERIOUS INJURY CAN OCCUR
Beaulieu

11 行万里路

当时,我所在的城市有个专门扶持本土青年电影的基金会。问题在于,我并不是本地人。

但我不在乎。我不会因此停下脚步。

我希望去展示我拍的片子。我只想做出好的艺术作品。我希望我的作品不仅能在朋友之间流传,还能被更多的人看见。我希望知道,别人对我的作品、对我的理念有怎样的反馈。

所以,我参加了当时所有的比赛。

虽然我用了假名,但我还是不停地获奖。

获奖后会有奖金。我的确需要那些钱来拍更多的片子,但我无权领奖,因为我用的都是假名,而那些假名更无权领奖,以至于我们谁都没有拿到那些奖金。

基金会对此一直很困惑。不过,我一个朋友的朋友知道实情,他知道那些获奖的片子都是谁拍的。当时,他正要组建团队,制作一部全新的纪录片。制作人找来了阮义忠和张照堂——他们都是专业的摄影师和电影人,都因其尽心尽力的作品而出名,团队里还有画家雷骧。是他们邀请我加入了《映象之旅》系列的拍摄。我觉得他们勇气可嘉,毕竟,我不是本地人,而且还只是个新手。

我们分成两组工作。

那时，我们走南闯北，拍摄了"风""稻""河"等主题。

我们不想拍摄那种传统的纪录片。在那种说教式的纪录片里，人物只露出上半身，对着镜头滔滔不绝。相反，我们想通过诗意的图像和当地的语言，以属于当地人的方式来展现那里的风土人情。

我们写作、拍摄，然后亲自剪辑和播放。我们一直在换地方。我们总是连着五天都在赶路，有的时候，赶路的时间会更长。每周，我们都是掐着点赶在播出前才能把片子剪好。

这段经历很刺激，也让我受益匪浅。这可能就是学习电影的最好的方式。这就是我自己的电影学院。

我相信图像带来的信任感。我们需要对光的变化、意外事件和有趣的人物快速做出反应，还要手持摄像机，从移动的货车上进行拍摄。在和这样的一个小团队共事后，我就此明白了该如何拍片。

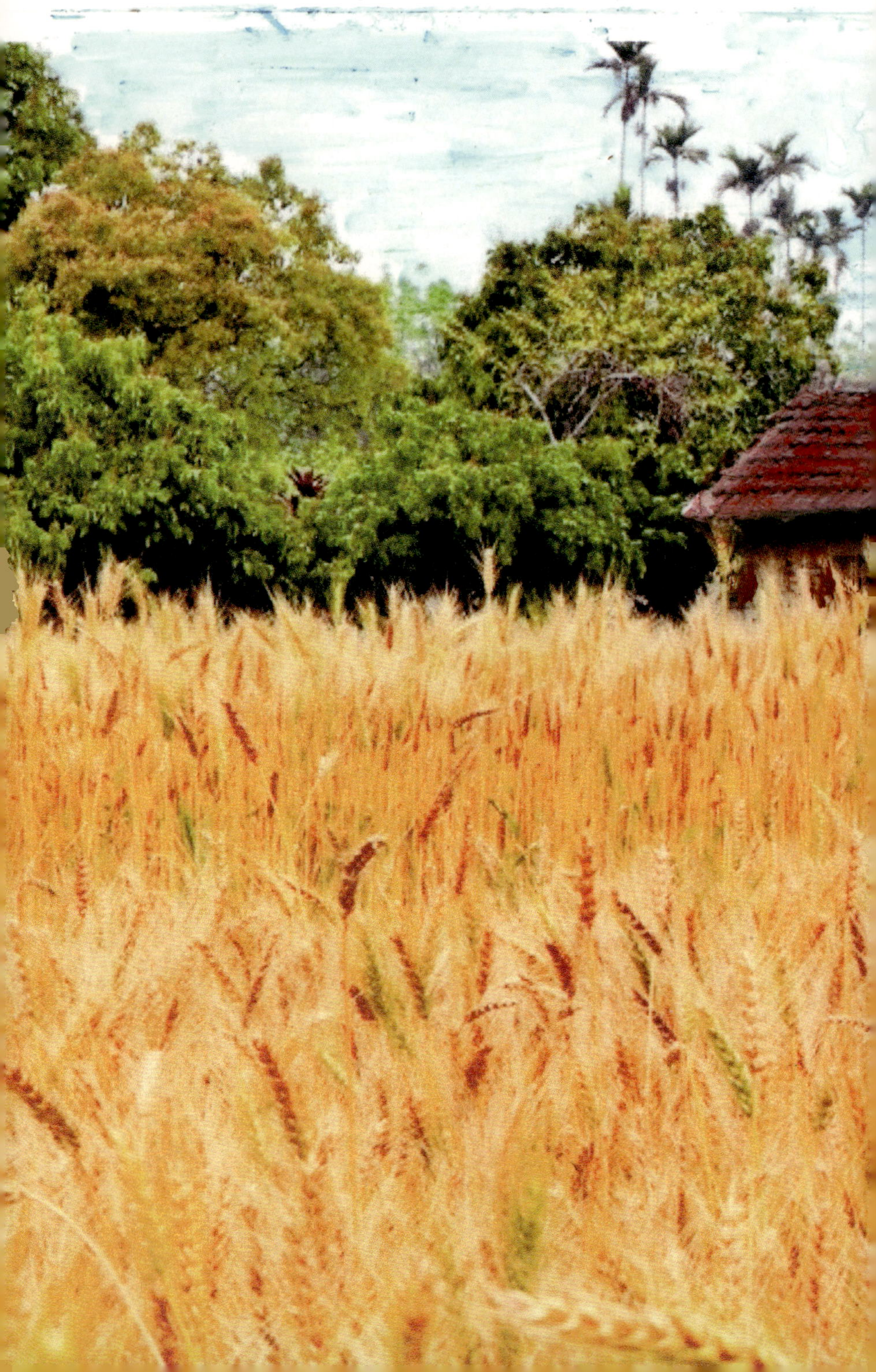

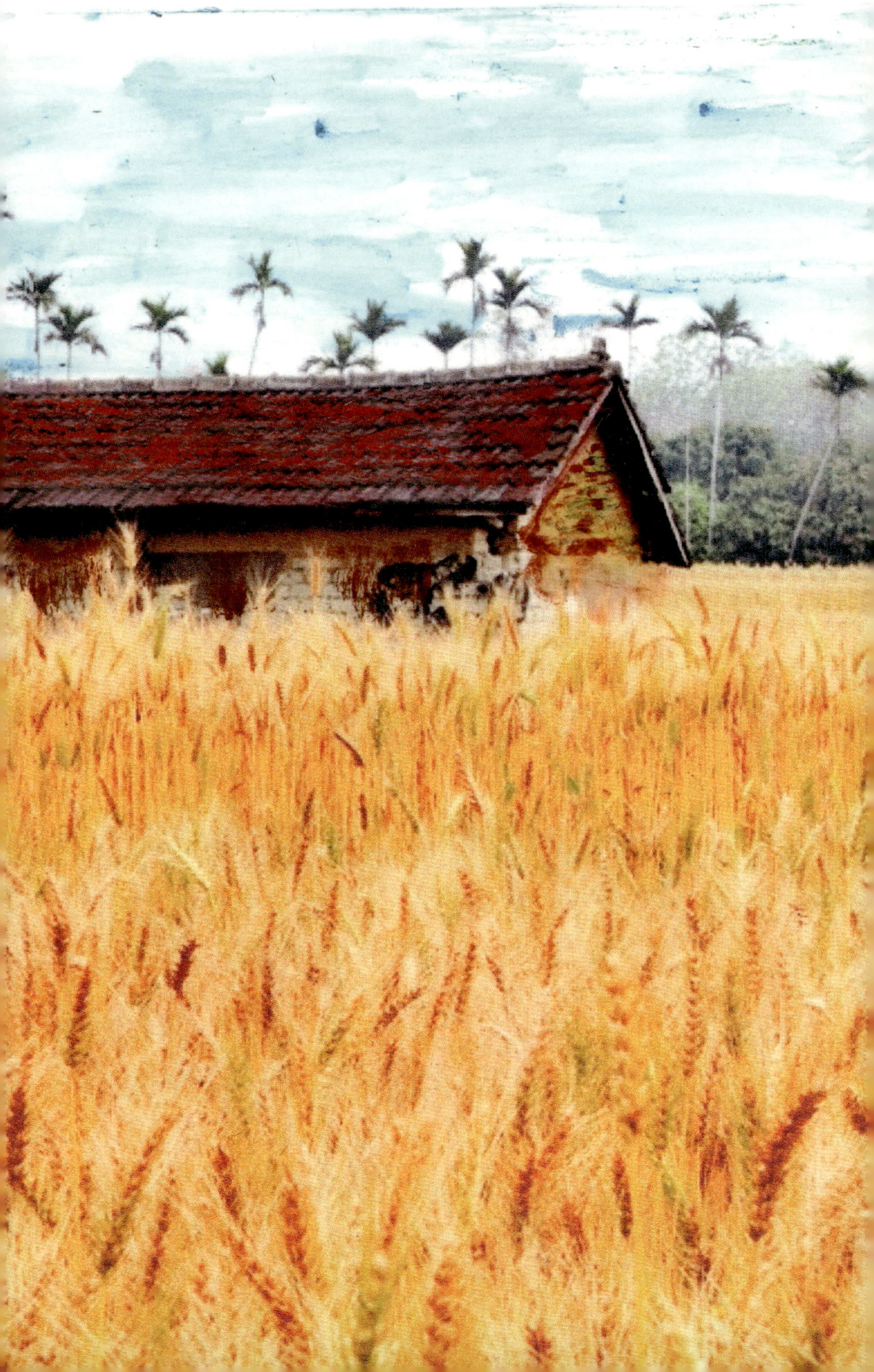

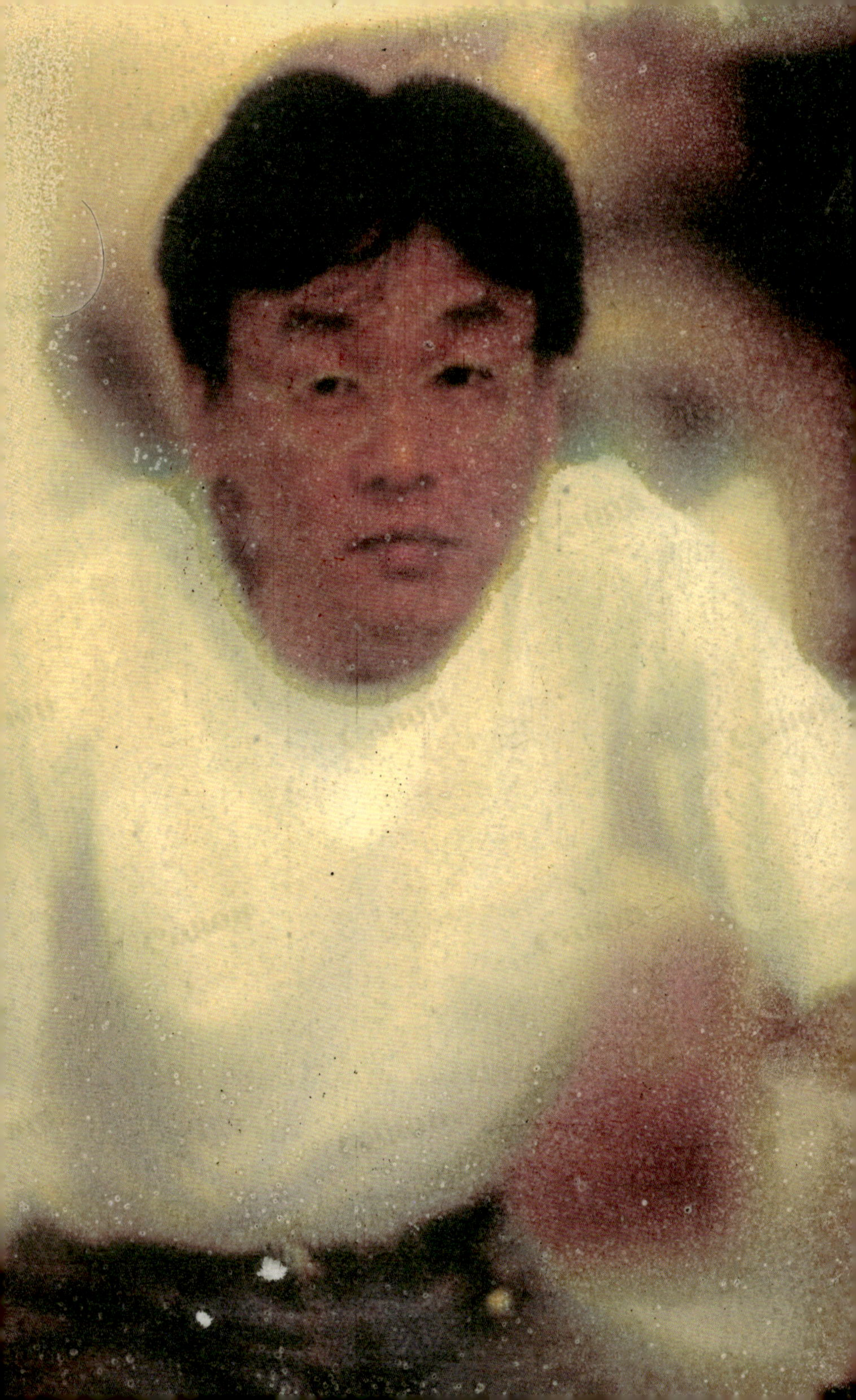

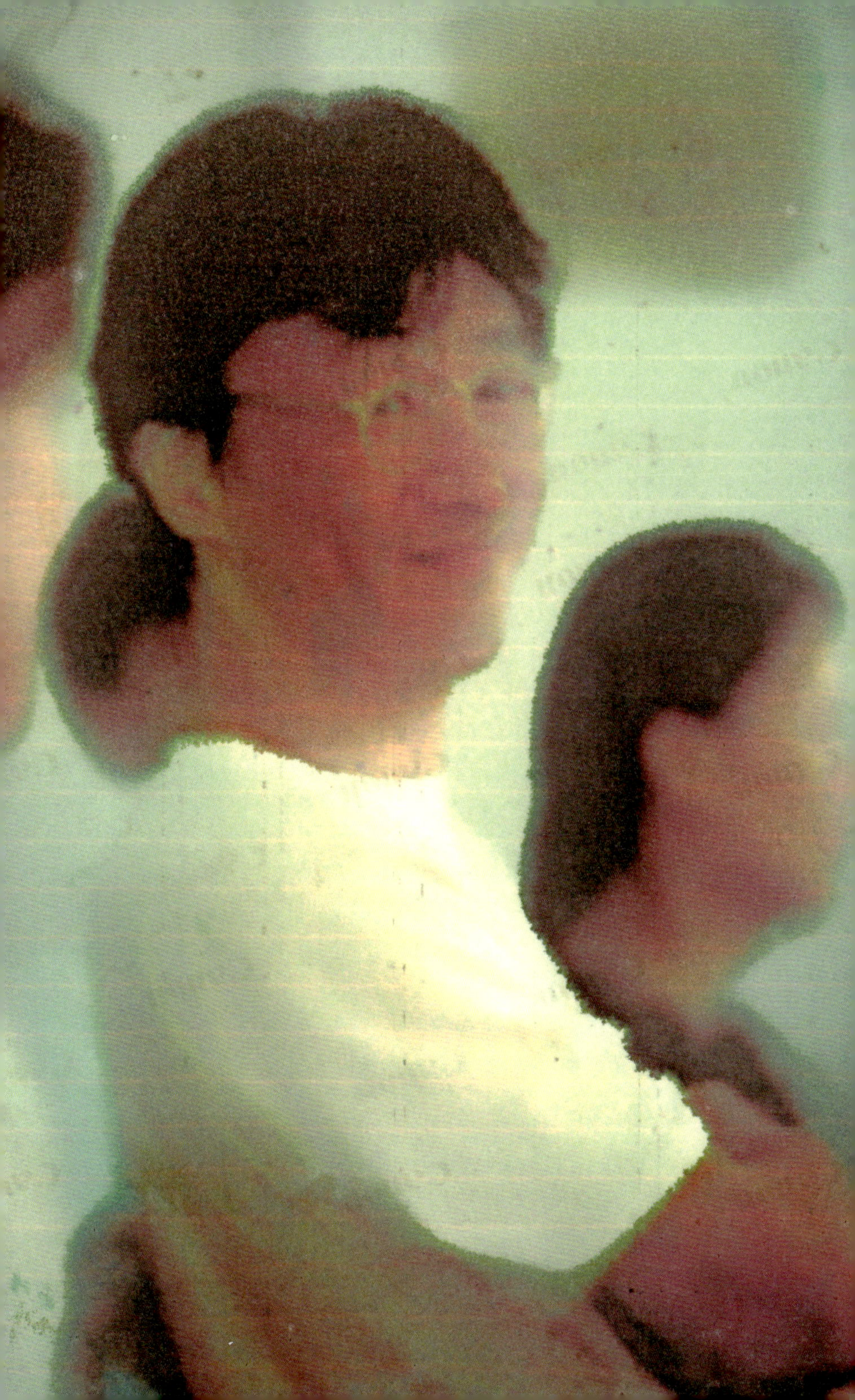

¹²《海滩的一天》

《海滩的一天》是我拍摄的第一部剧情片。

在那之前,我只拍过一些私人电影和纪录片。

我不懂专业摄像机的工作原理,也不懂专业的摄制组工作人员要如何分工。当然,我对如何操控摄影室的灯光更是一无所知。

那时,CMPC算是当地唯一一家真正的电影公司,他们拥有二十四位全职摄影师。

当导演杨德昌执意要我加入剧组时,整个公司都开始闹罢工,罢工的理由是我不是中国人,而且还是个没有经验的新手。换作是我,我也会罢工的,所以,我一点也不怨恨和责怪他们。

杨德昌非常固执,也很有才华,而他的制片人是张艾嘉,除了是位巨星,最重要的是她愿意支持年轻有才华的电影人,他们都选择信任并支持我。就这样,因为他们两个人的坚持,我才拥有了这历史性的第一页。

我们最后和公司达成了一个折中方案:一位全职摄影师会形影不离地跟着我,提供一些技术上的支持和建议。

我和杨德昌都尽可能地让那位摄影师参与我们的拍摄,但大约一周后，那位摄影师就选择相信我，他为了让我更好地发挥自己的摄影天分，便找了一个非常可爱的理由离开现场去钓鱼了。

就这样，在大多数时候，那位摄影师都由着我们犯错。

我们从实践中学习电影，而不是仅仅依靠理论知识和纸上谈兵。

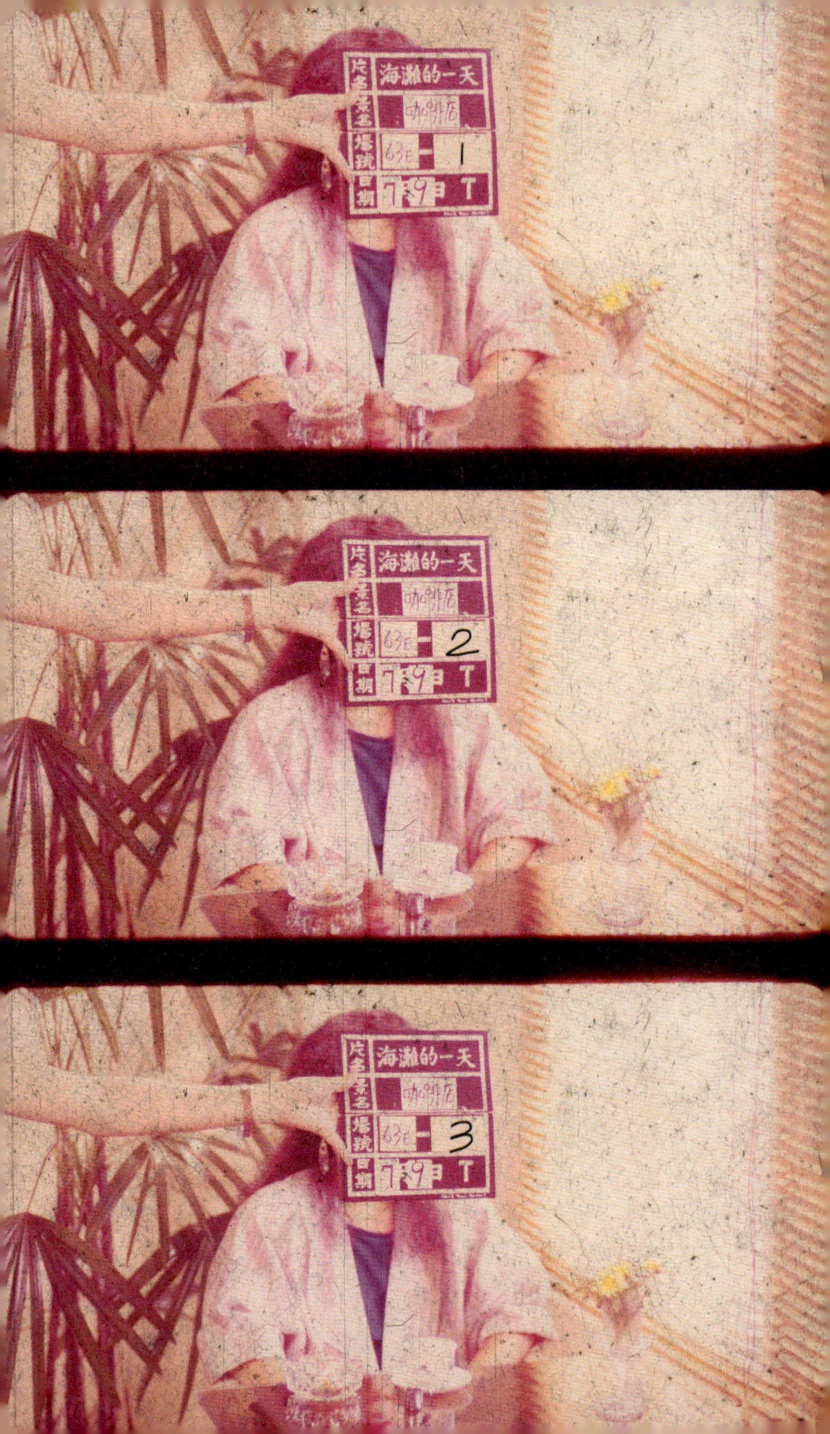
片名
海灘的一天
景名
咖啡店
場號
63E
1
日期
7 9
T
片名
海灘的一天
景名
咖啡店
場號
63E
2
日期
7 9
T
片名
海灘的一天
景名
咖啡店
場號
63E
3
日期
7 9
T

13 样片

第一天的拍摄完成后，我们放映样片。

一开始我很紧张。我担心自己没能将画面拍进摄像机里，就像之前拍客家音乐人那样什么都没能呈现出来，银幕上一片漆黑；我担心自己辜负了支持我的杨德昌和张艾嘉；我担心画面不是我们想要的；我担心声音，担心灯光，更担心自己让他们大失所望。

在我极其恐慌而不确定时，没想到放映机居然呈现出了我梦中的一切，比我们所有人想象的都要好。

我看着样片，就像吃错了药一样神经。

从那时起，直到现在，拍摄了一百多部影片的我，每次放映样片时，心情都在害怕和兴奋中来回切换，起起伏伏如过山车一样。

14 黄金时代

我那时只拍过《海滩的一天》这一部剧情长片。

但它却得了金马奖最佳摄影奖。

这怎么可能呢？

我很清楚，自己对专业的摄影技术几乎一无所知。难道那些评委没有发现吗？还是他们对摄影比我还一无所知？我在一头雾水的情况下既兴奋又怀疑，那种感觉就像犯了一个合法的罪一样。

法国是电影的发源地。因此，我的法国朋友提议我应该赶紧去那里学点专业的电影知识。我去拍了部法国电影，这才发现法国电影都是些空谈，虽然我不懂法语，但那些法语的对话探讨，让我感觉到的都是自以为是。

我找不到归属感。

我想回到那些对我来说更重要的人、事和做事方式上。

所以我又回到 CMPC，想去看看那里有没有什么我可以做的工作。毕竟，我可是得了金马奖的人。

我不是中国人，而且还是个新手，可我却赢得了这样一个宝贵的奖项，我猜他们这一次一定会欢迎我的。

"我们这里没有适合你的事情。"电影公司老板坐在他那张巨大的办公桌前，对我说道。

"但我可是得了金马奖。"我指着他身后书架上那三四座金马奖奖杯说道。

"不好意思,金马奖执行委员会在颁奖后就解散了。"

"那我的奖杯呢?"

"我不知道。"

尽管我能看到,印着我名字的那匹金马就在他身后的架子上放着。

他递给我一张名片:"这是制作奖杯的公司,价格不贵。你要不要让他们再给你做个新的?"

我把名片扔回桌上,"如果我这么想得奖,为此甚至不惜去弄一个假的来,那我至少会去做一个假的奥斯卡奖杯,而不是一匹假的马!"

后记:

自那以后,我赢得了四次金马奖,而且全部都是亲自拿在了手上。

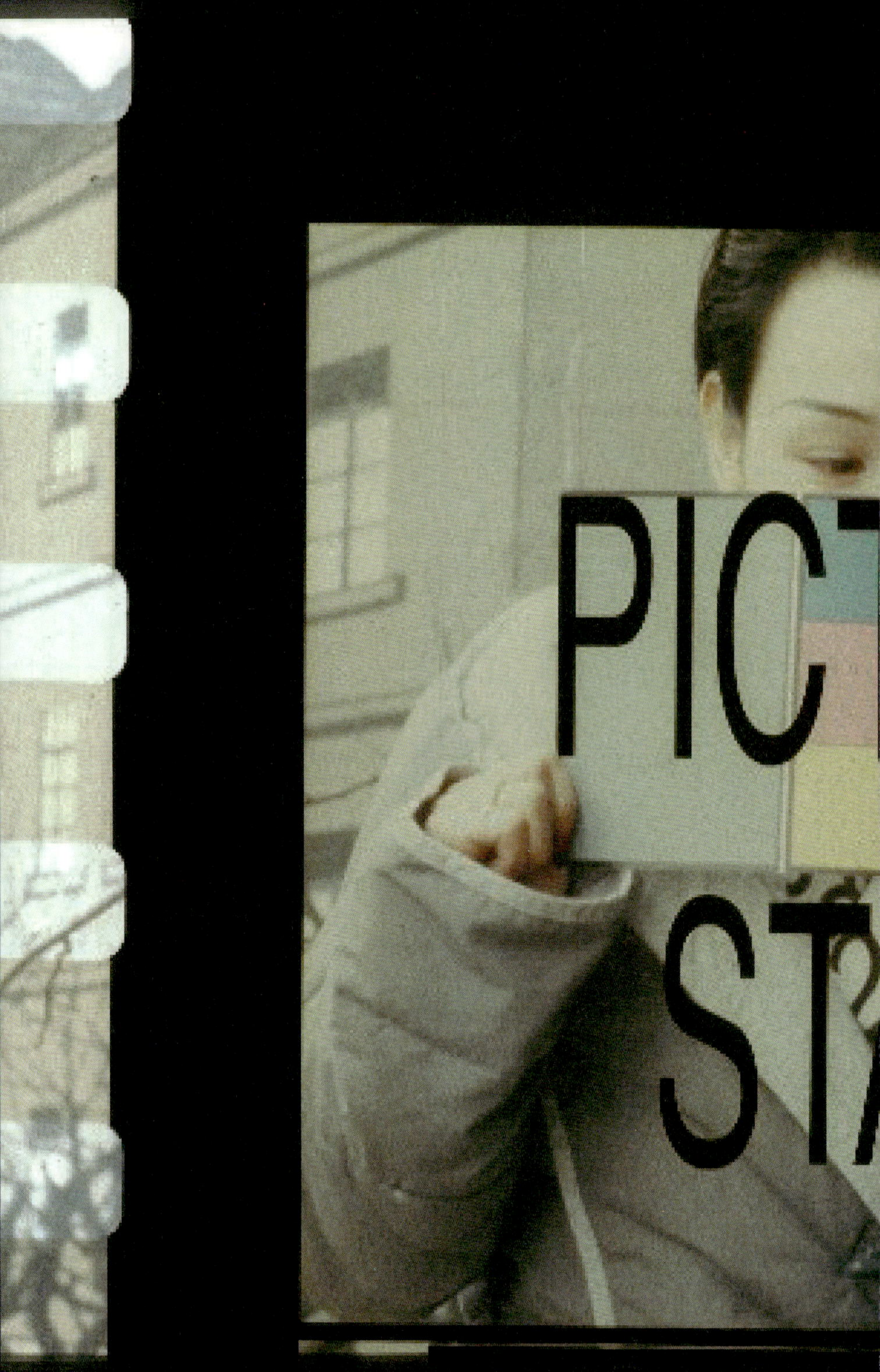
PIC
ST

URE
RT

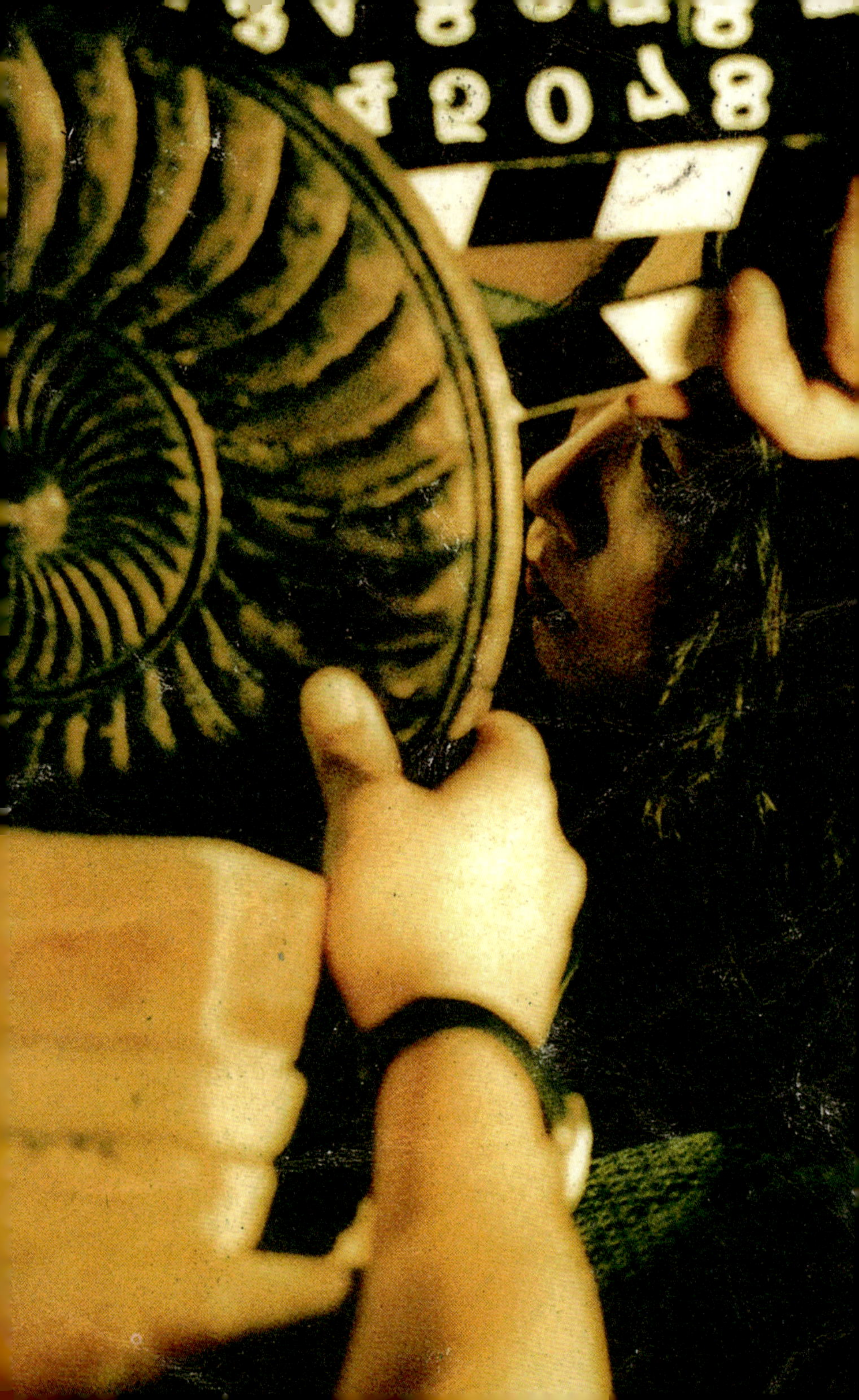

成功与否是无关紧要的，
重要的是弄明白自己不懂的事情。
————乔治亚·欧姬芙

15 镜头之内，画面之外

那位女演员年轻、纤瘦、天资出众。

她是当时最优秀的新人演员。

但很奇怪，跟现场相比，她在样片里的表演就没那么好了。

是我的打光出了问题吗，还是因为她身上的现代服装呢？身着传统服饰的时候，她真的太美了。这毕竟是她的第一部现代装电影。

然后我才注意到，电影画面的感觉怪怪的，看上去重心过低，我们听不见她的声音，也注意不到她的眼睛，所有人都被画面上的胸围吸引了。因为她的胸围过大，分散了我们对表演的注意力，但大多数时候，她的胸围也不在镜头中。这个构图很别扭，整个画面看上去就是残缺的半成品。

我终于明白，只有比平时更近的特写，才能让目光聚焦在她的眼睛上。或者，我们也可以拍摄中景，拍摄她腰部以上的画面。只有这样，她的美才能填满整个屏幕。

16 《八美图》

剧本是不怎么样,但那些女演员真的很有特点。

我必须做个决定,到底是让画面和电影本身一样无聊,还是让一部烂片看上去还不错。

在电影基调和色彩的选择上,导演总是犹豫不决。因此,我做了我的决定,把心思都放在了如何为女演员打光上,精心照顾她们,让她们看上去容光焕发。

我也开始享受这个过程。我学习打光,学习怎么照顾演员的情绪。我开始营造一种快乐、积极的工作氛围。从那时起,整部电影的基调就好起来了。演员们更加专注,整个片场的气氛也更为活跃。

最终,我们拍出了一部一般般的电影。不过,至少观众们看得很轻松。而对我来说,这意味着,我终于朝着正确的方向迈出了第一步。

17 诗人之眼

奥森·威尔斯说过,摄像机后面应该是一双诗人的眼睛,只有这样才能拍出好的作品。

我一直梦想成为诗人,可惜不够浪漫,也没什么才华。不过,我读过很多诗,也开始学着相信自己的眼睛和判断力。

当时,我们在拍摄一幕监狱里的场景。所谓的片场,其实只是一处废弃的工厂。屋顶生了锈,上面有一个小洞,阳光从这个小洞里透了进来,而这唯一的光源在片场投下了奇妙的阴影——在我见过的监狱场景中,这里是最有特点的一处;现在有多一点经验的我知道,太阳并不会一直停在原地不动,也不会维持到我们拍完所有的场景——于是我对灯光师说道:"把最大的灯拿过来,就放在现在太阳所在的那个位置。我只需要这一盏灯。"

那时我才刚开始接触电影,而那位灯光师却是当地电影界的元老级人物。因此,在我们拍摄时,他完全没理我。他开始给片场打光。在他那漫长的职业生涯中,他一直都习惯于这样打光:到处都是光亮,阴影也无处不在。经过长达六小时的打光,这处场景看起来就和其他二流电影、电视剧里的监狱一样,但不是我所中意的,也不是我所要求的那个深邃光源,他就是打了一个很普通的强光而已。

幸亏导演还有些话语权。"把那些破东西都拿下来，"他命令道："把这盏大灯放到 Chris 说的地方。别浪费我的时间了。"

有了这一次的经验之后，我更加肯定人要相信自己的眼睛。如果有什么能让你在一开始就对整个空间产生兴趣，那你就跟着它走。依靠你的本能。有什么就抓住什么，跟着走。你可以加强其中的一些东西，也可以隐去那些不太管用的细节。在一个空间中，光线可以表达无穷的深意。光线就像是一词、一句，最终写成一首诗。

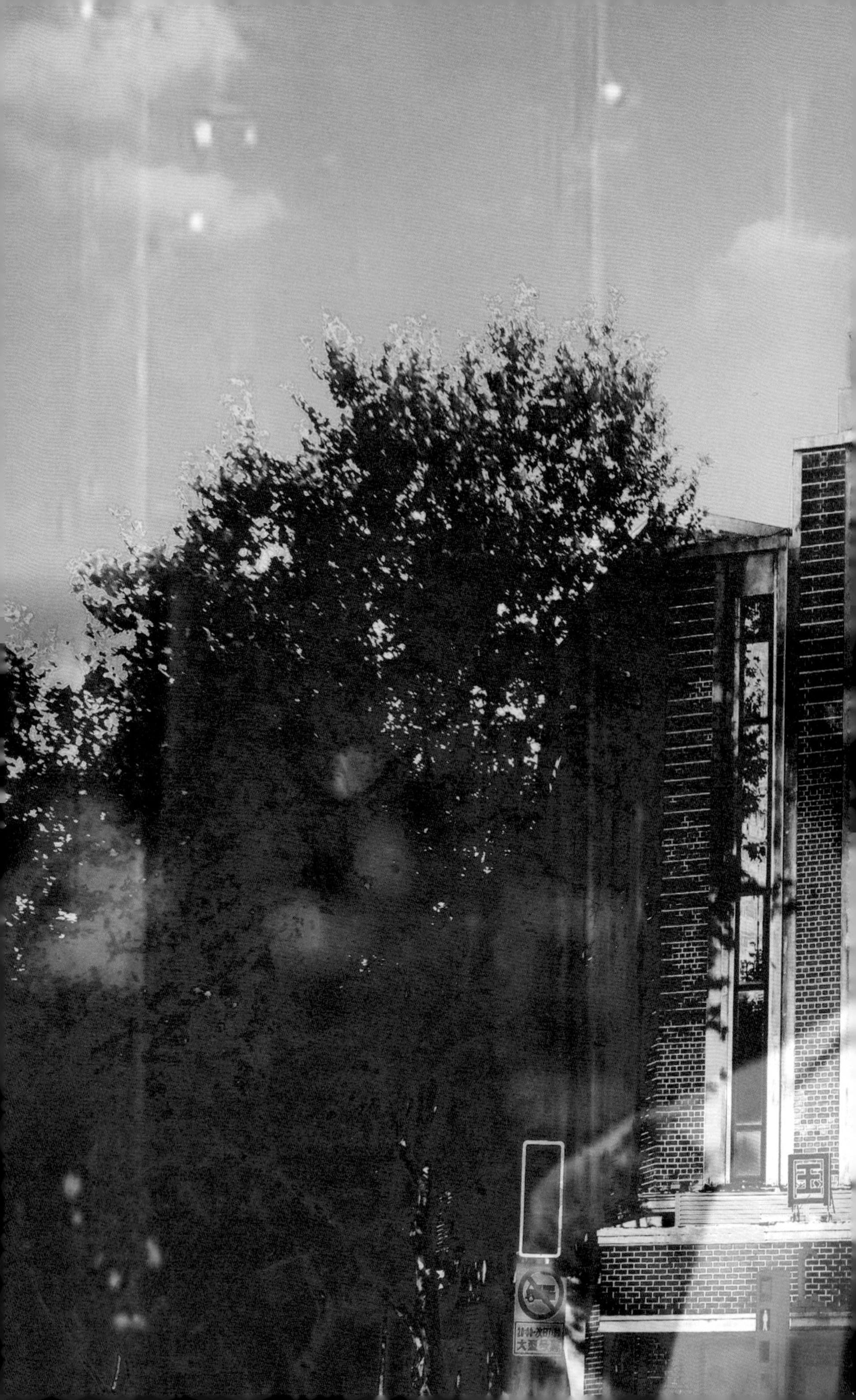

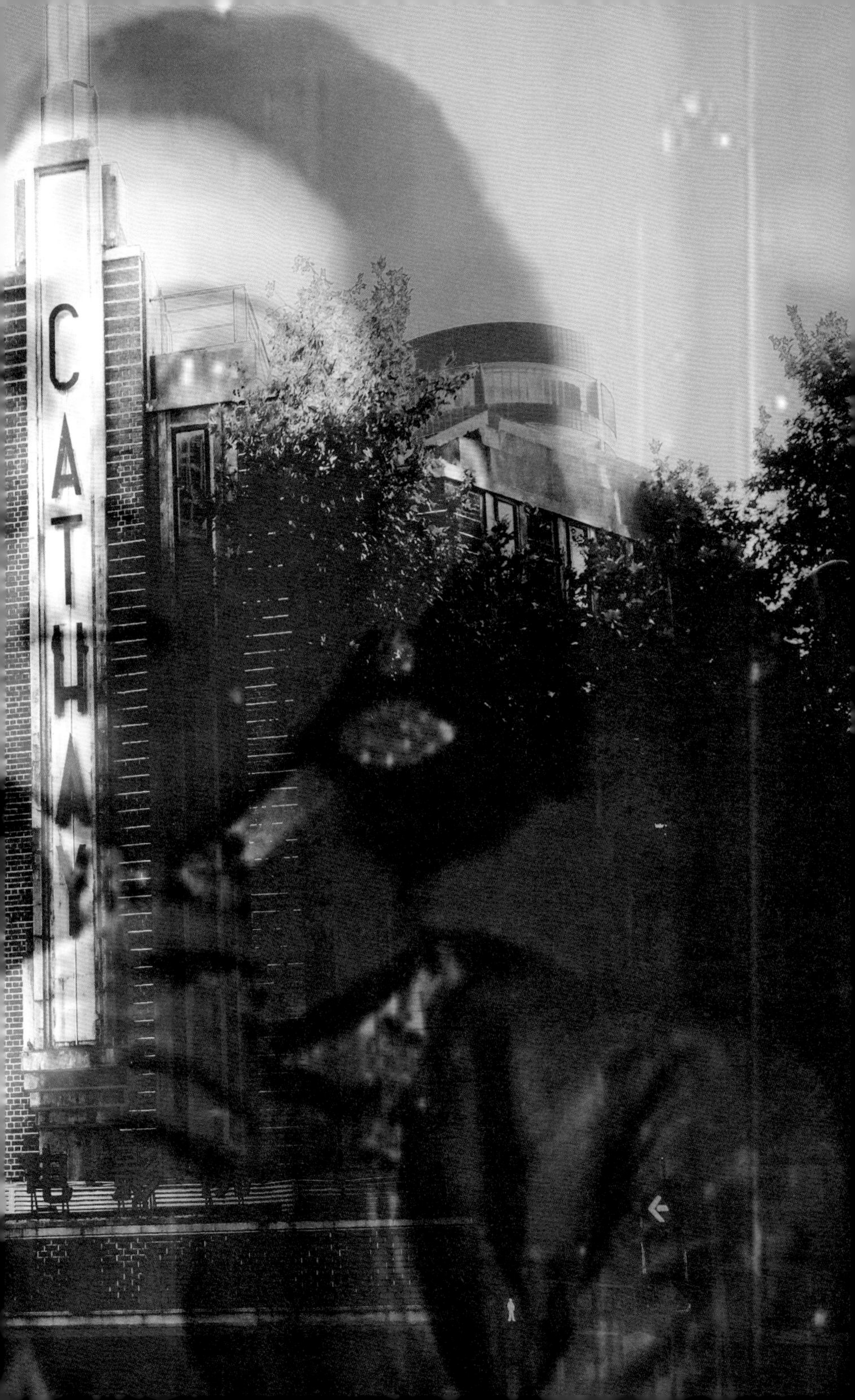
CATHAY

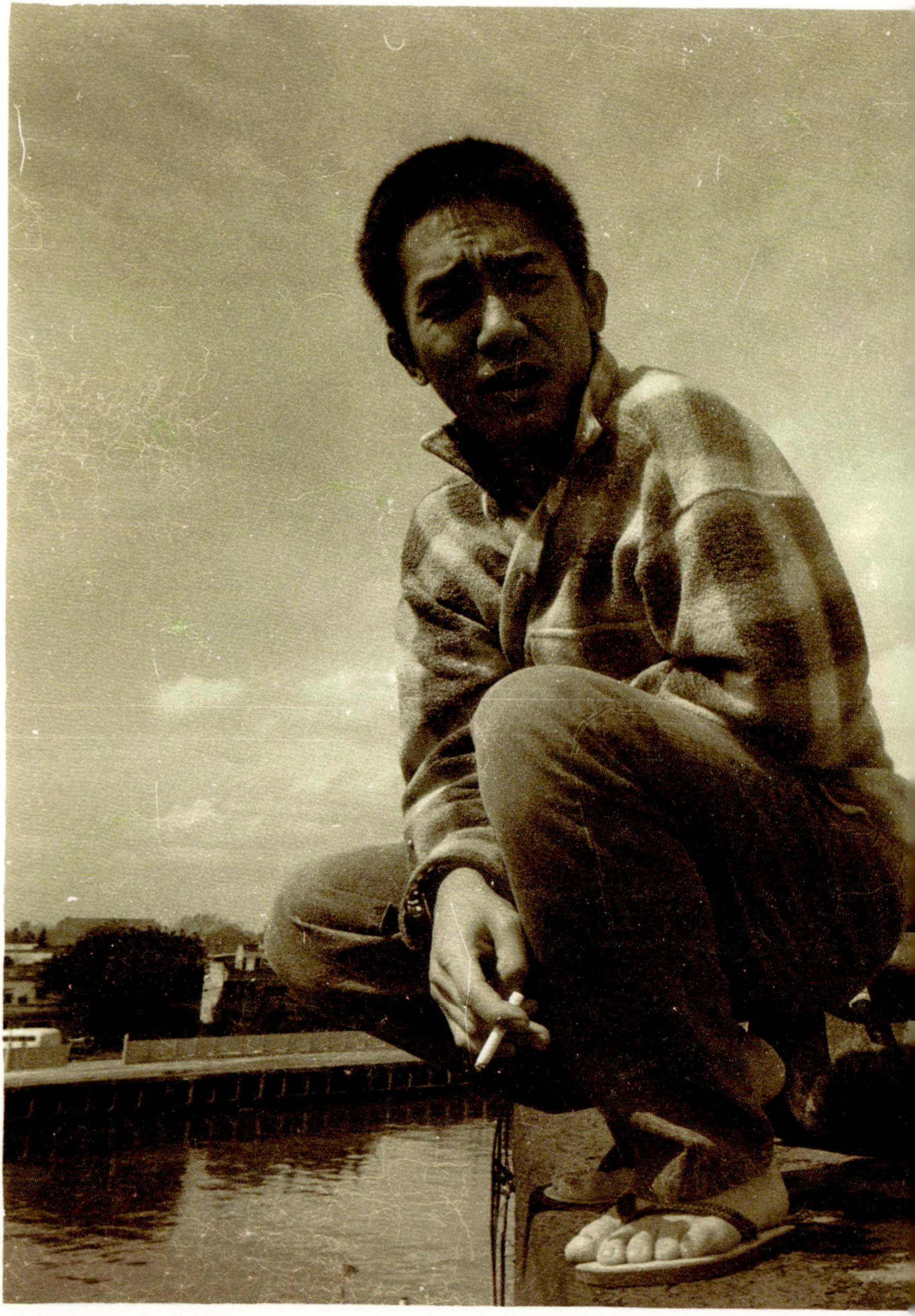

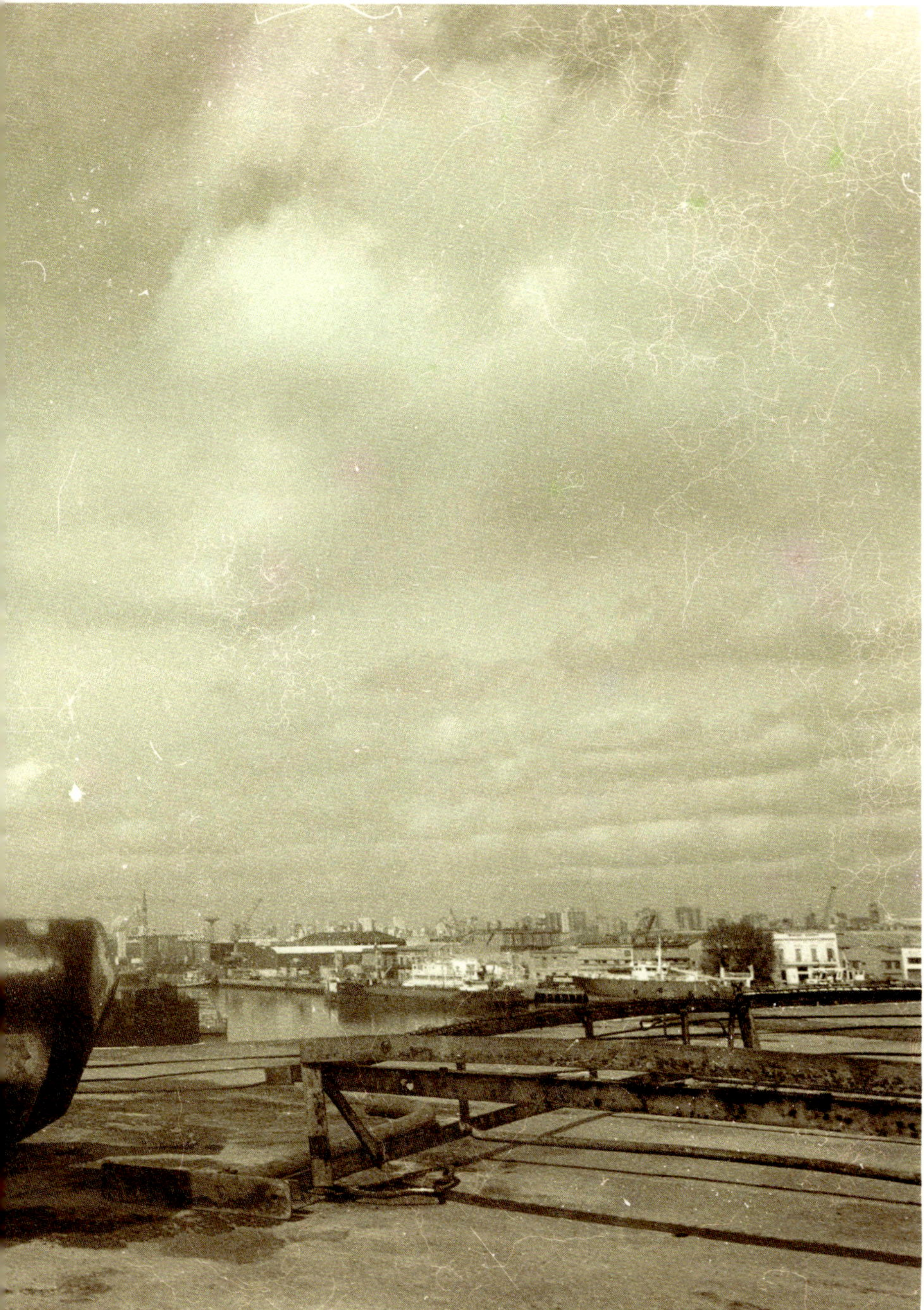

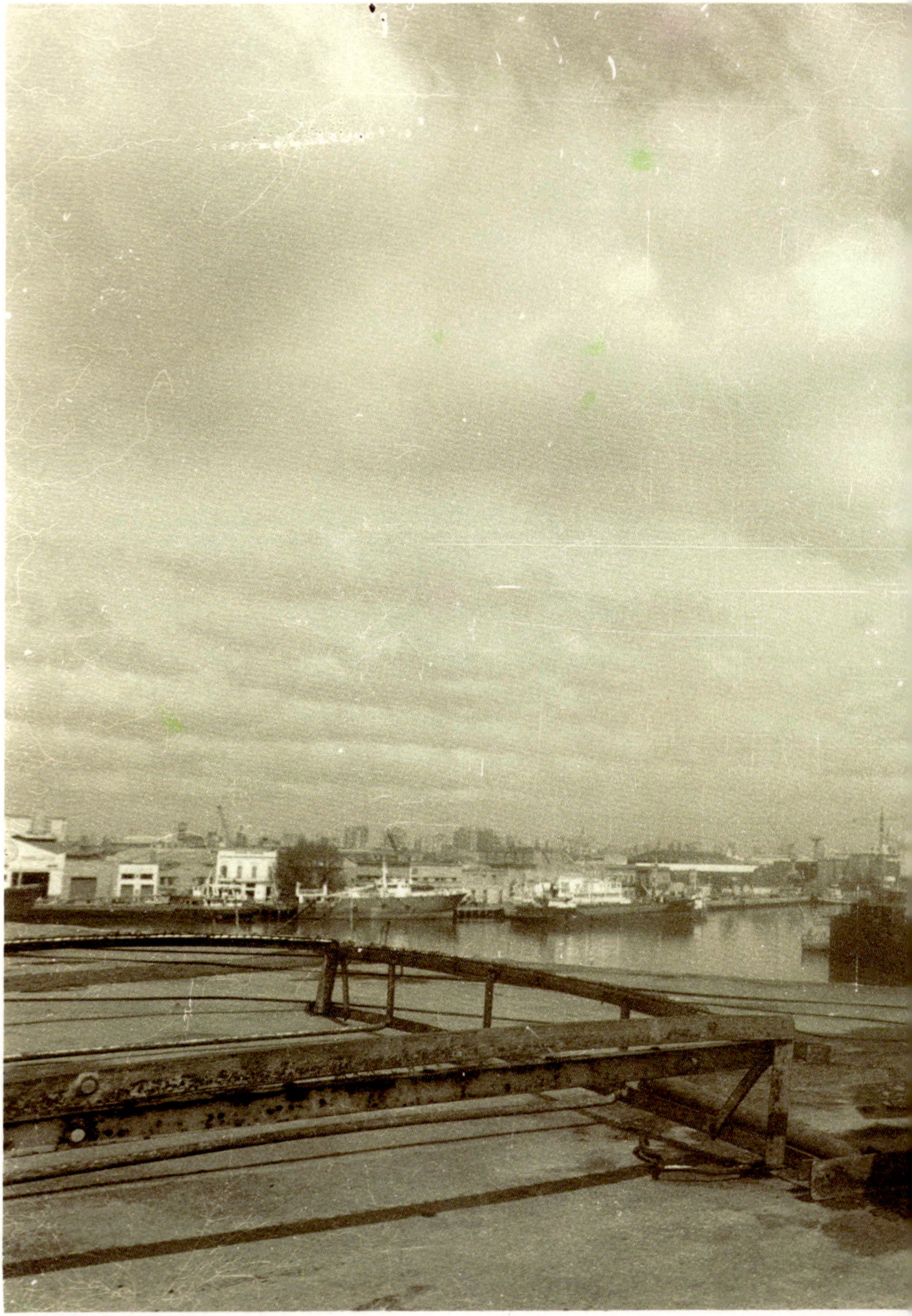

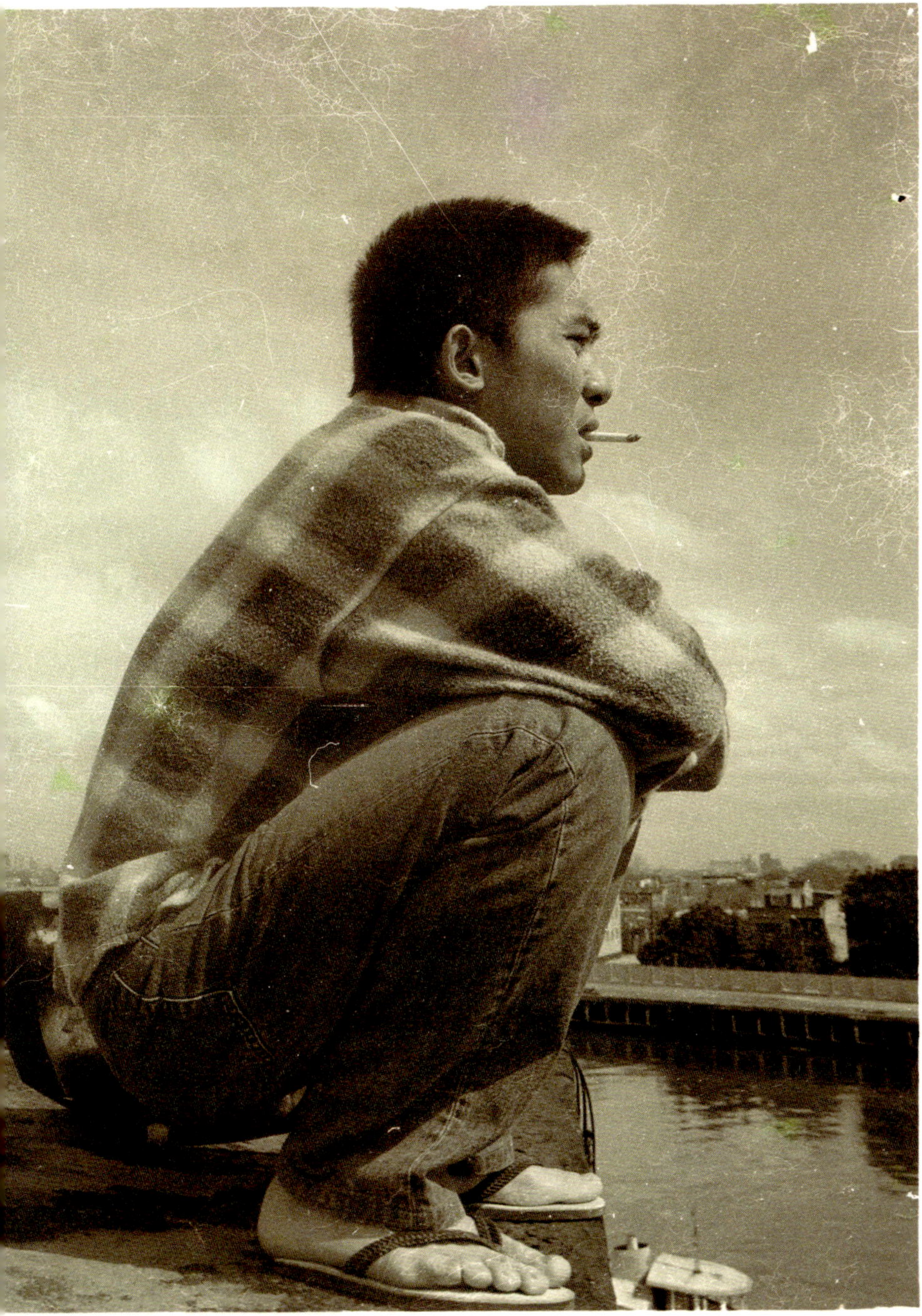

18 觉醒的日子

和王家卫一起拍《阿飞正传》时，我们想让张国荣和刘嘉玲来一段自由发挥、五分钟不间断且一口气的长镜头。

我们花了两天多的时间，总共拍了五十多条。演员的耐心被我消磨殆尽，王家卫对我的信任也快没了。

但对我来说，这却是个转折点。

我开窍了。我明白自己太钻牛角尖了。

由于缺乏经验，我做事时常常多思多虑，矫枉过正。

在技术方面，我的一些选择太过复杂和专业。

这些方法并不适用于我们的场景。在面对给什么打光、如何打光的问题时，这些方法也没什么用。

从那天起，我感觉到我的过程必须越简单越好。最重要的，其实是场景里所蕴含的能量。我们对电影有许多想法，而这些想法也需要足够的空间来实现。导演和演员、导演和我、我和演员之间，彼此迁就，彼此妥协。电影，其实就是在这当中涌动的能量。

只要摄制组的其他人知道如何安装摄像机、如何铺设光电缆、如何把墙壁漆成我们想要的颜色，那么，技术问题自然会迎刃而解。

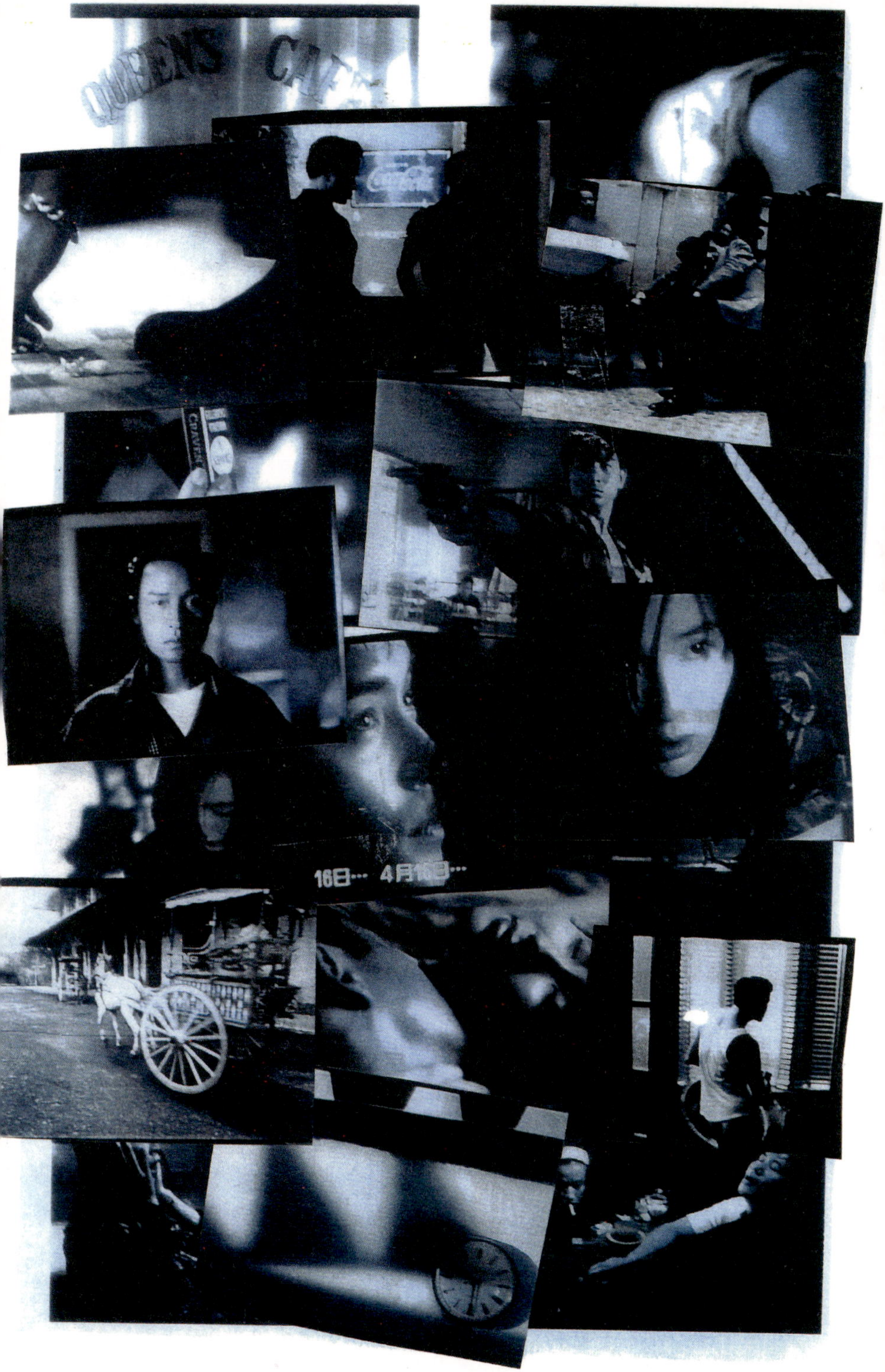
QUEENS
16日··· 4月16日···

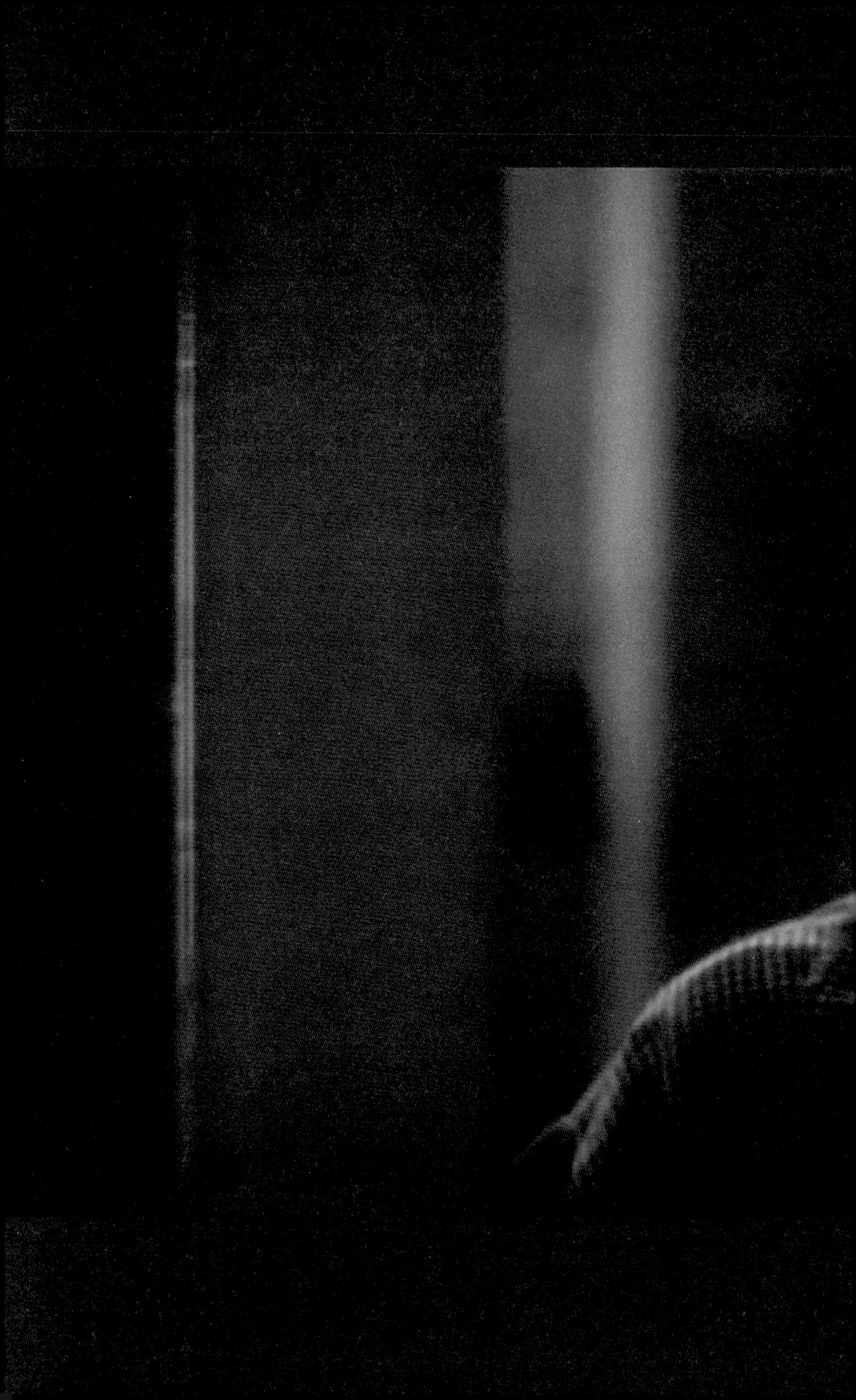

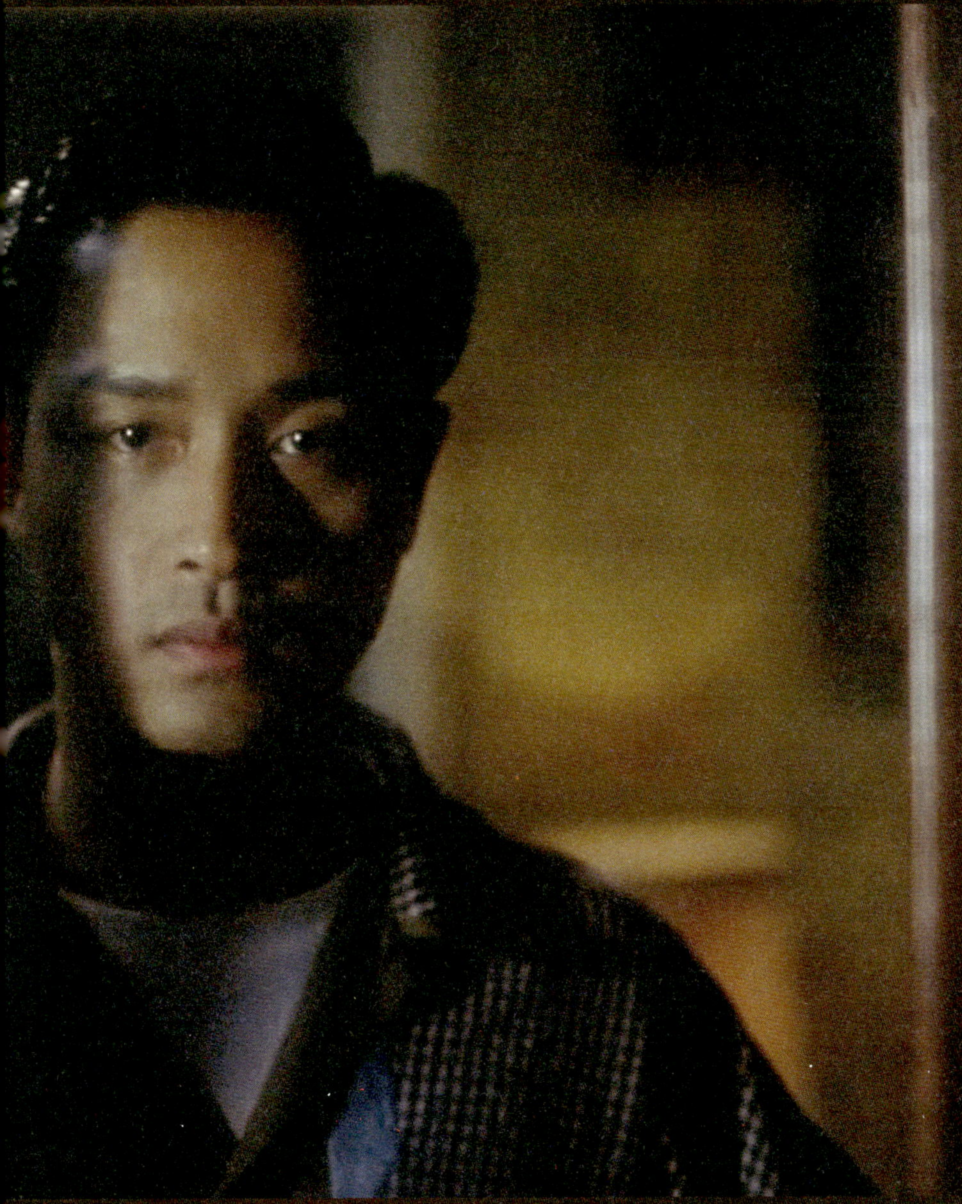

19 重庆大厦

重庆大厦坐落在弥敦道的尽头。弥敦道是条主干道,也是九龙的心脏线。第一次到中国香港时,弥敦道上的霓虹招牌让我这样的西方人眼花缭乱,也带给我无限的灵感。

它本身就是一座城。

当时,整座大厦里到处都是涉嫌违法的营生。那里有地下餐馆、非法移民和毒贩,也有那些无比廉价、低劣的旅店。大厦 B 座五楼的香港酒店就是其中之一。《重庆森林》的部分场景就是在那里拍摄的。后来,我们又回那儿拍了《堕落天使》。

看过电影的话,你就会明白,如果一个空间本身就很真实,那么我们只需如实展现它就可以了;如果一个空间里已经蕴藏了故事,那么,我们只需找到这个故事。

对我来说,电影就是人们对空间的回应。我们——编剧、导演、演员和摄影师——都在用属于自己的方式回应着空间。当我们把角色和演员都置于这一空间时,奇迹往往就会诞生。

电影,其实就是合适的人、合适的空间。

电影就是风水。

重慶大厦

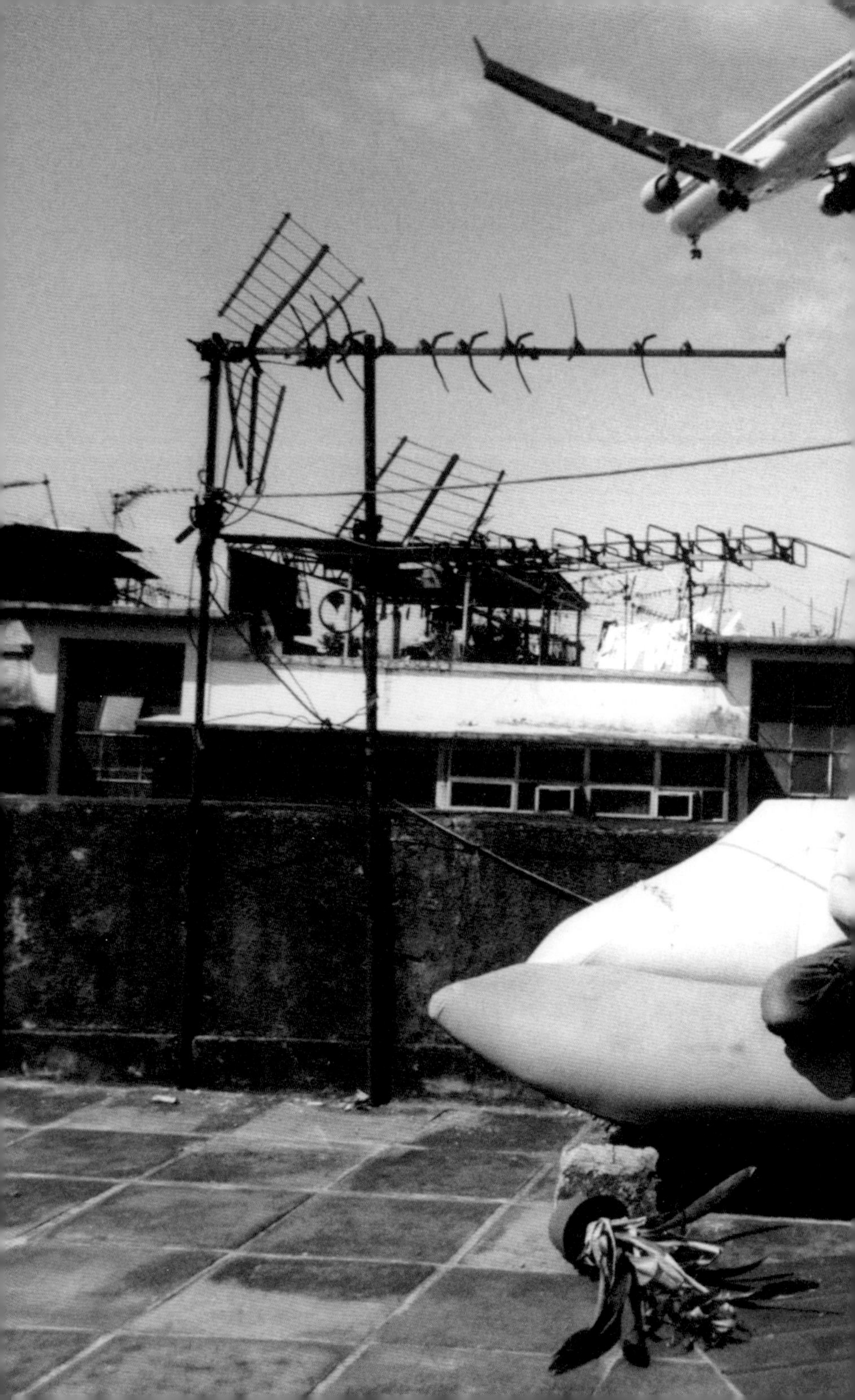

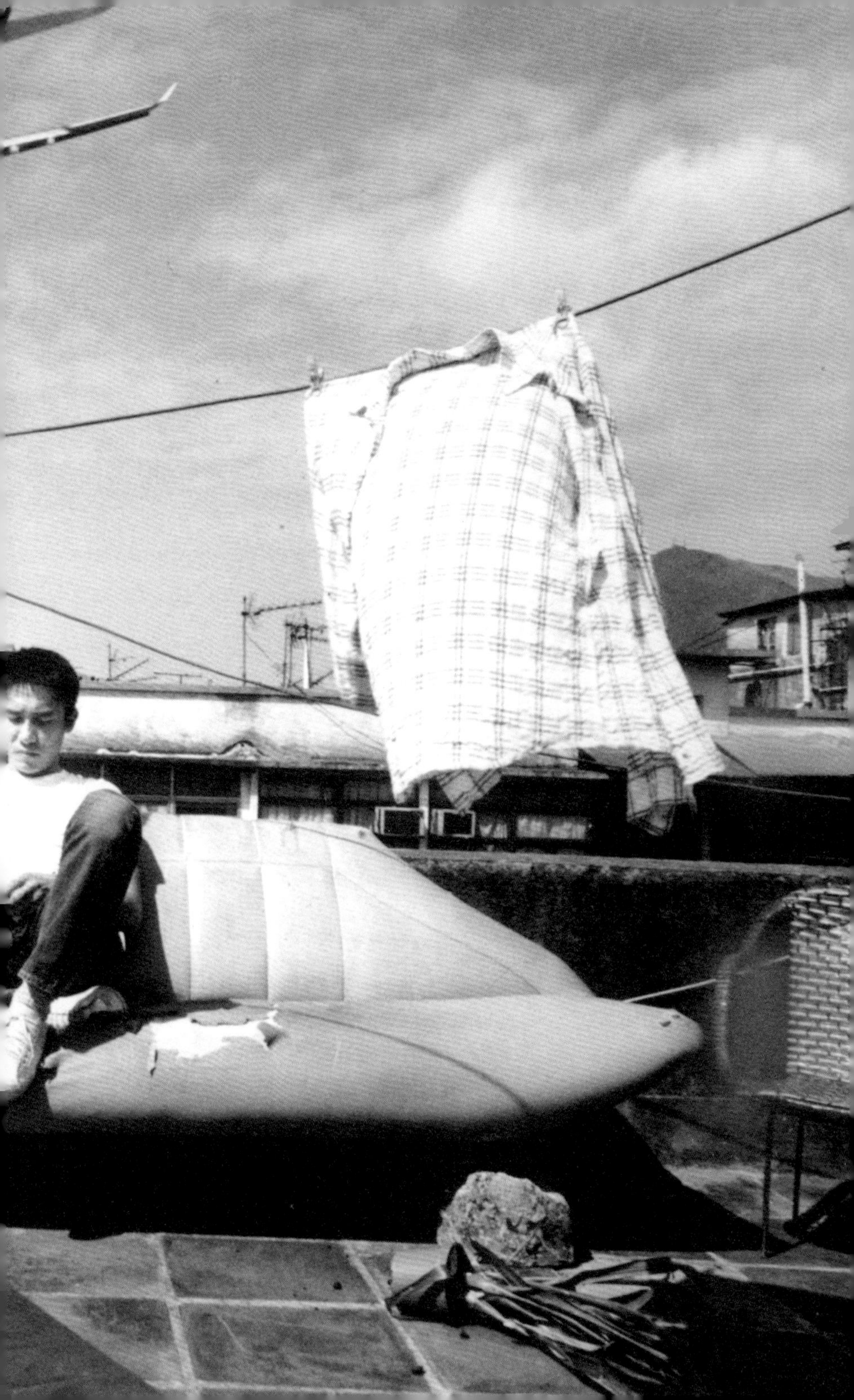

20 有关王菲

早在王菲和窦唯、何勇一起做音乐时,我就知道她了。他们身上的摇滚精神、他们象征的那种态度,代表了上世纪八九十年代中国年轻人的才华与力量。

如果我没记错,《重庆森林》是她的第一部电影。但现在她已经是个巨星了。她早已习惯这个身份所意味的一切。

王家卫往往喜欢"微调"演员的表演。他会纠正演员的姿势,让他们和镜头更好地互动。

王菲却更在意能量本身。她专注于每个当下的瞬间。

她常常只拍一条镜头。然后,她就会走向她的面包车,发动车子,很有个性地扬长而去。

我们没法让王菲再拍第二遍:她已经传递过她的能量了。如果我们没能接收到……那就只好怪自己了。

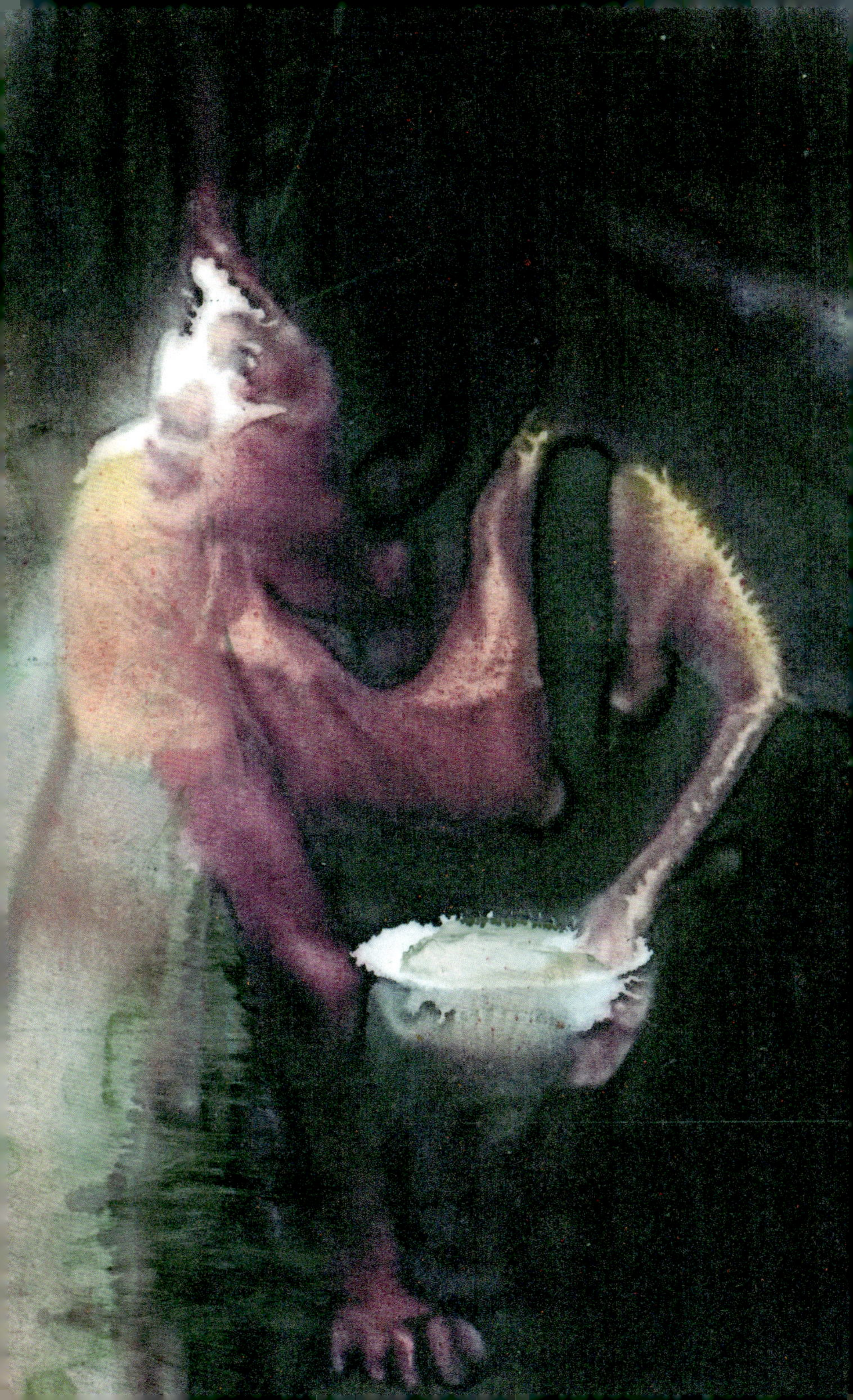

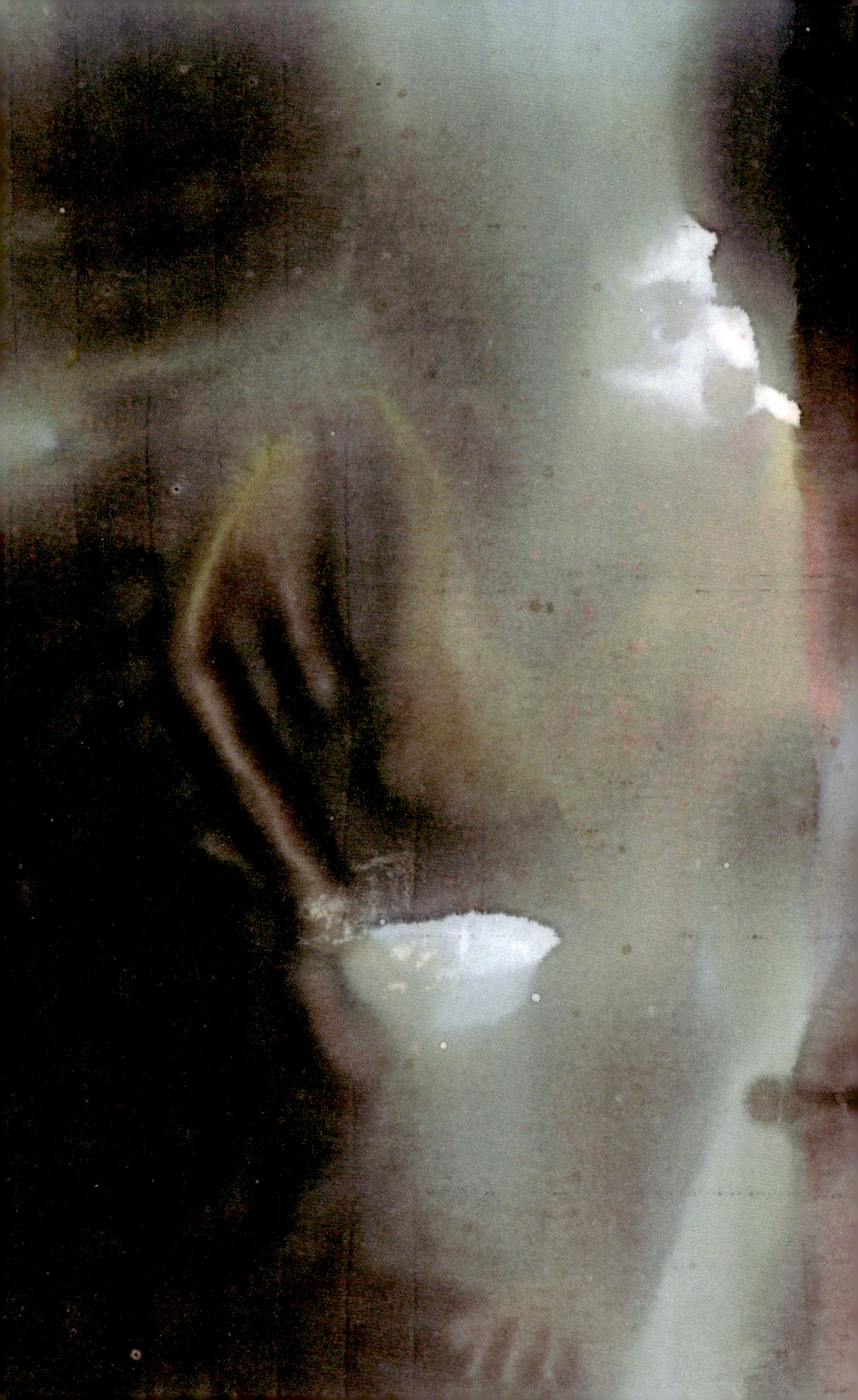

21 "影迷俱乐部"

《重庆森林》受到了无数好评。在那之后,中国香港旅游发展局顺势推出了"电影地图"。

许多游客都会拿着地图,沿着那条全世界最长的户外扶梯,像电影中王菲饰演的角色那样,往梁朝伟的住处看去。但没人知道游客们望向的其实是我的家,虽然在电影中那是属于梁朝伟的世界,但现实生活中那可是我真实的家。这些游客大都来自日本,只为观望,只为满足性的向往。

有一天,我打开我的公寓门,发现门口站着一对好奇的日本情侣。他们很年轻,也很可爱。与我四目相对的那一刻,他们有些不知所措。我很清楚他们是为了什么而来到这里,所以就请他们进屋:"请进,到处看看吧。"

出门工作前,我叮嘱他们说:"离开时别忘了锁门。"

三个小时后,我回到家中,惊讶地发现,门没锁。

更让我惊讶的是,他们居然还在我家。就在我的床上。不过,他们当时做的事,跟你想的可能不大一样。

我看见,女孩非常投入地摆出了电影里王菲在那场戏中的姿势,正神经质地拿着手电筒查看片中梁朝伟女朋友的一根长发,而男孩正在认真地给她拍照,两个人就这样在我的家里很享受地重现着他们认为的《重庆森林》里的那场戏。

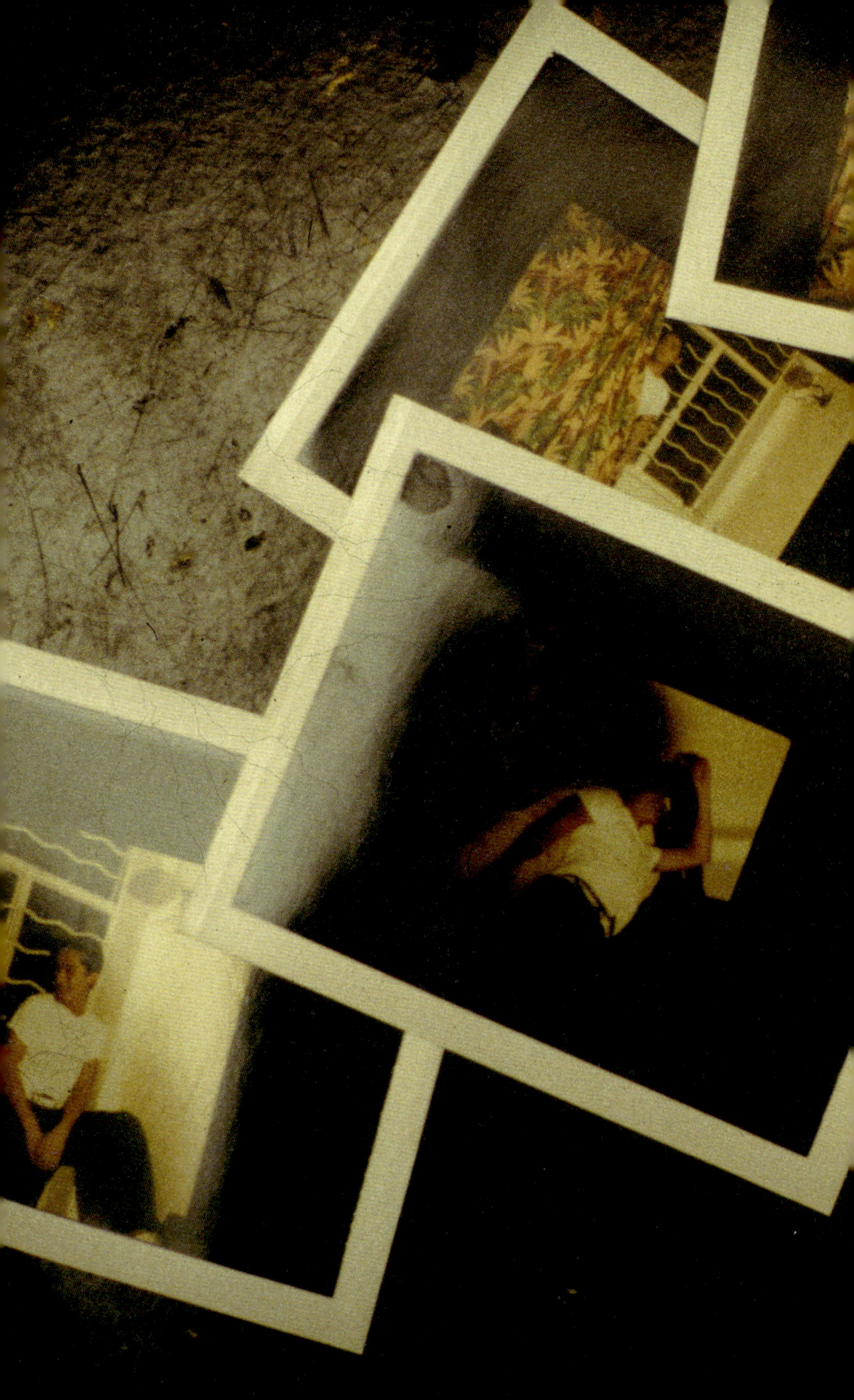

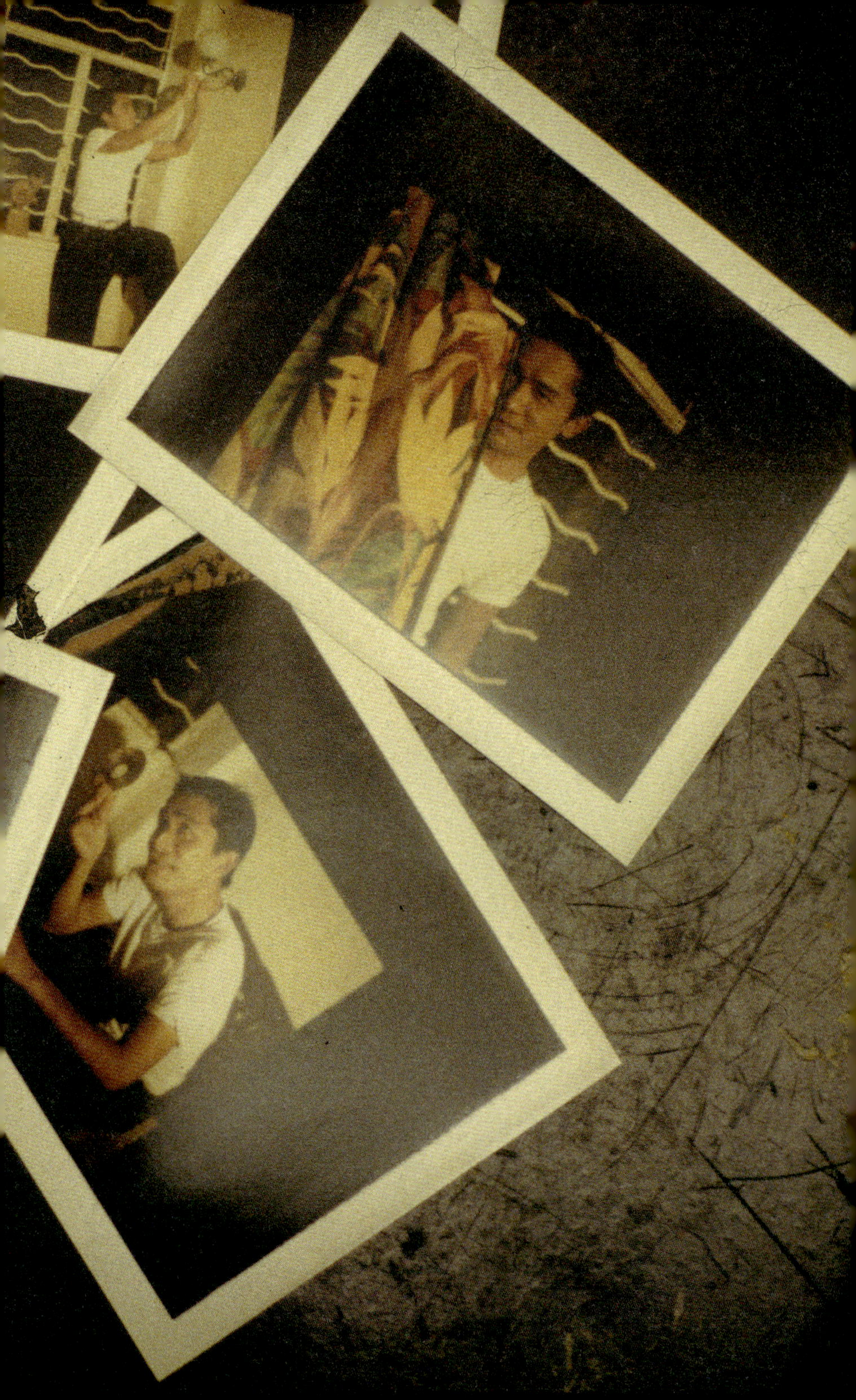

²² 我们眼中的城市

许多亚洲城市看上去都有凌乱的美感。因此，在多数亚洲电影中，我们都会用浅景深和长镜头来避免这种乱。如果这些无关紧要的元素占据了画面，观众的注意力就会被分散。

在《重庆森林》里，我们想营造出人群中的孤独感：王菲在"午夜特快"快餐店上班，在她身后，奔赴聚会的人群熙熙攘攘，勾勒出她独自工作的画面。

我们还用手持镜头，拍摄了一组林青霞快步穿梭在混乱、狼藉的重庆大厦里的画面——在这充满危险的世界中，她也遭遇着威胁。

所有艺术都可以追根溯源。艺术，其实就是在寻求改变、拒绝改变，或者，对改变做出回应。就是这么简单。

在《堕落天使》中，我们用了超广角镜头，因为之前的《重庆森林》已经用了太多长镜头。

超广角镜头充满挑战性和不确定性，我们需要让一切都在画面中妥善地呈现。因此，不同位置间的连贯性、演员和摄影机的动线、不同场景中光线的强弱，都至关重要，也决定着我们的整场电影实验。

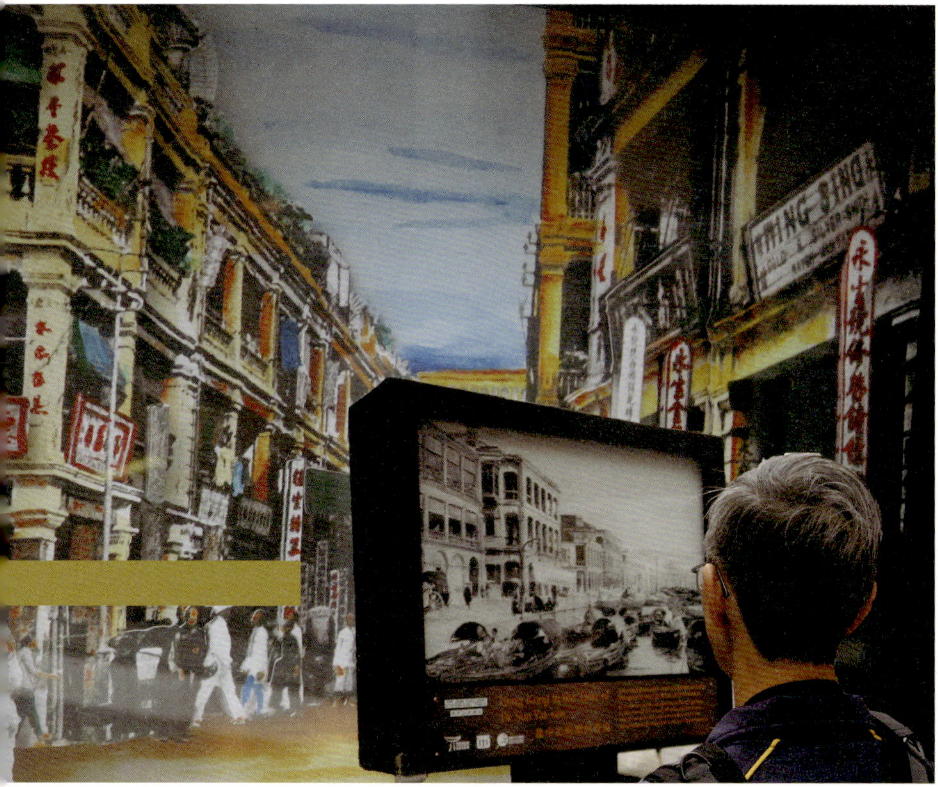

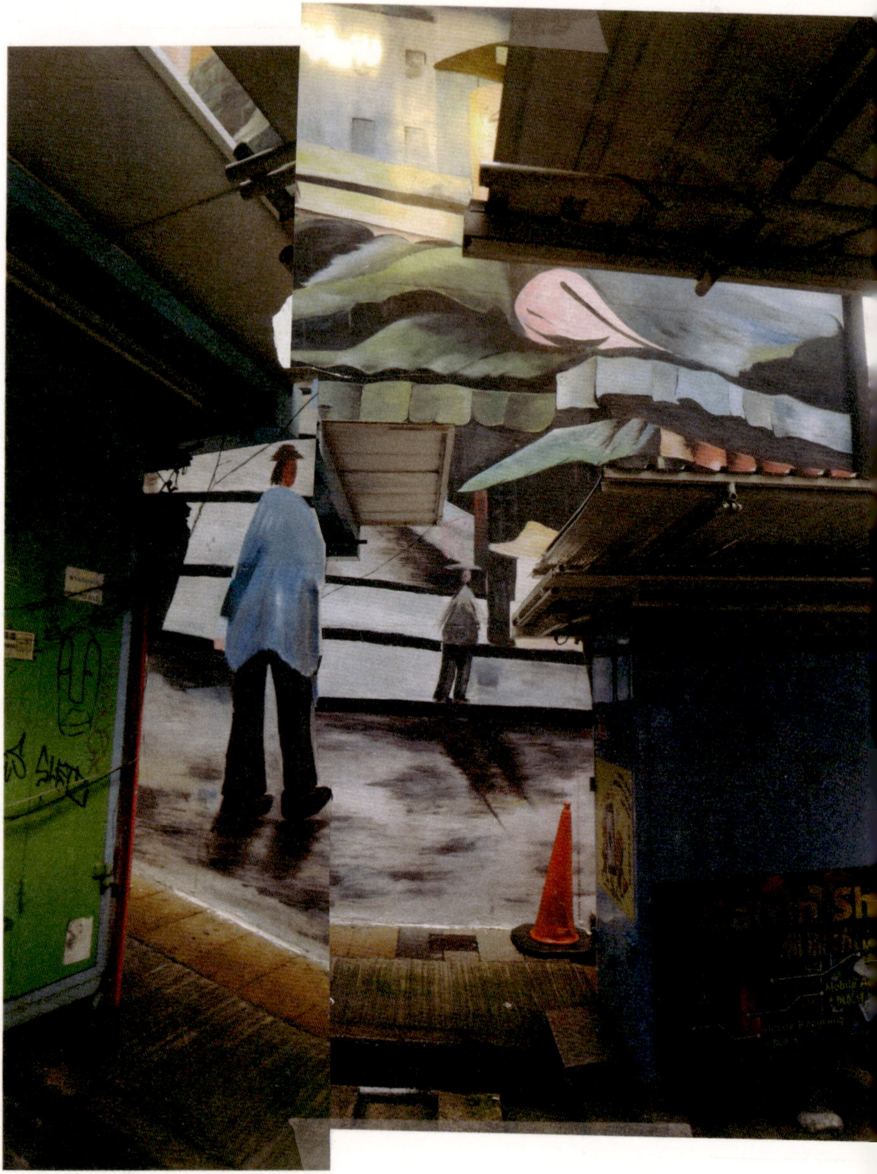

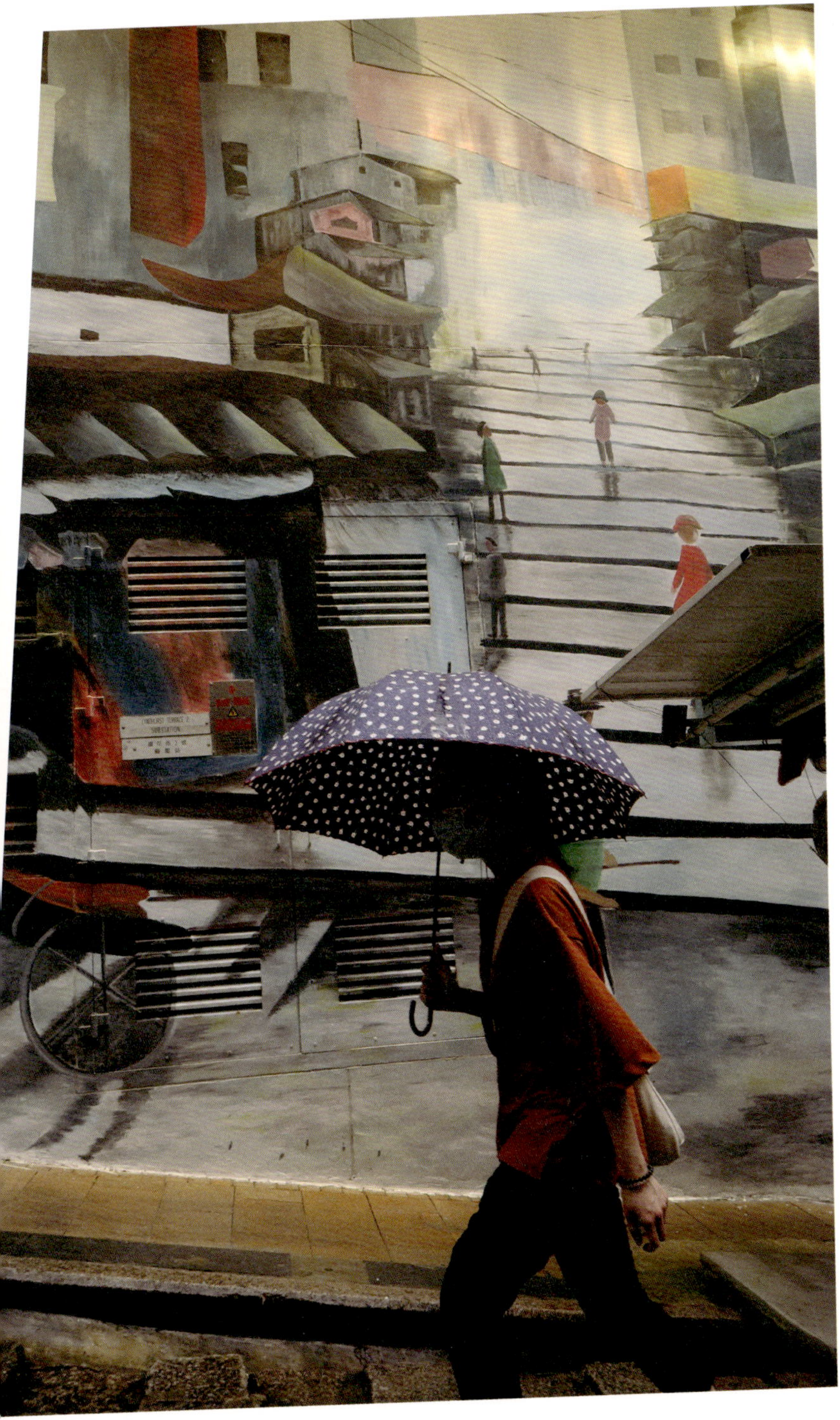

23 夜未眠

我曾拍过一个镜头。每次看到那个画面,我都有些尴尬。

那是我唯一一次使用十八毫米的镜头。我那样做,是为了让电影的整体观感趋于平衡。在大多数电影里,十八毫米的镜头就算是广角了,但在这部电影里,几乎所有镜头都是用"鱼眼"拍摄的。

在鱼眼镜头下,整个画幅都显得特别宽——我都快能拍下自己身后的画面了。在这样的镜头里,一切物体都被放大、扭曲,但这恰恰是这部影片的风格。而且,只要你能接受这种风格,就会发现,电影中的那个世界独一无二,如此特别。

我错在总是对那些"现实观念"做出让步。所谓"现实",大概就是我们思维中习以为常的场景,但它却并非"电影中的现实"。

那个镜头之所以失败,是因为它没能对"电影本身的真实"负责任,我被电影之外的日常现实干扰,因此我对电影打了折扣。

我们在电影中创造世界。这个世界可能是黑白的,可能来自未来的外太空世界,甚至,这个世界里的动物还会说话。一旦我们建立起这个世界,一旦我们在电影开始的几分钟内就呈现出这个世界，观众便会完全投入其中，沉浸在这样的体验里。观众会发现，自己进入了一个前所未有的、想象不到的世界。

也许，这个世界粗糙、怪异。也许，这个世界梦幻又超现实。也许，这个世界就是平平无奇、格外写实而已。但无论怎样，它就是电影中的那个世界，而我们，早已是其中的一员。

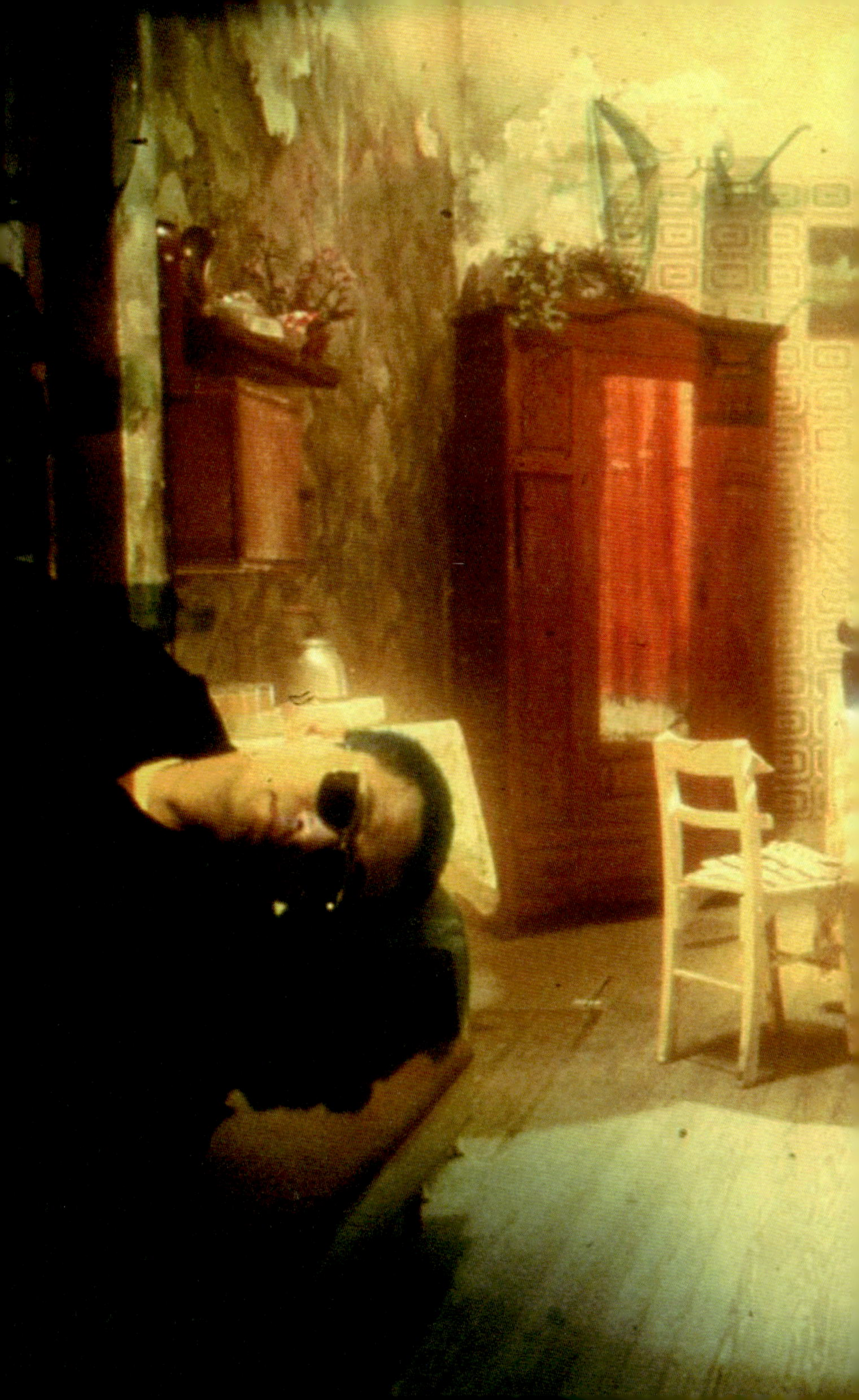

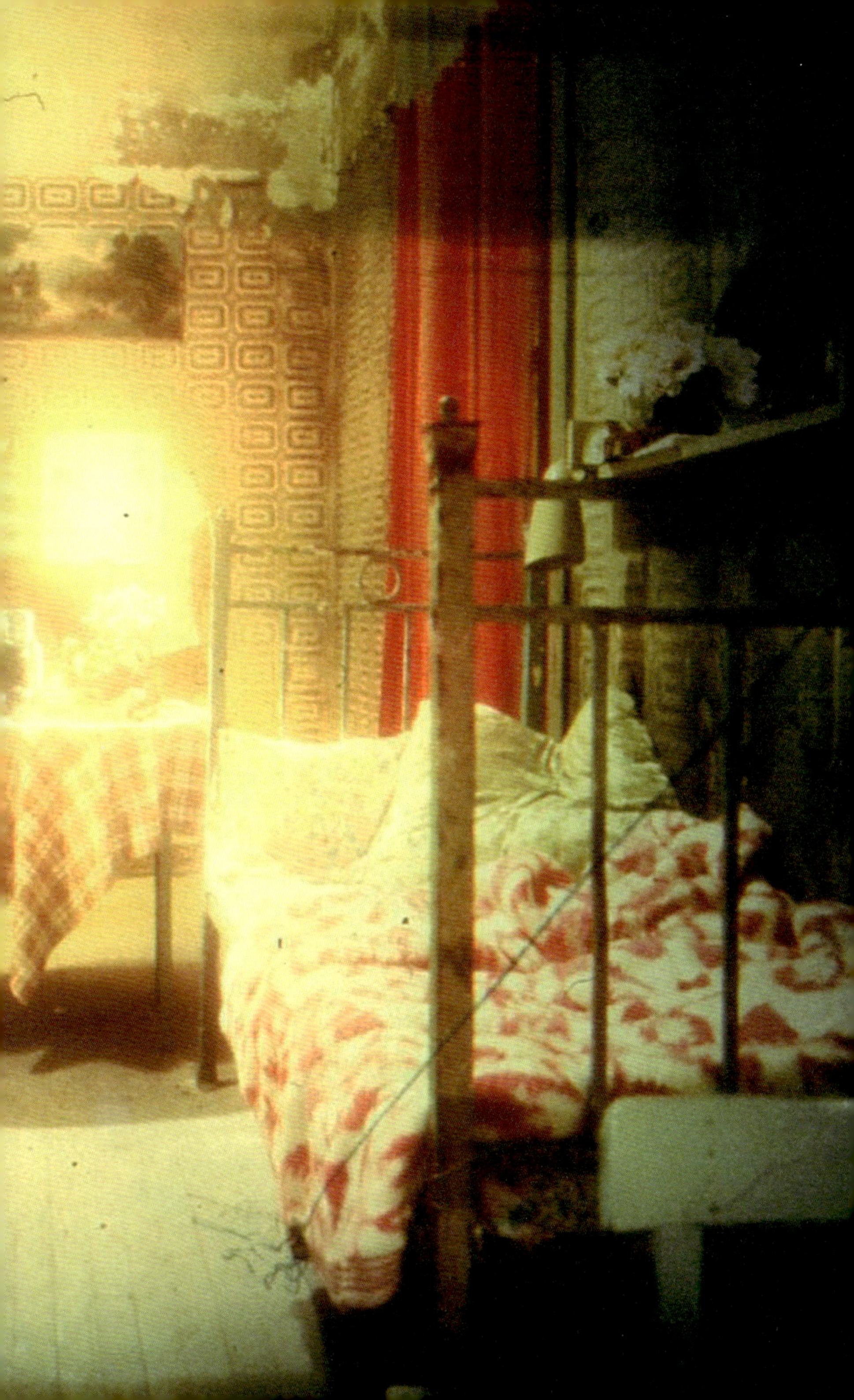

24 一个房间

我和王家卫合作的电影很受欢迎。越来越多的广告、电影、电视剧,甚至是平面摄影都开始模仿我们的技术和风格。

但我们知道,要想继续精进,就必须迷失方向,走出舒适区。

在这个地球上,没有比阿根廷离中国香港更远的地方了,所以我们就去了那里。我们想要身处陌生的环境,汲取全新的能量。

我们想要在完全不同的文化里工作,尽力寻找另一种声音。

我们花了好几个月的时间,走遍了整个阿根廷,从北部的阿根廷、巴西、巴拉圭三国交界处的伊瓜苏瀑布,到最南部的世界尽头乌斯怀亚,这里有南美洲南面的最后一个灯塔 Les Eclaireurs,再过去就是南极。但最终,电影中三成的场景,都发生在一个肮脏的旅馆房间里。神奇的是,我们跑了那么远,却找了一个在中国香港的任何一个地方都能找到的空间,屋内的设施,壁纸和地板,甚至台灯和光线以及桌椅都在中国香港随处可见,我们看着这个房间就好像回到了中国香港。

我们花了这么长的时间,走了这么远,最终,这只是为了重塑我们对中国香港的渴望。

《春光乍泄》让我们明白,"此心安处是吾乡"。

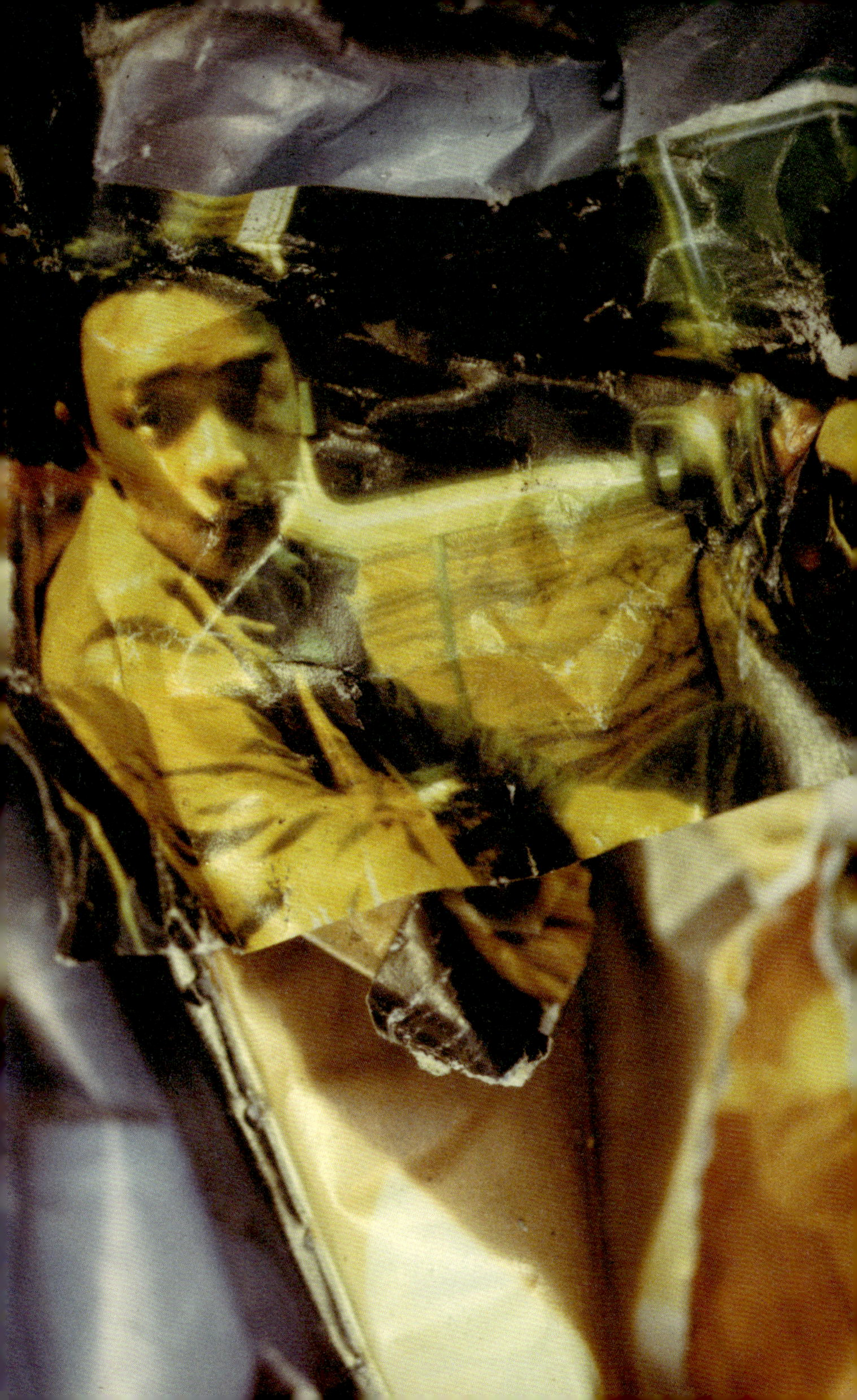

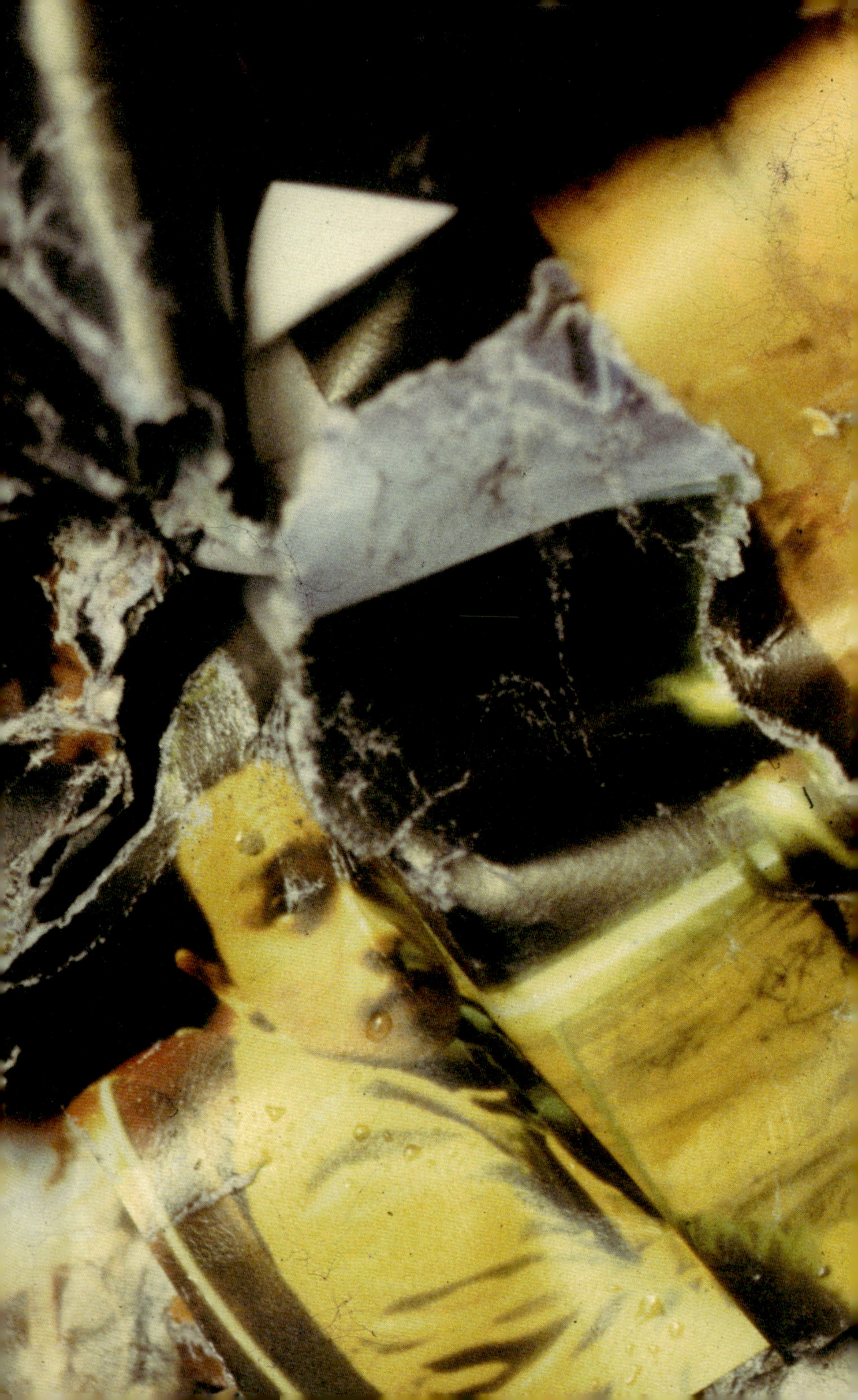

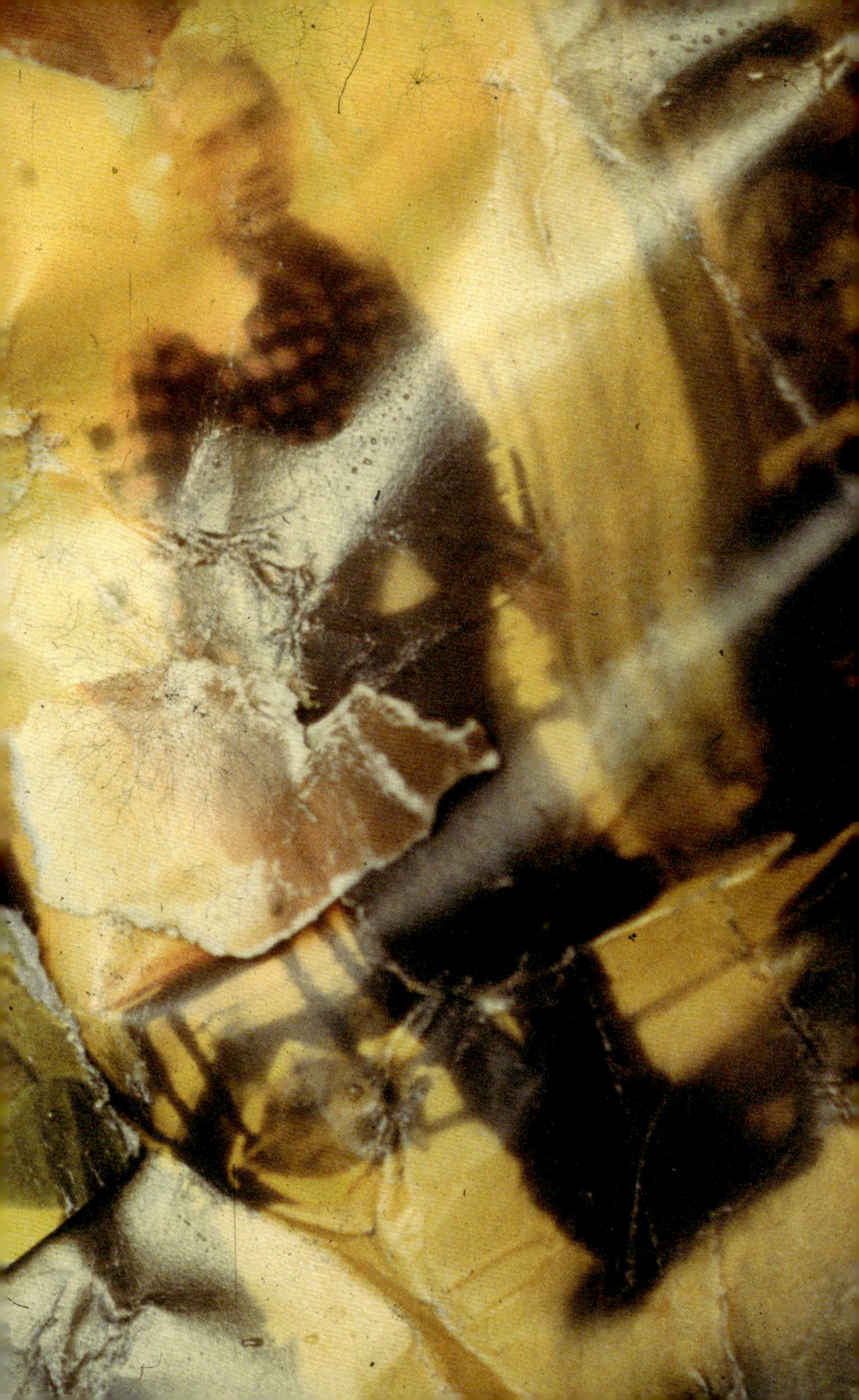

25 幸福地在一起

我不知道王家卫是怎么想到那首歌的。《春光乍泄》的英文名 *Happy Together*，其实源自 1967 年的一首同名歌曲——王家卫的许多电影，背景都设定在了 20 世纪 60 年代。

它听上去就是首口水歌，原唱的流行乐队也早已过时，但随着时间的推移，乐评人开始明白，这首歌讲述的其实是分开时的孤独、在一起时的快乐，这两者之间的反差是如此强烈。

而梁朝伟和张国荣所饰演的角色在电影里经历的，不正是这些吗？

这首歌的歌词翻译成中文大概是这样的：

想象着只有你和我，我想象着
我没日没夜地想你，这是唯一该做的事
想着你心爱的女孩
将她紧拥入怀
幸福地在一起

除了你，我无法再爱谁
我用一生来保证
当你和我在一起

天空都是湛蓝的
我用一生来保证

我和你,你和我,永远在一起
无论别人如何猜测,我们都会在一起
对于彼此,我们是唯一

幸福地在一起

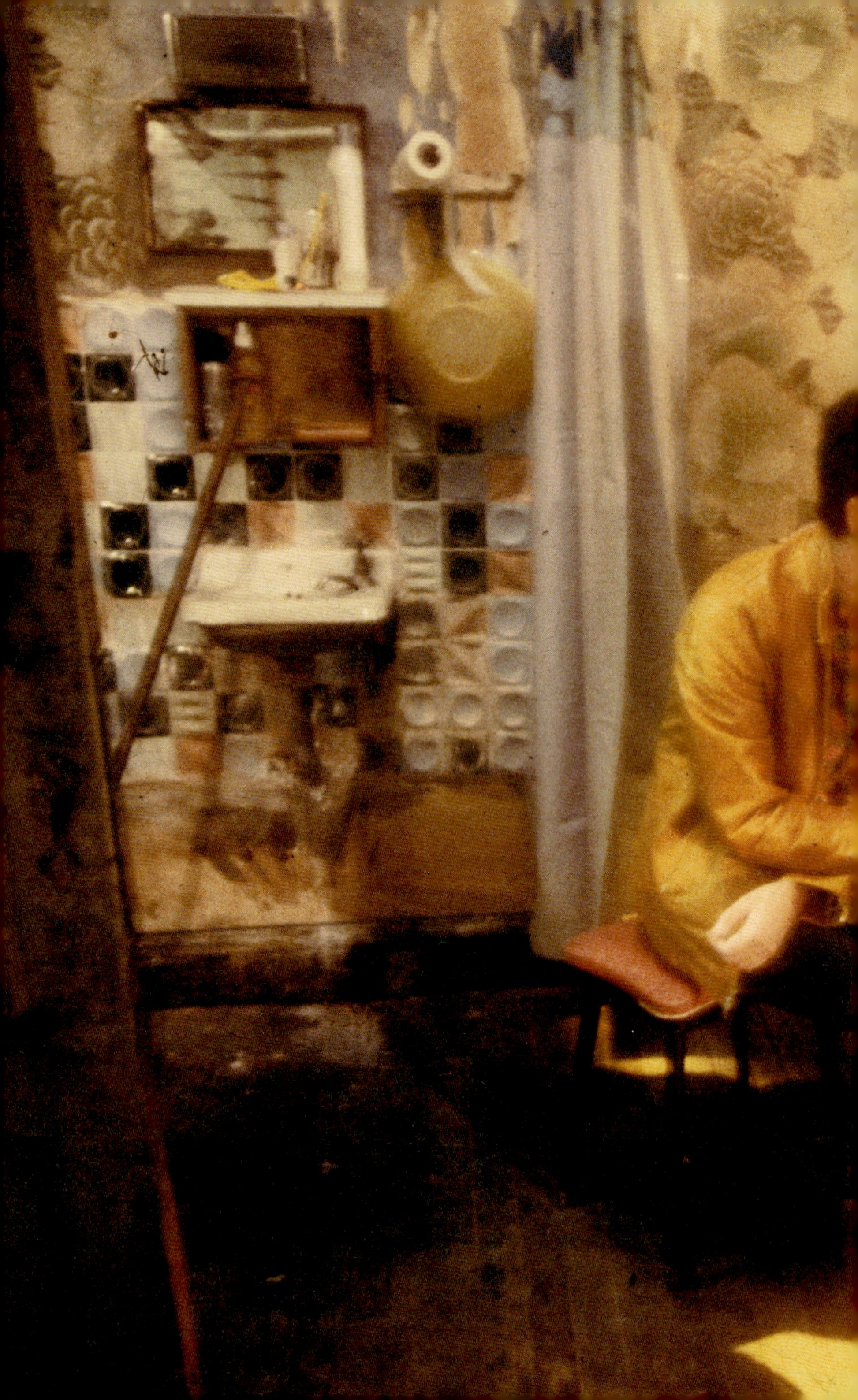

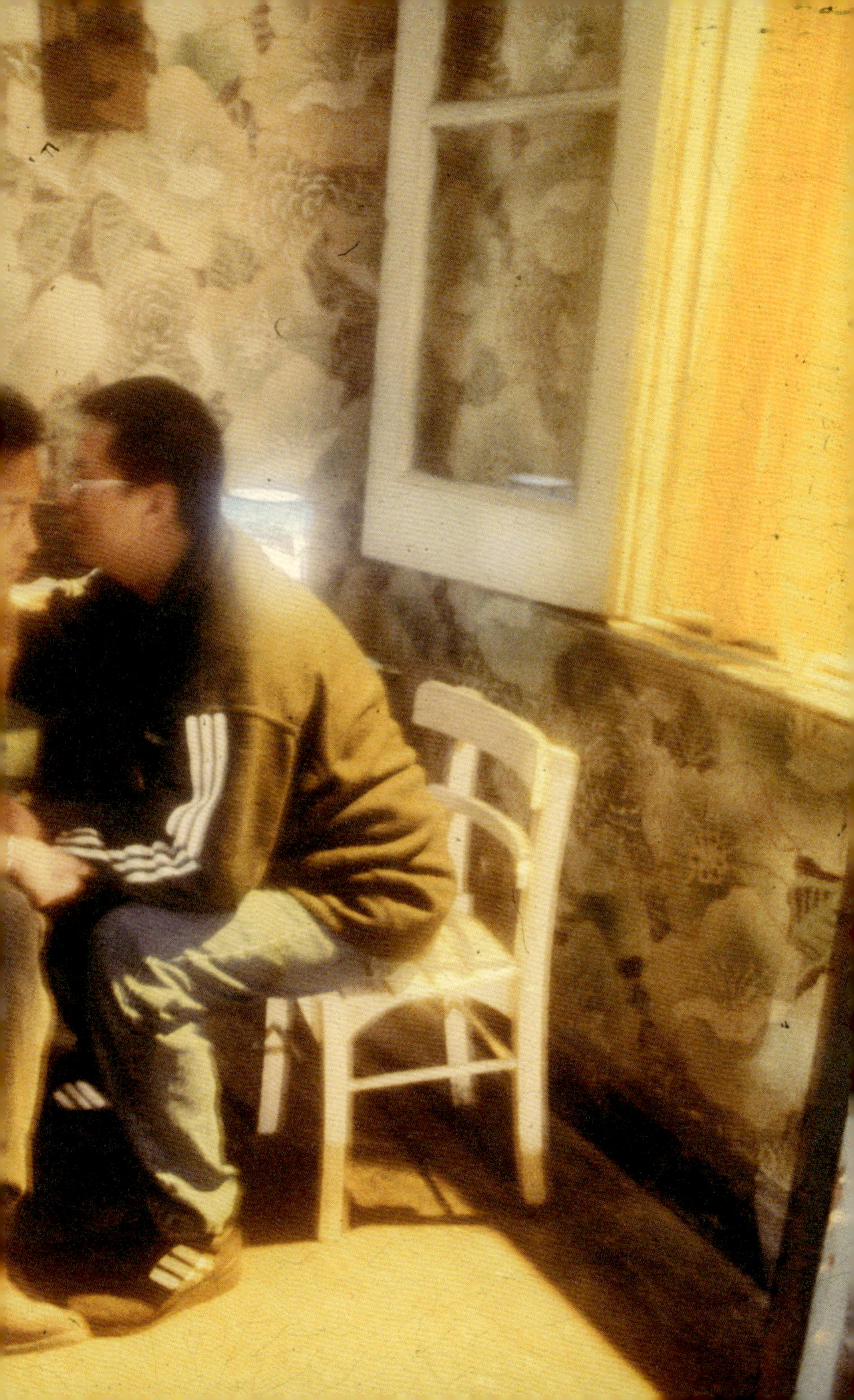

26 南回归线的意义

"南回归线是什么？"

王家卫问我。

"这是人们想象出来的一条线。它分隔了热带和较冷的温带。"我回答说。

"也许不止如此。"他意有所指。

然后，他让我前往北方，来一次长途旅行。他让我一个人去寻找南回归线的意义，于是我真的坐了好几天的公交车往北走，去寻找南回归线的意义。

终于车子开到了一个极其偏僻的地方，这儿看不见任何人，也看不见任何店面，就是荒无人烟的高原，司机告诉我说就是这里了。下了公交车后，我发现只有一块纪念碑矗立在地面上，连一条让我幻想的线都没有。

这就是我所看到的南回归线的意义，此刻我只想知道下一班公交车什么时候再来。

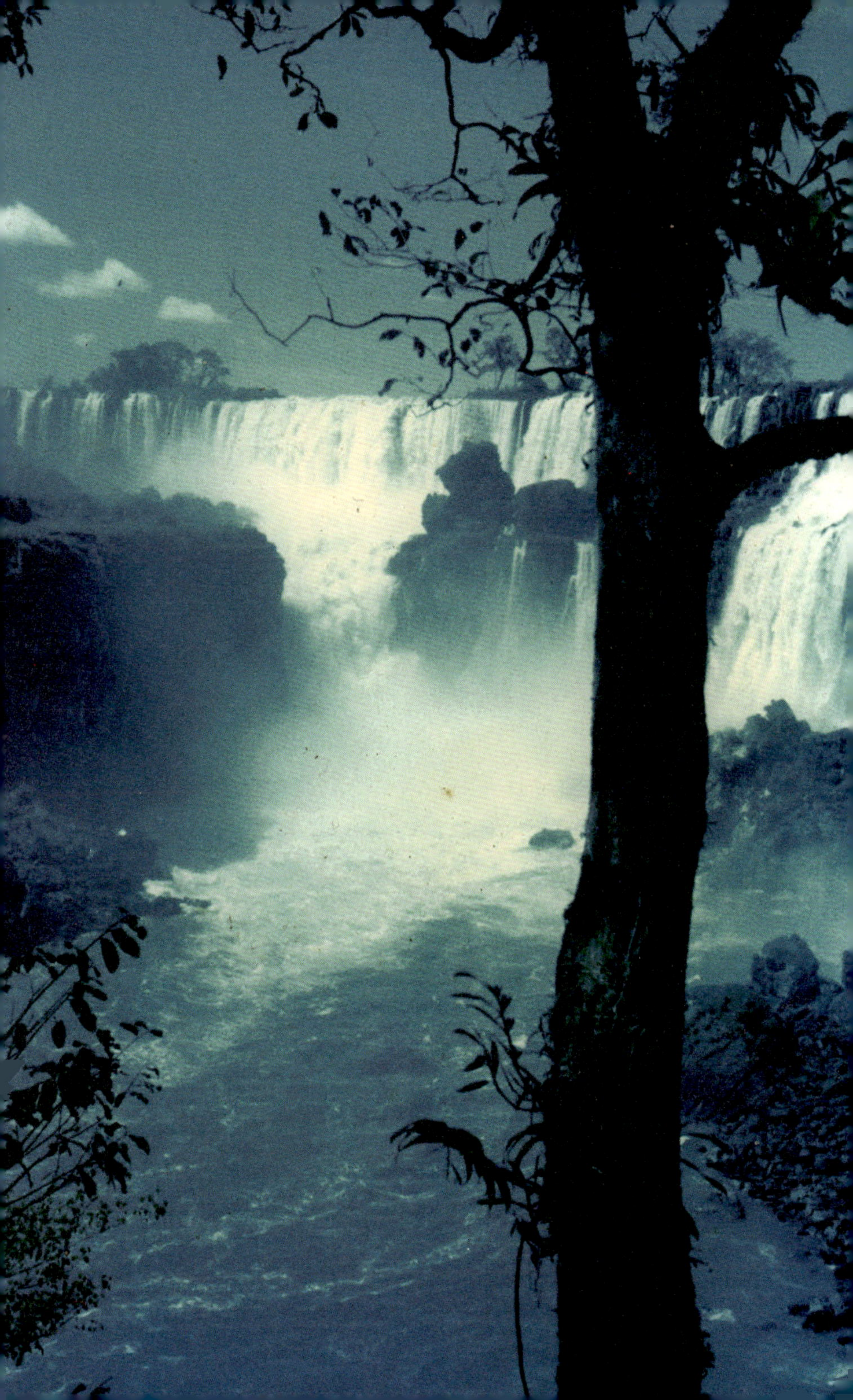

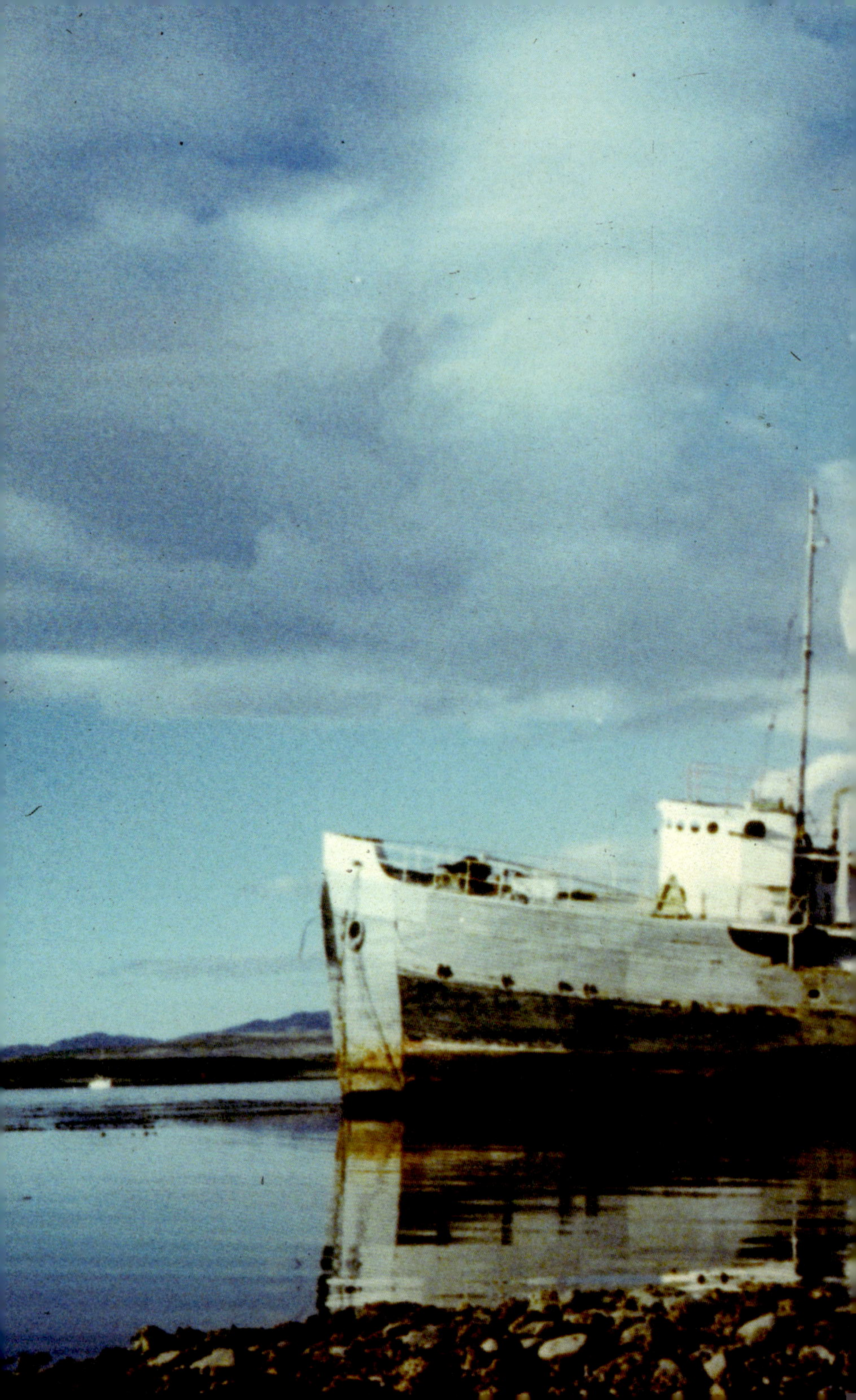

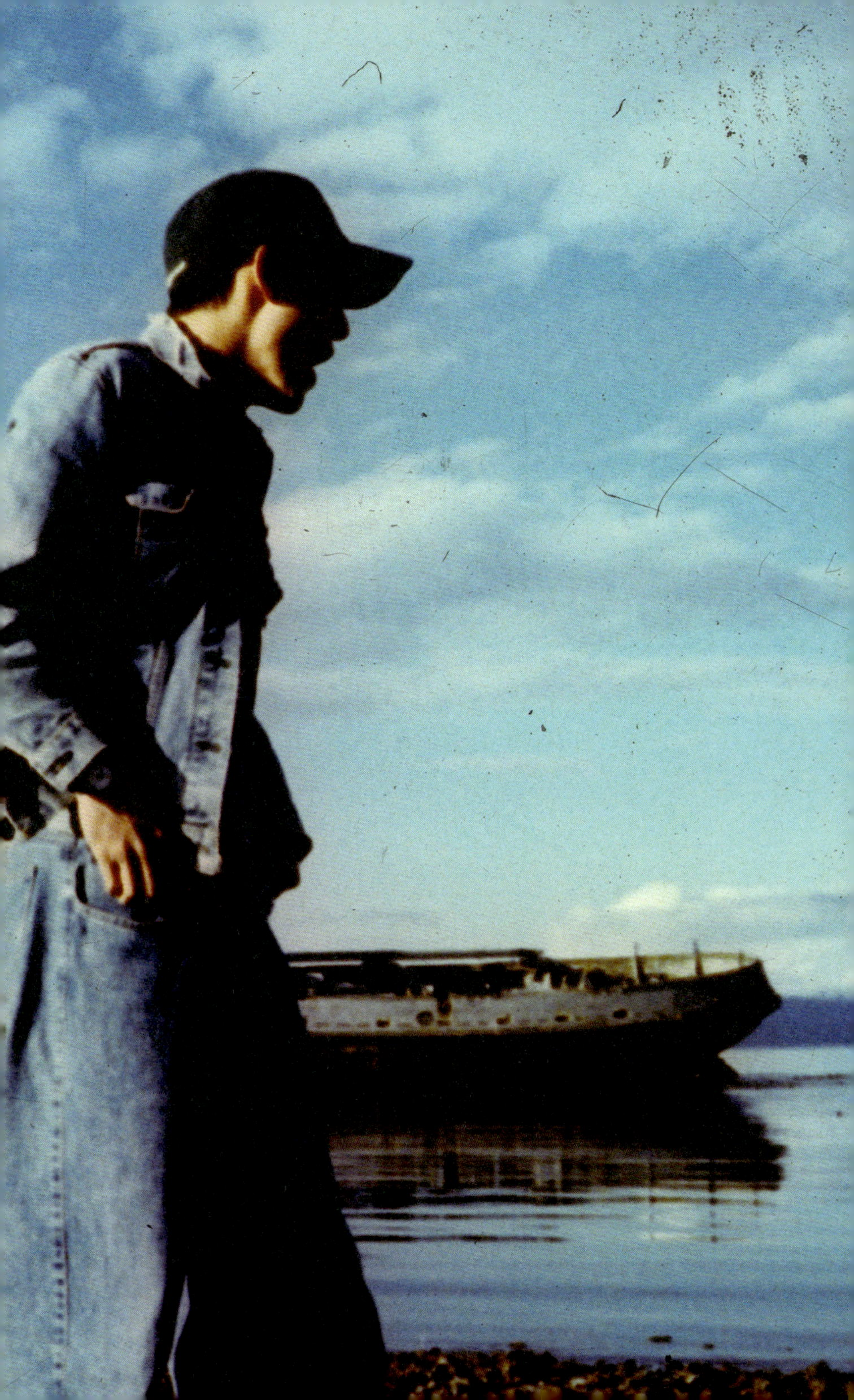

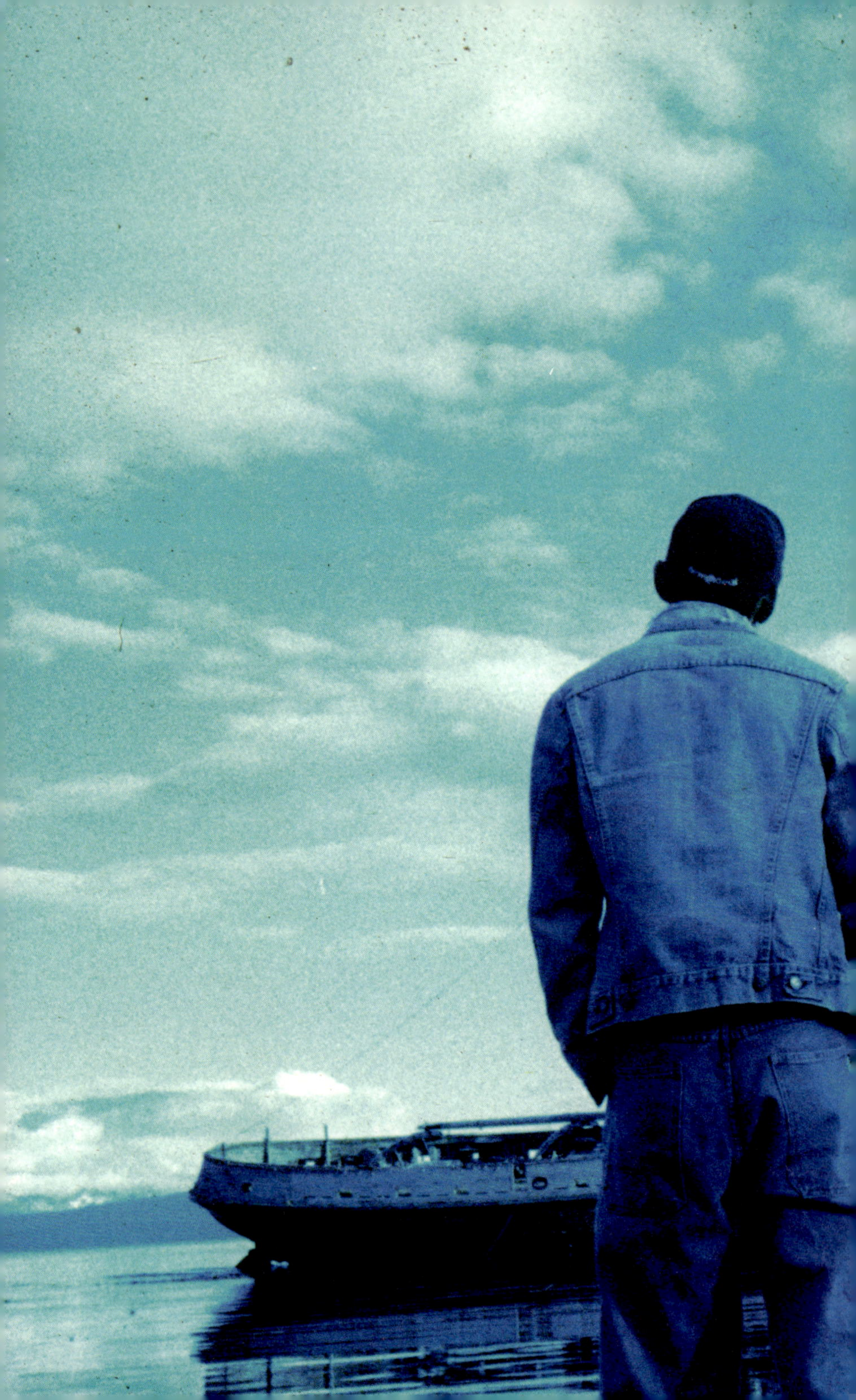

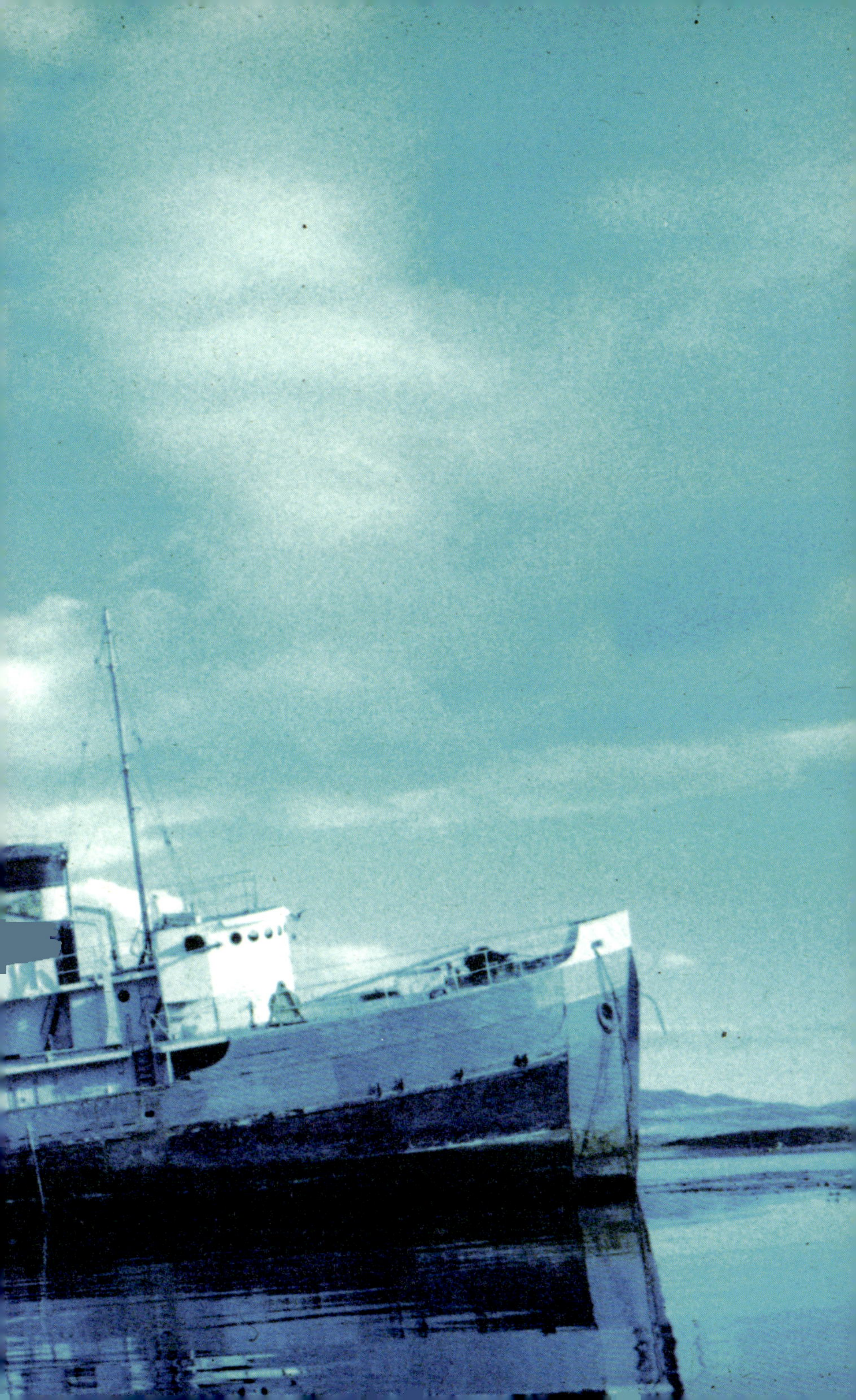

27 我所追求的真诚

伊瓜苏瀑布是阿根廷北部和巴西南部的分界线。

在当地印第安人的瓜拉尼语中,伊瓜苏意为"大水",它宽达四千米,平均落差七十五米,是世界上最宽的瀑布。

在《春光乍泄》里,它意味着梁朝伟一段人生旅程的终结。

但这段旅程通向何方呢?是他接受了爱人的离去吗,还是他意识到人类终究孤独?抑或,他明白了,与大自然无尽的力量相比,我们是多么微不足道?

我不用去研究不是我强项的范围,我只需认真做好摄影师的工作,我要做的只是拍摄而已。

我们打算从高空中拍摄瀑布。

我们不想拍得像风景明信片那样,而是想要拍出一种抽象的美——一种对瀑布能量的赞美。

想要实现这点,就必须坐直升机,但我们仅有的那架直升机并没有配备拍摄的器械。而且,它真的太小了。它小到只能容纳飞行员、我、我的摄像机和助手——我带着助手是因为要"以防万一",万一我掉下去的话,助手可以继续掌机,哈哈。

会有什么"万一"呢?"万一"就是,我们在直升机周围安装了一个框架,再用蹦极带"固定"住摄像机。这样一来,摄像机就挂在了直升机的外面,而我虽然坐在机舱的地板上,腿却只能靠着外面的架子。助手在我的腰间系了一根绳子,这就是唯一能救我的东西了。

瀑布离机场有二十分钟的路程,我们的直升机燃料也不多。从机场飞到瀑布后,我们最多拍摄十分钟,就必须返航。瀑布的水流速度大约在每秒 1756 m^3/s,最低到最高 45700 m^3/s,是全世界流速最快的瀑布之一,这让它产生了巨大的下拉力。因此,我们至少与瀑布保持一公里的距离,才不会被吸进去。

我刚刚说过,我们想要拍出那种抽象的、超凡脱俗的画面,但伊瓜苏瀑布是一处旅游胜地,在它周围,到处都是酒店、游船和桥梁。

我想去拍摄,但就是没法在画面中避开那些酒店之类的杂物,而我们的飞机离瀑布也还有一段距离,所以不能垂直往下拍摄。该怎么办呢?

我灵机一动,提议让直升机侧着飞,在瀑布上空盘旋。飞行员说他可以试试,但我们的燃料快用完了,只能实验一次。

他将直升机倾斜过来,我的脸正朝下方,半个身子都悬在机舱外面。我和死亡只差这一公里了。在我和死亡之间,只有一根绳子和一根蹦极带。眼前的一切变得明晰起来:不管摄像

机有没有拍下来,我都已经看见了我想要的一切:

　　信任
　　同情
　　需求
　　目的
　　耐心
　　做到极致
　　失去自我

　　我看到了一切,就是没有顾及自己的恐高。或许,正因如此,我才拍到了这么久以来最难忘的镜头。这个镜头,为《春光乍泄》拉开了序幕,整部电影由此展开。

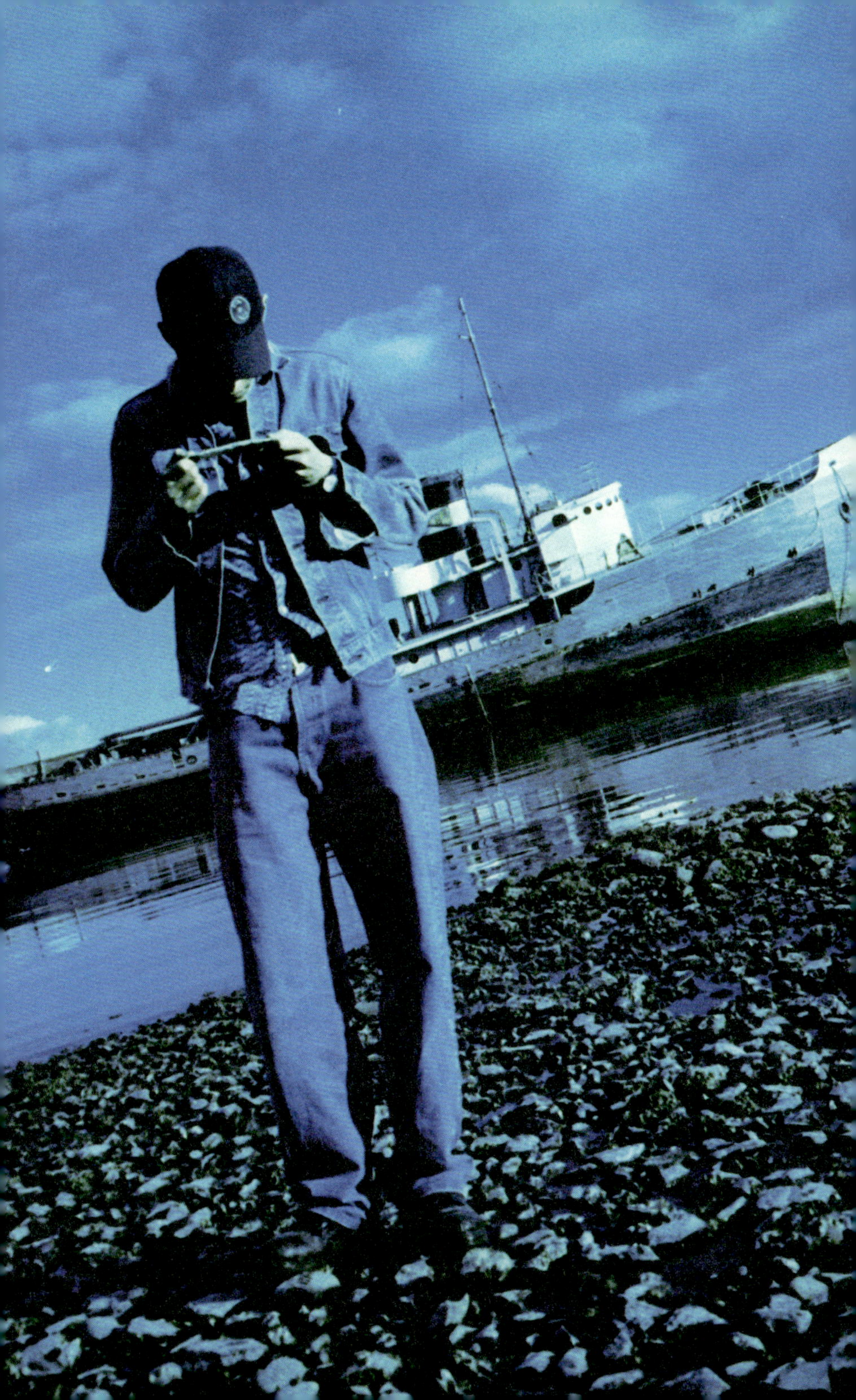

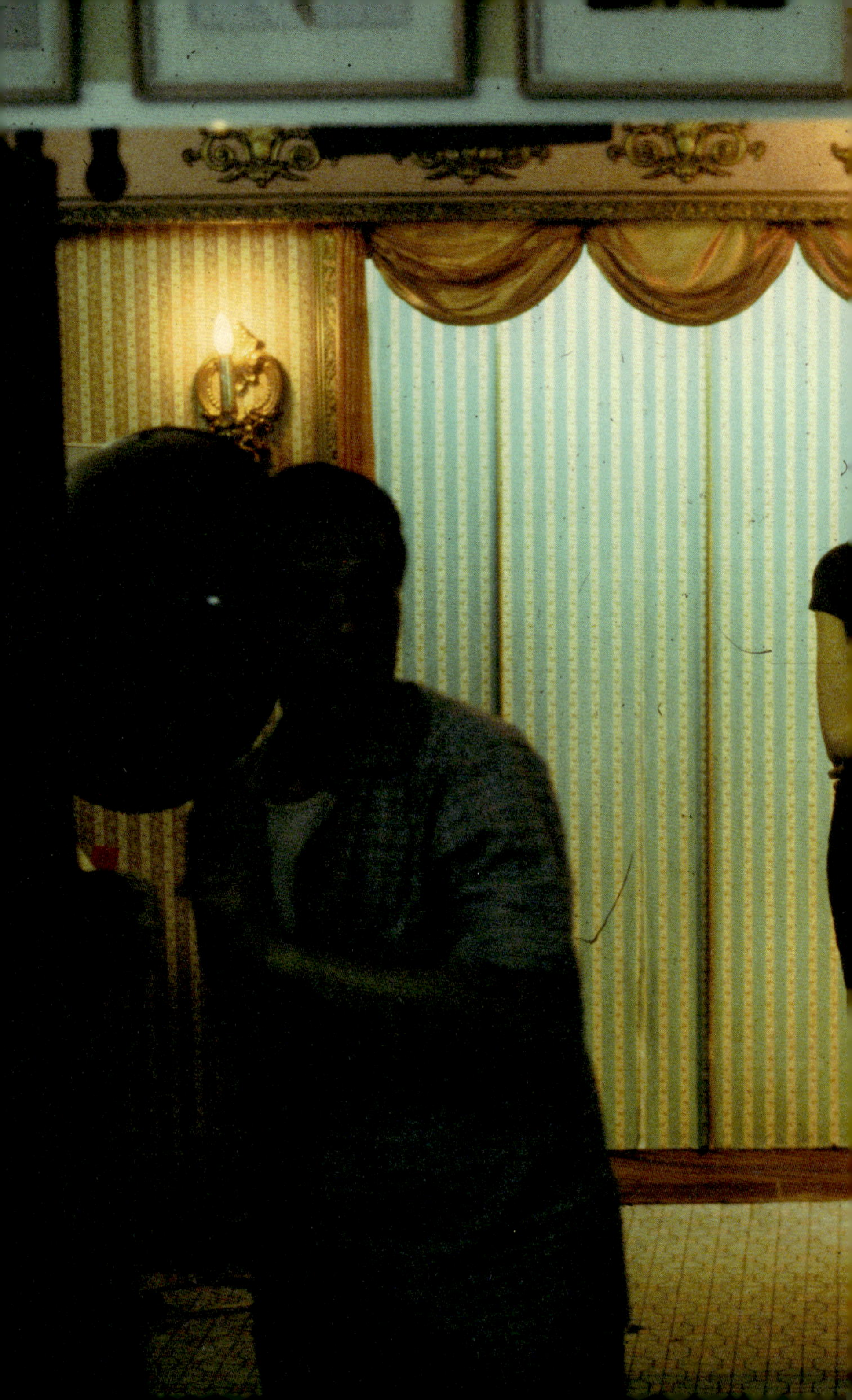

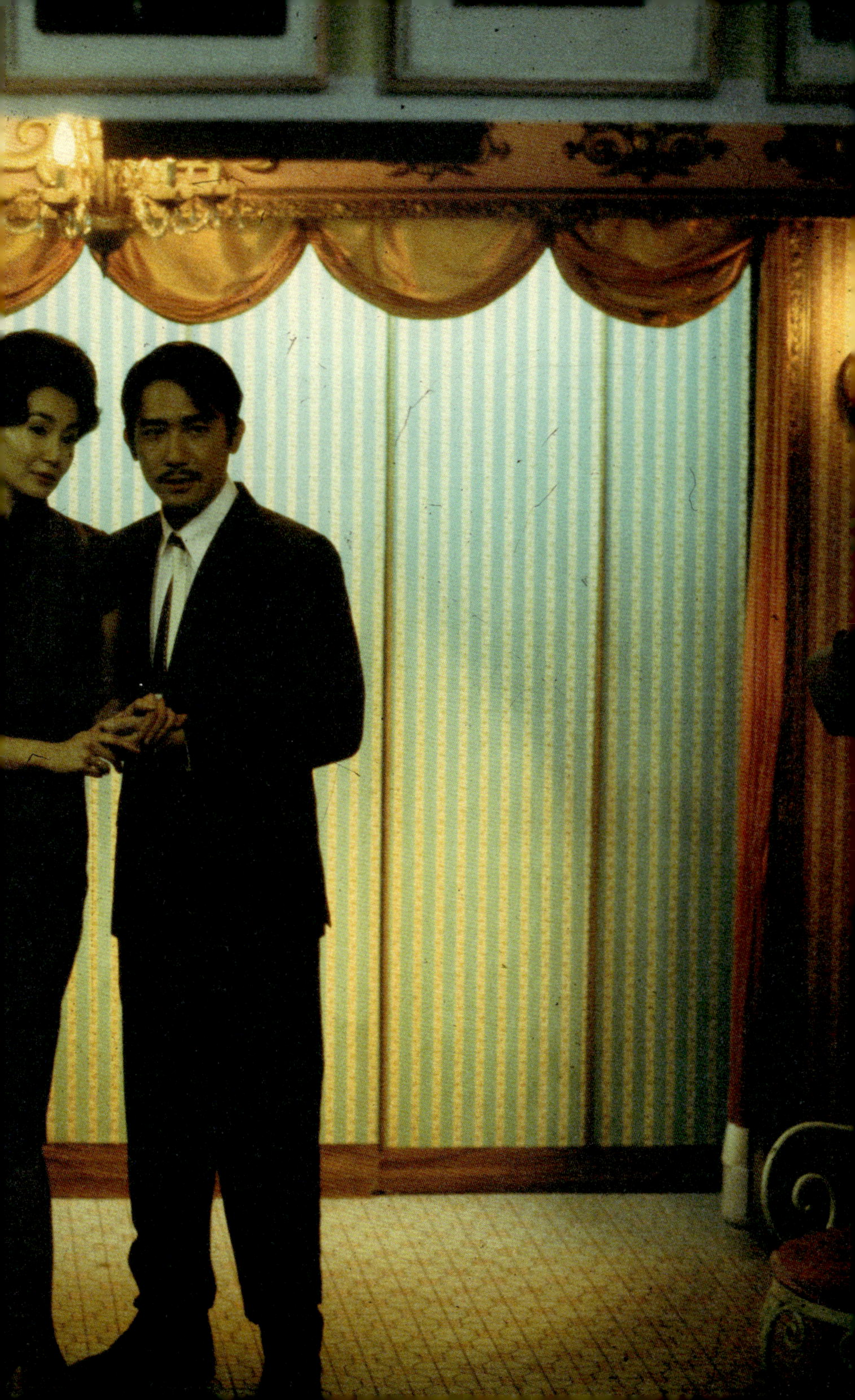

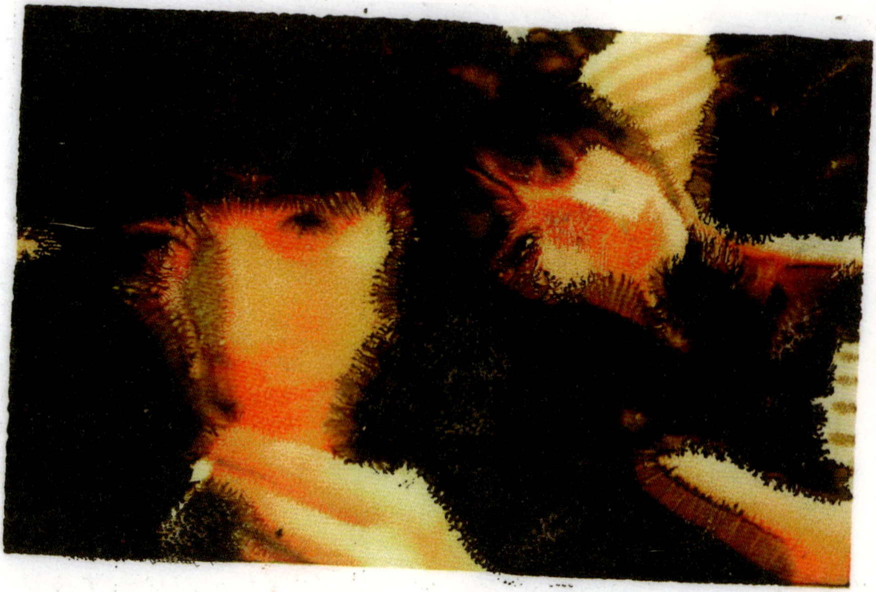

28 想说什么就说什么

　　王家卫把一张纸递给了我。
　　"这场戏就是这样了。"他说。
　　"只不过是一张纸,而且没有对白。难道没人说话吗?"我提出异议。
　　"你放心,他们会说话的。"
　　"说什么?什么时候说呢?"我追问道。
　　"当他们自己想说的时候。"

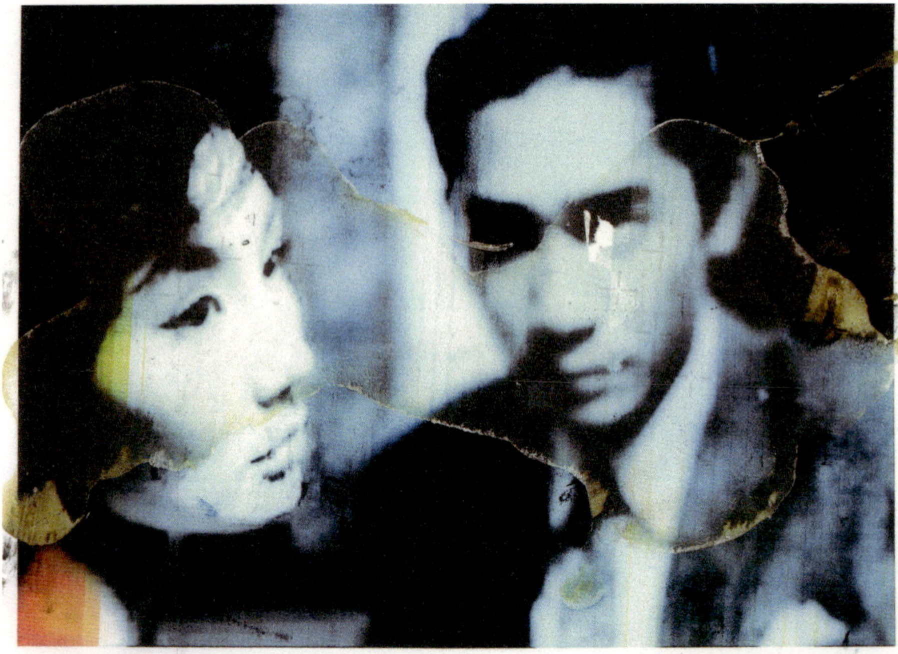

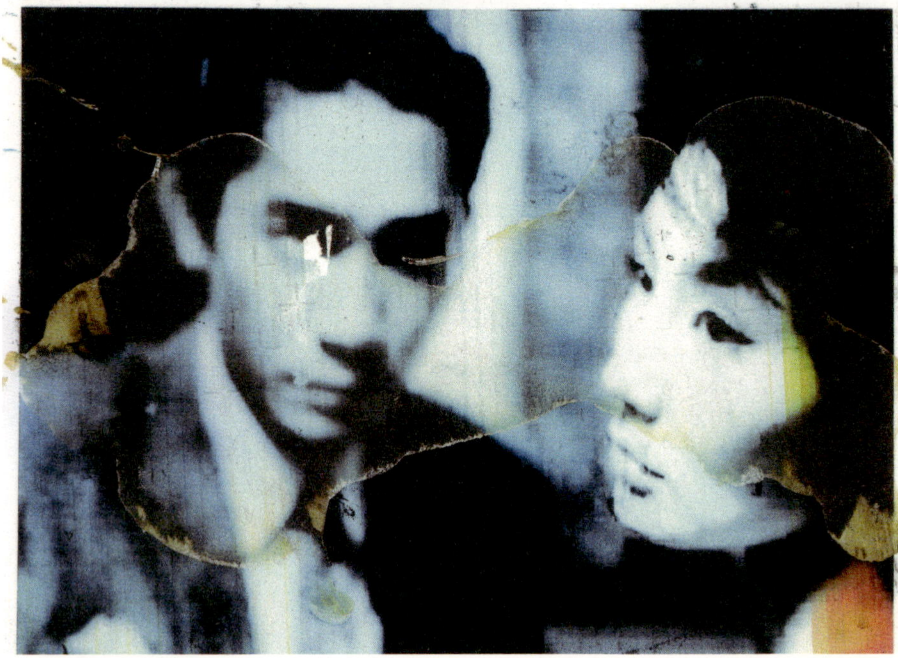

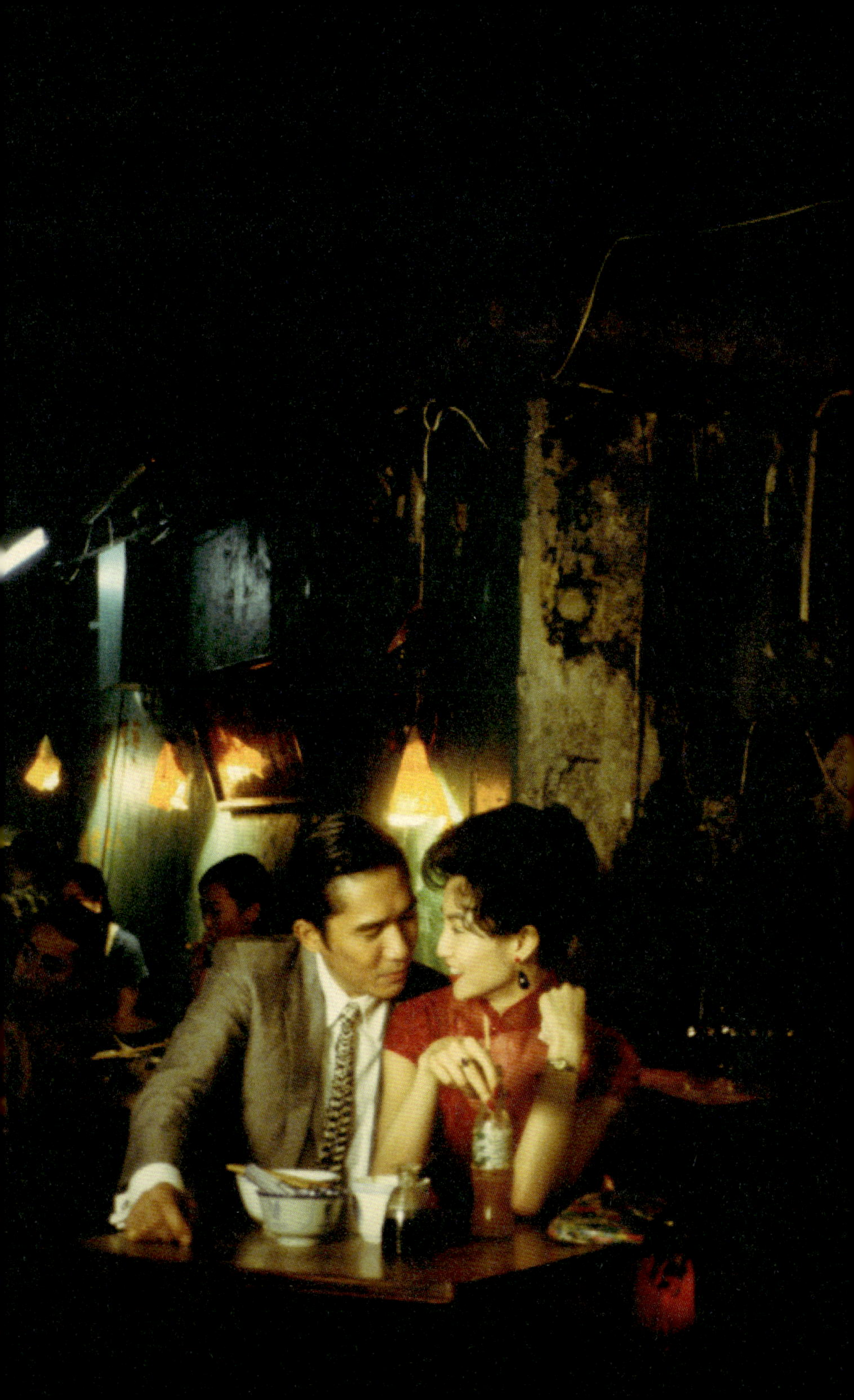

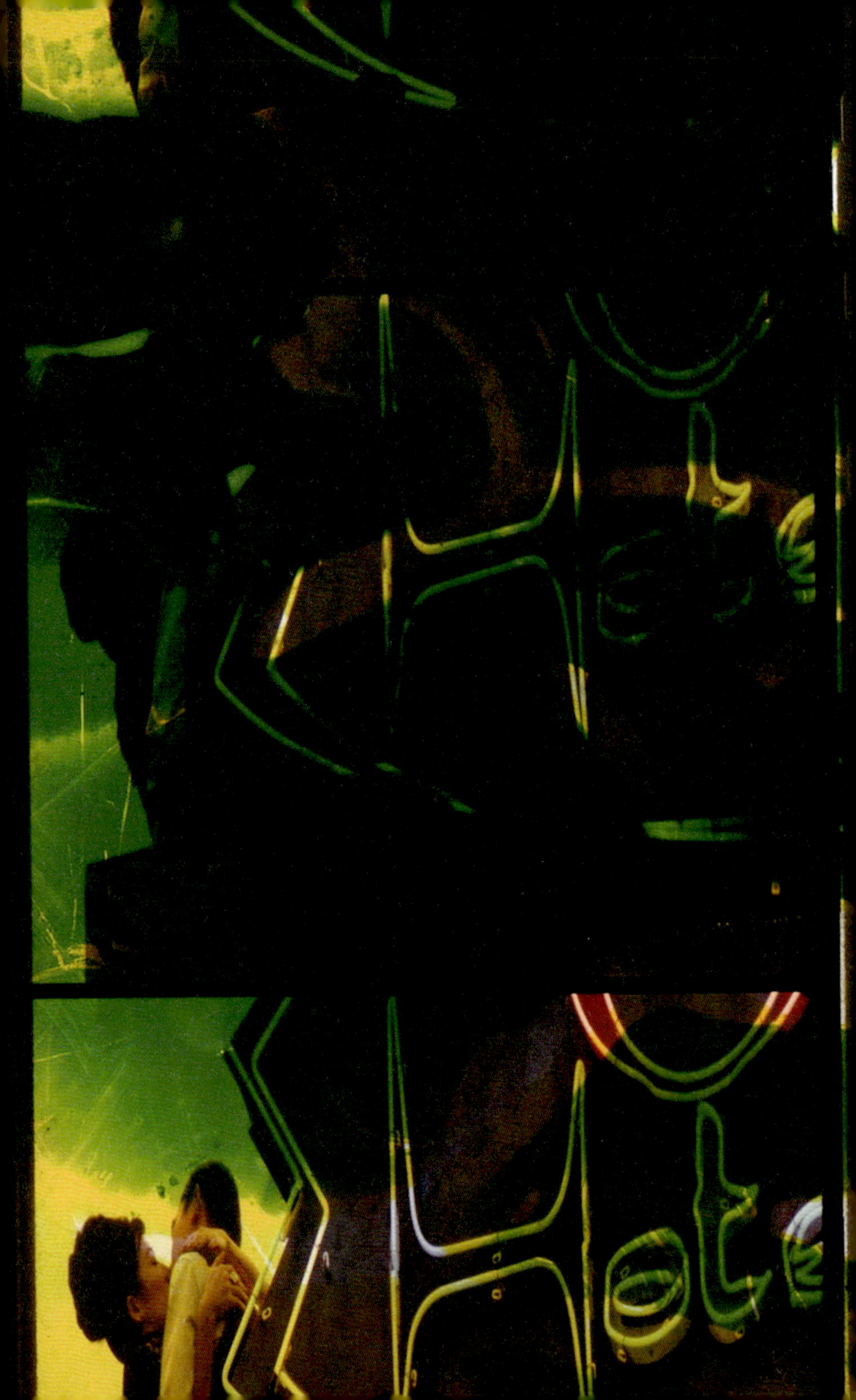

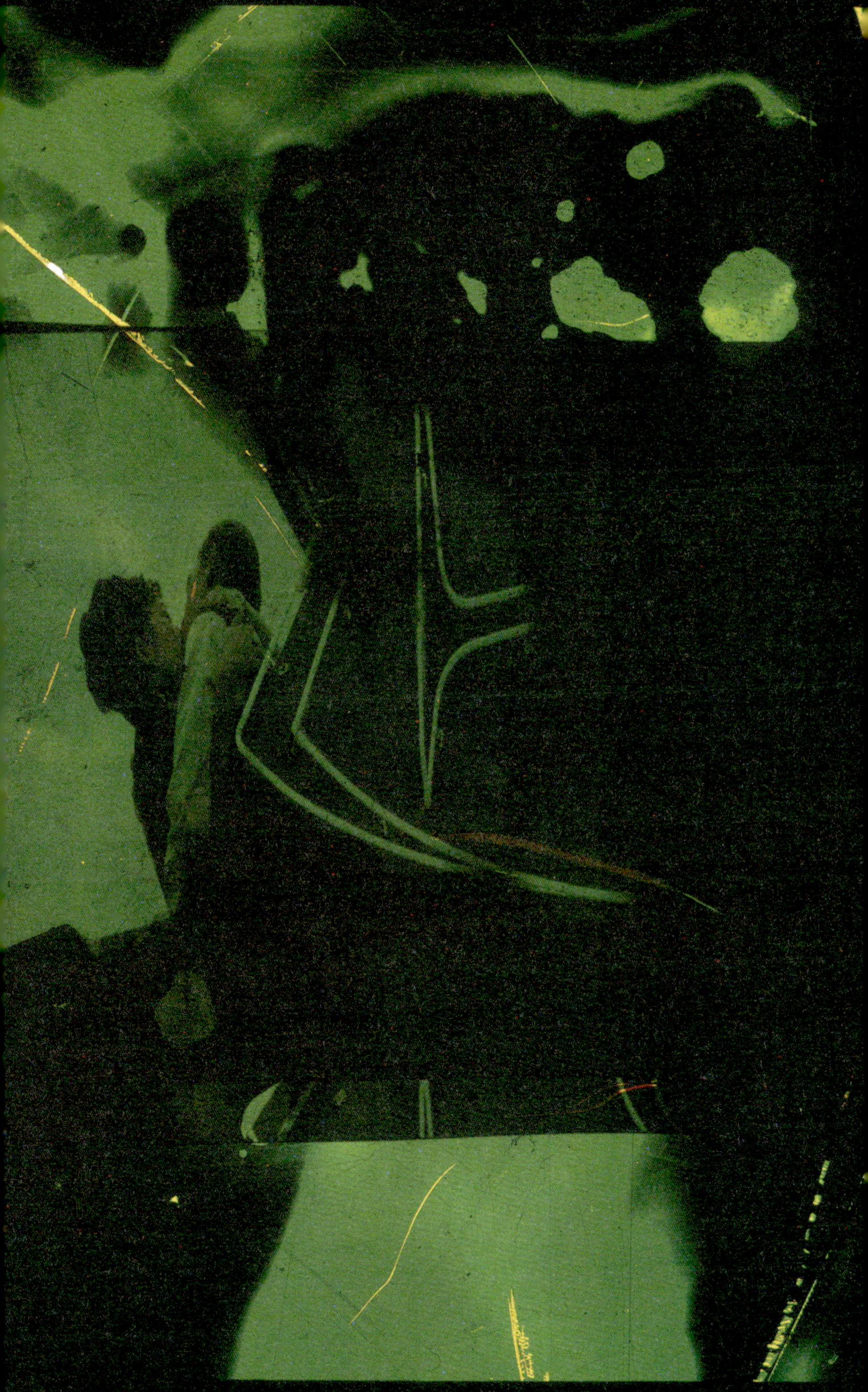

29 日复一日

对王家卫来说，电影是在拍摄的过程中诞生的。

日复一日，月复一月，演员们需要不停地尝试。他们要互换位置，要身处不同的环境，要去体味不同身份、不同角色的语境。

拍电影的常规流程和构思，并不适用于王家卫。

他不断地调整色彩、动线、位置、对话、动作和光影。他反复地拍摄。拥抱一切，然后坦然释怀。

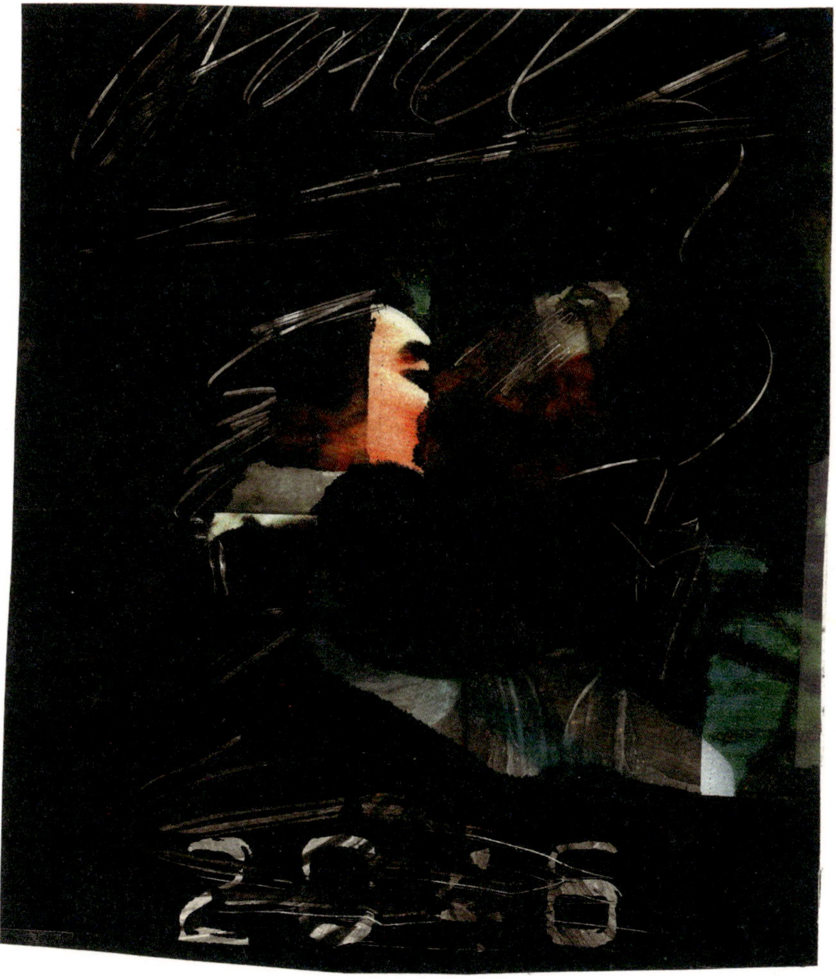

Mirrors and Windows

Part 2

周游世界

CHRISTOPHER DOYLE / 杜可风

1978 年，约翰·萨科夫斯基在纽约

现代艺术博物馆策划了一场摄影展，

名为《镜与窗》。

在萨科夫斯基的理论体系中,

"窗"是我们对外部世界的观察和反应,

而"镜"则是对自我的反思,

是个人经验的内化和我们的思想。

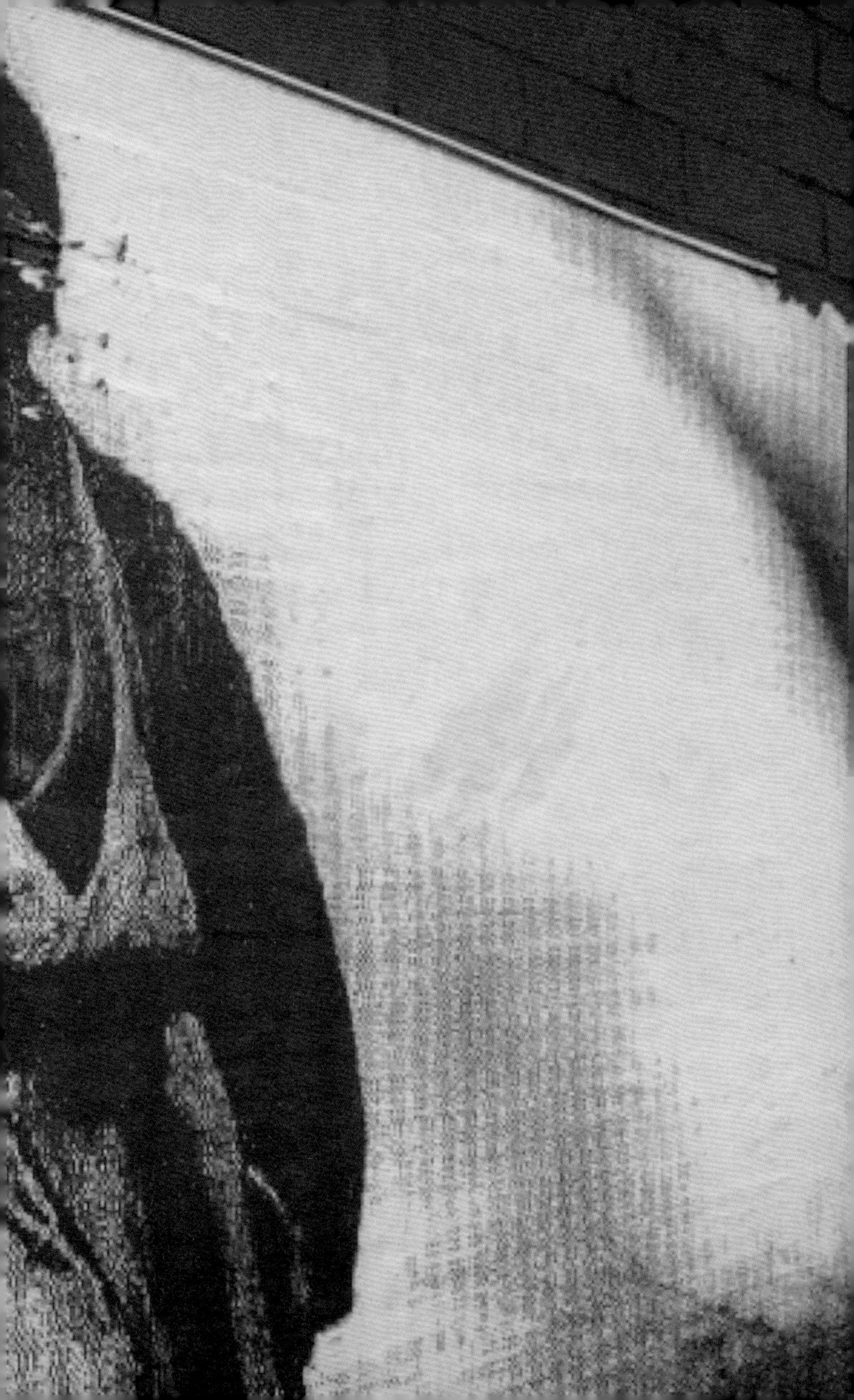

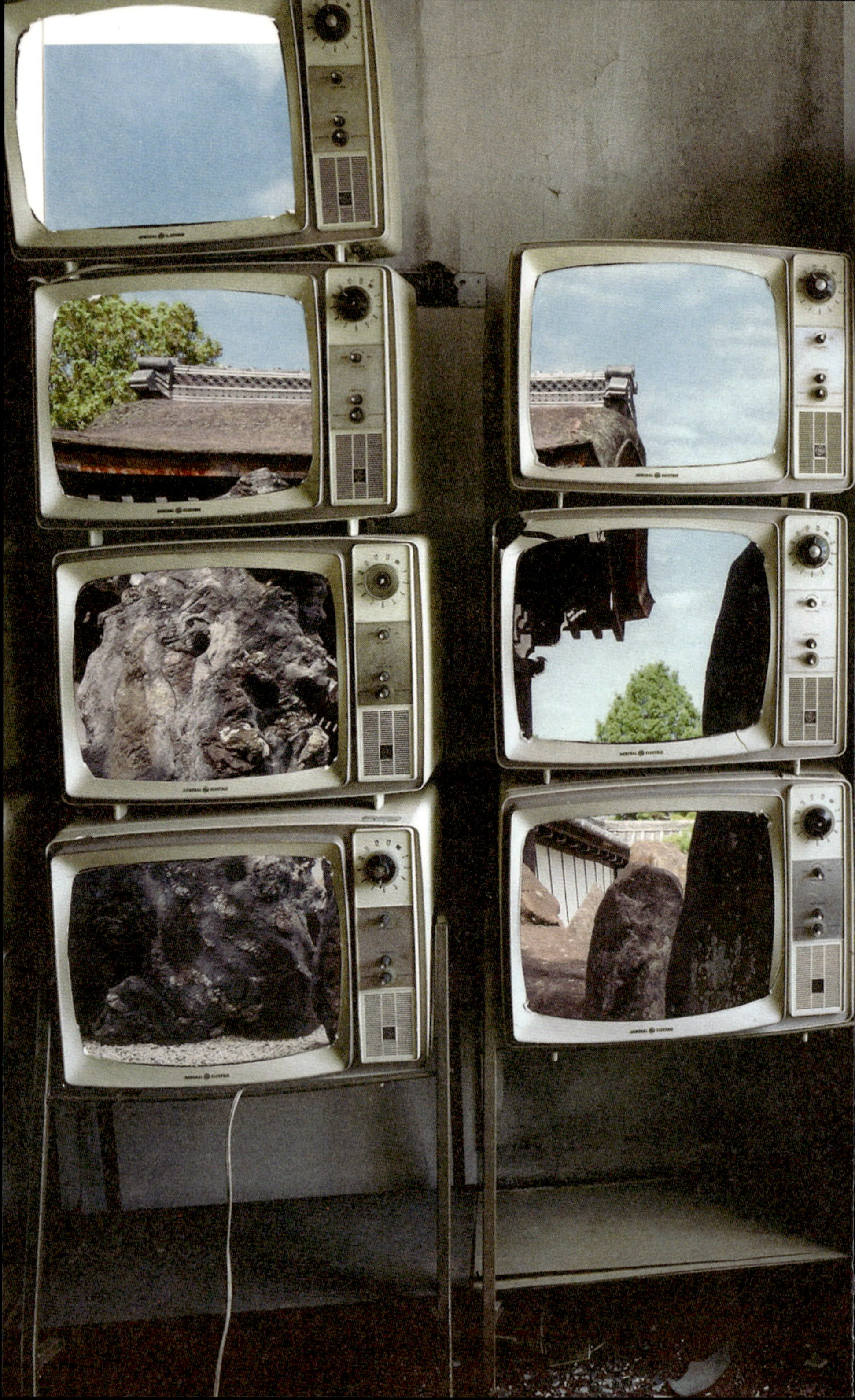

只有消除隔阂,
我们才能团结在一起,
才会是一体。
——大卫·霍克尼

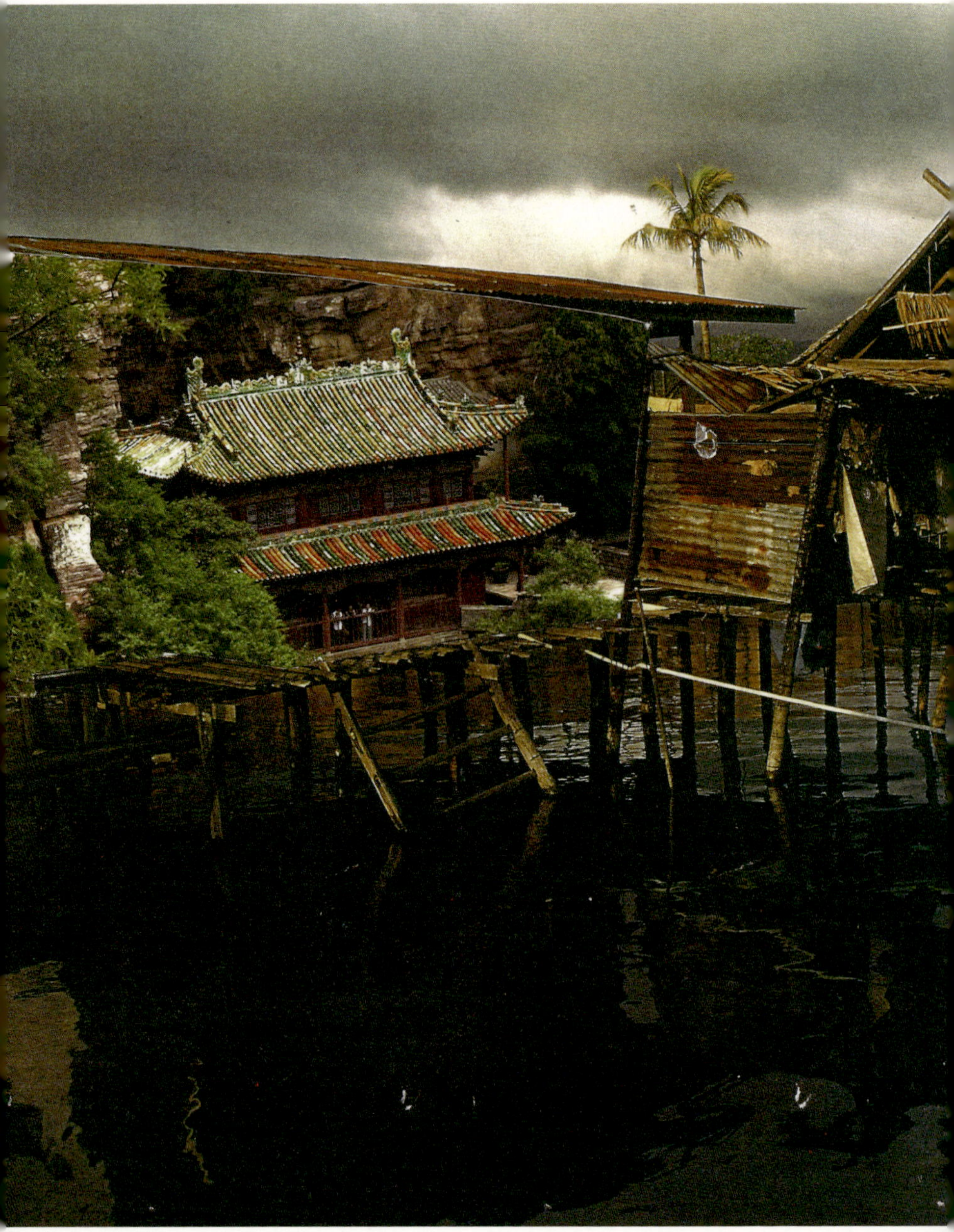

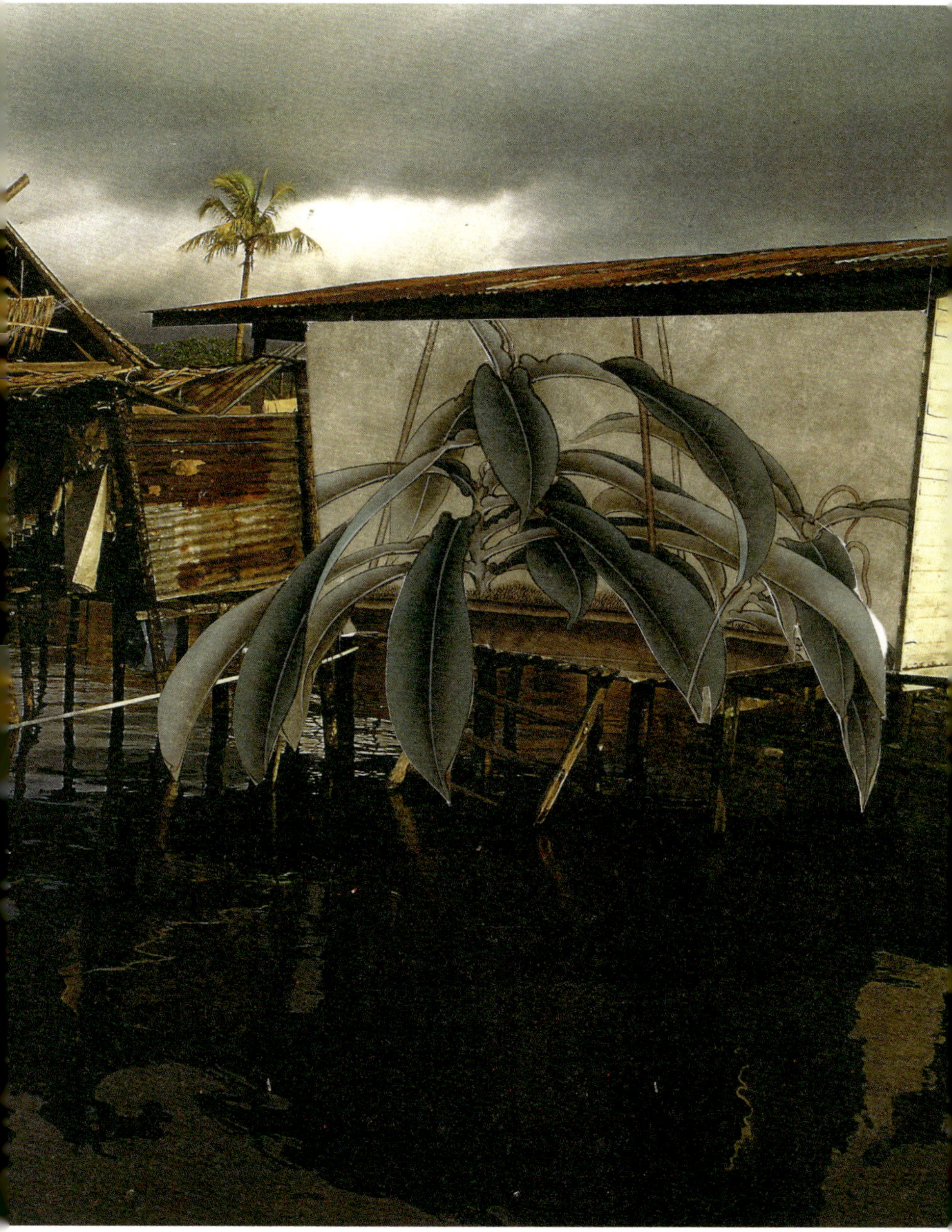

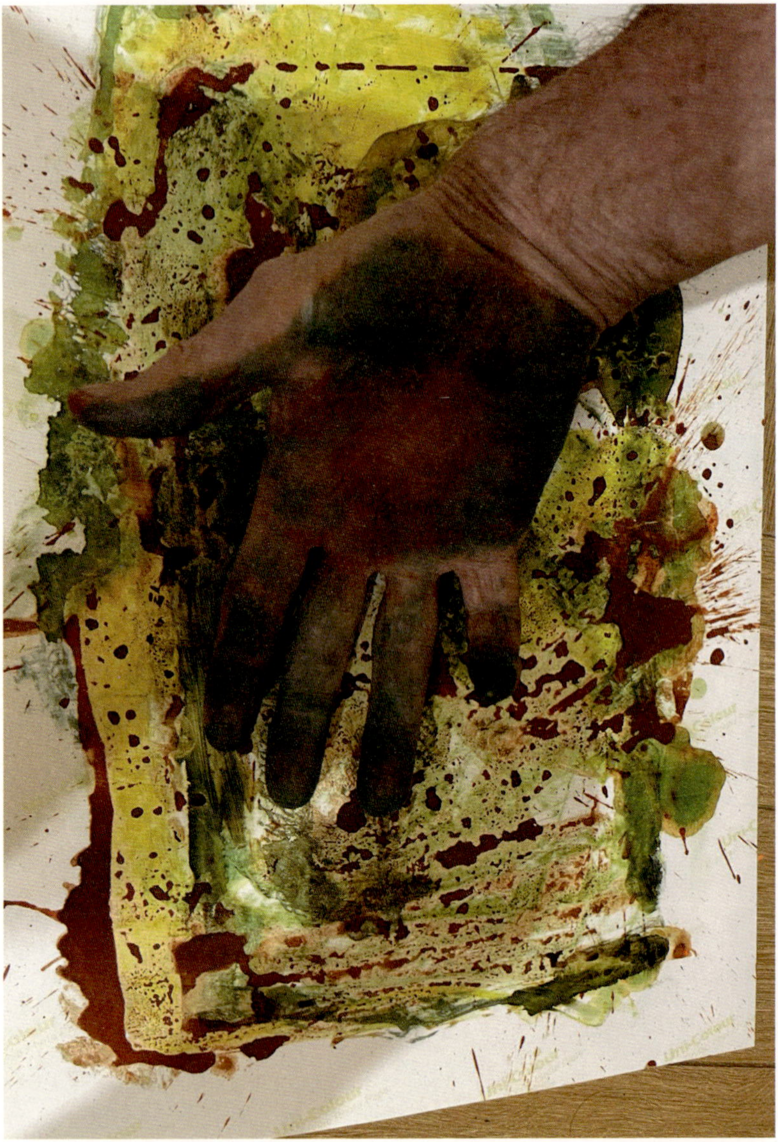

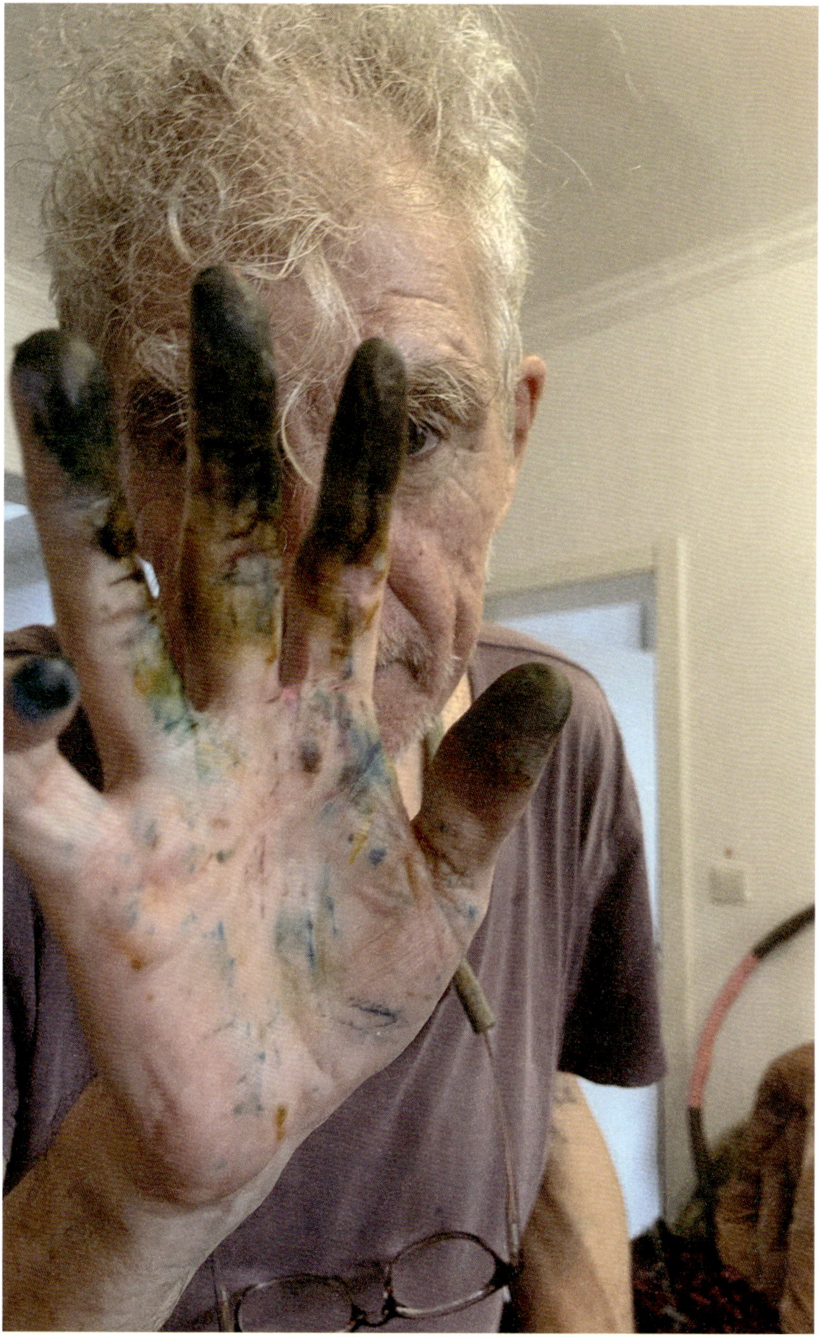

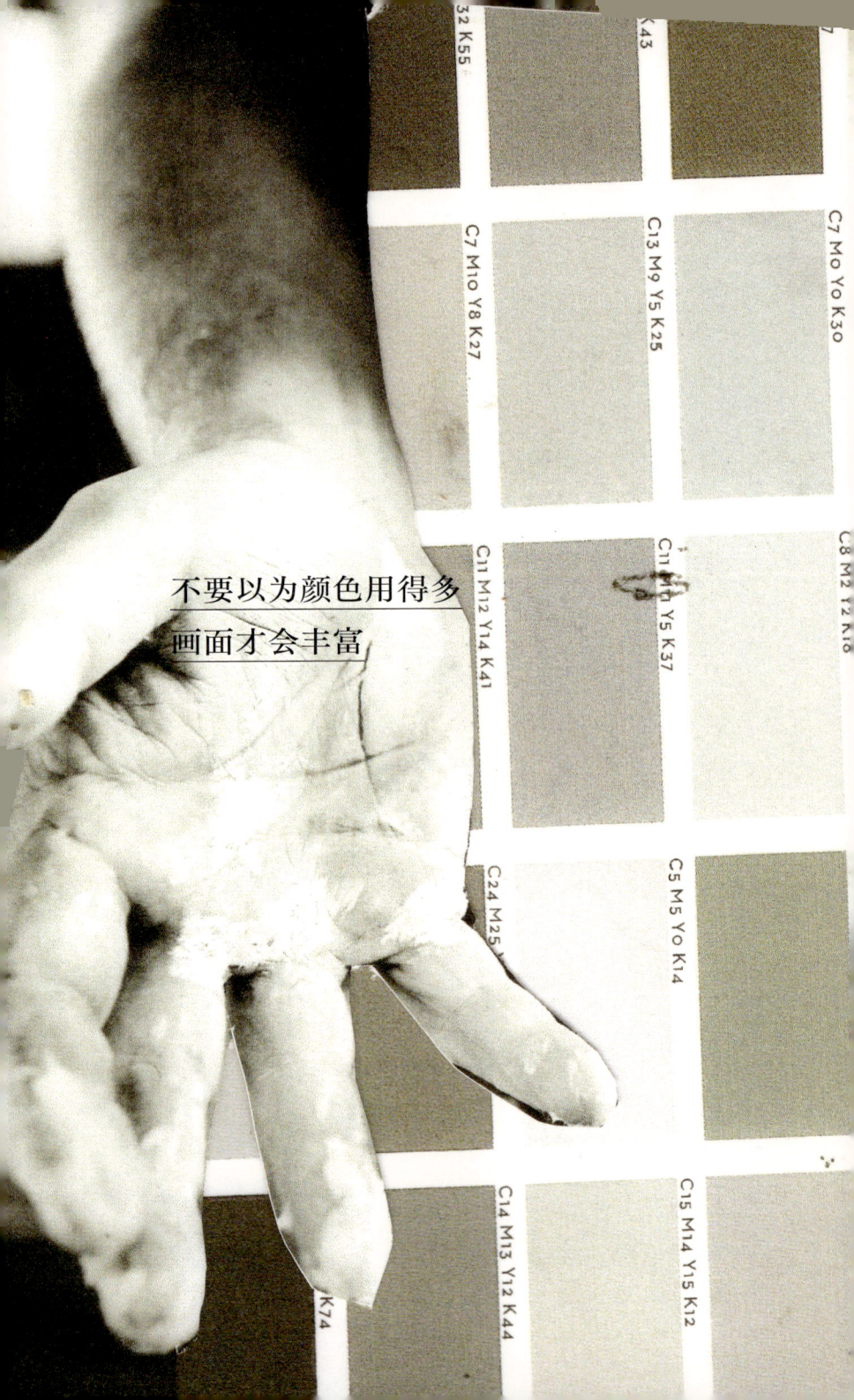

不要以为颜色用得多
画面才会丰富

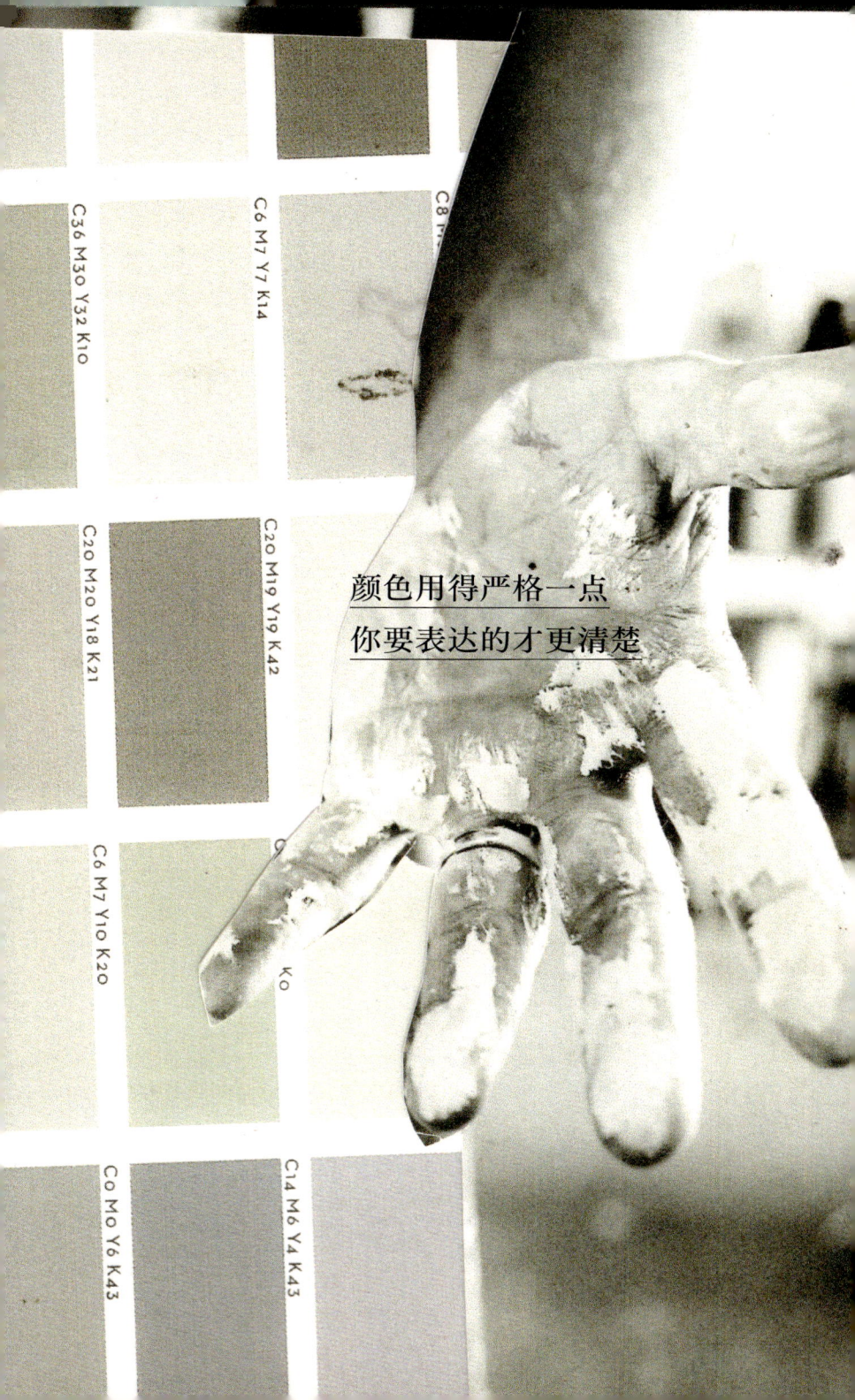

颜色用得严格一点
你要表达的才更清楚

30 主观 / 客观

  米开朗基罗躺在木板上。他离西斯廷礼拜堂的天顶只有一米远。
  他如此投入、如此近距离地凝视自己所画的每一笔,画上的油彩似乎就快滴落到他的眼中。
  等下到教堂的中殿时,他才能和作品保持一定的距离。只有在这个时候,他才能真正客观地审视自己,明白目前所处的阶段。只有从作品中抽离出来,他才能知道还有哪些不足。

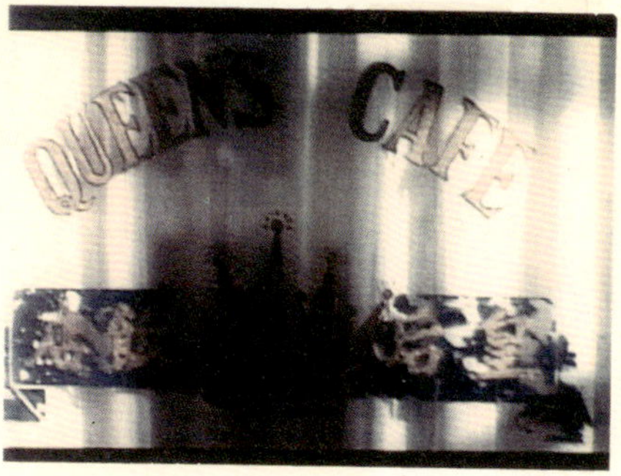
QUEEN'S CAFE

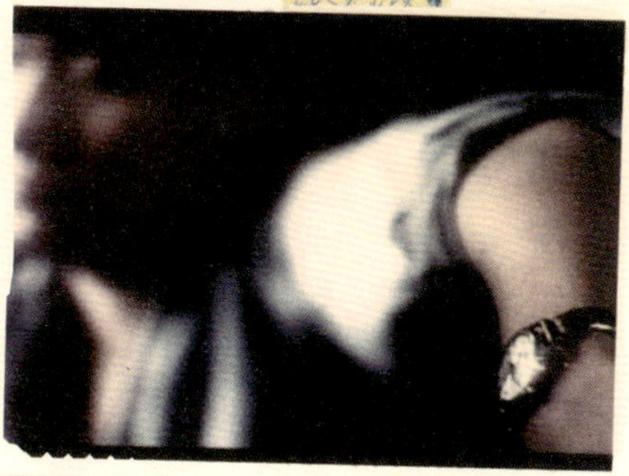

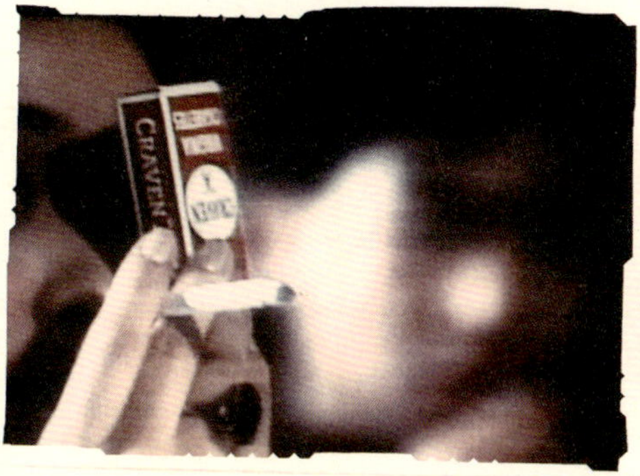
CRAVEN

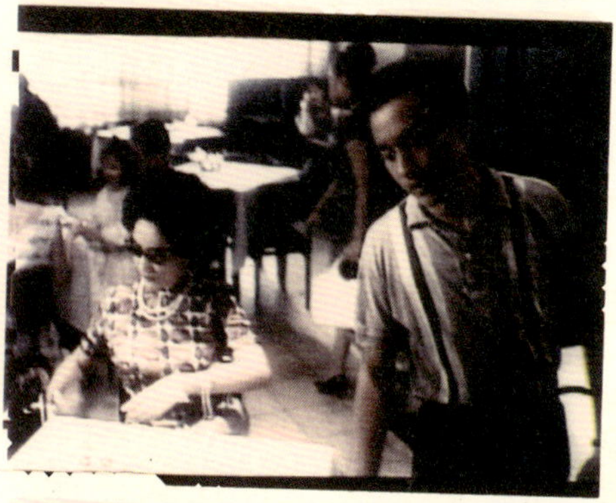

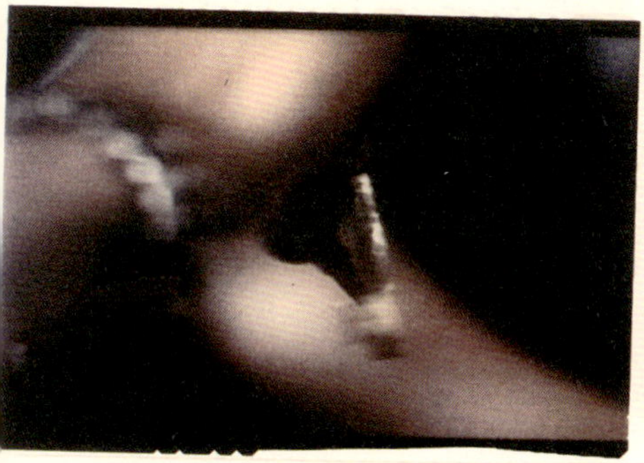

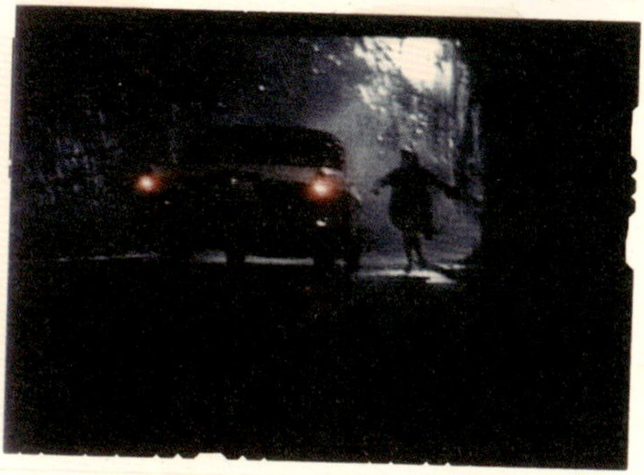

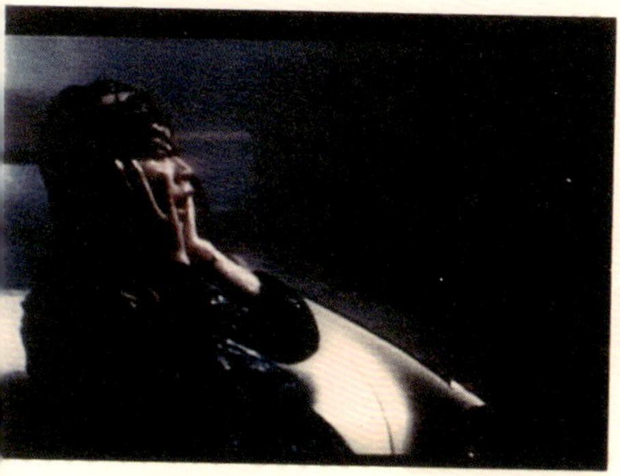

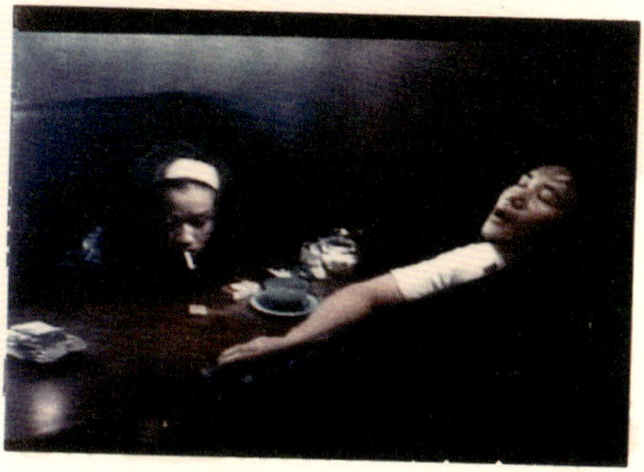

31 听从本心

  刚开始，你会给自己设定很多条条框框，比如电影会是什么样子、要怎么拍摄它，等等。
  差不多两周之内你就会开始焦虑了，因为一切看着都差不多。你会感到无聊透顶。
  但你必须坚持下去。你不能被那些藏在脑海深处的想法干扰，不能为了资本改变计划。

32 新鲜蔬菜

每次拿到新的电影脚本,每次打开视觉效果和图像的封页,我都感觉自己走进了菜市场。

面前的一切,都在以一种清晰可辨的方式,慢慢堆积起来。

那些之前曾见过的色彩、纹理,都显得格外熟悉。

人们大声招呼着你,让你四处看看。

深吸一口气,你就会被那新鲜的气息、无尽的潜能和旺盛的生命力深深吸引。

只要你烹饪得当,观众们也总能闻到这样的醇香。

没人能够教你
怎么拍电影，
你只能在脑海中播种一个想法，
然后让它自己慢慢长大。
——安东尼·多德·曼托

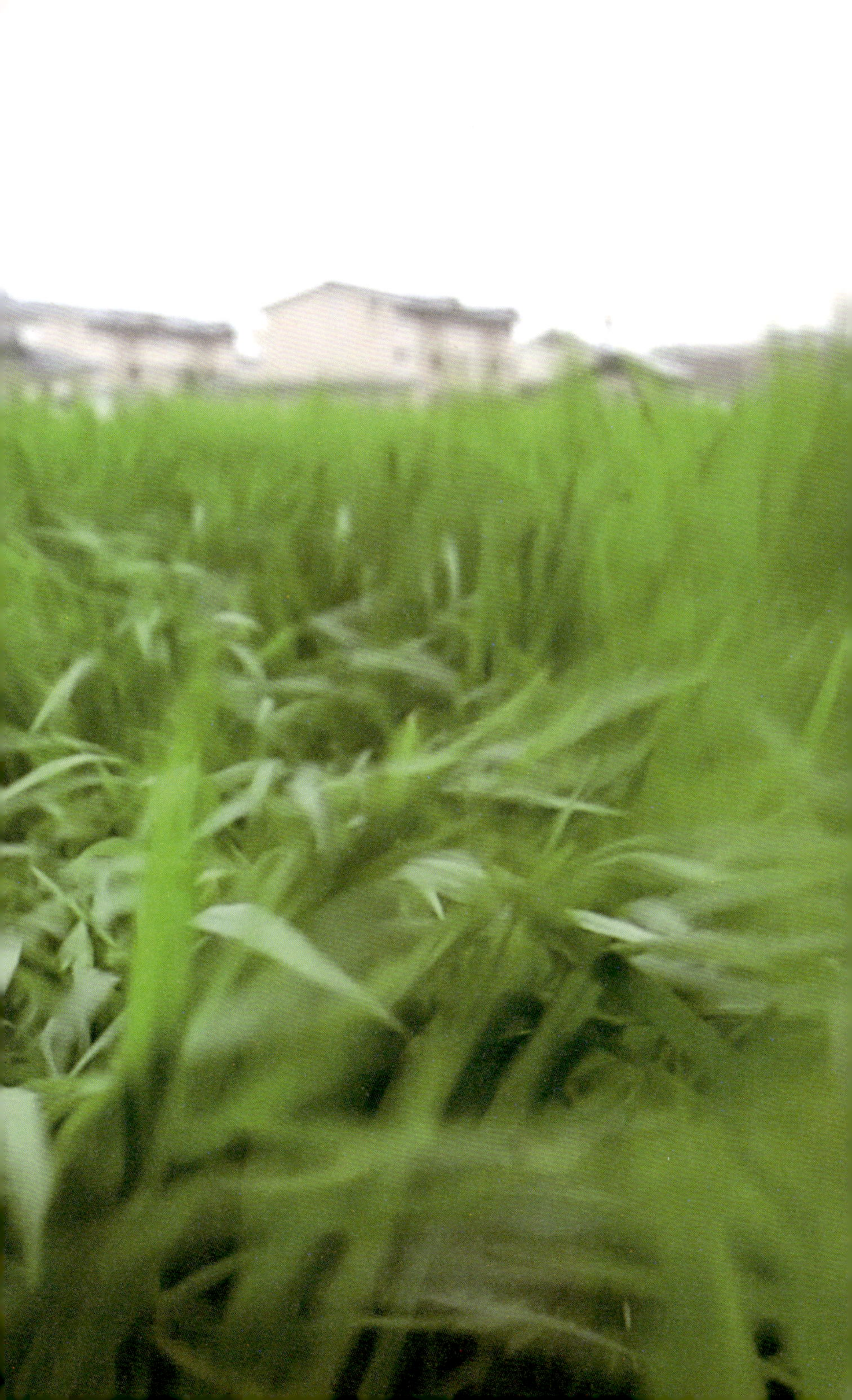

33 新生

1979年,杜可风"出生"于中国香港中文大学,他的"助产师"是教诗歌与文学的林教授:是她给了他这样一个响亮、诗意的名字。

"杜"的发音与我的英文姓氏"Doyle"相近,同时,这也是为了感念中国诗人杜甫对我学业的影响;"可风"则出自《论语》——孔子有云:"君子之德风"。

这个名字的含义变幻多端。有时,它像暴风雨般来势猛烈;有时,它又风平浪静,宛如不存在一般。它可以像那清晨的微风,柔和、清新,也可以在短暂的宁静后,以突如其来的暴怒气势摧毁一切。

风满怀骄傲。它很高贵,也很真实。杜可风这个中国人给了 Christopher Doyle 这个外国人无限的创作能量和无限的自由,可以客观,可以主观,不可分割。在无形中,他又赋予了我本身以责任,这个责任也是我至今仍未实现的愿望。

杜可风和 Christopher Doyle 永远都对林教授心怀感激。她赐予的这个名字,让他从此立志成为这样的人。这个名字,让他一直追求成为更好的自己,让他一直保持初心。

在接下来的几章里,我会分享杜可风和 Christopher Doyle 之间的一些趣事。比如,他们何时会为了对方冒险、何时不会；又比如，他们学到了什么、没有学到什么。

一路走来，他们得到了许多帮助，但也不止于此。

他们曾被鼓励，曾被哄骗。有时，他们也因为做得不够好而无地自容。

这些故事由一个个松散的片段组成，里面也有很多主观的情感。

他们俩都不是记得很清楚，具体的细节也很模糊。这些对话主要是为了记录想法，而不是确切的字眼。

但愿记忆都是真实的。但愿，它就是想象中的现实：它是我理想中的生活，但每次，我只能花一天时间实现它，只能和一位朋友实现它，只能在一部电影里实现它。

杜可风

Christopher Doyle

34 杜可风与 Chris

由我执导或掌镜的电影，都是由我们两个人一起创作的。或者，我们两个人中的一个，会和其他人合作。

这很符合我一直以来的折中主义，也就是中国思想家所中推崇的中庸之道。

比起独自一人工作，这种模式也为 Chris 的思想提供了一个更加开阔、来去自如的空间。

我可以介入其中，也可以保持距离。毕竟，Chris 并不是杜可风。

Chris 出生于澳大利亚。在成长的过程中，他形成了自己的价值观。

杜可风则并不真实存在于这个世界。他没有父母，没有家庭，没有任何家人，他是个孤儿，他唯一的亲人是 Chris；他没有来自外人的期待，也不被社会所约束。

只有在工作时，在拍一部电影时，杜可风和 Chris 才真正合体。

虽然，杜可风和 Chris 有着不同的观点，也常常会彼此争论、纠结、打架，但他们合二为一的这个第三生命却在艺术这条长河里尽情徜徉。

35 置身事外 / 沉浸其中

杜可风完全沉浸在他的中国世界里，他为中国电影付出了一生的心血。在中国电影史上，他应该是为中国电影事业做出最多贡献的外国人，他拍摄的电影几乎全部成为经典。将剧本、地点和构思借用摄像机搬上银幕的这一过程，让他沉迷。

再说说 Chris，这位长着胡须、满身毛发的外国人常常会忙点自己的私事。当然，更多时候，他也会观察、评估杜可风所做的选择，给出自己的建议。有时，他觉得杜可风应该再大胆、再冒险一些，有时他又觉得杜可风太疯狂太飘忽不定；而当杜可风太过兴奋、太过沉浸于拍电影时，Chris 又要设法把杜可风拉回现实，因为杜可风在投入地工作时实在是太严厉苛刻了。

在杜可风看来，Chris 有点像寄生虫，总是寄生在杜可风的成果里。如果一件事做成了，Chris 就会邀功请赏；如果没做成，他也不会负责。Chris 却觉得，对杜可风来说，能拥有这么多优秀的艺术作品及真正的好朋友，已经非常幸运了；如果没有这些艺术作品及朋友的鼓励，没有他们的这么高的标准，杜可风连自己的一半都比不上。

³⁶ 对谈

就这样,他们争论不休。

他们相互竞争。

他们彼此取笑,又乐此不疲。

他们谈论了很多,很多,试图明白这一切的真正意义。

困惑

杜可风:你曾经说过,如果真的感到困惑,就去拍电影吧。

Chris:对,我一直对那些年轻人这么说。连我这种人都能拍电影,你们为什么不能?

杜可风:但你究竟是怎么拍的呢?

Chris:我是托你的福!

爱与电影

杜可风:在少年时代,你最喜欢哪部电影?

Chris:我年轻时从没看过电影。直到现在,我都不太去电影院。

杜可风:得了吧,你从来没看过电影?在悉尼郊外时,除了看电影你还能干什么?难道没有电影院吗?

Chris:电影院有啊,我们也去了,但我们并不是去"看电影",我们只是为了走出家门、远离家长,摆脱枯燥的、一成不变的郊区生活。

杜可风：那你都看了些什么呢？

Chris：我什么都不记得了。当时四周一片漆黑，没人认识我们，也没人能看见我们。趁着这样的大好机会，我和女朋友在忙着爱。

皮肤病

杜可风：你常常说自己是"得了皮肤病的中国人"。

Chris：我的"病"是因为你。

杜可风：我生来就是如此。

Chris：那我又是托你的福了！哈哈。

疗愈

Chris：在拍了那么多电影之后，我慢慢感觉到几乎所有的影像创作，都好似一场自我"疗愈"。

杜可风：谁都知道，你是最需要被疗愈的人。

Chris：对我来说，去游泳呼吸，去喝一杯啤酒呼吸，去做纸上拼贴呼吸，去谈恋爱呼吸，都是被疗愈的方式。

杜可风：你不要又来你那一套，我们都听够了，你和我都知道，我们只有在拍电影时才能真正地去呼吸。

愚蠢的问题

Chris：初次执导电影的人，会有一些愚蠢的想法，也会问很多问题。碰到这种情况，你会怎么办？

Chris：我们这个年纪的人，都会觉得自己无所不知。我们觉得自己已经有了太多的成就。你也是如此。

杜可风：你只管说自己的看法，别代表我。我希望我最好的电影，永远是下一部。有时，跟你共事的人，不仅对自己的水平一无所知，而且一心只想拍在学校里学过的、可以赚大钱的那种电影。假如发生这种情况，那该怎么办呢？

Chris：倾听那些愚蠢的问题，然后给出更加聪明、真实、得体的答案。其实，这本身也是一种挑战。

把控品质

Chris：为什么你拍的电影没以前好看了？

杜可风：可能是因为你干涉得太多。

Chris：可有人说你的水平大不如前，或者说，你已经失去了那种拍电影的感觉。

杜可风：你是觉得我应该再拍一部《重庆森林2》吗？

Chris：你不知道该怎么拍吧。

杜可风：我也不想那样拍了。我在那时想要表达的一切，已经全部体现在作品里了。拍完之后，我就继续向前。

Chris：我就是这个意思——你已经失去了那种拍电影的感觉。

最佳影片

杜可风：问我这个问题——"哪部电影是你最好的作品？"

Chris：我怎么知道呢，你倒是告诉我，除了"我怎么知道"以外，我还能说什么呢？

杜可风：你还可以说，"我希望自己最好的电影永远是下一部。"

Chris：这个回答好像有些含糊。

杜可风：每拍一部电影，你都觉得拍出了一些还不错的东西。所以在下一部电影中，你总想发挥得更好，让作品更趋于完美。

Chris：另一种情况则是，你在上一部电影中犯了太多的错，因此，在下一部电影里，你会做出完全不同的尝试。

基思和米克

杜可风：你自诩是电影摄影界的米克·贾格尔。

Chris：那你又是谁呢？

杜可风：我主要是你的观众……也是你的保镖。

Chris：你不喜欢我的生活方式吗？

杜可风：在我看来，你过得更像基思·理查兹。

事物本身

Chris：虽然我是拍电影的人，但对我的思想观念和成长态度影响最大的，还是书。

杜可风：难道你真的不看电影吗？

Chris：我所看过的大部分电影的叙事对我来说都太老套了。

由外至内

杜可风：你认为你是用一种不同的眼光来看待事物。这是你与众不同的原因吗？

Chris：你是外面来的人，你可能更需要去证明自己。如果你用一种不同的眼光来看待事物，也许你就能揭示出那些隐藏在表面之下的、从未被触及的东西。

即兴演奏

Chris：一个合作融洽的剧组，就像是一支爵士乐。

杜可风：是啊，我们则像那些爵士乐手——我们同时开拍，也努力同时杀青……

Chris：没有脚本吗？没有前期准备吗？没有"可视化预览"吗？

杜可风：你早在自己的心里做好了准备。在拍摄过程中，画面逐渐诞生。艺术指导给了我一扇透光的窗；演员为整个空间注入能量；摄像机随着场景而转动；而导演，则在一旁指挥："是的……就是这样……不……不对……"

Chris：如果你没发挥好呢？

杜可风：你自以为没拍好的地方，恰恰是你个人风格的一部分！

Chris：有时，重新开始，或许是更好的选择。

和音乐一样

Chris：如果场景的设定是没有月亮的夜晚，该如何打光呢？

杜可风：这就和音乐一样。

Chris：这是什么意思？

杜可风：为了拍出理想的电影，你需要尝试一切可能。你需要发挥创造性，并让你想表达的主题保持一致。只有这样，才能让电影显得真实。

Chris：怎么才能拍出"悲伤"？

杜可风：营造合适的氛围，让演员进入状态。

Chris：有些台词太长了，演员没法把握好感觉。

杜可风：那就把剧本扔到一边去，让演员去感受情绪，明白那些台词的真正意义。

Chris：在中文里，"Sophisticated"（复杂）是什么意思？

杜可风：大概就是张国荣透过我的镜头，看穿你的心。

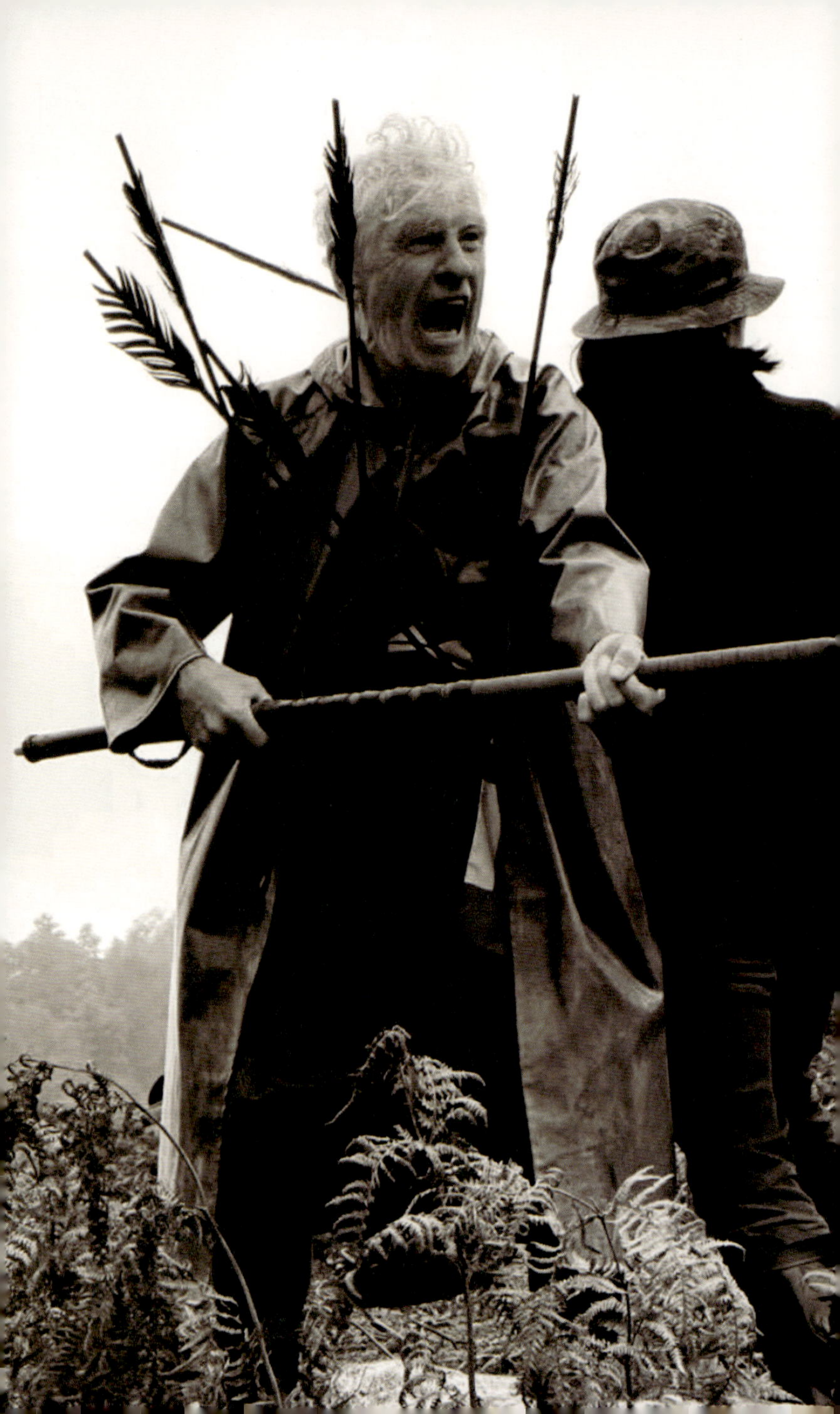

上海戲劇學院電影學院
SHANGHAI THEATRE ACADEMY COLLEGE OF FILM

10.29 / 9:00-12:00 佛西书院

博雅电影论坛

摄影指导
杜可风
KEES VAN OOSTRUM
WITH CHRISTOPHER DOYLE

当西方上撞尔方

《阿飞正传》《东邪西毒》《英雄》
《花样年华》《春光乍泄》《2046》
《中国合伙人》《摆渡寻路》
《沪上谜》《》

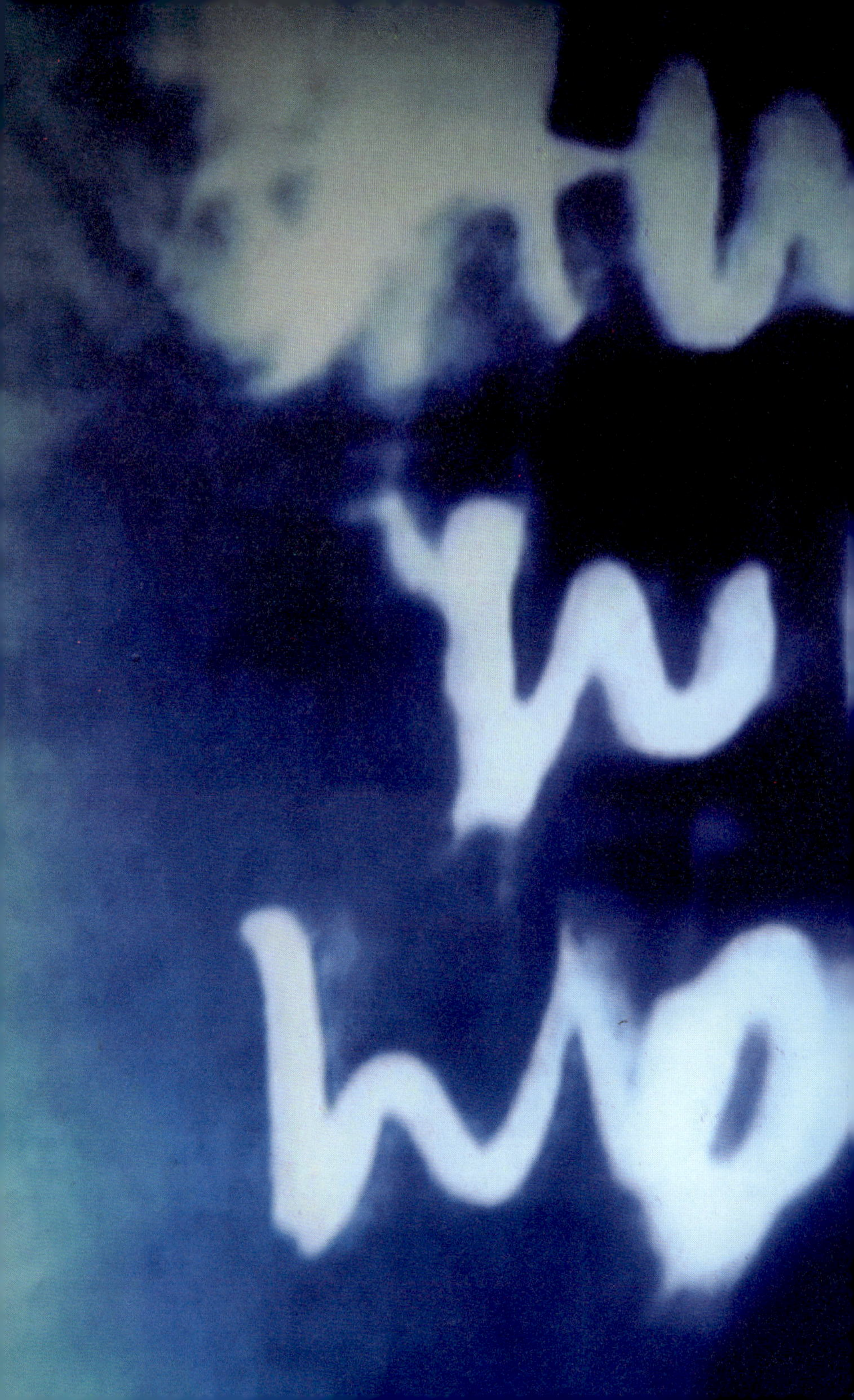

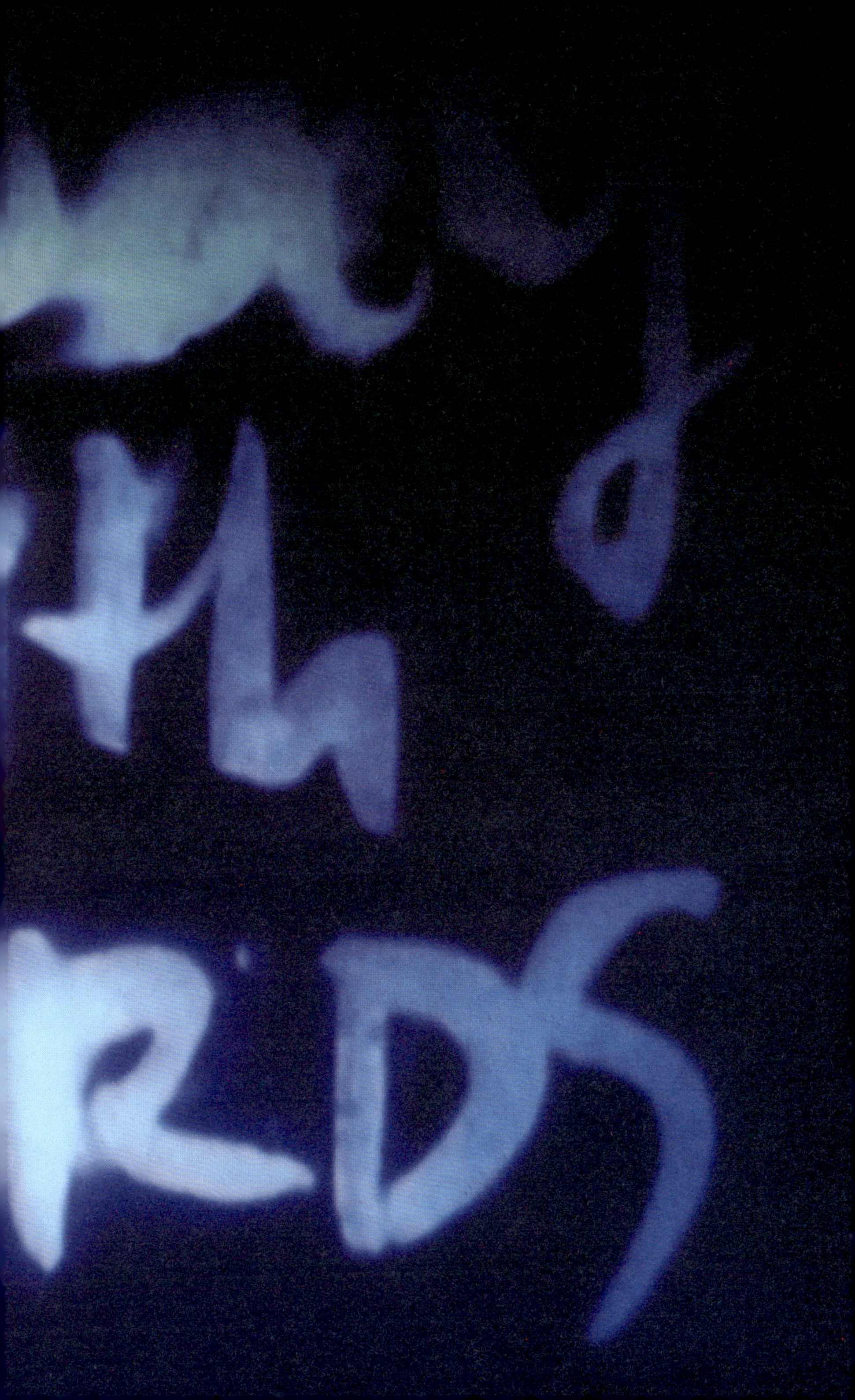

37 Away with Words

我作为编剧、摄影师兼导演拍摄的第一部电影的英文名叫 *Away with Words*。

电影摄影一直是我在用的媒介,而我对它的一切想法,都蕴藏在了这个名字里。

这个英文名所包含的意义,最为准确地表达出了我想要阐述的东西。它所蕴藏的其实是个双关语:Away with Words 是跨过、不要被限制的意思,我们要跨过文字,跨过画面,跨过所有不可能跨过的东西;但是,A Way with Words 却是寻找一种肯定,肯定一切存在,肯定对白的可能性,肯定找到一个方法好好发挥,把文字当作朋友。

在矛盾中寻求真理,在挣扎中获得解脱,如两条铁轨一样,来来去去不知所往,但又绝不会失去方向。

38 三条人

　　许多人问我 *Away with Words* 的中文名为什么叫"三条人"，无论我怎样回答都还是有络绎不绝的人在追问我这个问题。"三条人"的字面意思是三个人的故事，后来有人告诉我说有一个乐队叫"五条人"，据说他们是看了我的《三条人》后才给自己起了一个"五条人"这样的名字，因为他们是五个人在创作音乐。虽然我还没有听过他们的任何一首歌，更不认识他们中的任何一个人，不过，当一种事物与思想诞生时，紧随其后的延展线会不停地生发出丰富多彩的效果，所以对任何事都不要过于执意，因为它自己会成长，会结果子，会重生，也会消亡，果然是 Away with Words。

　　艺术创作就是 Away with Words 的精神，这就像是一个通道，我们都要跨过这个通道。

　　作家从无边的空间中汲取灵感。想象力，就是无尽的灵感源泉。

　　她/他把文字挨个列在纸上，从而将思想不断地排列、组合。

　　但是，想要让电影触动观众、和观众产生联结，制作者就必须用文字创造出一种新的可能。只有这样，电影才能真正地"离开文字"。

39 剧本朗读

有时,在我们拍摄时,导演需要反复核对演员的剧本。甚至,在连着的两个镜头之间,导演也会这么做。这总会让我震惊。虽然演员们看上去就像没读过剧本一样,但其实,他们已经为此准备了好几个月,甚至好几年。如果他们连这些台词背后的意思都不明白,那为什么还要去一一核对呢?

我们都要竭尽所能,做好一切准备。我们要问自己,这场戏有什么目的?它会把我们带去哪里?然后,你就要扔掉剧本,因为剧本只是一张蓝图,只是用来收集、连结信息的途径。剧本只是参考而已。只有拍电影的整个过程,才真正创造出了最终显现在银幕上的一切。

40 照着剧本拍

我不太赞同许多人所说的,"剧本就是一切,无论是表演、摄影,还是导演,都必须与剧本保持一致。"

然后我发现,尽管莎士比亚被公认为是史上最伟大的作家之一,但在那么多部由他的作品改编而成的电影中,真正传达出了他的文字中所蕴含的能量、诙谐、深度、色彩和复杂性的,屈指可数。

你可以把简单的想法拍成杰作。住在贫民窟里的人随口说的几句话,可能就是一部大片的来源。太多伟大的电影甚至根本没有台词。

可惜,太多被认为基于优秀剧本拍摄而成的电影,却都是实实在在的烂片。

41 如何拍出情绪

编剧坐在房间里,写下"雨滴敲打在窗户上,皎洁的月光勾勒出她的轮廓"这样的语句,又美又俗又容易。

到了片场,你突然发现拍摄计划、日程安排与演员的档期有冲突,你必须在阳光明媚的夏日去拍摄这个画面,那该怎么办呢?

如果剧本上写着"气氛压抑",你要怎么做才能拍出这种压抑?

如果剧本上写着"她出现在清澈、蔚蓝的海面上",可你却身处碧绿的大西洋,头顶的天空乌云密布,那你又该怎么处理呢?

你只能去做力所能及的事。并不是你想要怎样,就可以怎样。你得弄清楚剧本中的台词到底想表达什么——台词的真正含义,可能和它的字面意思完全不同。你要把剧本里描述的情感变成相应的画面,让那些文字更为主观,更能与人联结。

42 关注思想

  你必须做好充分的准备,才能集中注意力:电影里所有的思想、意图和情绪,甚至所有的台词,都已经被你彻底地吸收。你完全沉入其中。无论演员的表演有何差错,无论天气有何变化,无论拍摄环境有多么艰苦,无论发生什么意外,你都能让它们恰如其分地融入创作之中。

  就这样,不管遇到什么阻碍,你都可以把面前的场景拍好甚至于拍得更美。也许,你拍摄出来的画面跟剧本并非完全相同,但影片里的台词却依然很妥帖——毕竟,我们已经明白了作品的真正意义。

43 力所能及

当时,我们正在伊瓜苏瀑布拍摄《春光乍泄》。那是世界上最大的瀑布之一,位于阿根廷、巴西和巴拉圭三国交界处。

瀑布的水流下落得又快又急,以至于当它撞击到峡谷底部时,水花会溅得和瀑布一样高。空气里弥漫着水汽,一片氤氲。

水汽模糊了镜头。我们试着把它擦干,但往往一条镜头才拍到一半,上面就又有水汽了,我们甚至没法从镜头里看清梁朝伟的脸。

我的助理说:"这下麻烦大了。"

我回他:"我倒觉得,这是个好机会。"

其实,我只是在拖延时间。我也想弄清楚我们到底该如何拍摄这个镜头。

突然,我灵机一动:"要不就让水汽附着在镜头上吧?"

我的助理附和道:"也是,毕竟我们也没有更好的选择了。"

于是,我把镜头向演员推了过去。

水汽很快就晕染了整个画面,梁朝伟的身影逐渐变得一片模糊。

在我靠近梁朝伟时,他已经完全"消失"了。整个画面空荡荡、白茫茫的。雾气彻底将他笼罩。

这条镜头看上去棒极了!简直是神来之笔。

王家卫非常高兴:"就是这种感觉!我们渲染出了他的孤独和迷茫。"

我点点头。如今,我终于明白,无论怎样,办法总比困难要多。

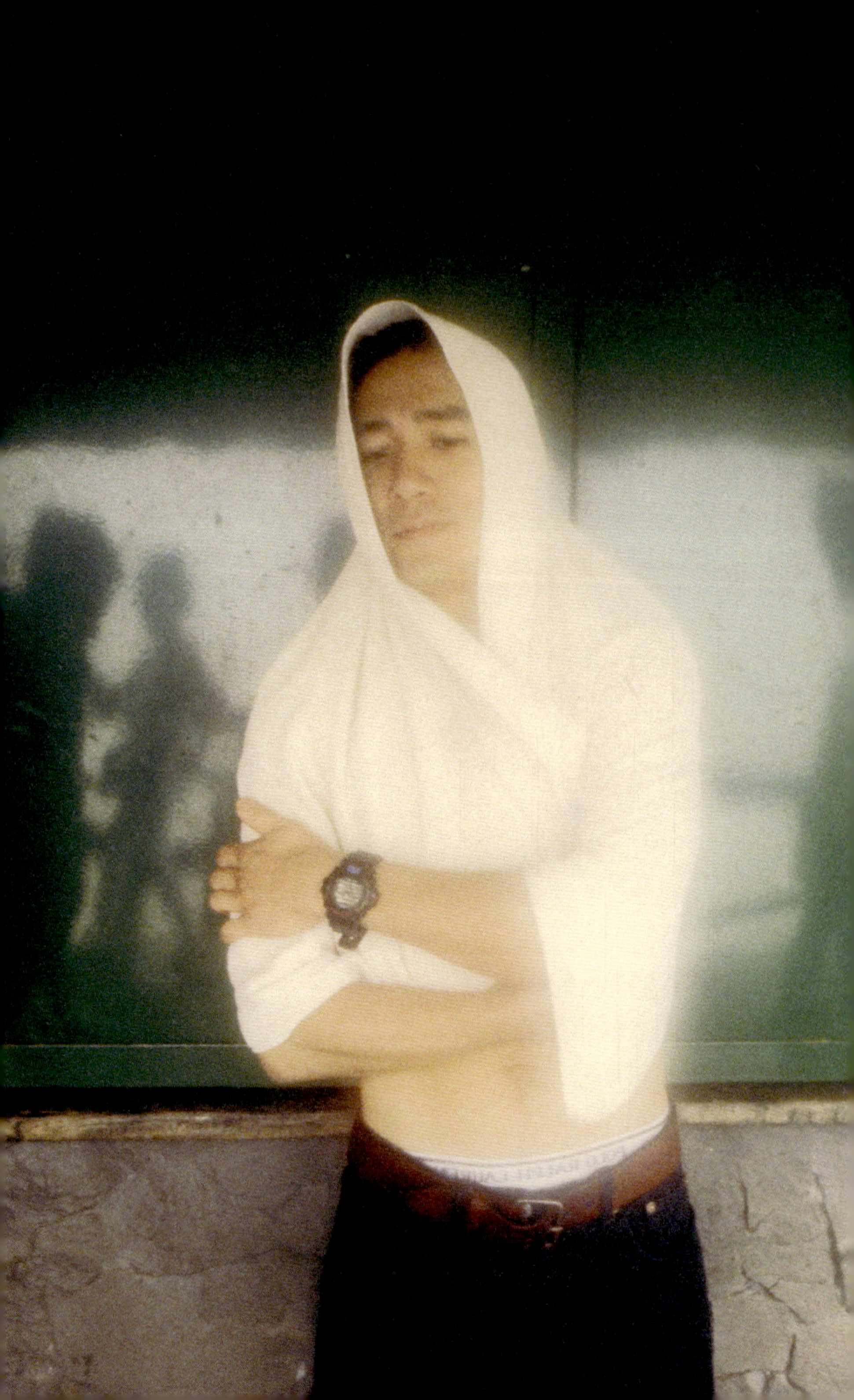

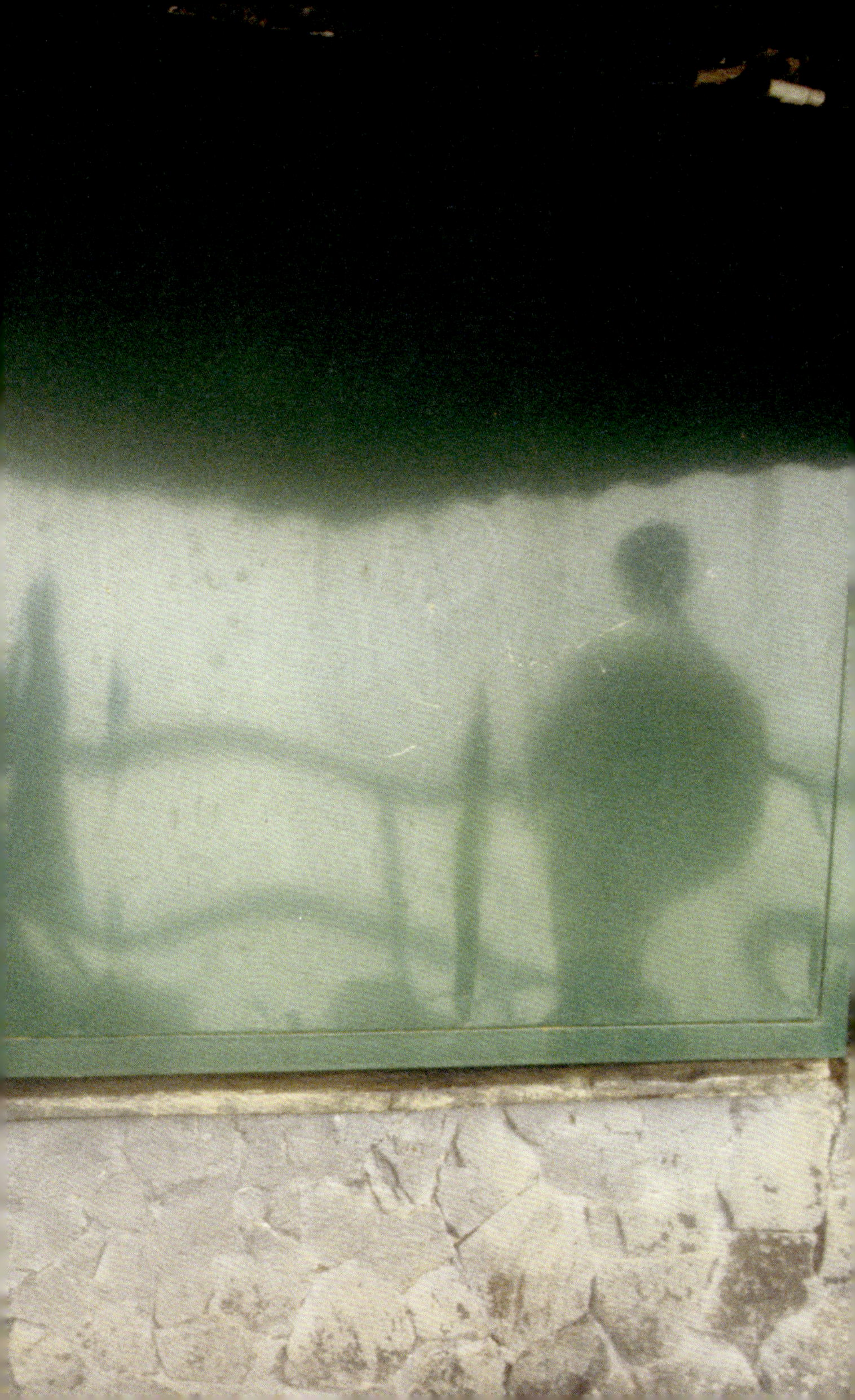

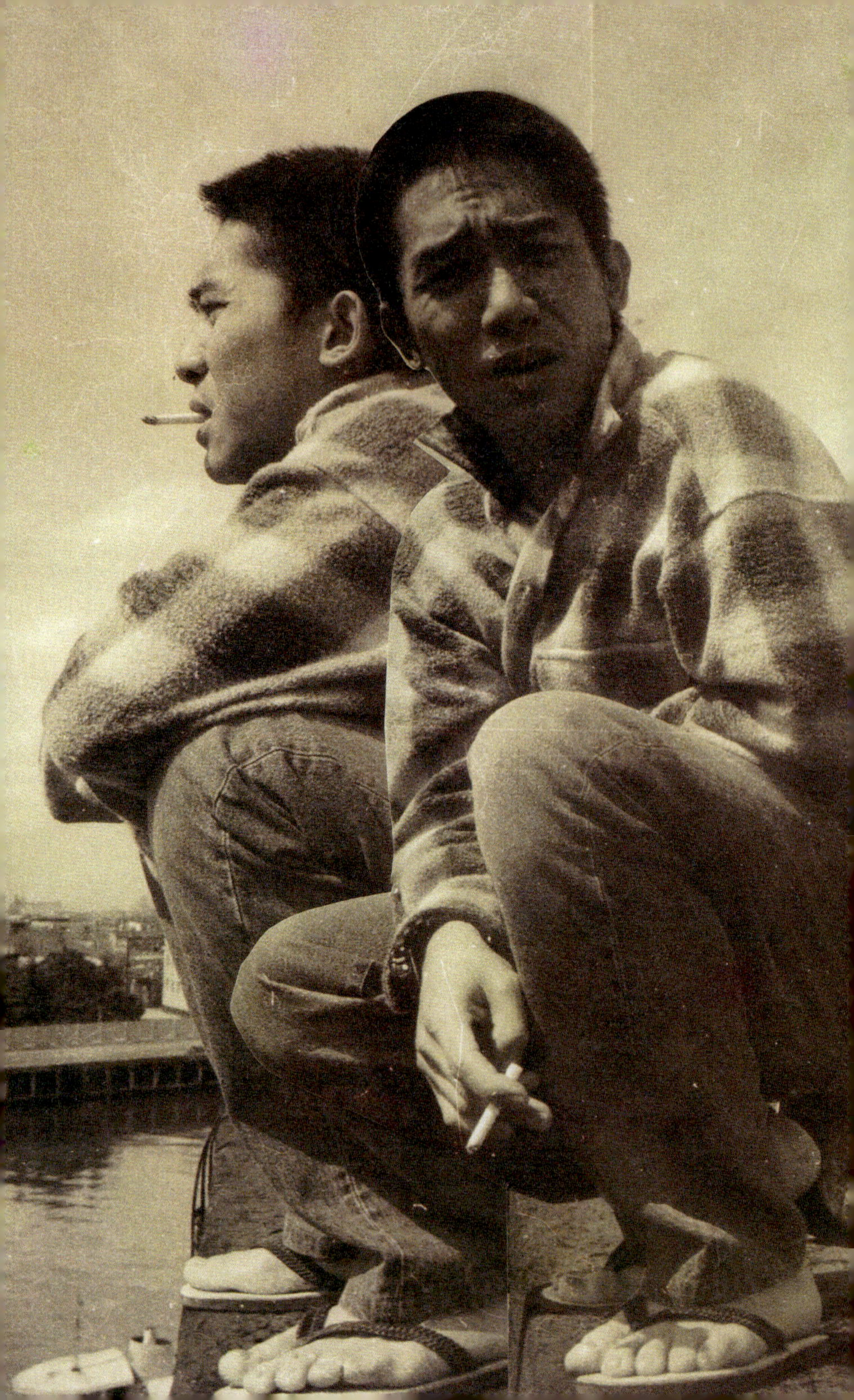

44 禅意

好的画面当然能引发好的反响,但为了拍出各种电影画面,无论被称为好或坏,你都要付出相应的努力。在这之中,你必须找到平衡,然后,就要退后一步:你不能在画面上投入太多的时间;你不能陶醉于灯光的特点及摄影手法的豪华;精力和金钱,不能只靠这些投入来让画面变得珍贵。如果你能抓到并呈现出不错的画面,你一定要相信它,保护它。你要坚持下去,给它足够的空间,让它和观众产生共鸣。

如果这个画面对表现电影的思想没什么用,如果它显得重复、不能持续带来能量,你就必须变得冷酷。甚至,你要再残酷一点。但同时,你也要保持冷静、克制,多多观察。你要成为自己的批评者。

正如导演西德尼·吕美特所言:"不要因为一条镜头拍得很难,就误以为自己拍得很好!"

你必须充满禅意。

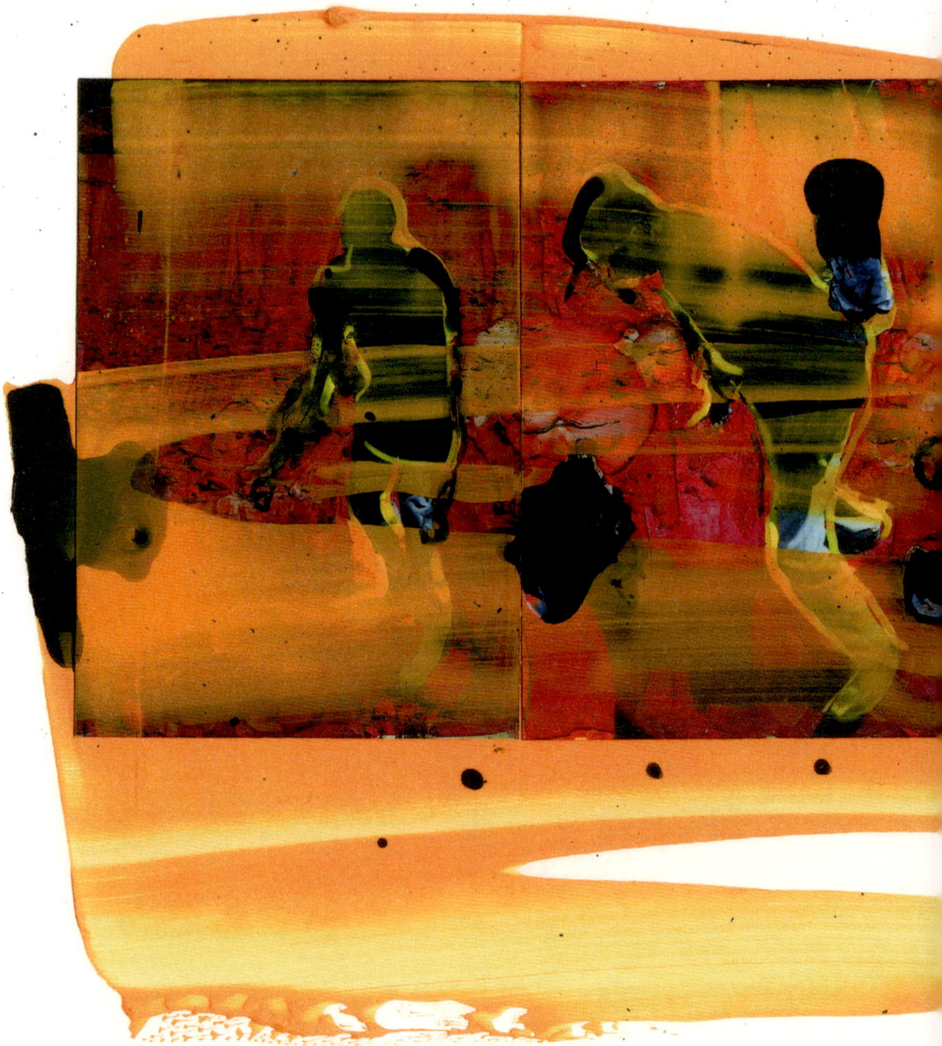

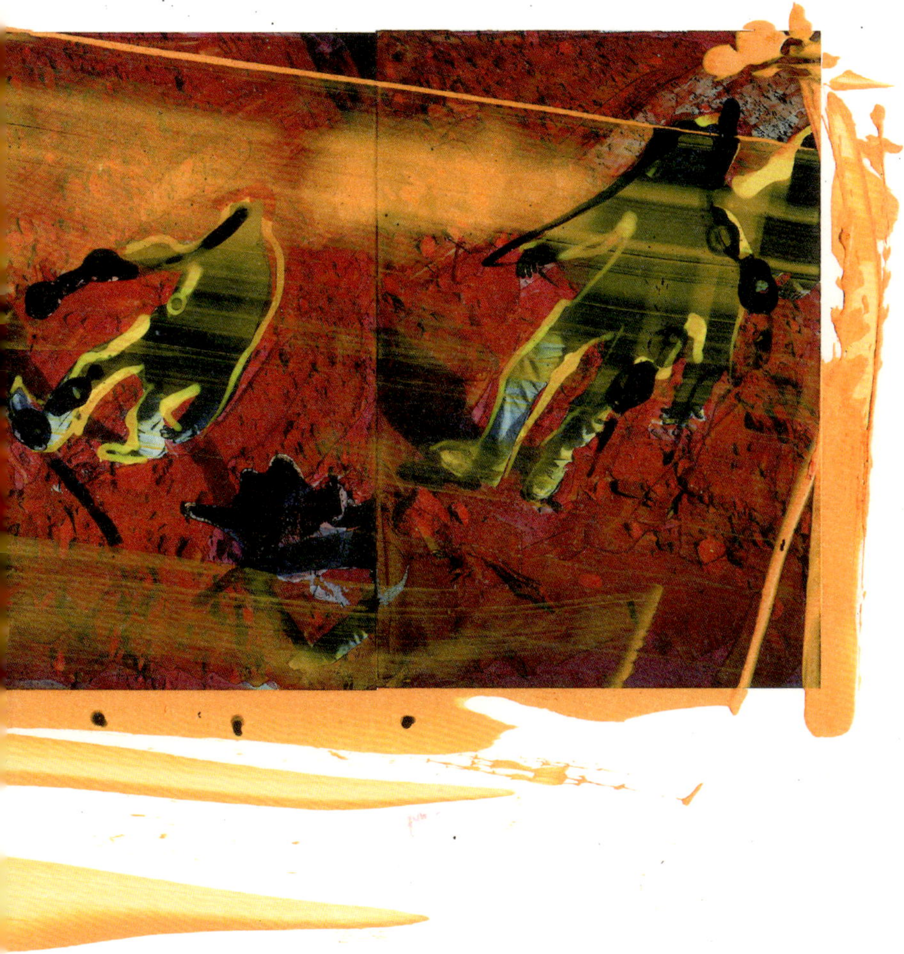

45 黑非黑，白非白

我出生在悉尼的郊外，那是一个不切实际的、理想化的白人世界。在那里，我被保护得很好，几乎从未沾染尘世。我所谓的那些"白族人"从原住民那里抢占了那片美丽的土地。

有时，经过主城区时，我会看到一些原住民在艰难求生。他们往往会在救济处外排起长队，或者等待着所谓的"大哥"，以求一些零散的打工机会。

我在一个否认原住民存在的世界里长大，这个社会在强制性地告诉我，我和他们是不同的，但我的内心深处在不停地反抗这些。为什么？为什么？我们都是人，我们都是有血有肉有情感的人，我们应该是平等的。年轻的时候，除了因不知名的"罪行"被捕以外，我从未在电视上看到过原住民的身影。在这样的困境里，他们别无选择，唯有"犯罪"。

所以，在我离开这一切三十年后，当菲利普·诺伊斯让我向公众讲述白人如何虐待原住民时，我非常震惊。

上个世纪，澳大利亚政府曾实行过一项政策，即强行把"混血"儿童——就是白人和原住民所生的孩子——从原住民母亲的身边带走，统一安置，并让他们学习一些简单的技能，以便在"文明"的白人社会谋生。人们相信，经过这样的洗礼，在找到白人伴侣后，他们身上"原始的"原住民血统就会被逐渐淘汰——他们会成为"真正的"、所谓的正统澳大利亚人，而在我看来这叫残忍。

菲利普要拍的是一个真人故事。我们拜访了三个年老的亲历者，我隐约记得一个是七十九岁，一个是八十四岁，还有一个是八十一岁左右，我们要拍出她们真实经历过的事——

曾有三个住在沙漠中的小女孩，被强行带到数千英里之外珀斯市。她们是十二岁的莫莉、八岁的格雷西和五岁的黛西。她们非常讨厌那里，所以就逃跑了。可她们并不知道自己身处何地，只知道故乡位于一处被称为"防兔篱笆"的地方：过去，为了防止兔子进入牧场，人们用锋利的铁丝修建了这条横贯西澳中部、长达数千公里的篱笆，但由于兔子会打洞，这些铁丝并没有任何用处。女孩们一路寻找着篱笆，一路被追踪者和警察驱赶。她们坚持了几个月，历经千辛万苦，终于找到了那条篱笆，回到了部落和家人的身边。

"我们有什么权利讲述他们的故事呢？"我问菲利普，"我们怎么能代表他们表达悲伤呢？这的确是我们的耻辱，可我们怎么能假装自己了解他们呢？我们怎样才能让他们拥有发言权呢？我们怎样才能归还他们被长久剥夺的尊严呢？"

"没错。我们所能做的，就是给他们一个发声的机会，让他们的遭遇被更多的人听见。我们无法改变过去，但或许，我们能给它以重见天日的光明。"

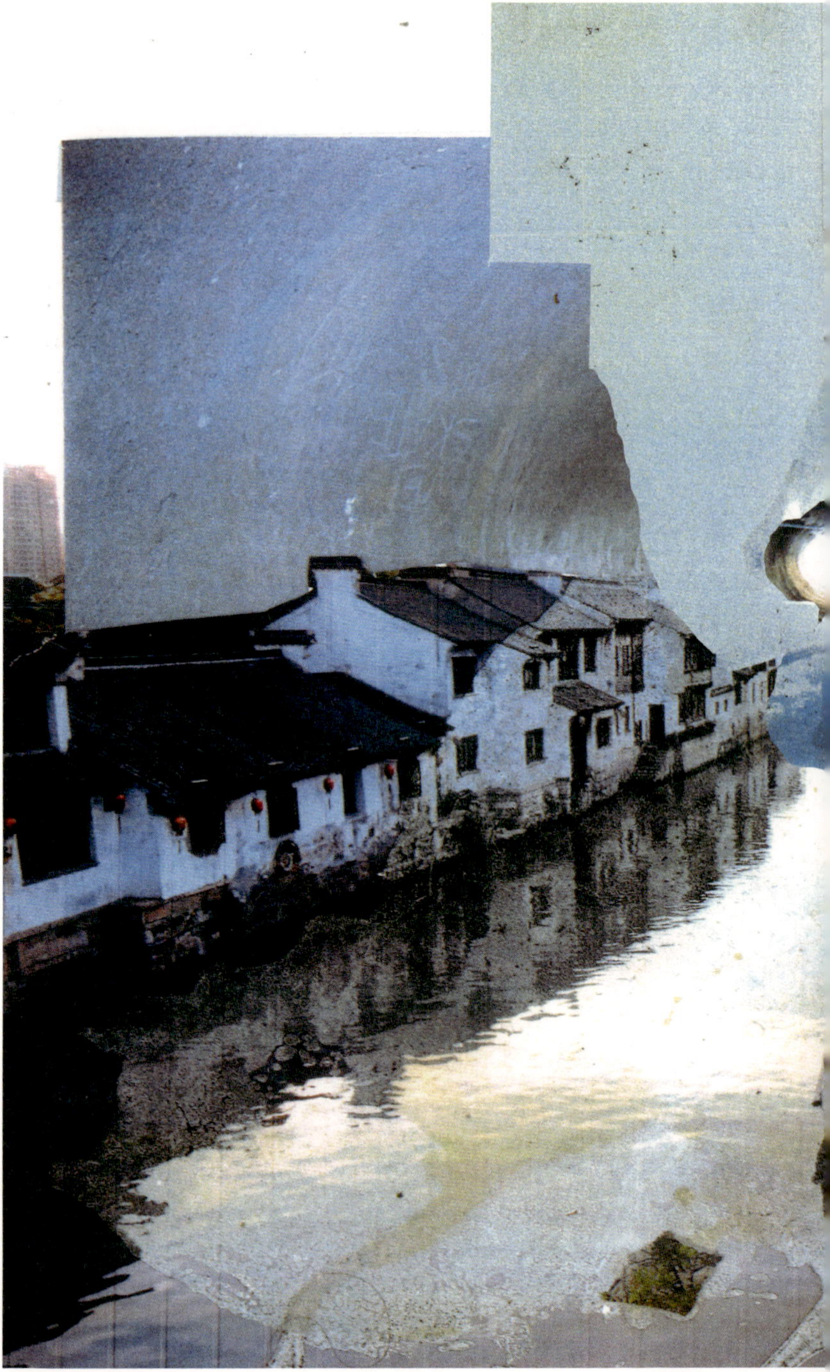

183

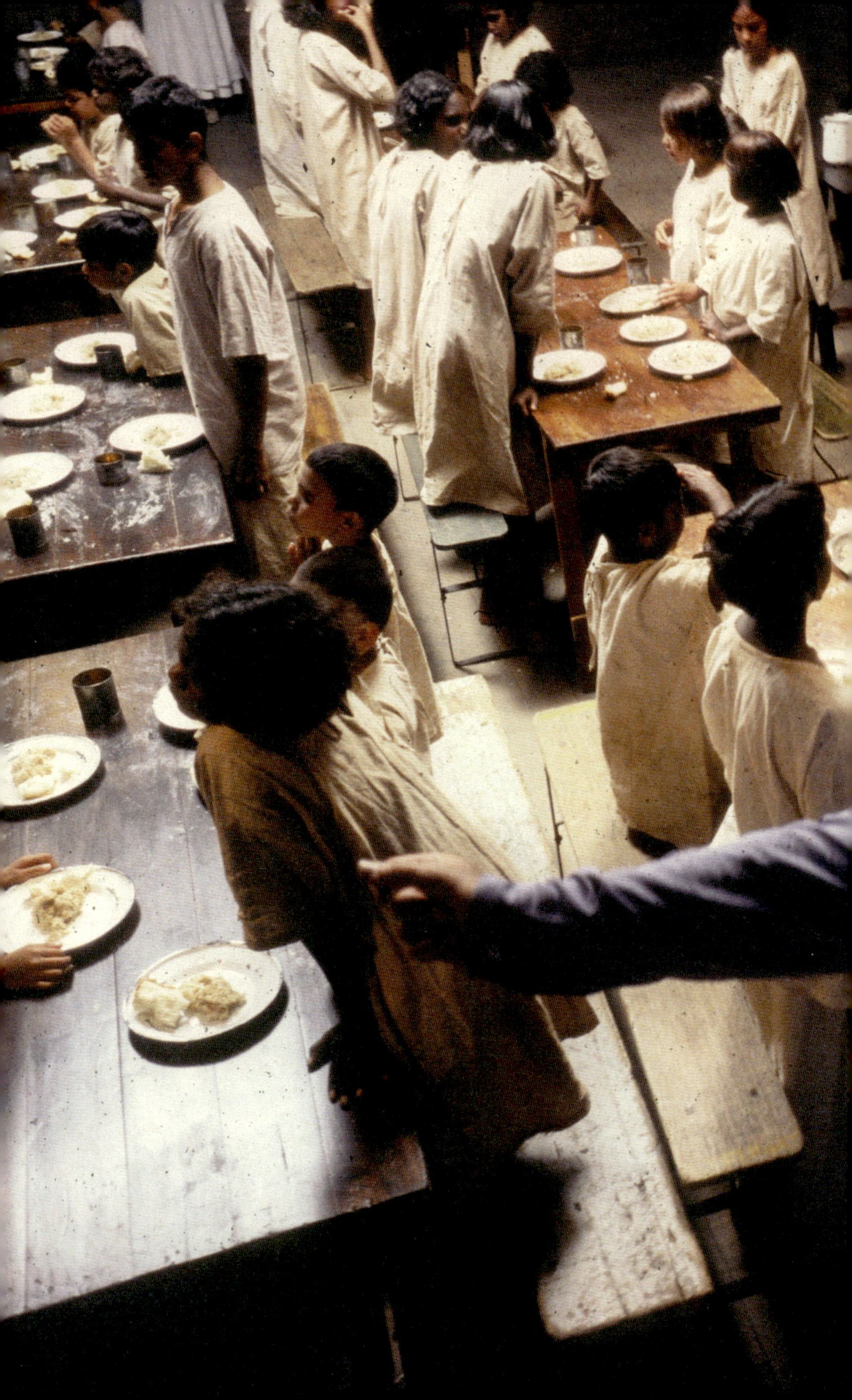

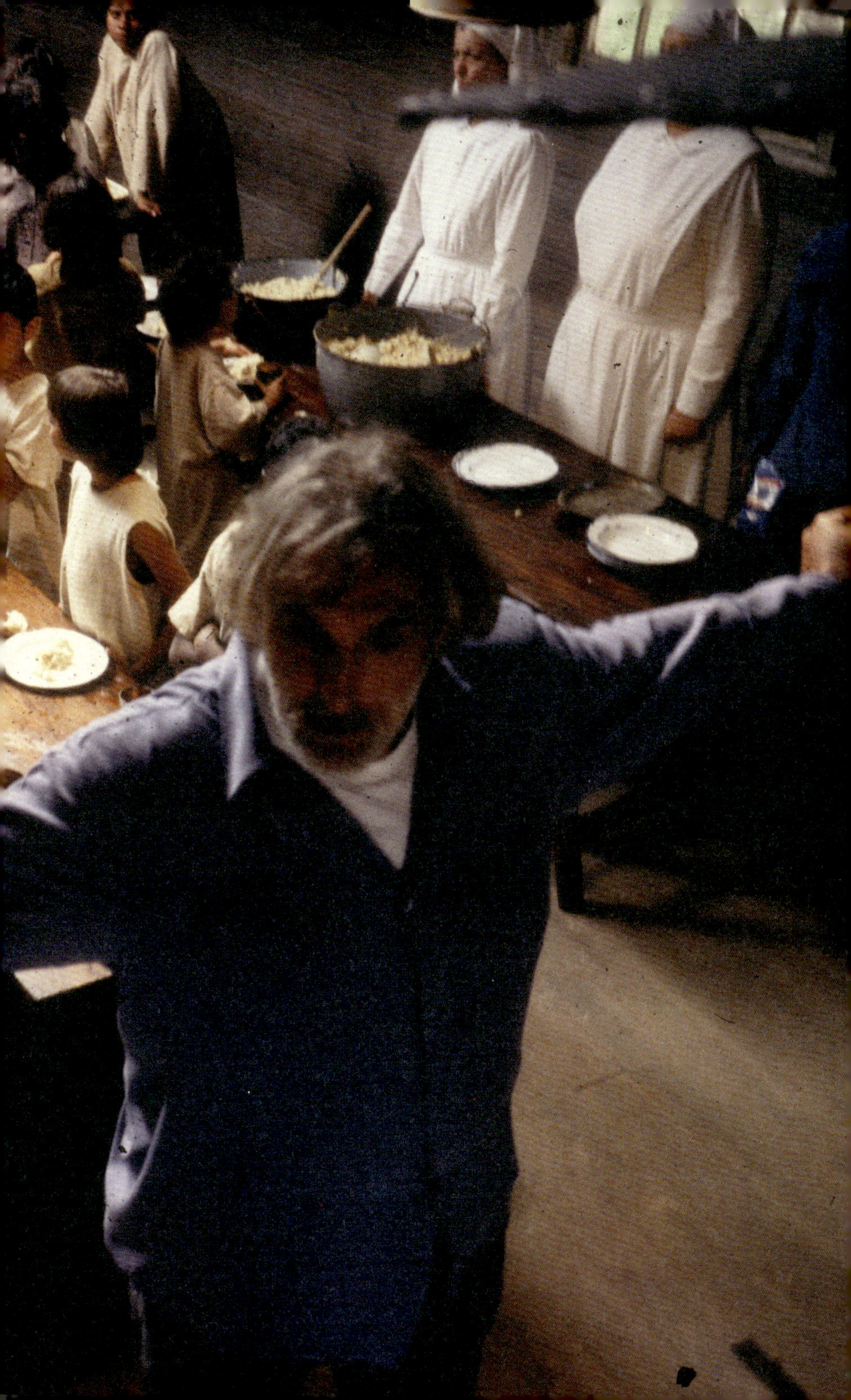

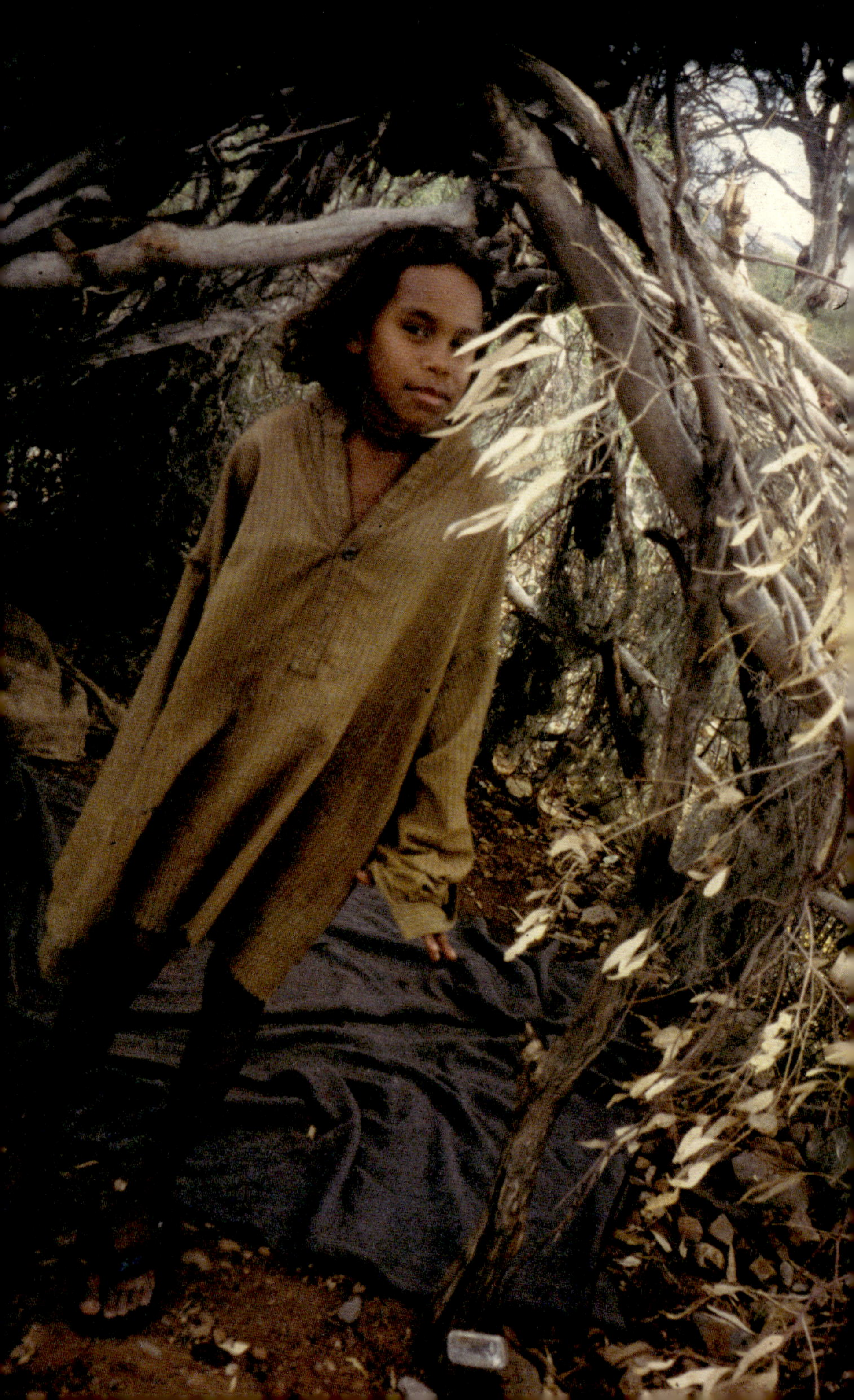

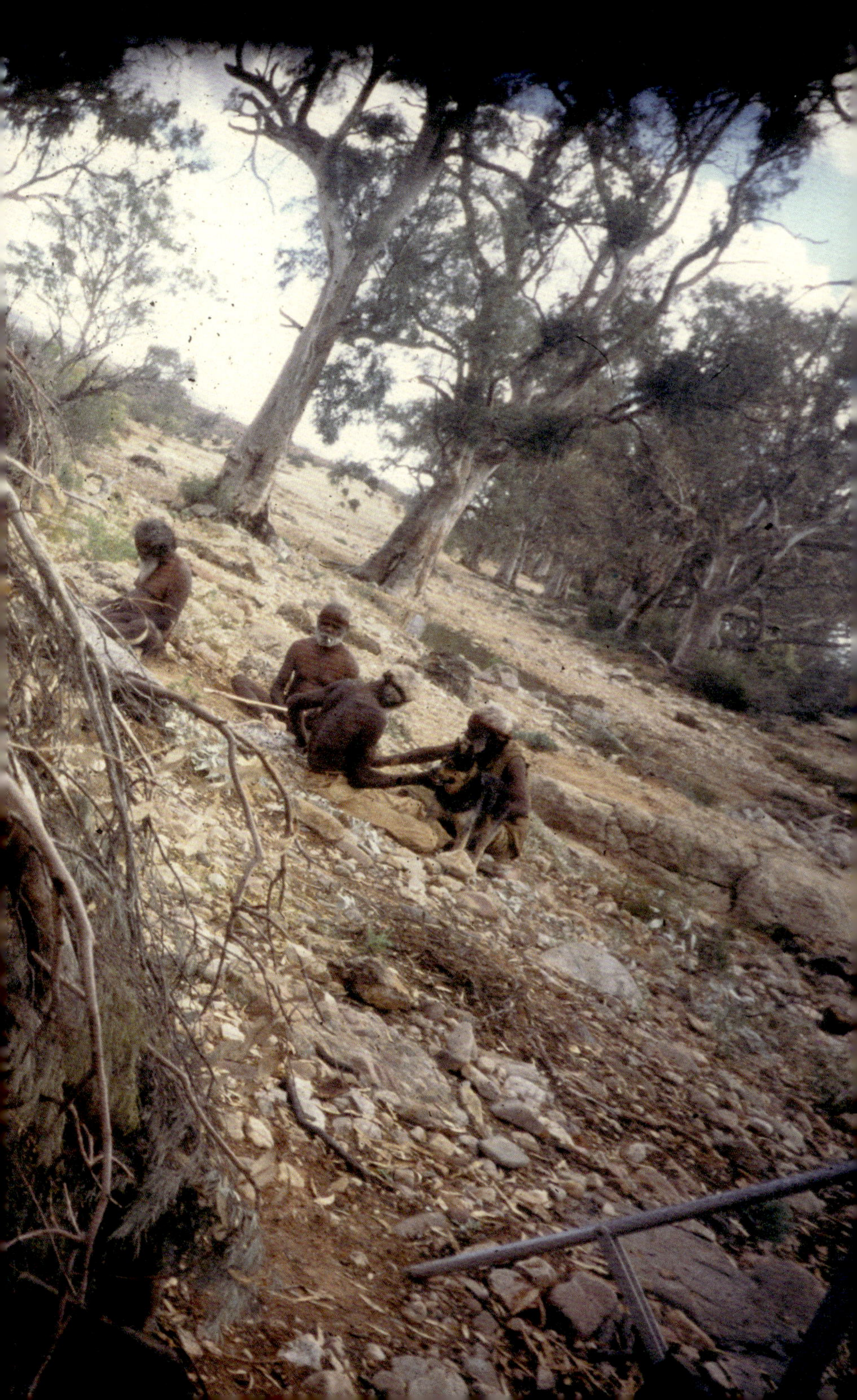

46 篱笆外的人

迄今为止,在我参与拍摄的所有电影中,《防兔篱笆》是最让我心疼感动的。

它饱含真诚。它所处的空间极为神圣。它充满了勇气——那种勇气,让你明白什么才是真正重要的。还有那些孩子。那些孩子,让它变得"真实"。

孩子们从未拍过电影,但在艰苦的拍摄过程中,他们一直很投入很实在。然而,在杀青之后,我们不禁开始担心起来,不知道他们回到"正常"的世界中会怎样。于是,我们问道:"接下来你们想做什么呢?"

演莫莉的伊芙琳是个比较早熟的女孩,常常表现出超越实际年龄的成熟。她回答说:"我想当明星。"

演格雷西的蒂安娜是最优雅温和的孩子,她来自于一个非常有教养的家庭。她说她想成为一名兽医。

演黛西的劳拉虽然才五岁多一点,却似乎已经明白电影是怎么回事了。"我想当导演。"她郑重其事地宣布道。

我们被逗乐了。大家都很惊讶,问她为什么。

她信誓旦旦地说:"这绝对是全世界最好的工作。他们会给你安排一个助理,然后再开一辆大汽车,载你去片场。你可以吃到热乎乎的早餐,咖啡或茶,想喝什么就喝什么。然后每个人都会听你的吩咐。你确定一切就绪后,大喊一声'开拍',所有演员就都要按照你说的去做。如果你不满意,他们就必须再做一遍。然后,你一说'停',他们就又会给你端来一杯咖啡。所以,你不用做任何事情,只要在一旁看着所有人忙前忙后就行了,他们还都得听你的。多么完美的生活啊!还有比这更好的事吗?"

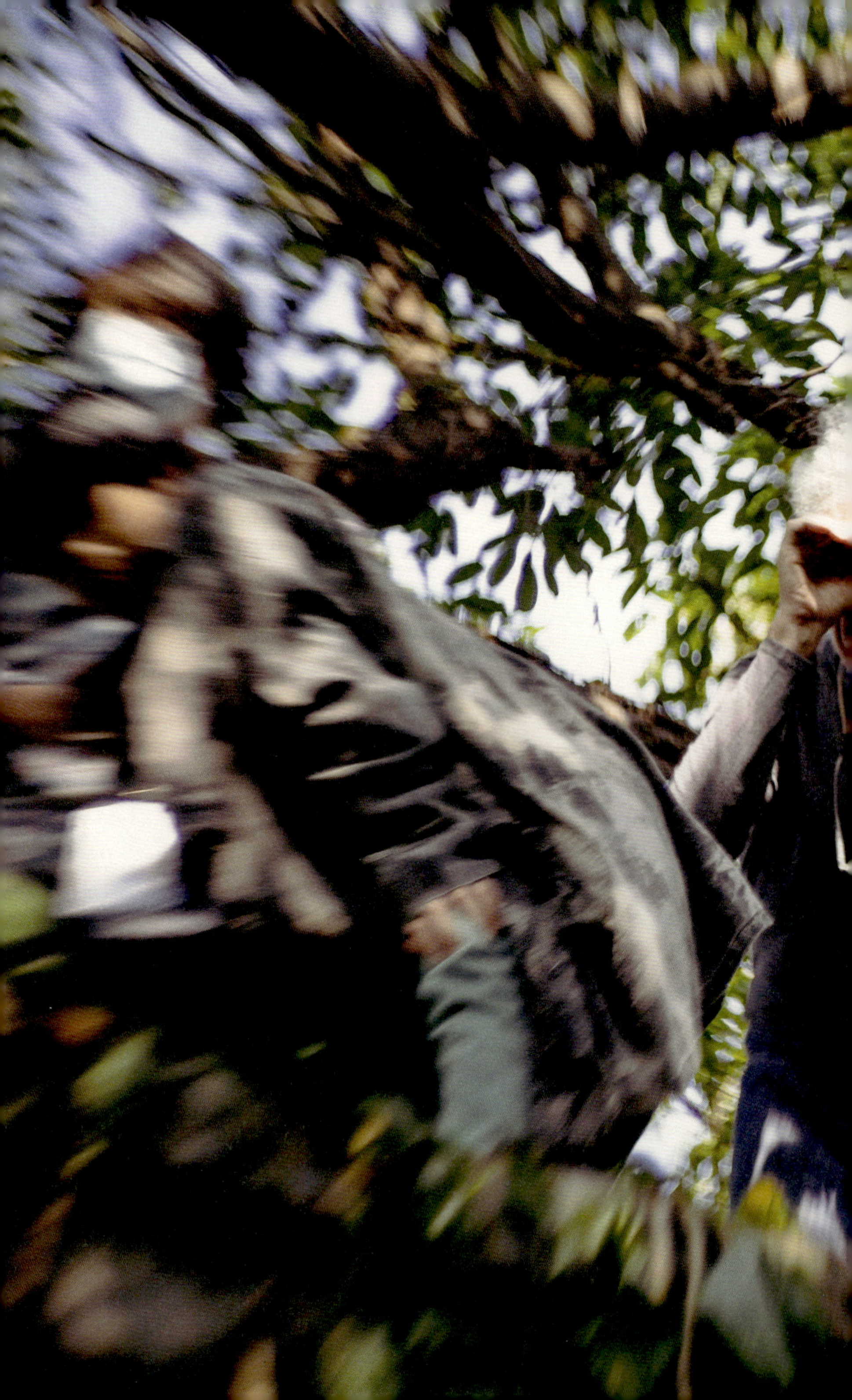

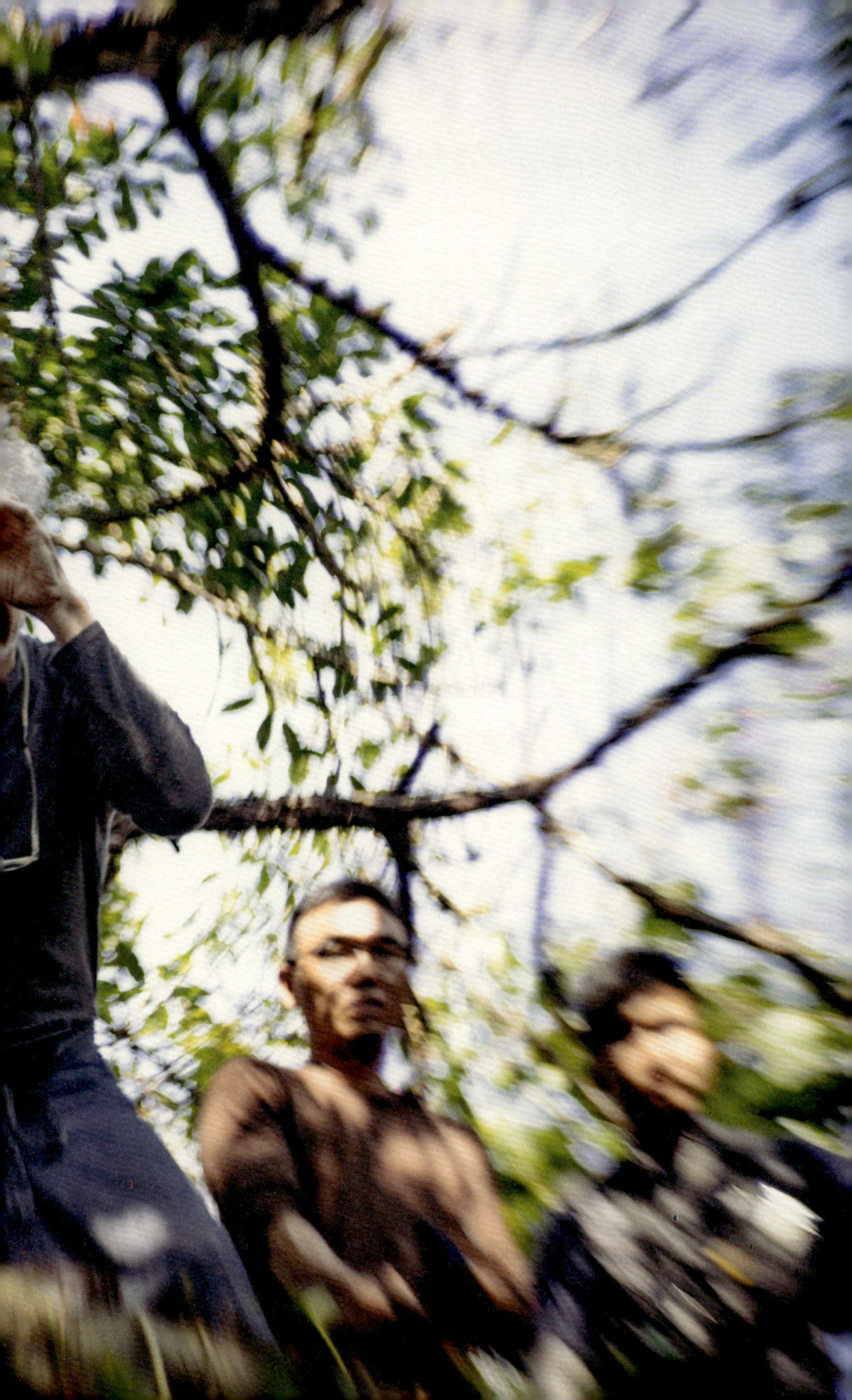

47 让我看到你的世界

我们想拍一部反映中国香港三代人的电影,三代人里有学生和年轻职员,还有老人。

可我们几个既不是学生或年轻职员,也不是老人。为此,我们做了许多采访,然后从这些采访中挑选故事。每一组人群大概匹配五个故事。我们让这些故事的当事人扮演他们自己。

这些故事涵盖了各种各样的生活方式、居住环境。

我们将采访内容延伸开去,扩写成一个个故事。

所以,我们其实是从采访对象的想法和生活入手,然后将他们讲述的内容加工成虚构的故事。

这让人感到兴奋,也让人觉得自由。这让电影的风格和叙事变得尤为开放,不拘一格。

-20170125
B058C006 170125 R1Y7.mxf
SRC TC: 14:15:25:00
WHITE GIRL©

48 小红帽

我们最爱的采访对象之一是"小红帽"（她的真实姓名在此就不赘述了）。

她勇敢、迷人，而且出人意料的虔诚。

虽然她生活在城市里，但她的父亲是个渔夫，而她则住在岛边的船屋上——村里的庙宇、几乎空无一人的街道，似乎都暗示着她内心深处的向往。她渴望着更宁静淡泊、简单纯粹的生活。

在第一次采访中，她说："魔鬼根本没法诱惑我。他屡次尝试，我都告诉他'不可能'。我从来不做作业，只知道玩。我和弟弟一起玩。我不听大人的话，也不在乎他们说了什么。我只专心做自己的事情。如果我假装没听见，它们就会慢慢消失。是魔鬼让我弟弟不要听爸爸妈妈的话的。"

如果我在写剧本的话，我再怎么聪明和有创意都写不出这样有趣的台词，更塑造不出这样有趣的人物。当然，我重新整理了她的独白，让其中的语法和结构都更为顺畅、连贯。

她说话的方式、迷人的举止，使一切都恰到好处。

她也很好相处与共事。

我们基本上只是要求她从这里走到那里、做这个和那个，她也像所有的孩子那样，会有一些新鲜的、令人意想不到的举动。但是，让我们异常惊诧的是，在结束了自己的戏份、回到

船屋时,她走向了水边的神龛,跪下并向大海祈祷:

"亲爱的耶稣,我的弟弟很淘气。我希望你能让他变好。这样他就会在天堂见到你。

"别让他下地狱。如果他下地狱,就会被烈火焚烧。他会很疼的。我弟弟真的是个好孩子。

"可魔鬼却偷偷潜入了他的身体。亲爱的耶稣,让我弟弟变得好一点吧,这样爸爸就不会生气了,不会再打他屁股了。"

然后,她站了起来,在胸口画了个十字,鞠躬念道:

"阿门。"

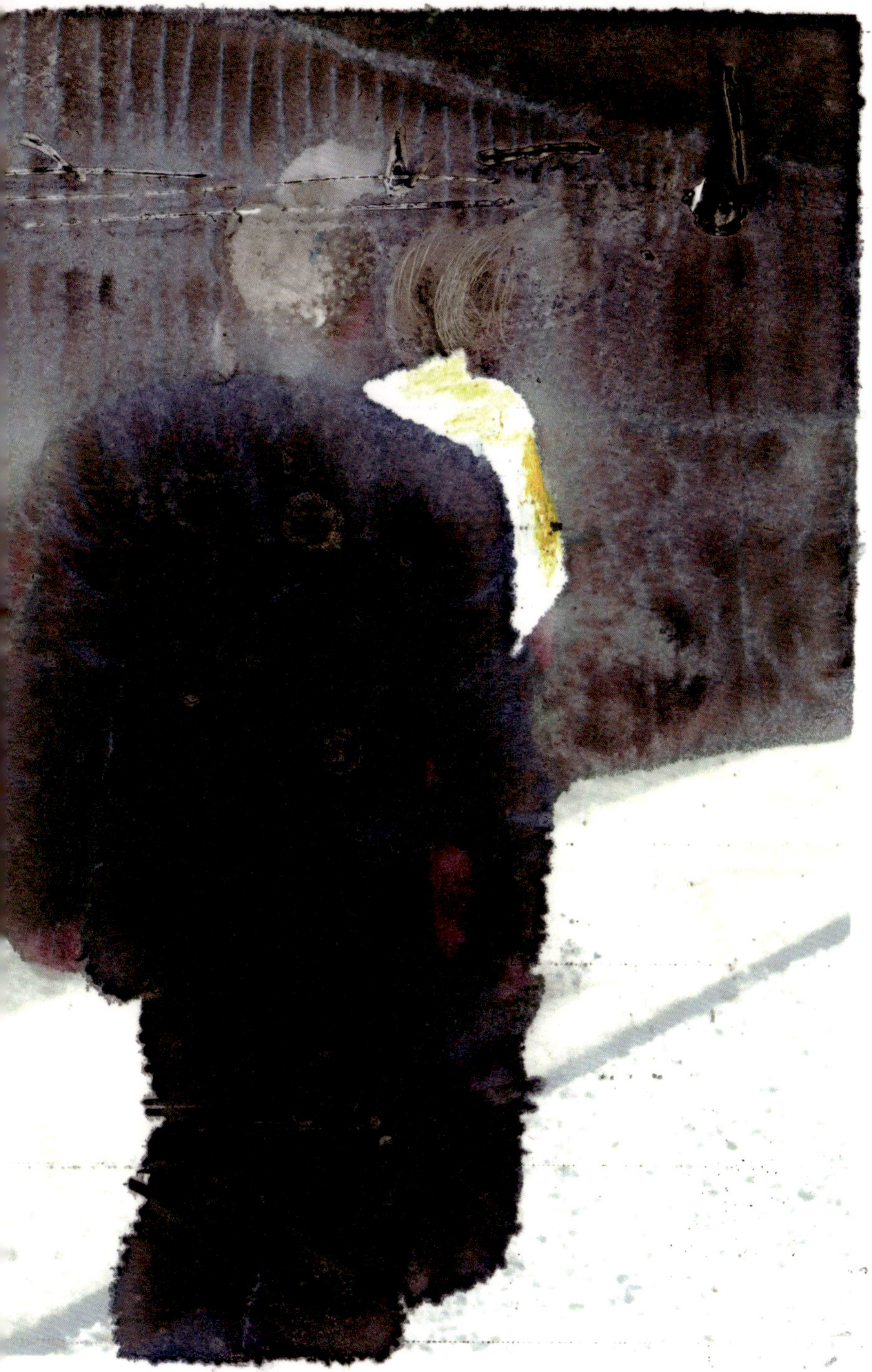

49 "监督员"

日本的黑帮通常被称为雅库扎,这也是数字 8、9、3 的发音。在当地流行的一种纸牌游戏中,这些数字加起来等于 0,算得上是最差的牌,而在大众看来,黑帮也是最差的一群人。不过,他们自诩为"任侠",把自己视作侠义团体,而通过他们严格的规章制度、仪式和荣誉感,你也可以看出这种态度。属于自己的地盘、文身、笔挺的西装,都是他们的标志。

当时,我们正准备在新宿拍摄。

制片人很紧张。因为打算在日本黑帮的地盘上拍摄,剧组和不同地盘上的黑帮开了一次又一次的会。

他们这样警告剧组:"你们可以拍我们地盘上的这家店,但不能拍不属于我们地盘的其他的店。如果你们要拍这条街的话,记得一定要在黄昏前收工。"

第一天的第一场戏要在一处户外停车场拍摄,四个穿着黑色西装的小伙子就在马路的对面"监督"我们。

我和摄制组的工作人员看到他们后更加规规矩矩,埋头工作,制片人则因为焦虑和紧张在一旁不停地抽烟。

街对面有家卖酒的商店,十点开门。十点零五分的时候,我去店里买了五瓶啤酒,给了那四个"监督员"四瓶啤酒,剩下的一瓶则留给自己。

我和他们干了个杯，然后继续工作。

等我们拍完后，我又回去和他们干了个杯。

其中一个"监督员"小伙子问我："你要不要再拍一条演员走一段路的镜头？"

"这样的话，我就拍到别的店了，你们不是说不可以吗？"我回答道。

"你想拍什么就拍什么吧。毕竟，你对我们这么客气。"他说。

然后我们就放心地自由发挥了。

只要给予他们应有的尊重，我们就可以随心所欲，想拍什么，就拍什么。

ヤクサ、

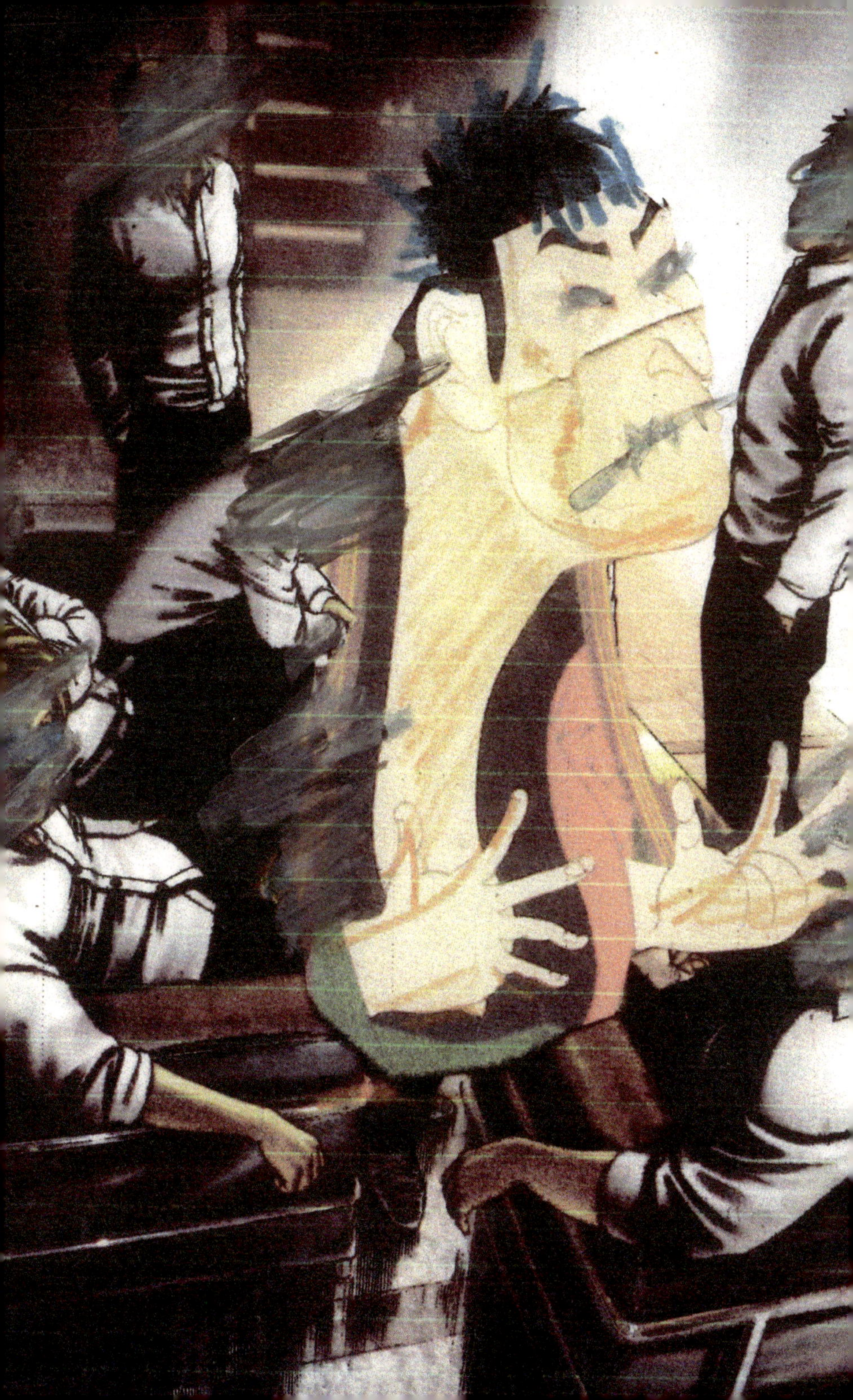

50 萨努克

泰语中的"萨努克"是泰国人的一种生活态度和道德观念。它指的是,要想与他人融洽相处,你必须先做到内心的平和与自洽。

那时,我们正在曼谷的街头拍摄一场追逐的戏份。我们穿越小巷和街市,最后以河岸边的码头对峙结束这场戏。

一切都进行得非常顺利。我们大概拍了四十个相当精彩的镜头,简直是运气爆棚。

等我们想要去到河边完成这场戏的时候,已经是傍晚了。暮色四合,天光很快就要暗淡下去。

当我们到达拍摄对峙戏份的那处河岸时,只需再拍三个镜头,就可以结束这场戏的拍摄。但天色太暗了,我们压根看不清演员,他们都变成了剪影。

我和灯光师说,我们需要打些光,但他说现在没办法搞到灯光。

我大发雷霆:"我们差一点点就能拍完了!只差三个镜头!搞什么鬼?"

灯光师和他的团队转身离开了片场,其余的剧组人员也跟着他们退场。导演瞪了我一眼,走开了。

我很迷茫,独自回到了酒店,无比困惑。我不知道该怎么办。如果是在中国,如果是在西方,剧组人员基本都会和我一样失望。

终于,导演给我打了个电话。"Chris,"他说,"生气有什么用呢?生气一点也不'萨努克',也不能改变任何事情。每个人都尽力了,日光是我们无法掌控的事。为什么要为了无法掌控的事去责怪他们呢?"

我非常惭愧,跟他道了歉。

然后,他慢慢悠悠地说道:"你放心,明天的太阳总会升起的。"

我也向他保证:"明天,我也会变得'萨努克'。"

青出于蓝

Part 3

Out of the Blue

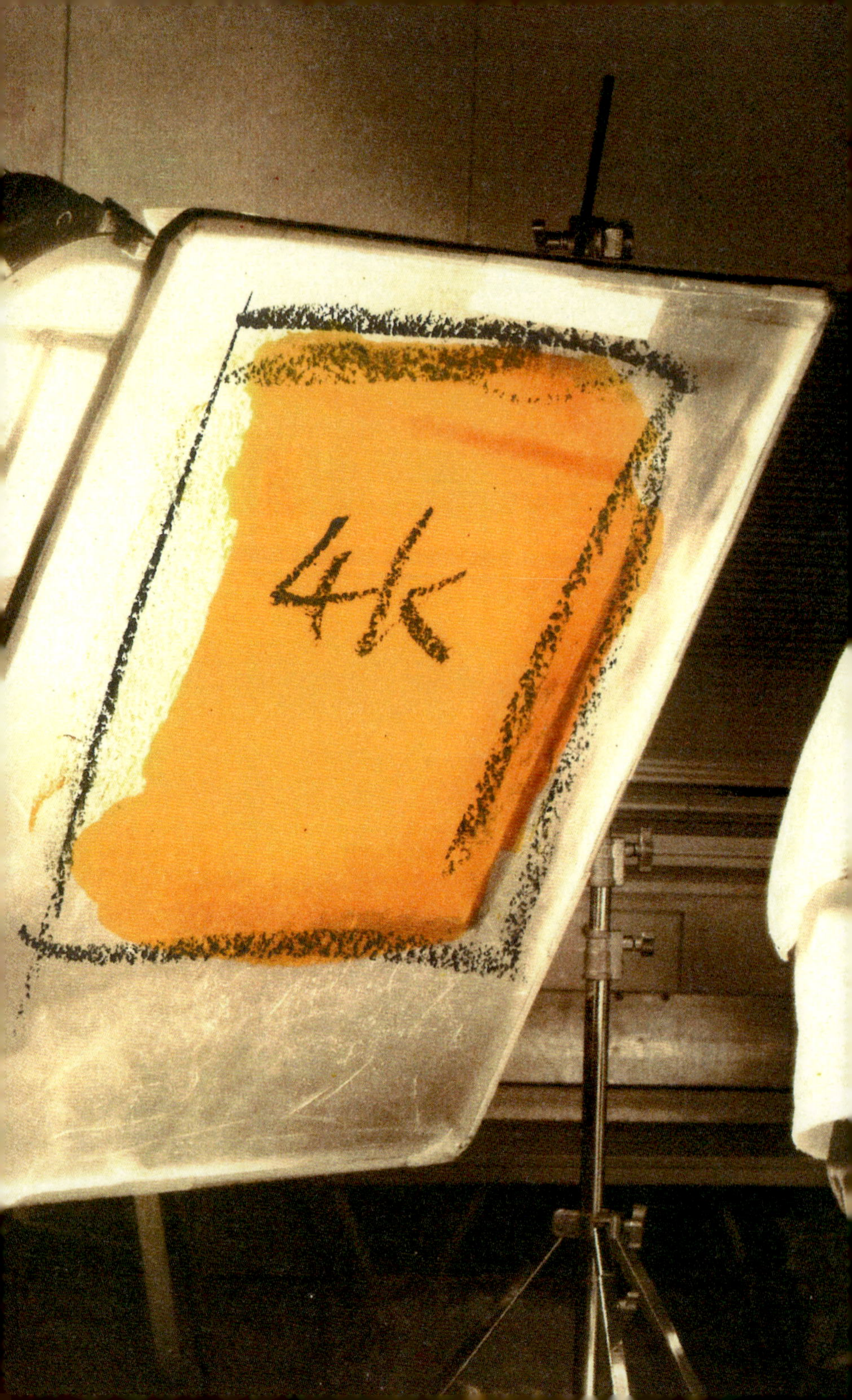
4k

有些人能感受雨，
而其他人则只是被淋湿。
——鲍勃·迪伦

© 2019 'They Say Nothing Stays the Same' Film Partners

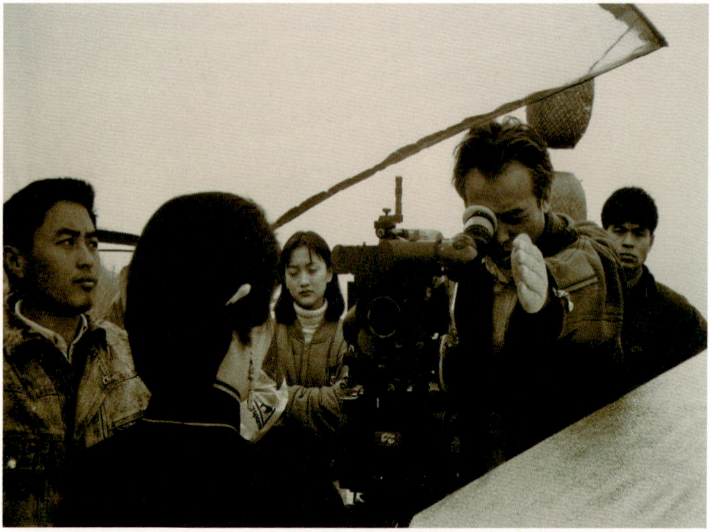

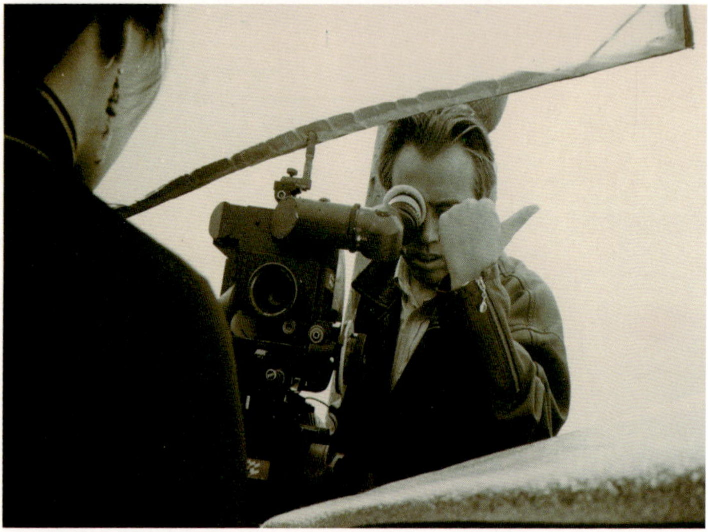

51 生命中的六个月

有一些人常常会抱怨拍摄时的工作环境:"导演专横跋扈,电影微不足道,每餐只能吃麦当劳的巨无霸汉堡,甚至是更便宜的垃圾食品。"

可你又想要怎样呢?

对于许多投资方及制片人甚至导演来说,拍电影只是为了赚钱——赚得越多越好,因为想要赚更多的钱所以要省更多的钱,这样一来,那些真正喜爱电影、真正想做些有意义的事情的人,就真的是很难了。

这会让人沮丧,让人备受侮辱。这让人觉得自己被贬低。

拍摄一部电影,可能会花上一年半载,有时,时间甚至会更长。如果不能和你喜欢的人共事,不能和同样热爱电影、想要创造价值的人在一起,又何必把生命浪费在这上面呢?

52 混沌理论

很多导演认为,在压力之下,人们会更强烈地宣泄感情,有些演员也有类似的观点,于是便会给自己的合作伙伴及剧组的工作人员带来不愉快的气氛,好像只要人们感受到压力和痛苦,工作起来就会更加努力,注意力也会更为集中。

但我不同意这个观点。

我觉得,我们应该扮演这样一种角色——鼓励他人、传递正能量,给他人带去信任和关怀。

我觉得一个人应该充满信心。即使无法确定自己到底要走向何处,你也要让别人相信,只要你们一起努力,就会抵达更好的地方。

我和团队里的成员都很幸运。我合作过的大多数导演都是非常伟大的艺术家——当然,还有许多我没有合作过的导演,他们既关注作品本身的制作,又在意它最终呈现出来的模样。

有些导演既慷慨又谦逊,而且考虑得很周到。他们知道自己想要什么,但同时,他们也知道,这些无法凭借个人的力量做到。于是,他们会给予演员和其他剧组人员以鼓励与支持,让整个工作环境变得积极乐观、振奋人心。这样,我们就会一起努力,争取拍出更好的电影。

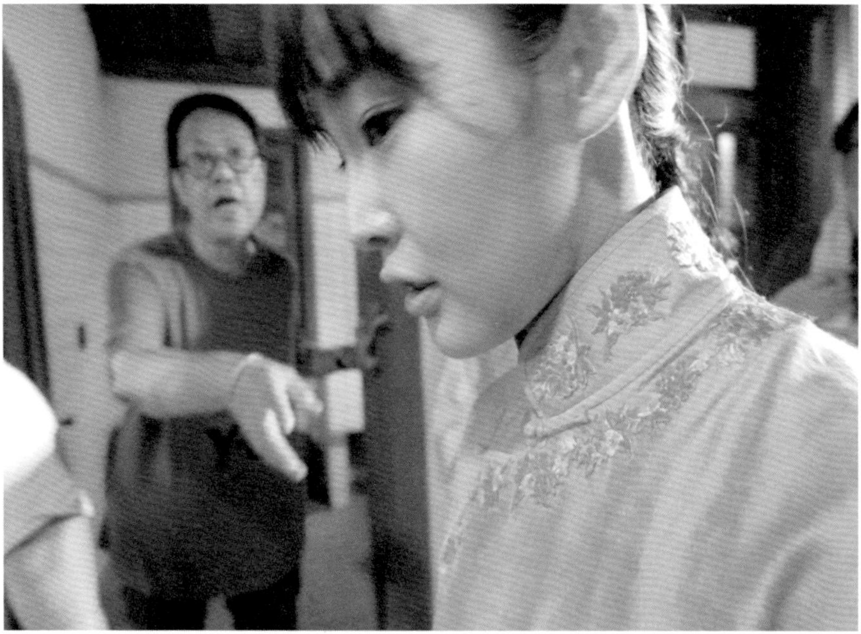

53 领导力

剧本、排练、灯光和运镜——这些都是最基础的。

更重要的,是要给演员信心,保持整个团队的活力。

无论你是什么身份有什么地位,无论你属于什么部门或单位,无论你多大年龄,你都必须具备带领队伍的那种积极向上的精神。

即使你不确定要去向何处,也要让所有人相信,你对一切志在必得。

要成为一个真正的领导者,你必须保持谦卑。

你必须认识到自己的局限性,然后鼓励别人超越自己。

你必须承认,你并非全能。你要发挥出每个人的潜力。

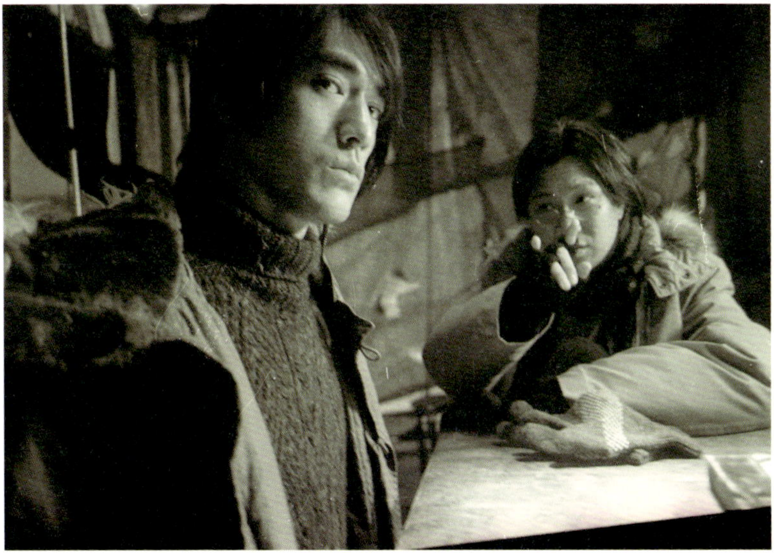

54 头五天

拍电影的头五天,要比大多数恋情的头五年还要亲密。

在拍电影的过程中,我们的身体和精神都在亲密地接触。日复一日,你们一起经历着各种跌宕起伏,这让你们必须面对自我、面对社会架构,也让你们感受到同情心、正义感与一种共同的使命。

不管你的电影有多卖座,不管你的电影是不是横扫各类奖项,也不管你的电影有多烂。

从长远来看,一部电影的好坏,其实取决于制作它的人。

55 控制的极限

很多时候,人往往是自己限制了自己。

你可能是拘泥于习惯,或者是想保守一点。总之,这都会限制你处理场景、灯光和面部表情的方式。

如果你没把电影放在心上,如果你不在乎与你共事的人,很可能就会陷入这种境地。

避免这种情况的办法只有一个:你要和朋友一起工作,和那些头脑单纯的人分享你的灵感。就算不知道水流会将你推向哪一处堤岸,也要敢于让自己投身于陌生的水域。

在开拍之前,我会提醒演员,告诉他们接下来将要发生什么。

然后,我会观察他们。我会看看他们作为演员的创造力有多少,看看他们是否认同自己所做的事情。

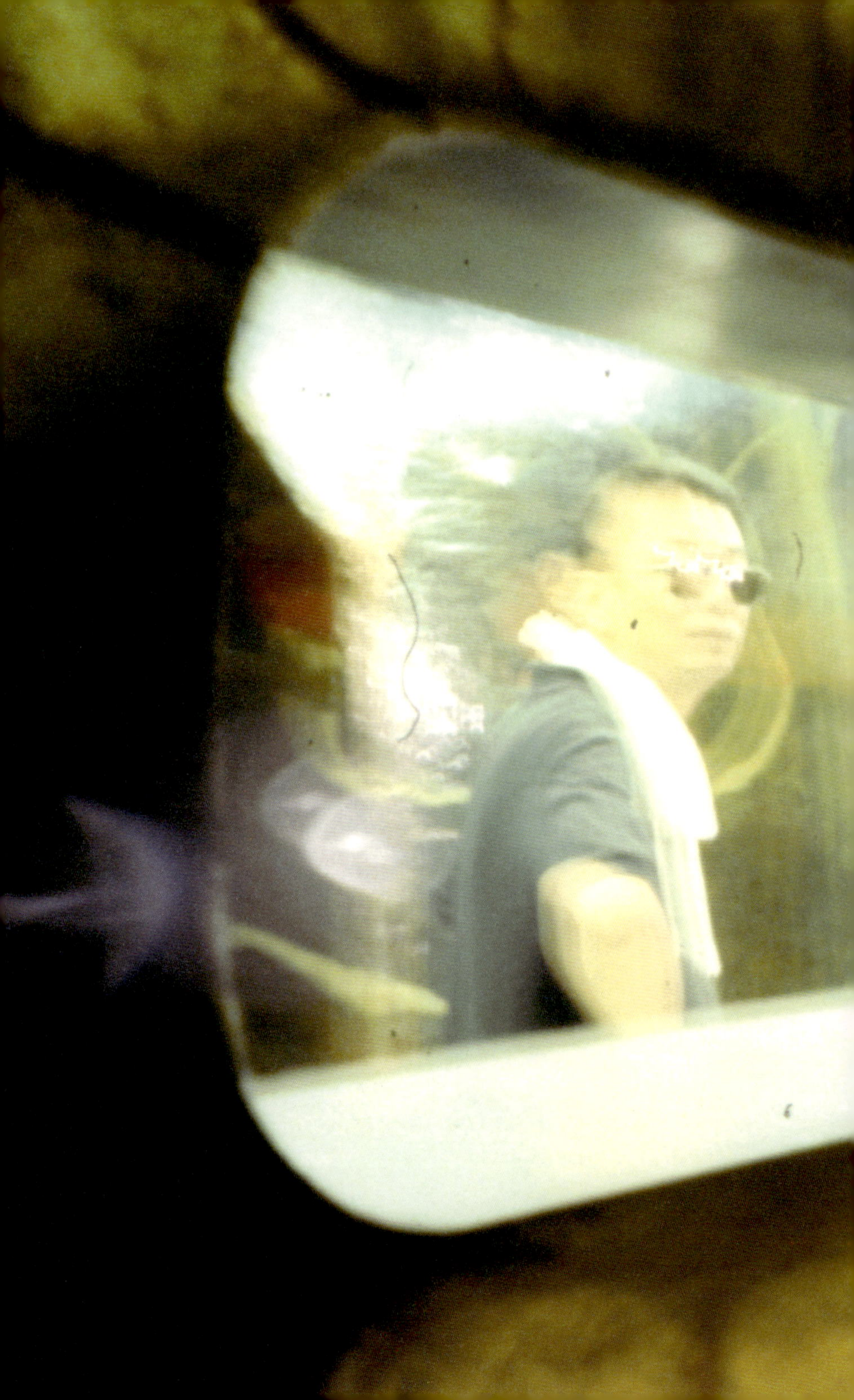

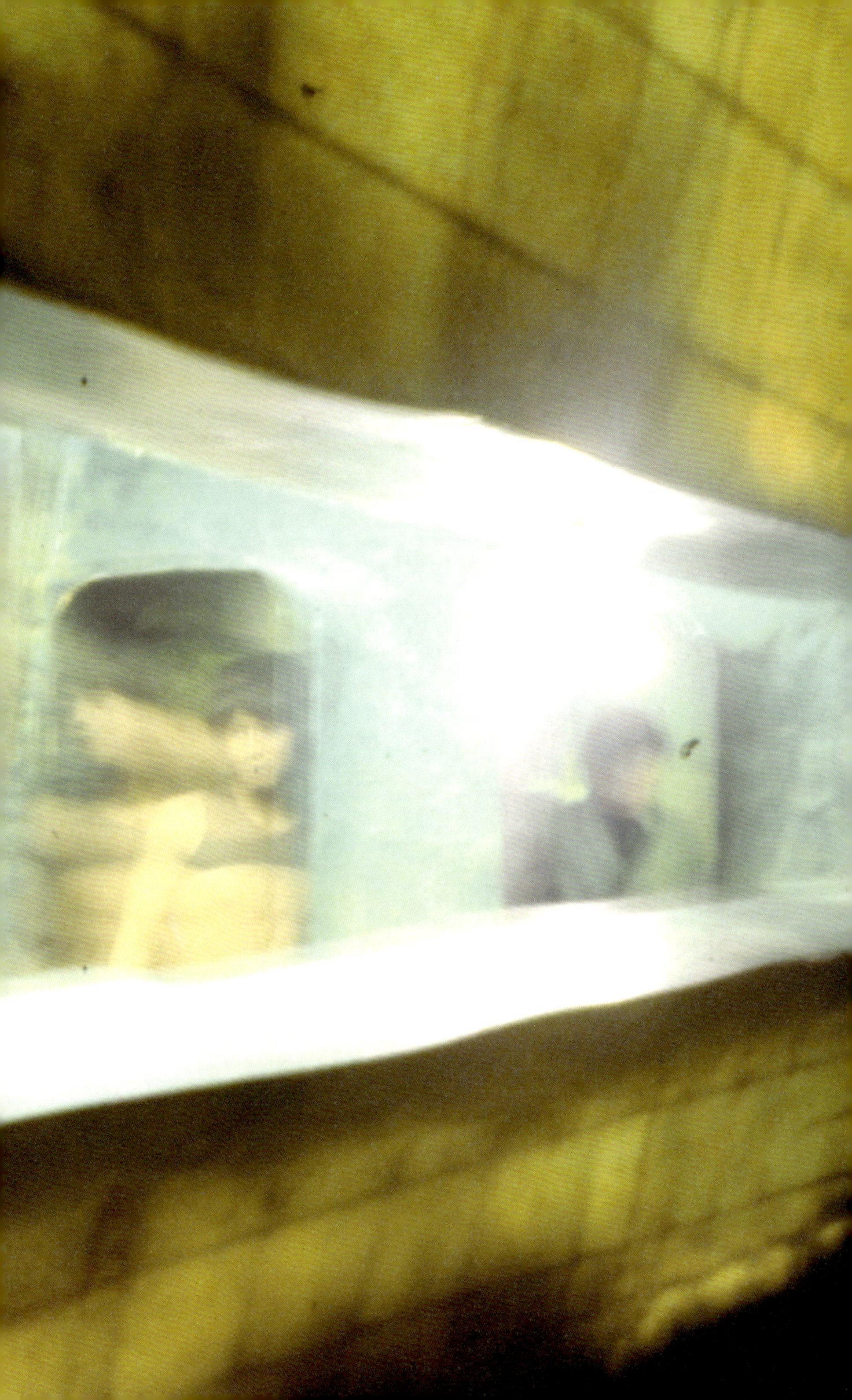

56 当你的朋友碰巧是导演

我能进入电影行业,都是因为我的朋友们。

在杨德昌和张艾嘉邀请我拍摄《海滩的一天》之前,我们就已经是朋友了。那是我们合作拍摄的第一部电影。

我刚认识赖声川的时候,他还在一家爵士酒吧弹钢琴。谁能想到,有一天,他会成为戏剧界的伟大导演,而我要去为他的电影掌镜。

崔健和我都没想到,我们居然会一起拍电影。刚认识的时候,我们只是想一起玩玩音乐,分享一下如何用创作表达出我们对社会的期待以及年轻人的想法和创意。

起初,格斯·范·桑特、吉姆·贾木许和菲利普·诺伊斯都是我的朋友,后来我们才开始合作。

小田切让的情况也与此类似。我们有着共同的好友,时常一起出游,后来他又邀请我为他执导的第一部电影掌镜。

让人惊讶的是,王家卫是少数几个例外之一。在《阿飞正传》之前,我其实不太认识他。是张叔平把我介绍给了他。后来,我们一起拍了很多电影,都由张叔平担任美术和服装指导。

57 你觉得你只能做到这样吗？

有时，别人会看中你在其他电影里的表现，并因此雇佣你来拍摄。或者，他们会觉得你比其他摄影师的速度更快、价格更低廉。跟这些情况相比，与自己的朋友合作就要自由多了，我们会更有信心，走得更远。毕竟，我们所做的一切，都是基于对彼此的信任。

如果你足够了解对方，你就会知道他们的优点和缺陷。当然，你也会知道该如何利用他们的优点、弥补他们的缺陷。

相互迁就的方式有很多种，但或许，最有效、最易达成的，就是靠王家卫来推动我。

很多时候，在我拍完一组镜头之后，王家卫都会问我："鬼佬，你觉得这样好吗？你觉得你只能做到这样吗？"有时我会说："是啊，只能做到这样了。"但更多的时候，我会反思一下，内心的声音会说："也许，我的对焦没跟上？也许，我没把灯光打在最合适的地方？也许，我的运镜太过机械、不够到位？"然后，我就会回答王家卫："不，这不是我的最佳水平，我能做得更好。"

王家卫便会对大家宣布："我们再来一次吧。"

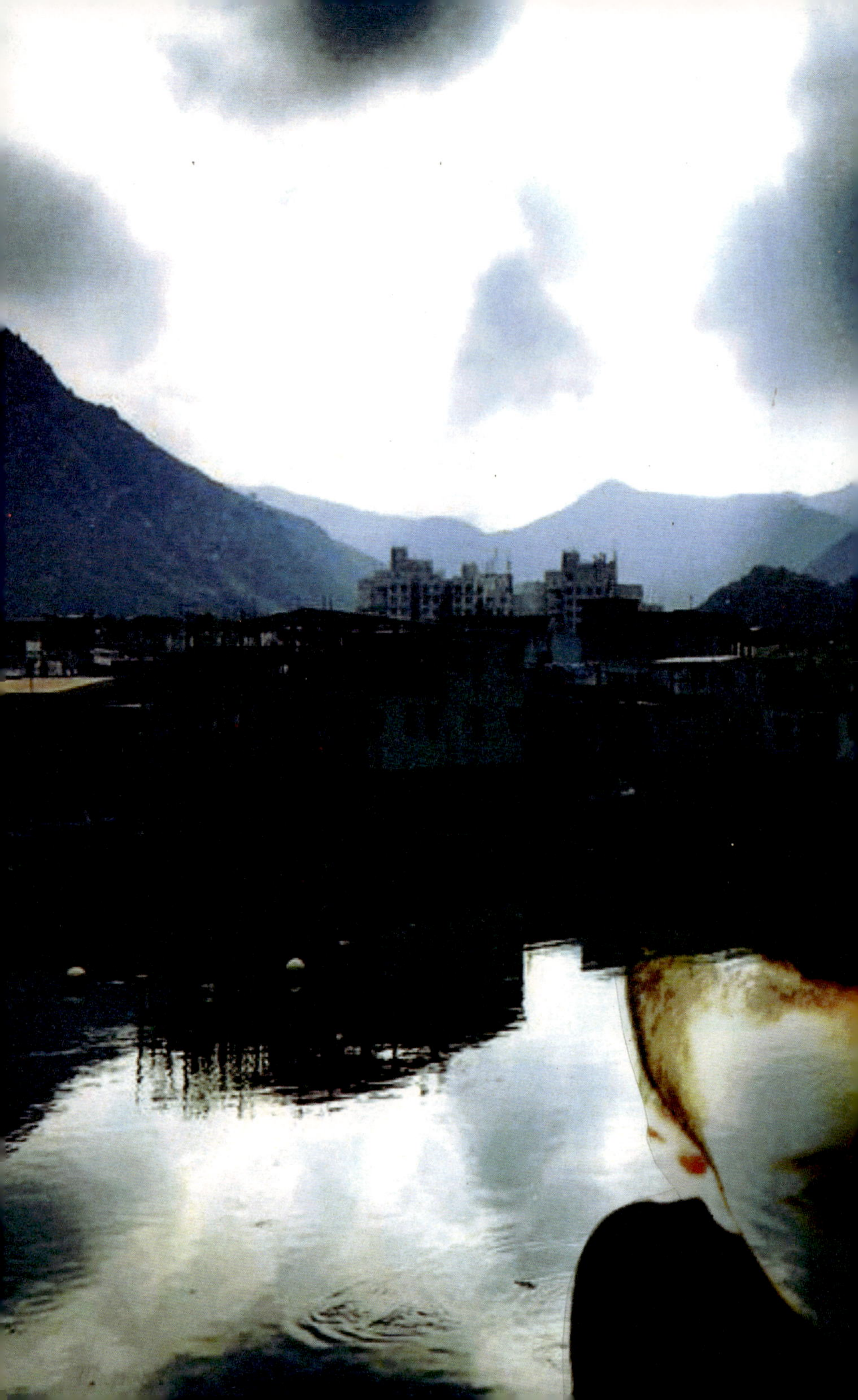

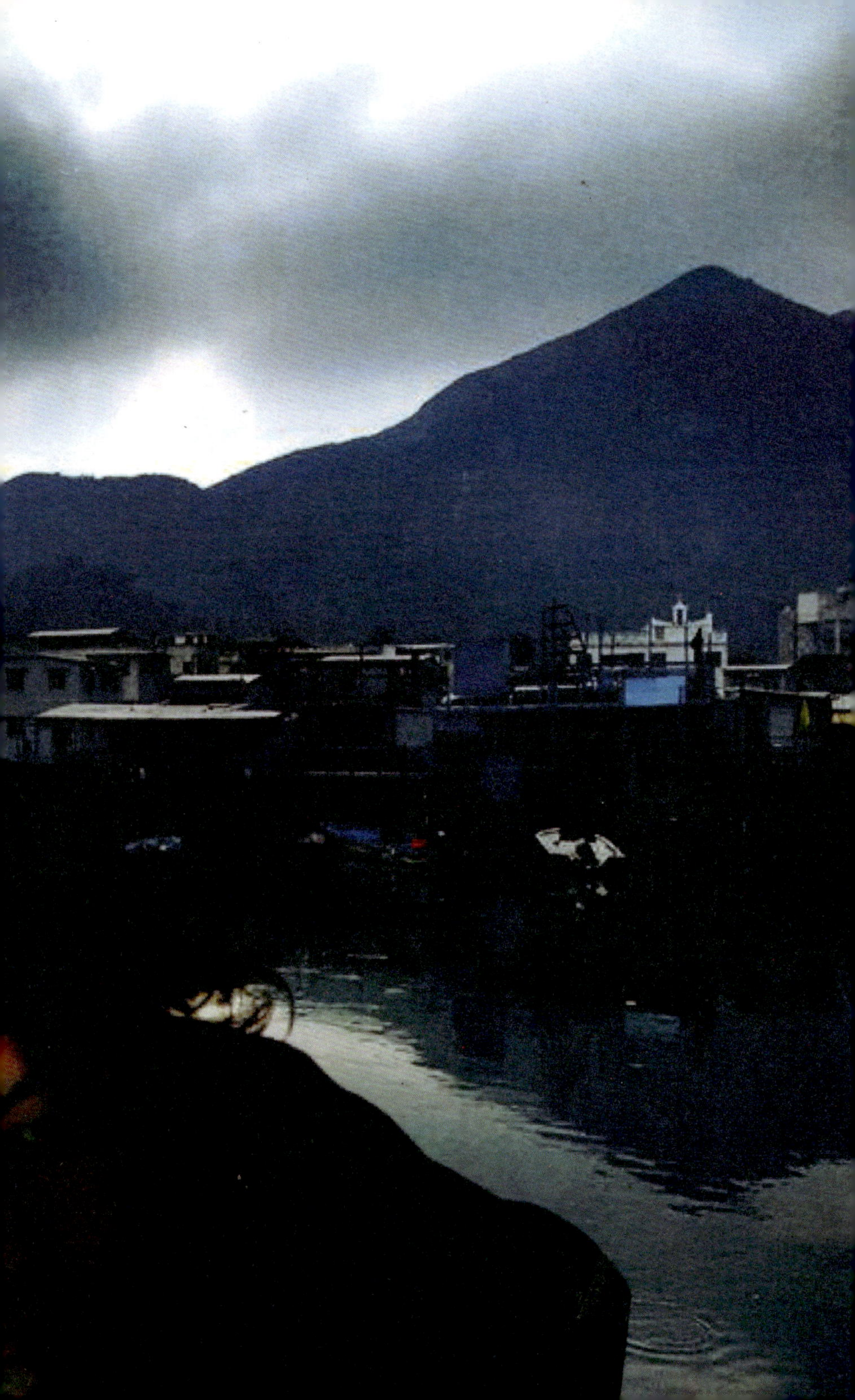

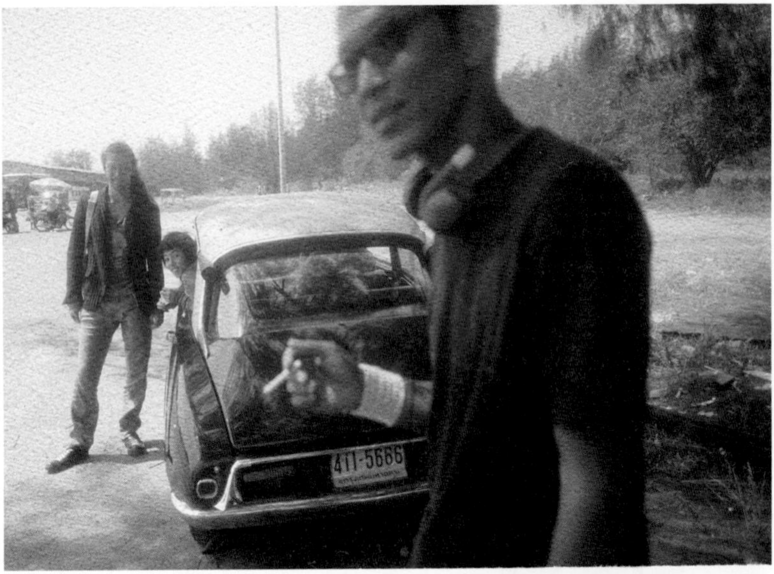

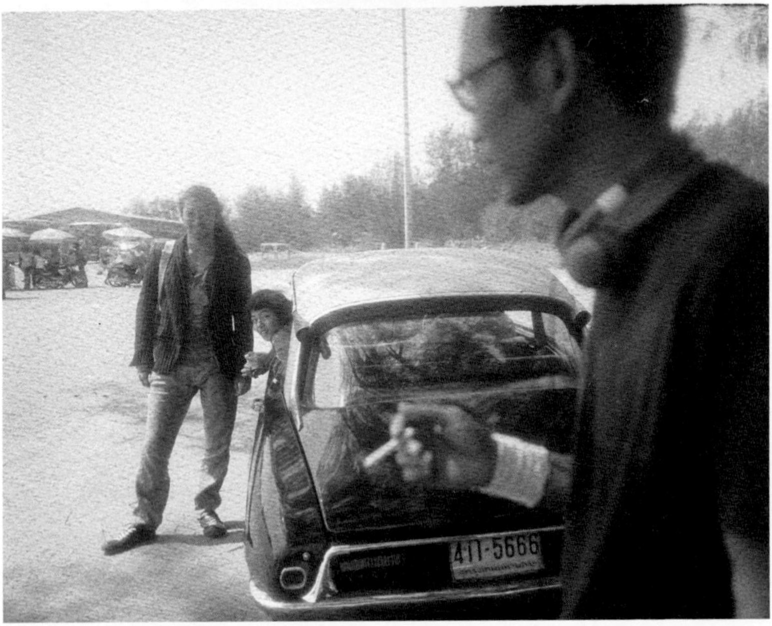

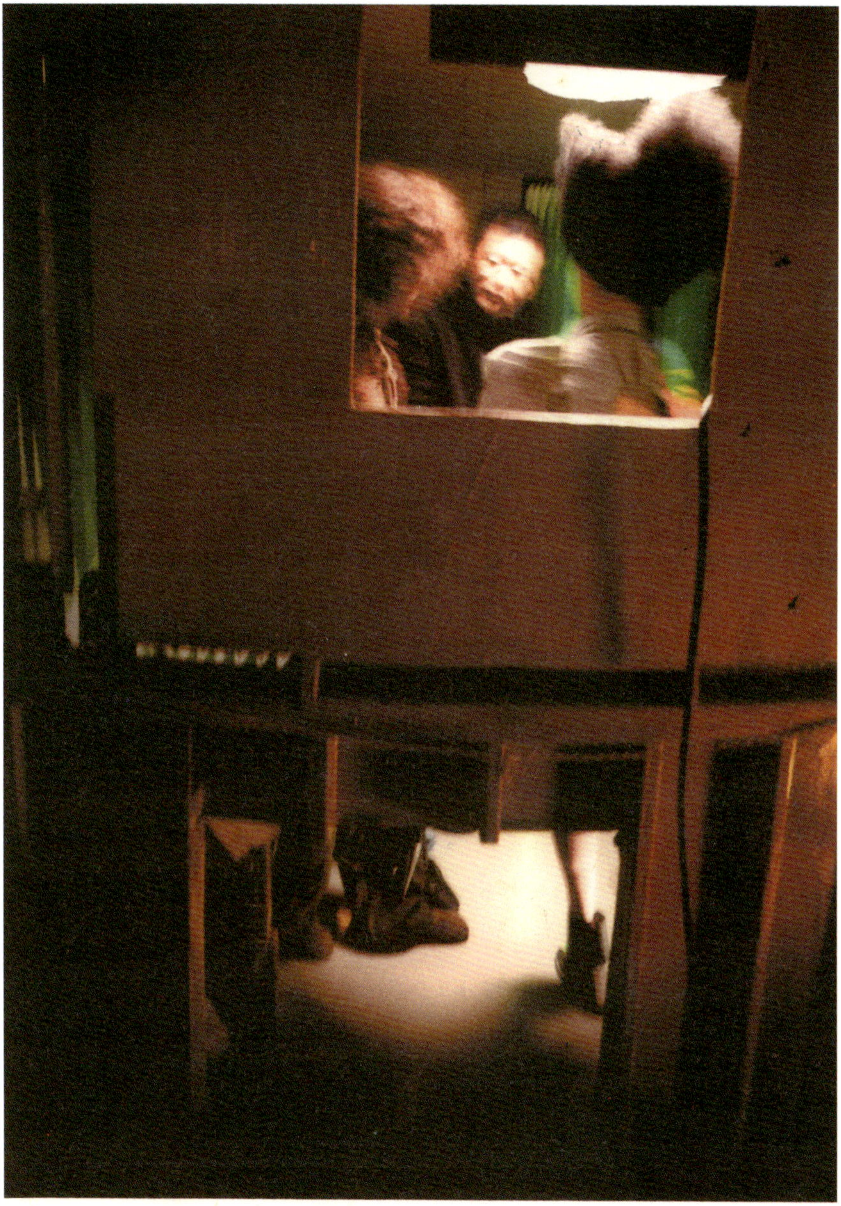

58 心脏病

有一小撮演员和导演被视作好莱坞的"一线名流",他们为电影公司及自己赚了太多的钱,所以,大公司会把权力交给这些人,让他们决定拍摄什么样的剧本、谁来主演、谁是导演、谁是摄影师,有时,他们甚至可以决定由谁来担任制作人。

巴瑞·莱文森就是这样一位导演。

他拍摄过的电影和电视剧至少有一百部。其中,我最欣赏的是那四部自传色彩非常浓郁的电影,片中他讲述了自己作为犹太人在巴尔的摩的成长经历。

巴瑞最令人钦佩的地方在于,他既名利双收,又找到了忠于自己传统和文化的表达方式。并且,通过电影,他让更多的人对此有所了解。

我和巴瑞的合作相当愉快。他似乎对讲故事本身更感兴趣。和电影制作技巧相比,他更关心演员和整个创作的过程。因此,我可以按照自己的方式,随心所欲地工作。

和我一样,巴瑞也不是很有耐心。当他准备拍摄时,他就会想要立即开拍。他不希望别人的无能妨碍到自己。

据说,我们的导演助理是业内最出色的之一。那位助理曾与知名导演合作拍摄过数十部大制作,但他的工作方式却让巴瑞心烦意乱。

因此，那位助理总是工作到深更半夜，做好充足的准备，以求面面俱到。但也正因为如此，在片场时，他总是很疲惫，犯了不少错。

巴瑞对此很反感。于是，助理便更加努力，试图弥补自己的错误，讨好"老板"，而这又造成了更多的失误。

有一天，导演助理没来上班。

"我的导演助理在哪呢？"巴瑞急切地询问道。

"他心脏病发作，去世了。"新的导演助理这样回答。

巴瑞又震惊又悲痛："没有任何一部电影值得你为它去死啊。"

59 谦卑

制片人在一旁看着导演工作。他对眼前的这一切不太满意。

然后,他把导演叫到一边说:"这一幕里还应该有更多的价值观,演员应该表现出更多的维度,气氛应该更浓烈,灯光应该更有表现力,这些你都没有集中在他们身上。"

导演回答:"也许,我并不想关注那些价值观和维度。"

制片人反驳道:"但这一幕的表演也不够戏剧化。"

导演问道:"你想要更戏剧化一点?这个太容易了,我可以让这一幕更'戏剧化',我甚至可以让每一幕都充满了戏剧性。我们可以拍出一个又一个的高潮。"

他走近制片人,强调道:"但是,一部填满高潮的影片,就像是一条没有绳子的项链,它随时会散架。"

导演需要一直保持谦卑。你必须后退一步,让演员自己去经历这些起起伏伏。你要足够用心,才能让电影自己"呼吸"。

60 内容物：易碎品

演员都很宝贝又脆弱，谁又能因此责怪他们呢？

他们所拥有的就是自我本身，但他们必须将这些公之于众。

一天又一天，一幕又一幕。就这样，他们在角色中迷失自我，而往往，那些角色也极富挑战性。

每一天，他们都仿佛是在片场度过了一生。

短短几小时内，演员们就要经历爱情、痛苦、失落、承诺和恐惧。如果足够幸运，他们也会经历快乐的时刻。

如果我们在片场不做任何回应，如果我们不去滋养他们，不去给予他们信心、信任、勇气和爱，他们就无法迎接挑战。他们不会为了你而停留，也不会为了观众而停留。

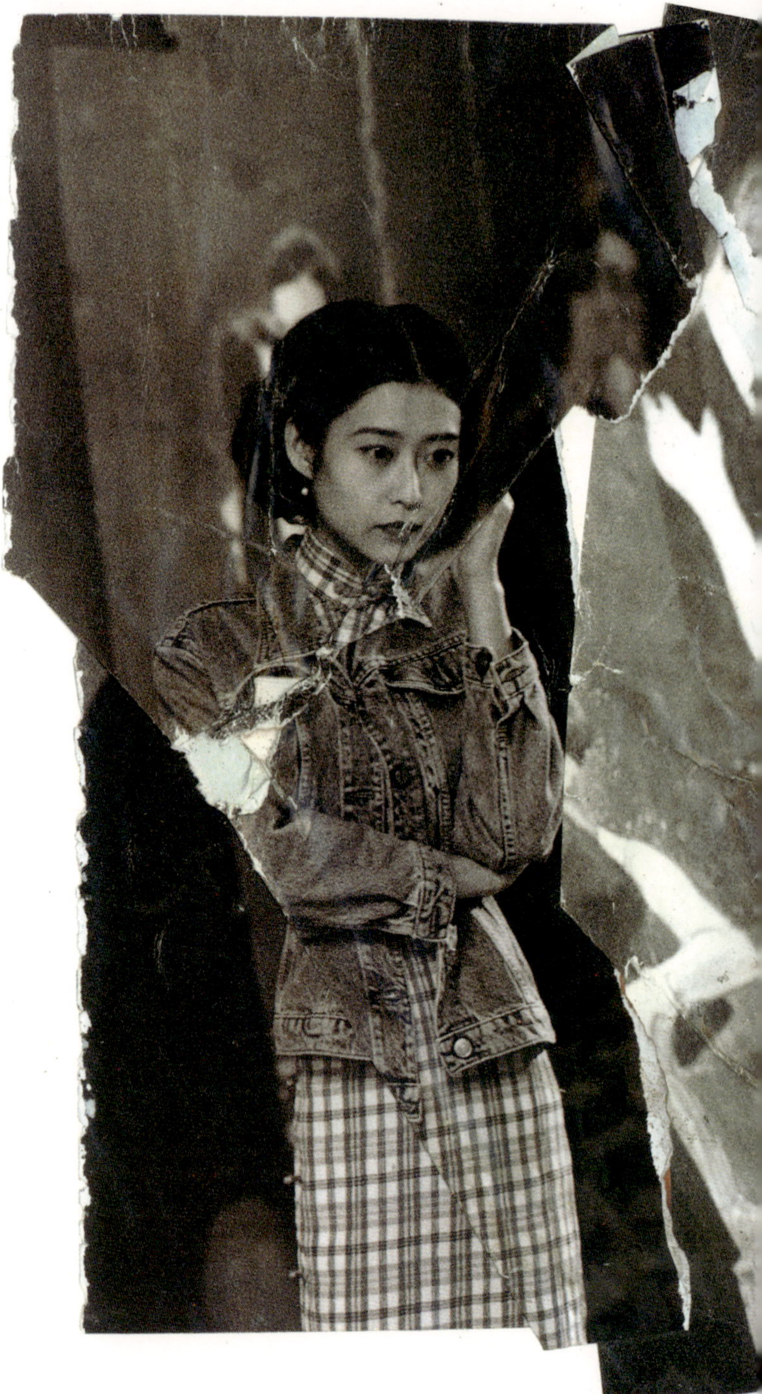

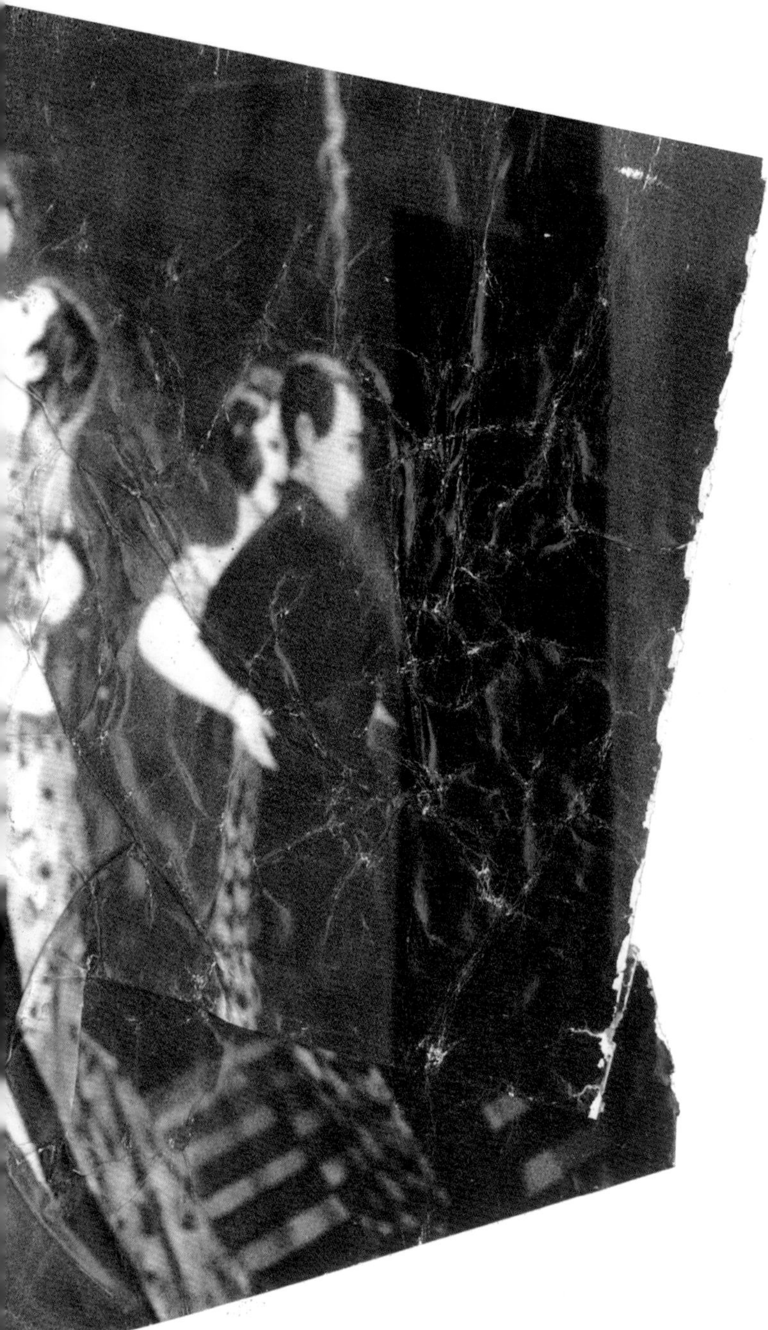

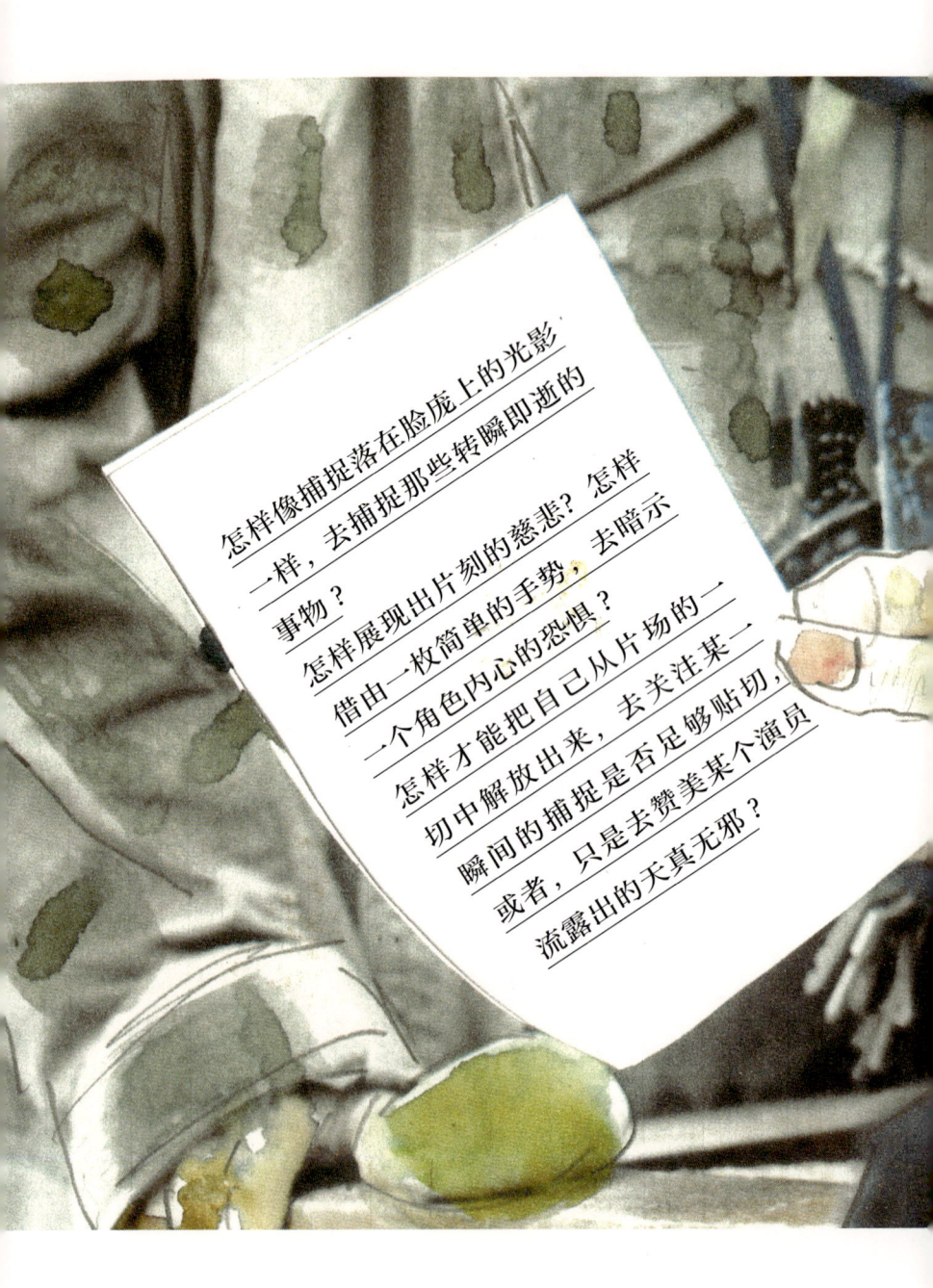

怎样像捕捉落在脸庞上的光影一样,去捕捉那些转瞬即逝的事物?

怎样展现出片刻的慈悲?怎样借由一枚简单的手势,去暗示一个角色内心的恐惧?

怎样才能把自己从片场的一切中解放出来,去关注某一瞬间的捕捉是否足够贴切,或者,只是去赞美某个演员流露出的天真无邪?

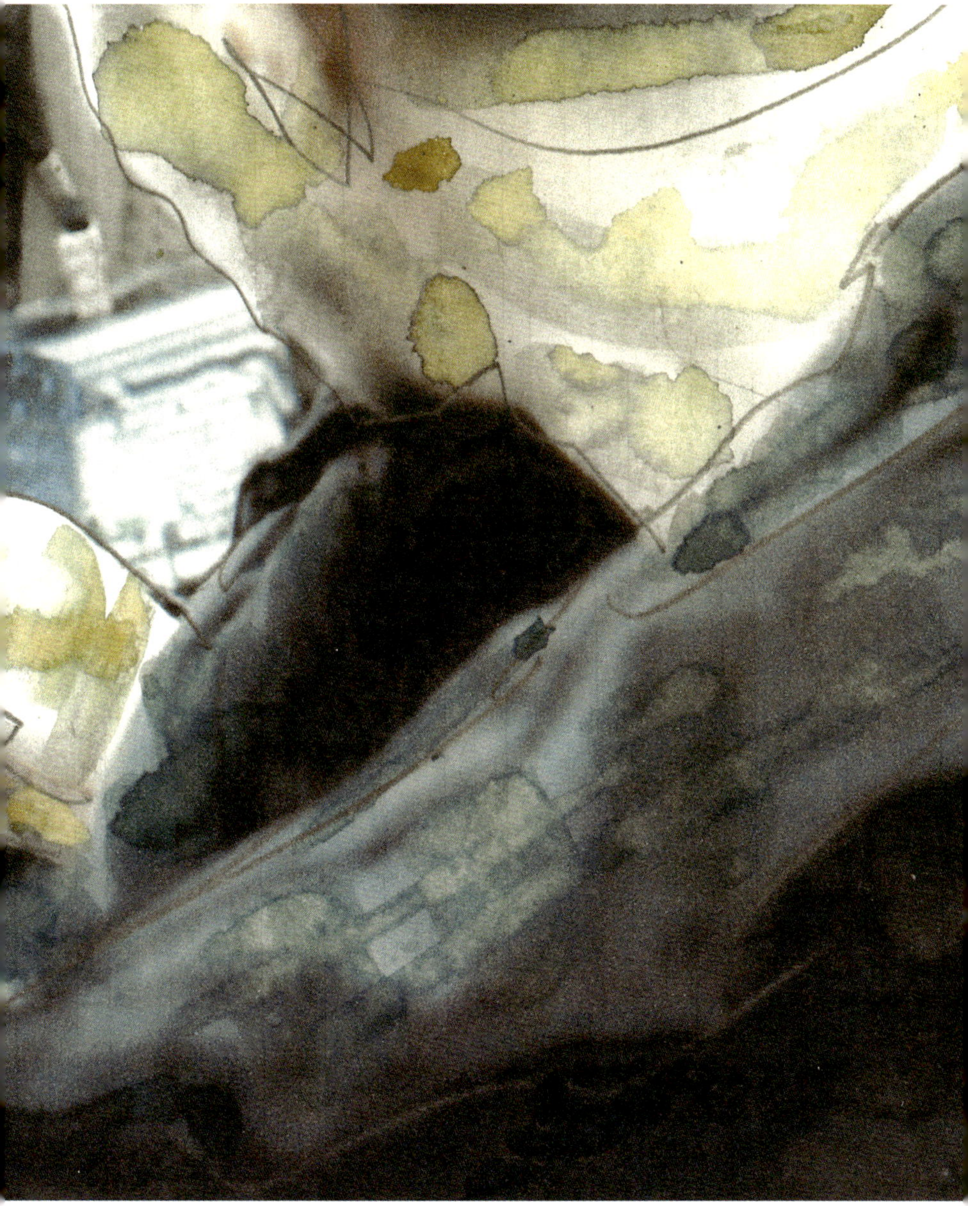

61 触碰我，感受我

为了让演员分享自己的情绪，你要去关心他们。

你要和他们起舞。

如果没有音乐，你就要去创造旋律。

你要把画面定格在那里，跟演员们开开玩笑，让他们找到释放的空间。

你要让他们明白，你在等待他们，在鼓励他们，也在相信他们。你已经做好准备，要为他们所给予的一切而欢呼雀跃。

233

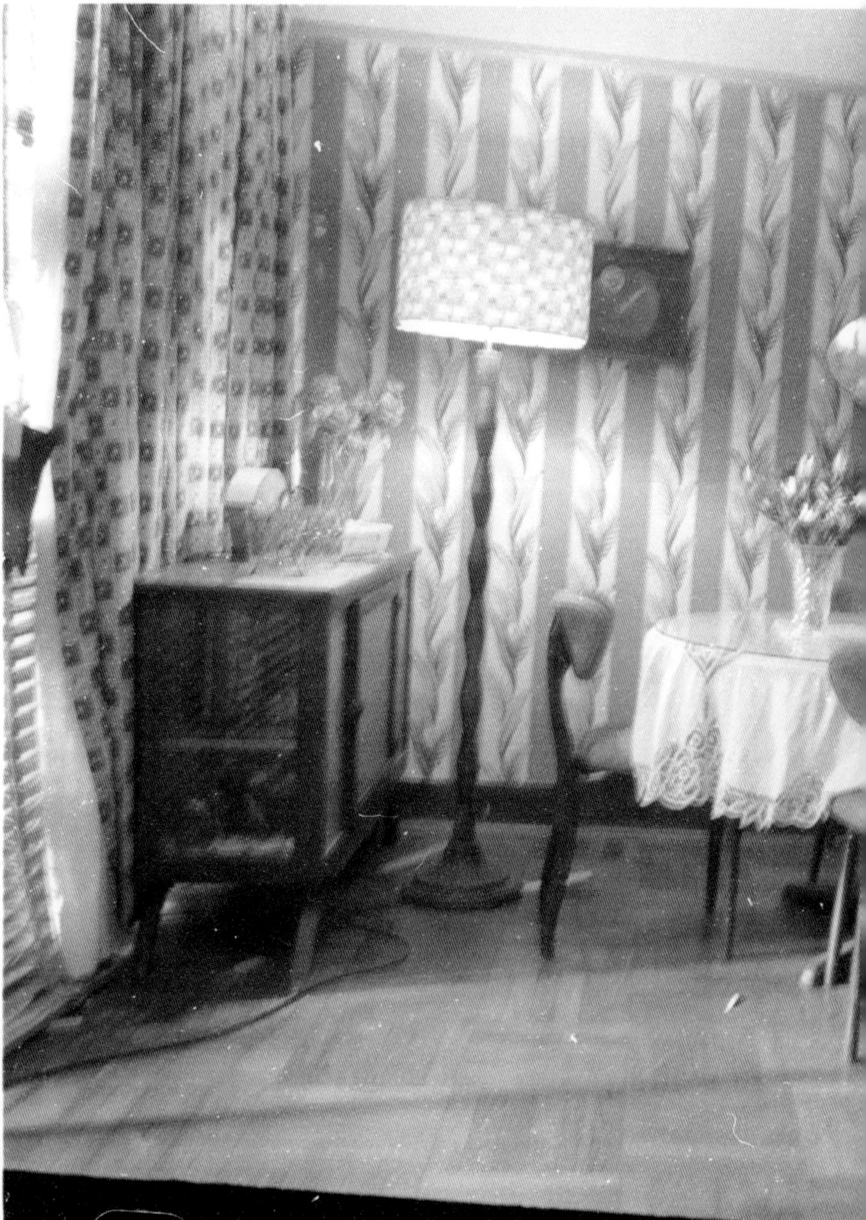

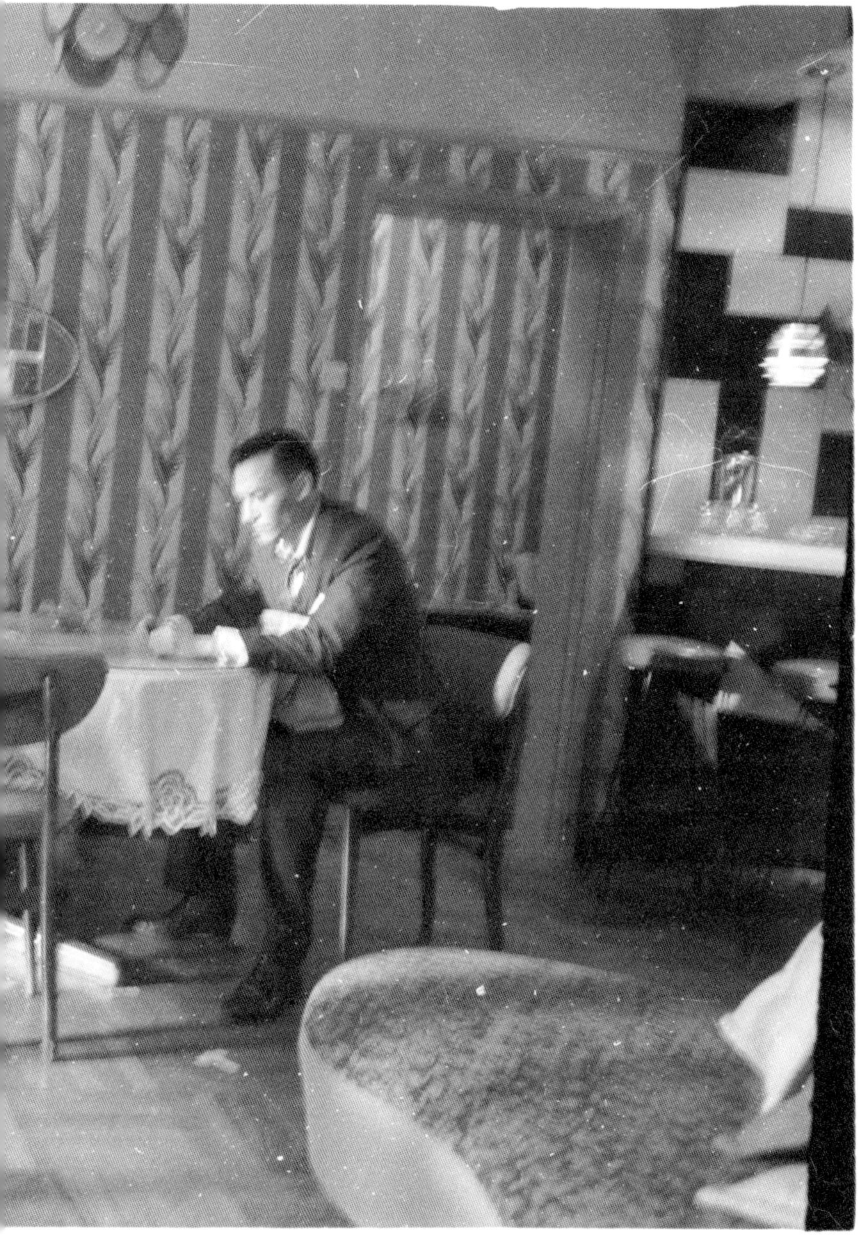

⁶²爱上它，或者离开它

　　技术人员要一直跟着剧组。在拍摄过程中，负责不同工种的他们，可能会在剧组里待上三四个月，也可能会待上几年。

　　很多时候，你都远离家乡，工作时间总是很长，食宿条件通常也一般。但既然我们一起做了这个选择，所以无论发生什么都必须共同面对。我们逐渐了解彼此的长处和短处，彼此之间分享的情感会更多，做出的抉择也会更勇敢。

　　所以……究竟为什么有人愿意干这行呢？如果你对自己所做的事情没有坚定的信心，又为什么要经历这一切？

　　如果你不关心他们，不信任他们，不想与他们共度人生中的重要时刻，为什么还要忍受他们工作时情绪上的起起伏伏呢？

　　如果不是非做不可，你又为什么要拍电影？

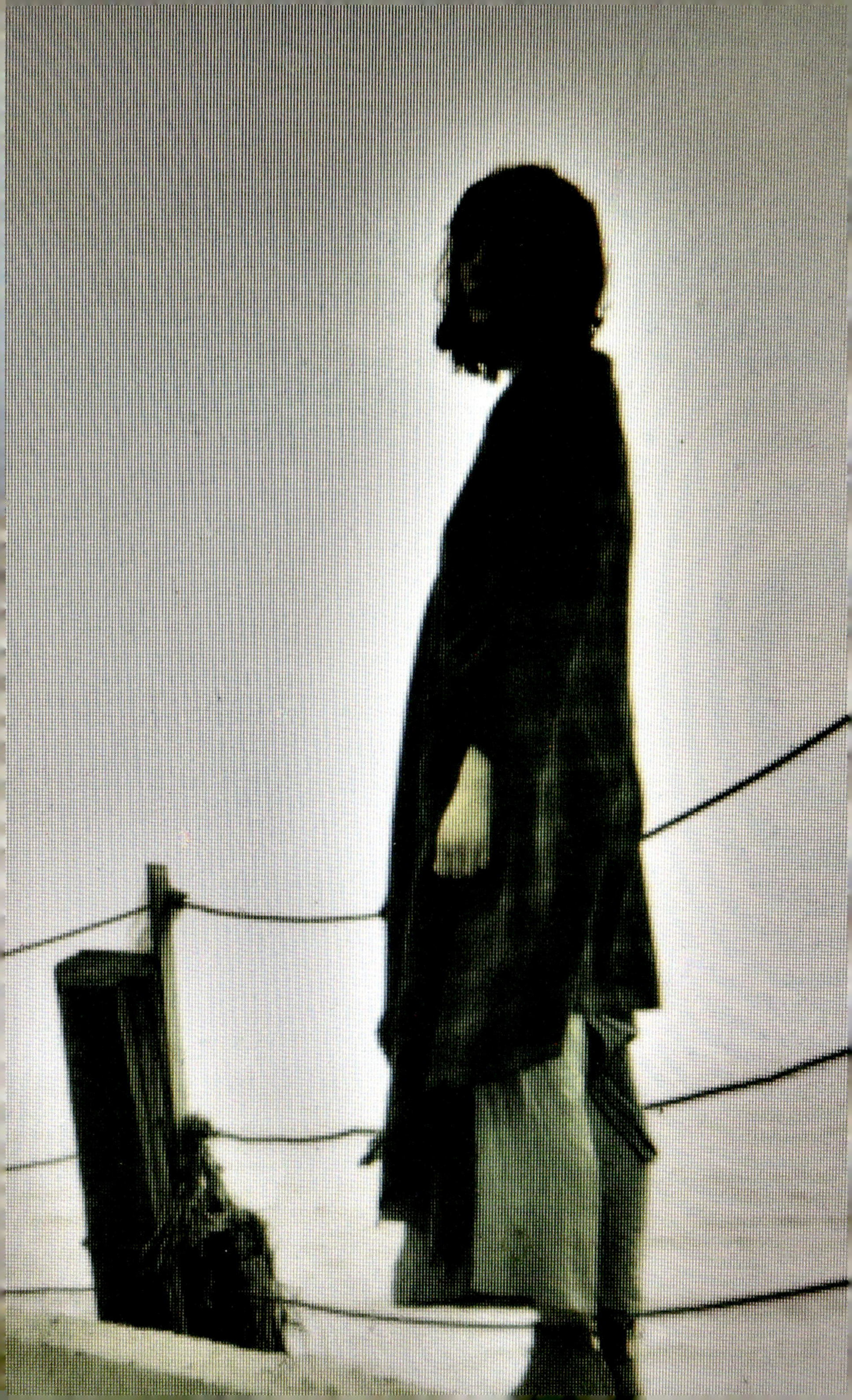

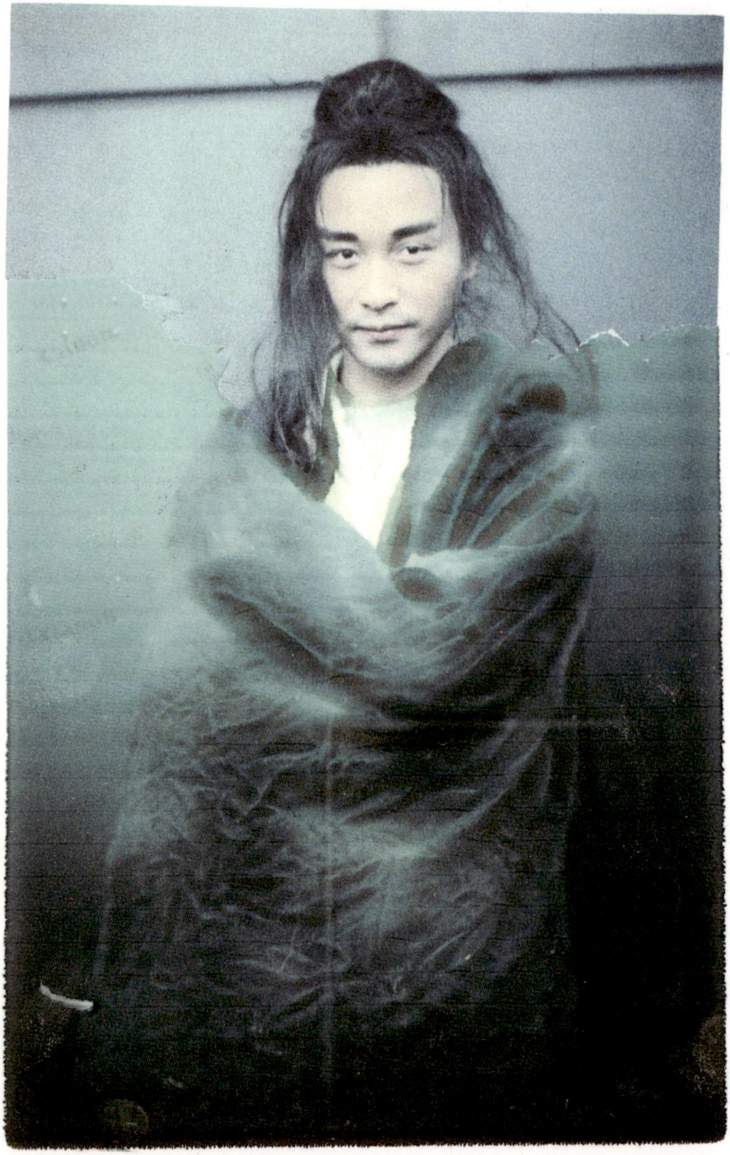

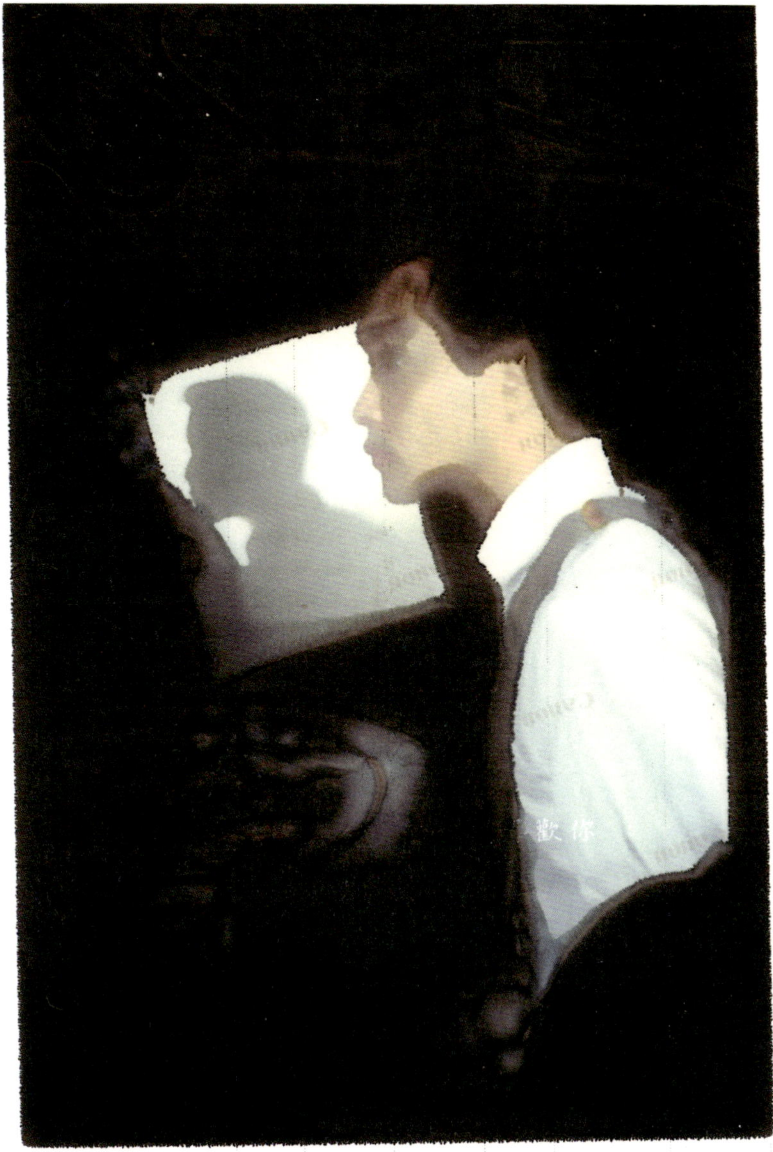

63 语速再快一些

导演说：再来一遍，语速再快一些。
演员又演了一遍，把各方面都加快了一点。
导演：速度是够了，动作再少点。
演员加快了语速，减少了动作。
导演：已经很接近了，但动作还是要再少一点。
演员有些沮丧。到目前为止，已经拍了二十条镜头了。他精疲力尽。
演员说道：如果还要减少，我就什么表演都没了。
导演笑了：没错，你终于明白我的意思了。

64 静止不动

我曾和很多顶级演员合作过,他们似乎什么都不用做。

但是,他们却向我们传递了许多。

一个真正厉害的演员,好像什么都不需要做。但是,我们却能感知他们每一缕细微的想法、每一丝隐忍的情绪。

你只想这样看着他们。他们让你分外在意。

伟大的演员必须做到这一点。他们所扮演的角色,实际上只是一个载体。在这些角色身上,可以看到他们想要表达的思想和情绪。

张国荣,梁朝伟,小田切让,浅野忠信……我多想一直跟你们在一起。你们如此纯粹又如此真实。

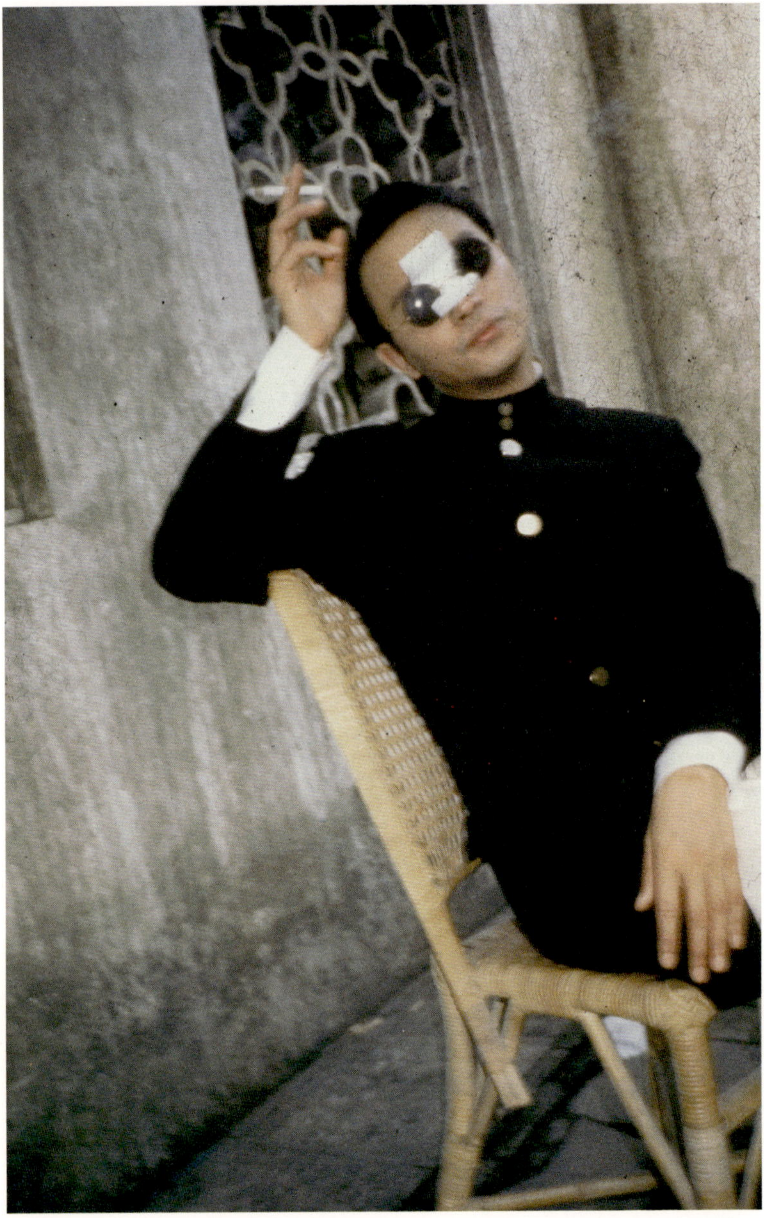

65 专业且自信

当时，张国荣正开车行驶在一条尘土飞扬的道路上。他全速驶向终点。

这条镜头是事先设计好的。最后定格时，汽车的前格栅会撑满整个画面。

可他的车速特别快，刹车又太过突然，也离我太近。所以，我一把抓起摄像机，赶紧逃开了。

张国荣从车上跳下来，气得头顶冒烟。他非常愤怒地说："你知道我很专业的，Chris！"他对着我大喊："你也应该表现得专业一些！"

我很震惊——张国荣很少这样提高嗓门说话。我也很惭愧。我不敢告诉他我被吓到了，我只是假装说自己是想保住摄像机。

"你到底在怕什么？"他接着说道，"我们说好的，你让我把车停在哪里，我就一定会停在那个点上，你就可以拍出完美的画面。我照着做了，但你没有。拜托，Chris！你知道我的。我很专业，你也应该如此！"

人生最大的幸福,是发现
自己爱的人正好也爱着自己。
——张爱玲

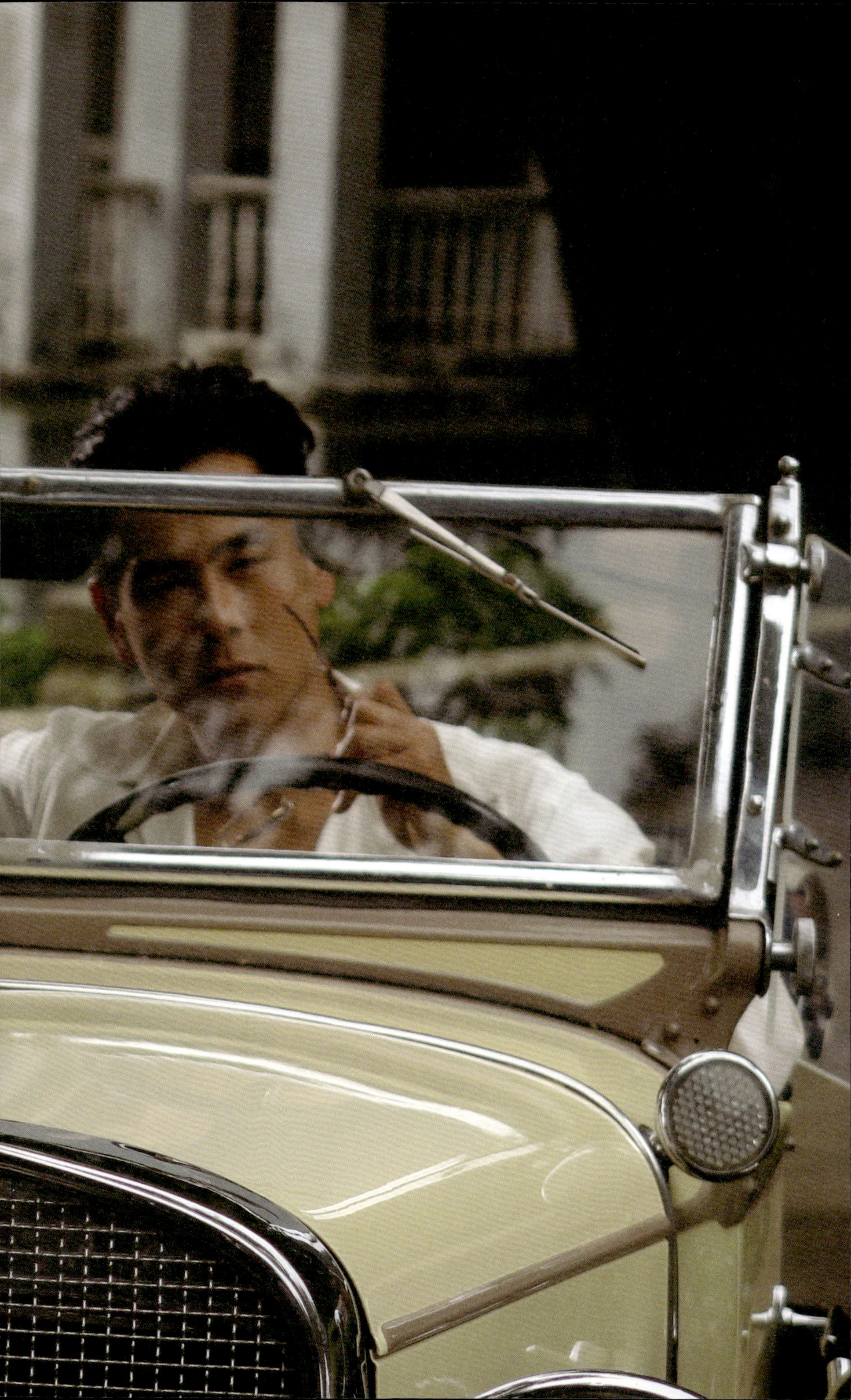

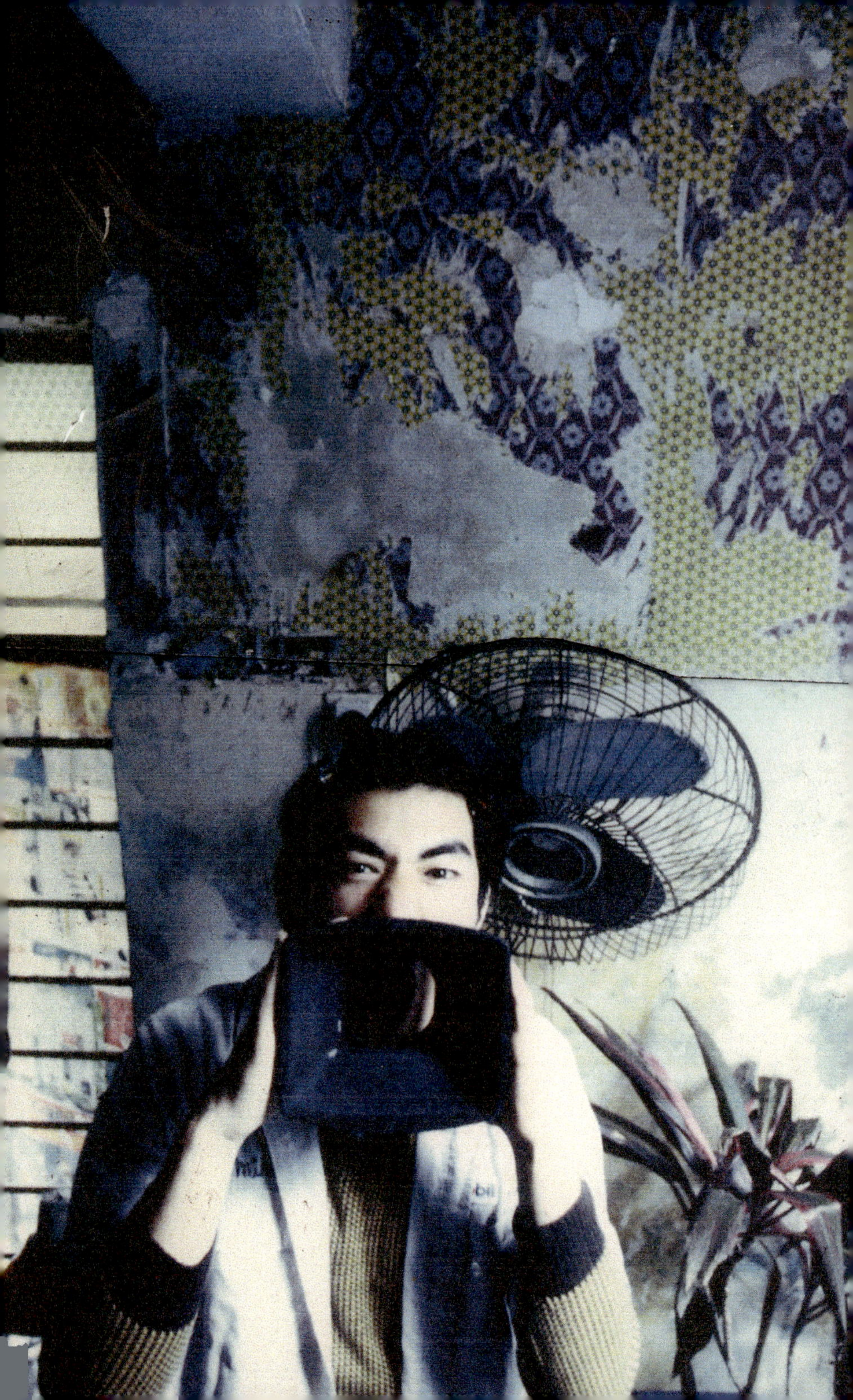

66 荒诞剧场

　　片场是一个需要精神高度集中的地方,那里的压力非常大。想要发掘电影的有趣之处,就要将剧本里刻画的角色、导演想象中的角色和演员演绎出的角色一一实现。
　　这些角色之间往往需要相互妥协。然后,我们得准备好合适的光线与布景,并找到一个能够实现这些想法的拍摄地点。
　　这个过程非常艰难,但也总是充满奇妙之处。它让人如此兴奋,又如此感怀,以至于演员、导演和其他工作人员常常会落泪。压力太大时,我们会忍不住开开玩笑,说出、做出一些完全出乎意料的蠢事。
　　我们就这样来解压。
　　我们就这样来证明自己在做的事有多可笑。
　　我们就这样假装讲述着大家都听过的故事。

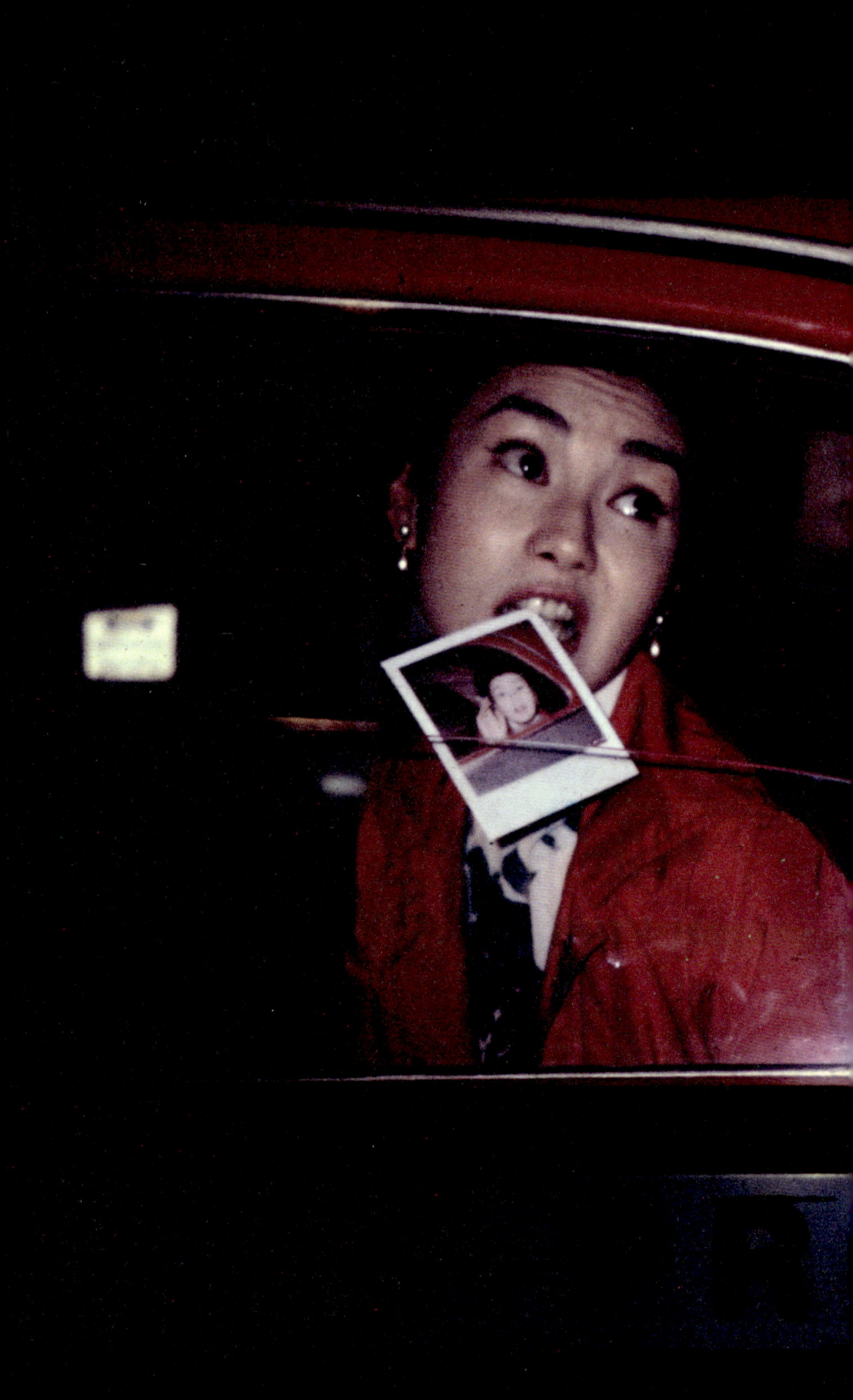

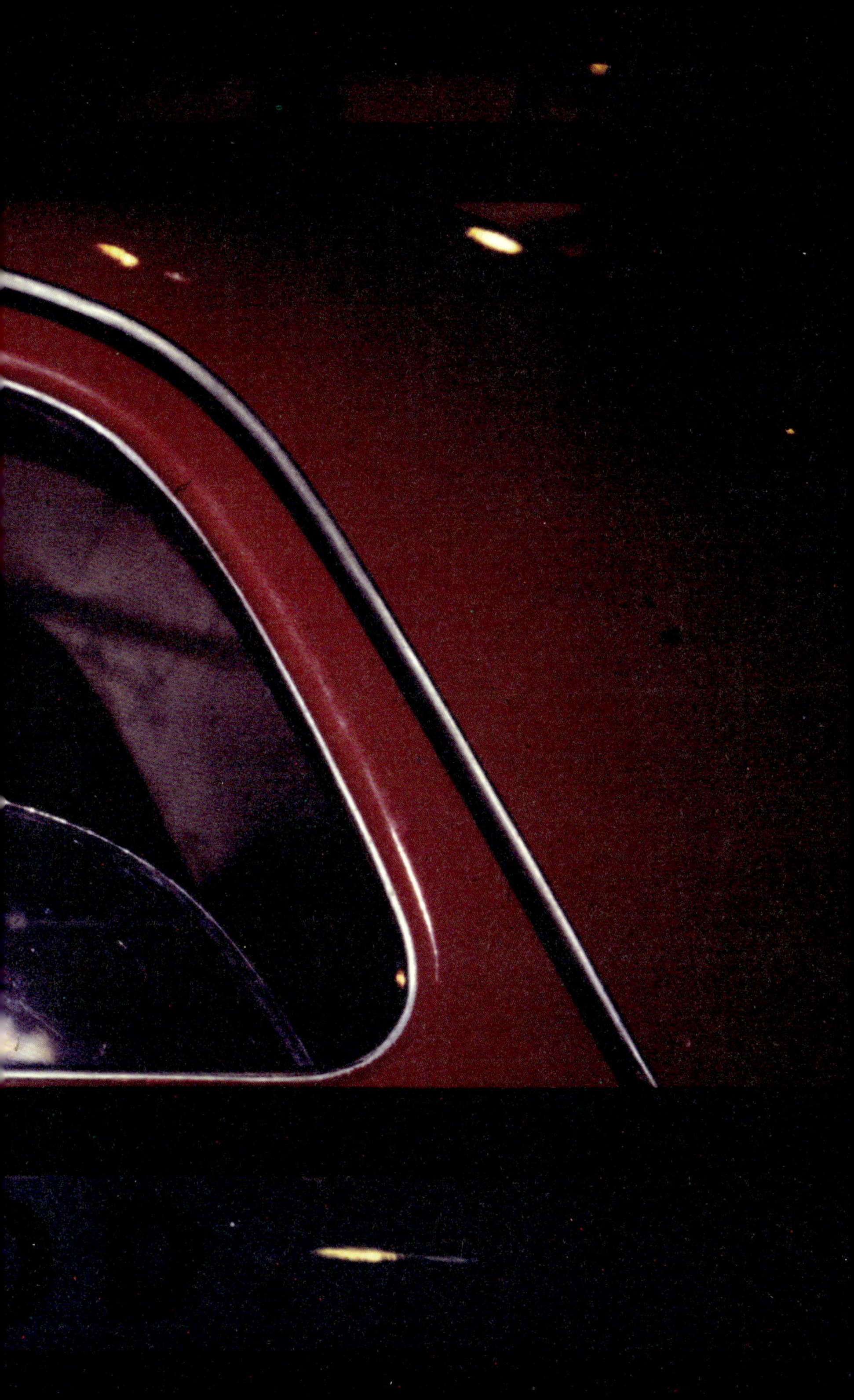

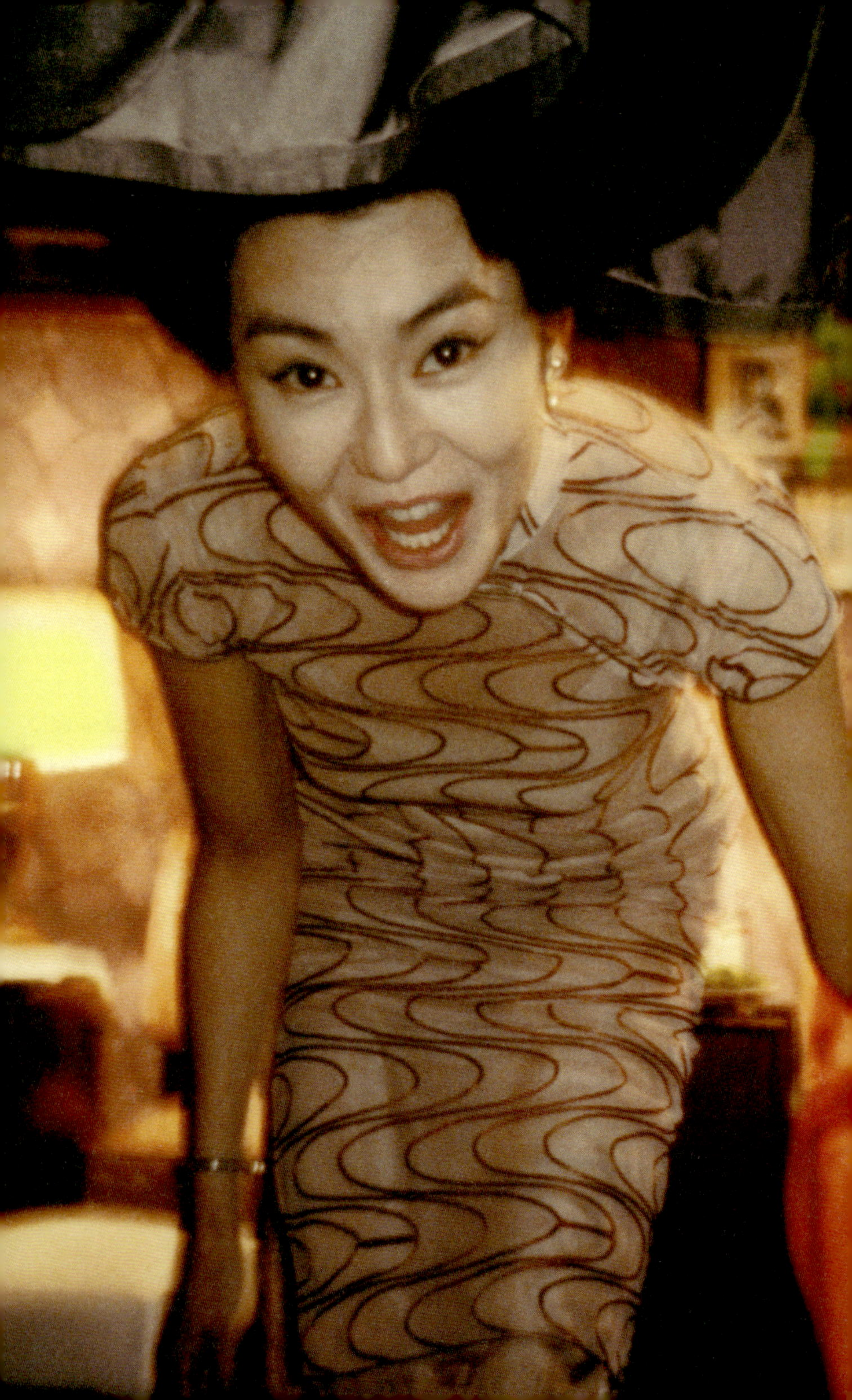

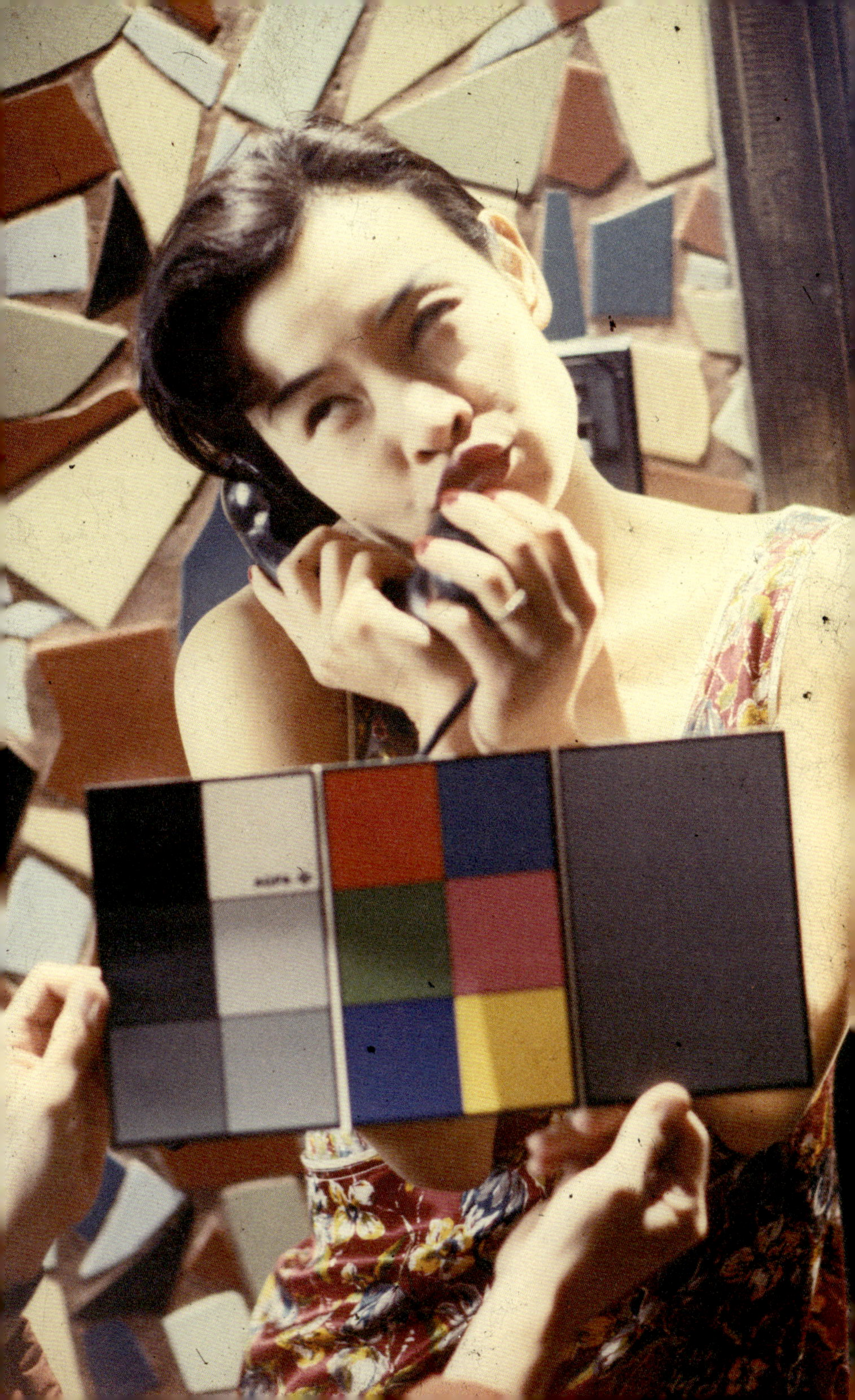

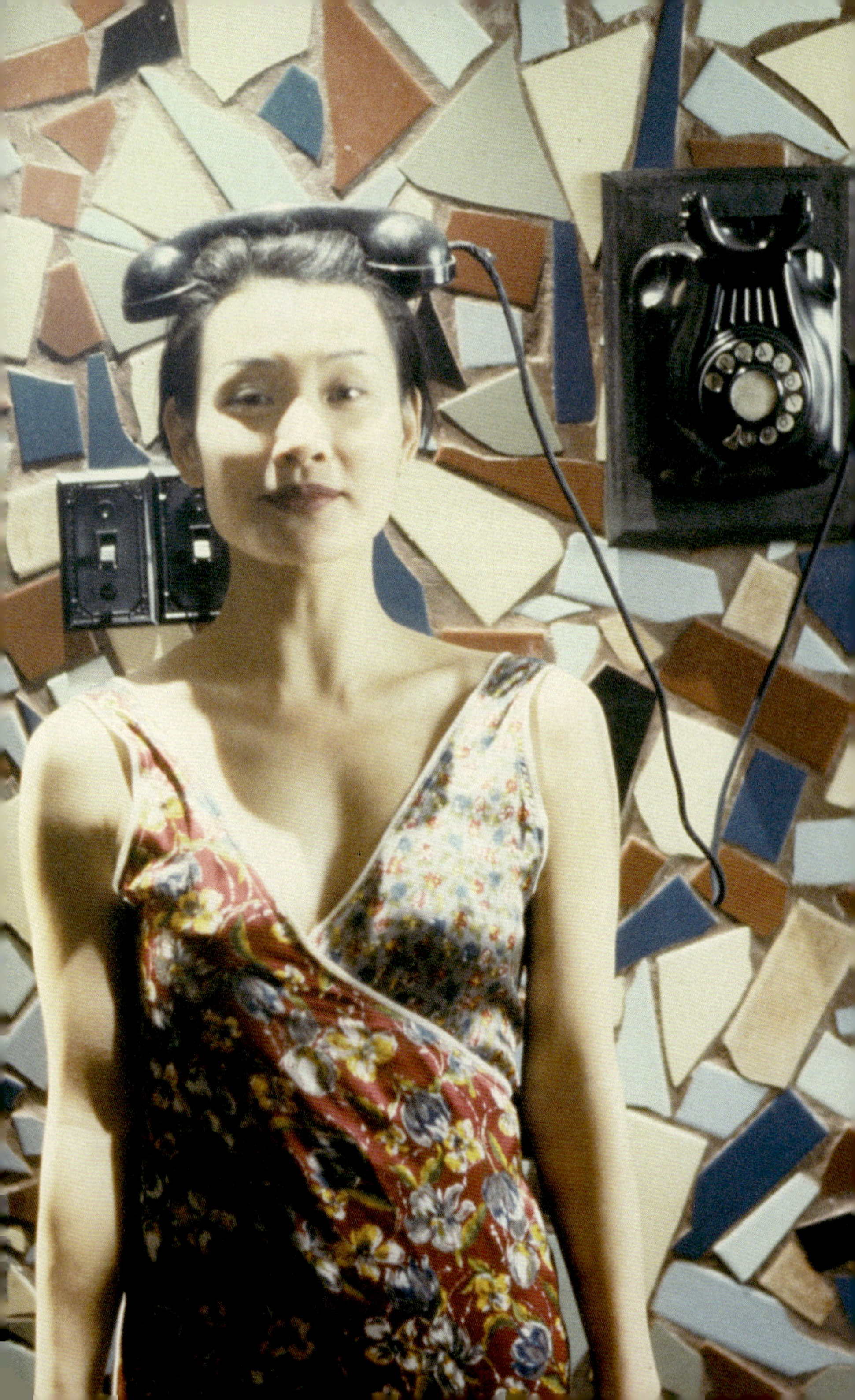

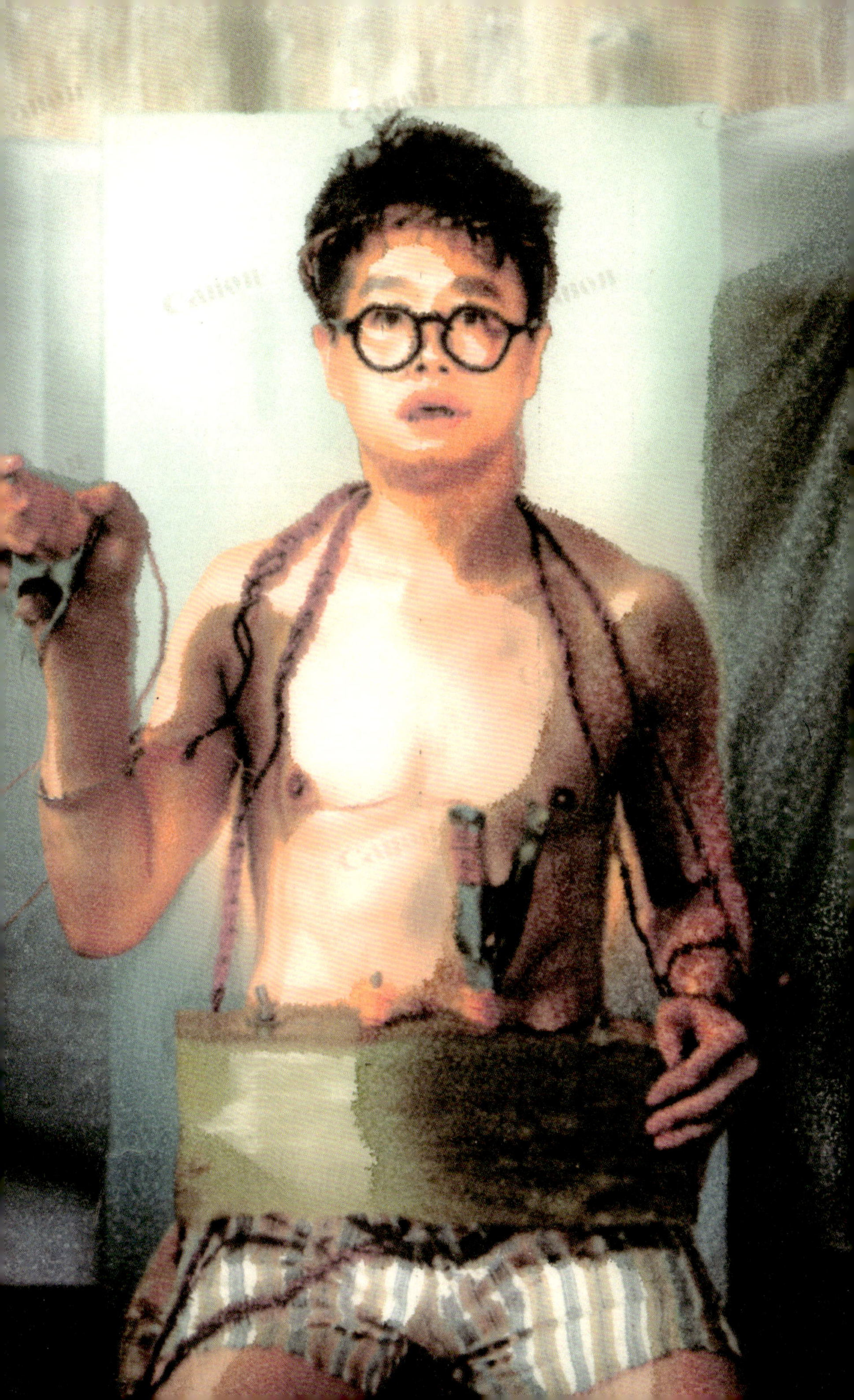

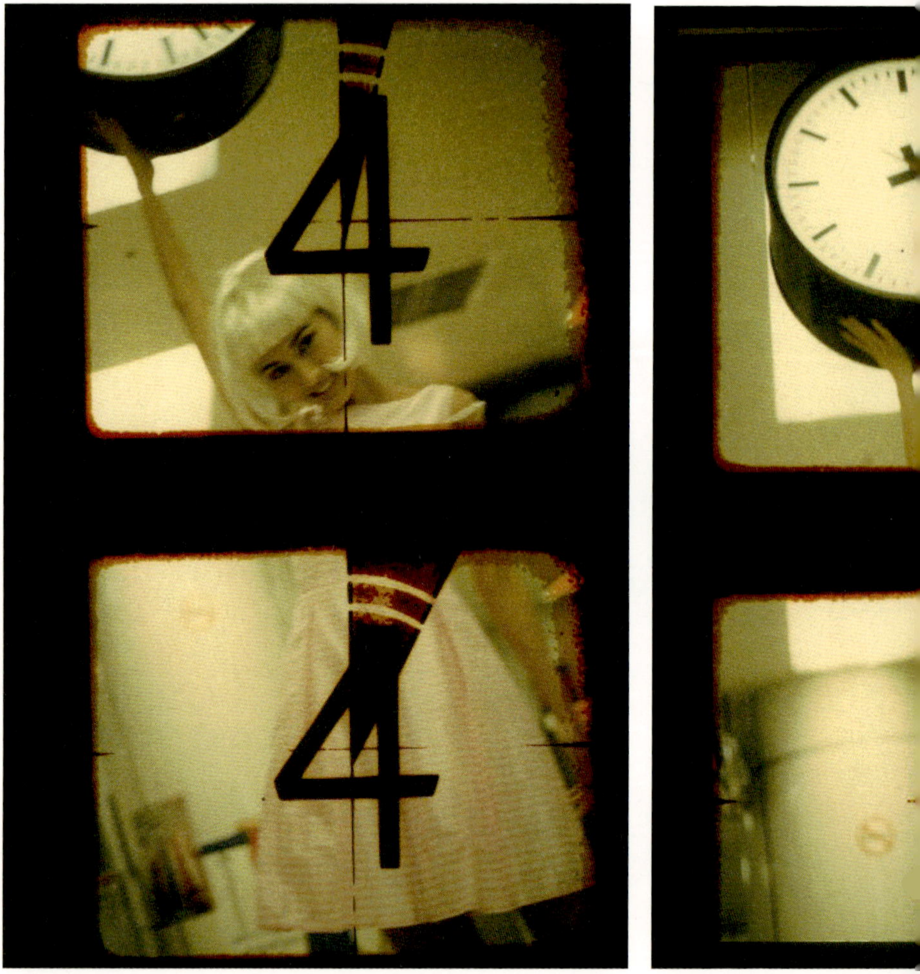
4
4

255

67 问题频生

有位演员总是迟到,而且常常宿醉未醒。

他的女友很爱参加派对,他也因此彻夜不眠。

很快,她厌倦了我们拍摄时所在的城市,因为那里没什么可以购物的地方,也没有其他朋友。每到午后,她就会开始念叨,让男友赶紧回去陪她玩。

每天,他到达拍摄现场的时间就已经很晚了,如今还想提早收工。

不过,相比迟到早退,他在片场时的失职才是更大的问题。比如,他从来没背过台词。

这样一来,我们只好把台词写在提词卡上。

但是,他又是个近视眼,提词卡必须放在离他的脸大概一米的距离之内。

这就意味着,如果他开口说话,我们就得给他拍特写,一次差不多只能说上一句台词,我甚至无法按照自己的意愿给他打光。如果碰上他有台词的长镜头,我们就真的无能为力了。只有在他没有台词或背对镜头时我们才能拍他的中镜或全镜。

这简直就是在做采访,而不是拍电影。他和女友的相处就像是一出"肥皂剧",而这,也成为了我们那部电影的风格。

68 演员导演

小田切让不仅是伟大的演员和明星,更是一个慷慨的、不断给予别人帮助的好人。

我们的关系一直不错,所以,他邀请我去拍摄他执导的第一部作品——《一个船夫的故事》。我不知道他为什么不愿意出演那部电影。

作为一名经验丰富的演员,小田切让总是很体恤演员们的诉求。演员们需要帮助时,他也很善解人意。

小田切让几乎从不会否定第一条镜头。但有时,他会让我们停下来。他会微微调整演员的表演,或者鼓励一下他们,让他们寻找自我。

我和他常常保持距离(而且我也不懂日语),但我对他的工作模式非常好奇。我很想知道,这位"演员导演"到底会说些什么、做些什么、避免些什么。

我想知道,作为一名演员,他会怎么劝别人不要那么表演。我也想知道,一名导演又会如何帮助演员发现角色、忠于角色,并从中找到自我。

导演要如何打开角色的"空间",要如何让演员进入、充实那个空间?导演要如何让人物更加丰满、完整和可信,更加引人共情、更加真实?

69 "上镜脸"

那天试镜时,我们想看看那个女演员在不同灯光、不同角度下的模样。

她的肢体语言、她遍布全身的刺青,都让她显得像是那种弱势、边缘群体——大家通常把这类人叫作"住在活动房屋里的废物"。

但她其实是一枚冉冉升起的新星。只有在镜头前,她才会展现出一种独特的美。

我调试好灯光,开始拍摄。感觉不错。

我试着把灯光调得更夸张,对比度拉得对美女来说更加不友好。我怎么都没有想到,在这样的光线下,她看上去还是一个美女。

我又换上了彩色的光。她越发光彩夺目。

我甚至给她用上了最差的光——也就是我们常说的"超市光"。这种光从正上方打下来,既单调,又难看。但即使这样,她也依然很美。

据我了解,演员们基本上都认为自己有"最上镜的一面"。许多演员都会觉得自己在某种光线下最好看,但我们会尽量给他们以我们认为的最合适的光线,因为在镜头前面的是我,我会用我的经验来判断真正的镜头中的美,而不是他们认为的漂亮,因为观众看到的是真正的镜头中的美,而不是演员们的个体审美。全球有很多演员都希望自己是镜头前最好看的演员,但他们必须通过我们给予的光线才能呈现出一种最适合角色的形象,恰当才是最美而不是漂亮。

我的助理告诉我,尽管她才十九岁,但因为做了很多整形手术,所以早就已经相当出名。

的确,我能看出她的胸部是假的。然后,我意识到她的鼻子、脸颊和下巴也是假的。她是一种完美的完美假。

她和我、和你们都不一样。她的一切都很平衡。一个正常人,一条腿可能会比另一条长一点,左脸可能会比右脸扁一些……但这个女孩的身材比例却相当完美。在西方,这就是所谓的黄金比例。

我终于明白,这些都是整形手术的成果。她的医生显然很了解女演员的诉求。他打造了一张完美的"上镜脸"!

我想怎么打光,就怎么打光。我可以将画面定格在任何一帧。

整形医生已经把我的工作做完了。

他是个比我更好的"摄影师"。

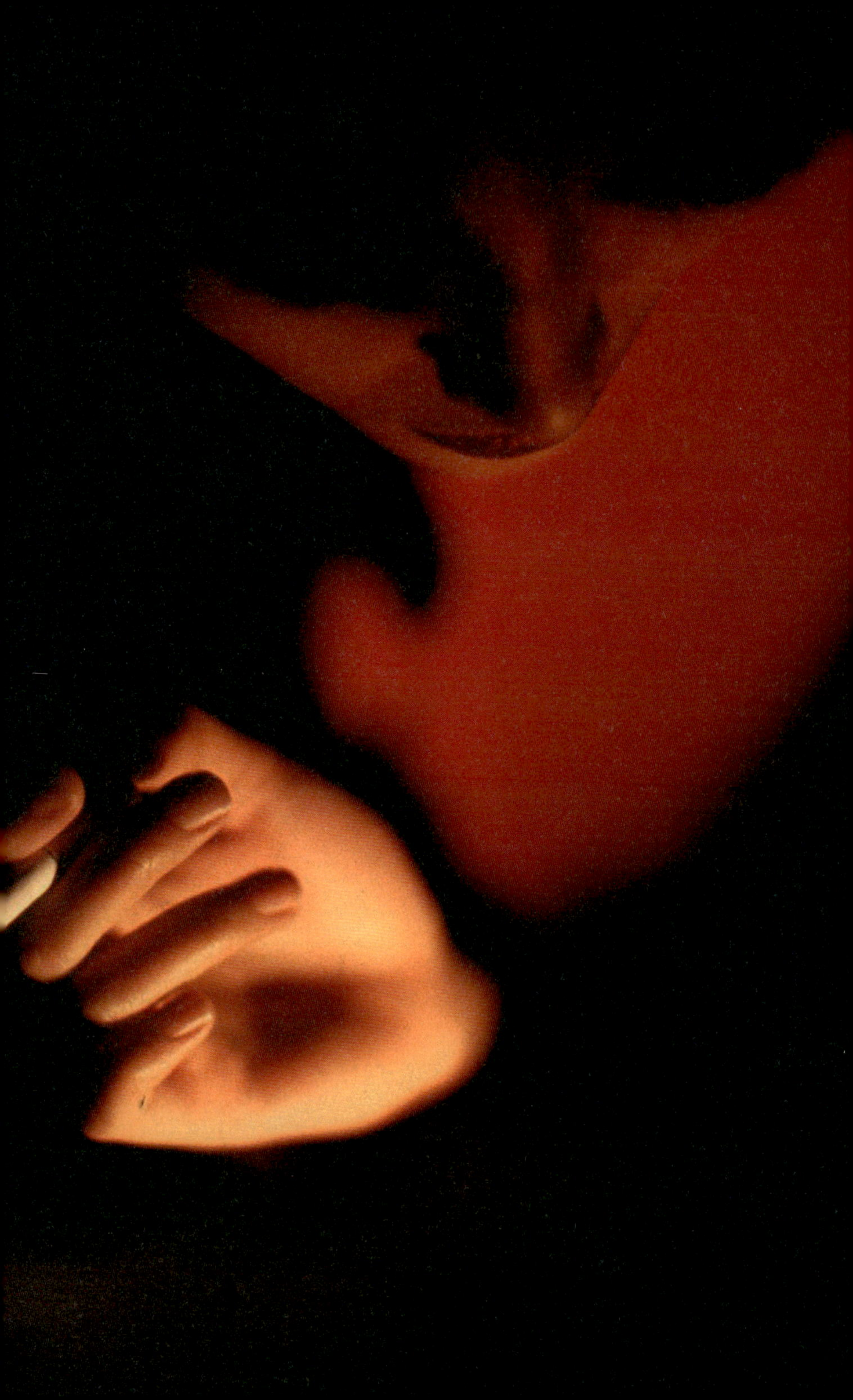

70 天使的脸庞

　　李嘉欣拍摄《堕落天使》的第一天，第一个镜头就是她的大特写。
　　李嘉欣是混血儿，她的鼻子像白人那样高挺。
　　我用的是"鱼眼镜头"，它会让所有画面变形和扩大，演员越靠近镜头就变形得越厉害，而李嘉欣就是最靠近镜头的。
　　在拍第一条时，李嘉欣转过身去，将脸避开。在那一刻，她的鼻子几乎伸到了画面的边缘，差一点出画。
　　"千万别让她看到！她的脸都变形了。"我赶紧对王家卫说道。
　　"你不要怕，这是这部电影的特点和风格，何况从来没有人能如此极致地欣赏她的美。"王家卫却这样回答。

　　以《堕落天使》为例，我与王家卫合作的所有电影都有着共同的特点：上一部电影，都会在无形中影响着下一部。为了应对《东邪西毒》带来的严峻挑战，我们很快就拍了《重庆森林》；拍完《重庆森林》后，为了更加了解周遭、了解身边蕴含的一切，我们又用广角镜头拍了《堕落天使》。每一部电影，似乎都来自于上一部。
　　这也适用于所有的电影和艺术。我们创作作品，是为了还原我们在某时、某处的状态，是为了明白我们来自何方。

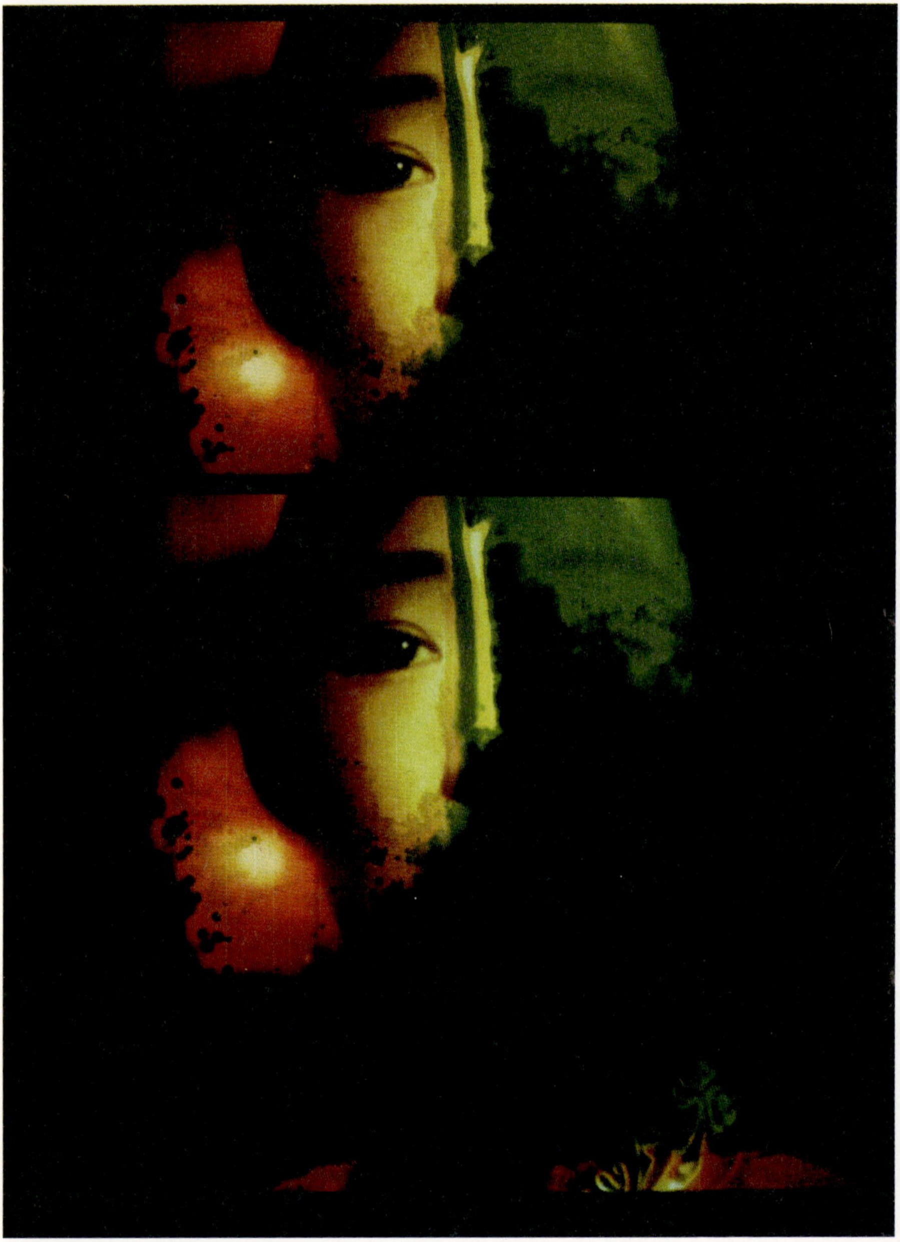

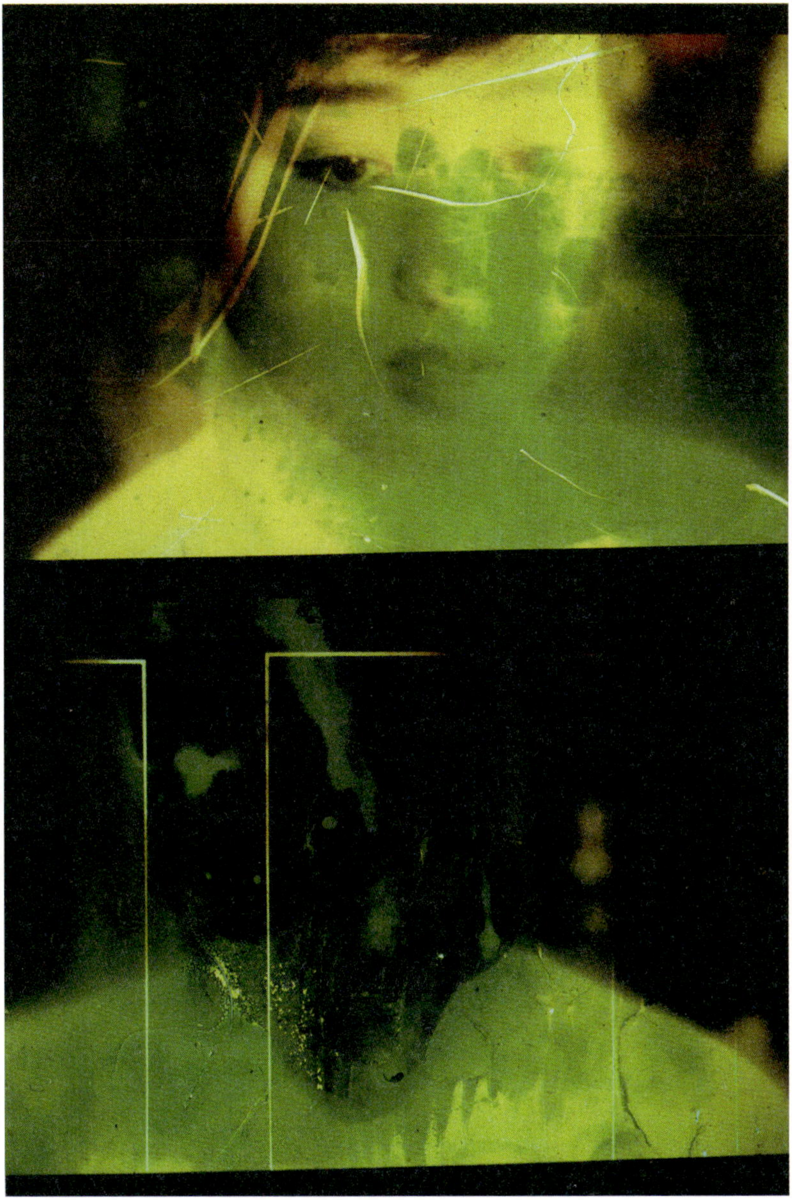

Part 4

The Die Is Cast

来不及后悔

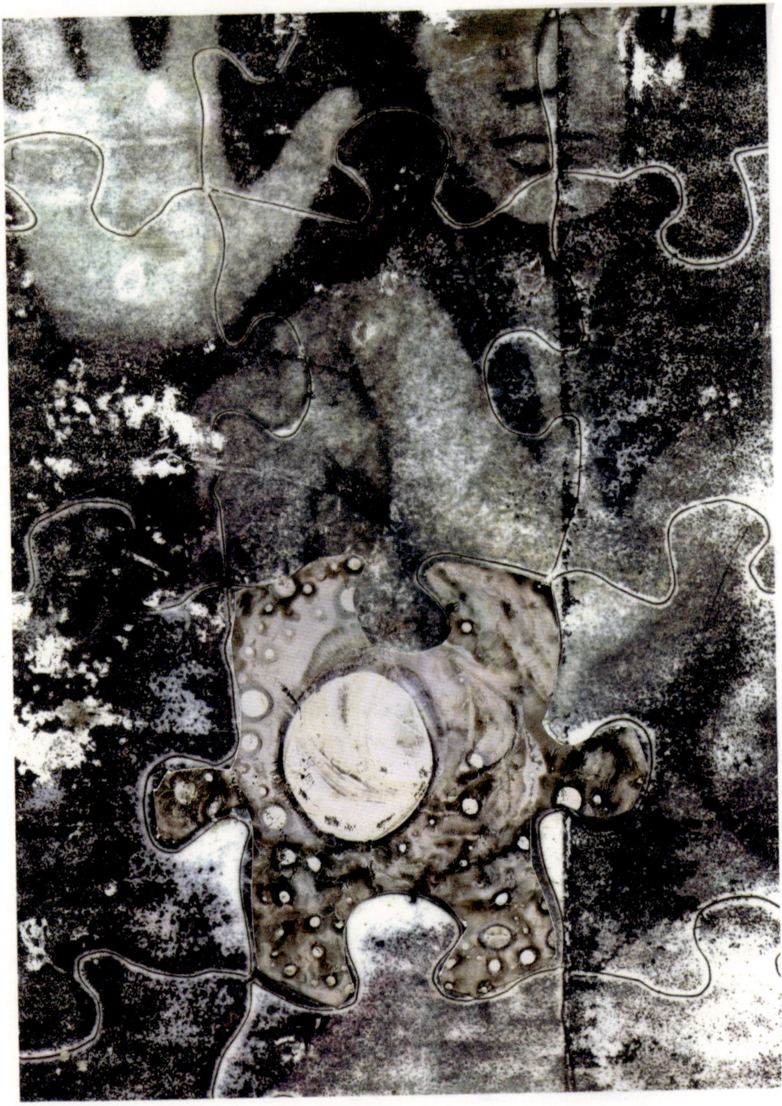

71 床戏

拍床戏时，每个人都不免会紧张。

演员总想知道，自己究竟需要脱掉多少？需要表演到什么程度？

有意无意间，他们都会透露这一点。

而我，只考虑有没有足够的空间去打光，我的打光是不是足够色。

一般来说，只有导演才喜欢处理这些镜头。

为什么剧本中要出现这个场景？到底该如何进行下去？这些问题往往体现出许多反常、焦虑的情绪，也流露了演员那些无法在家里实现的渴望。

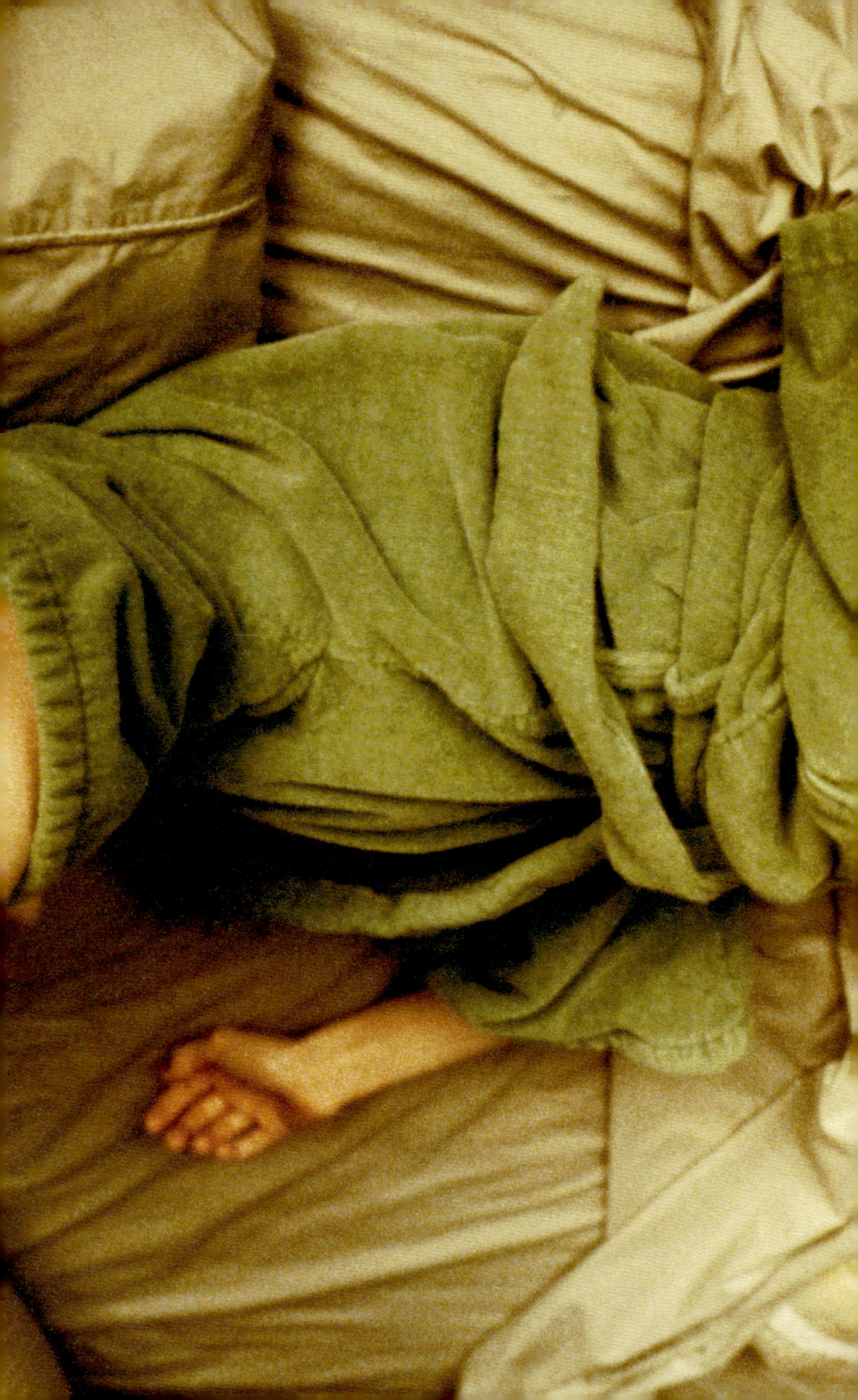

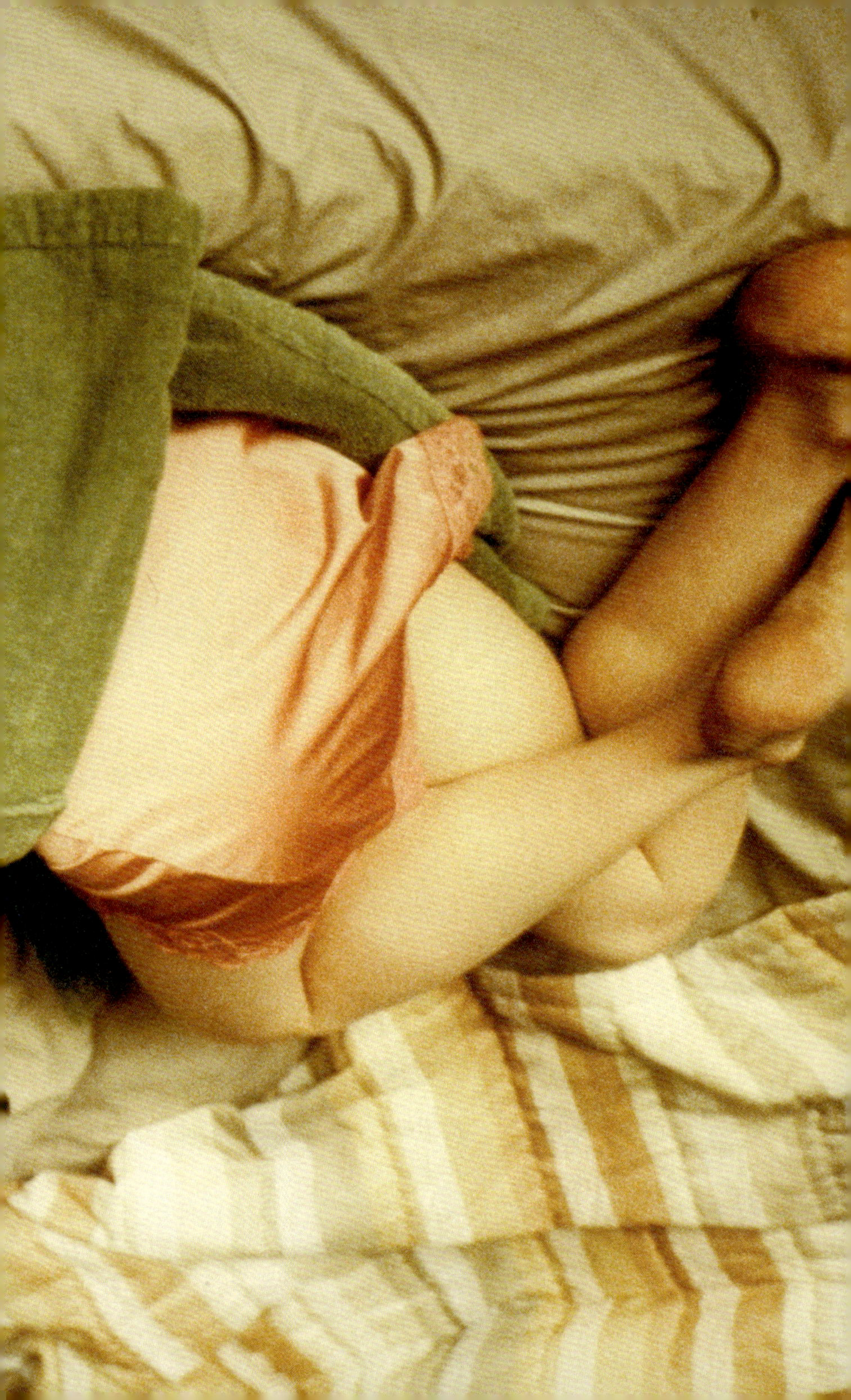

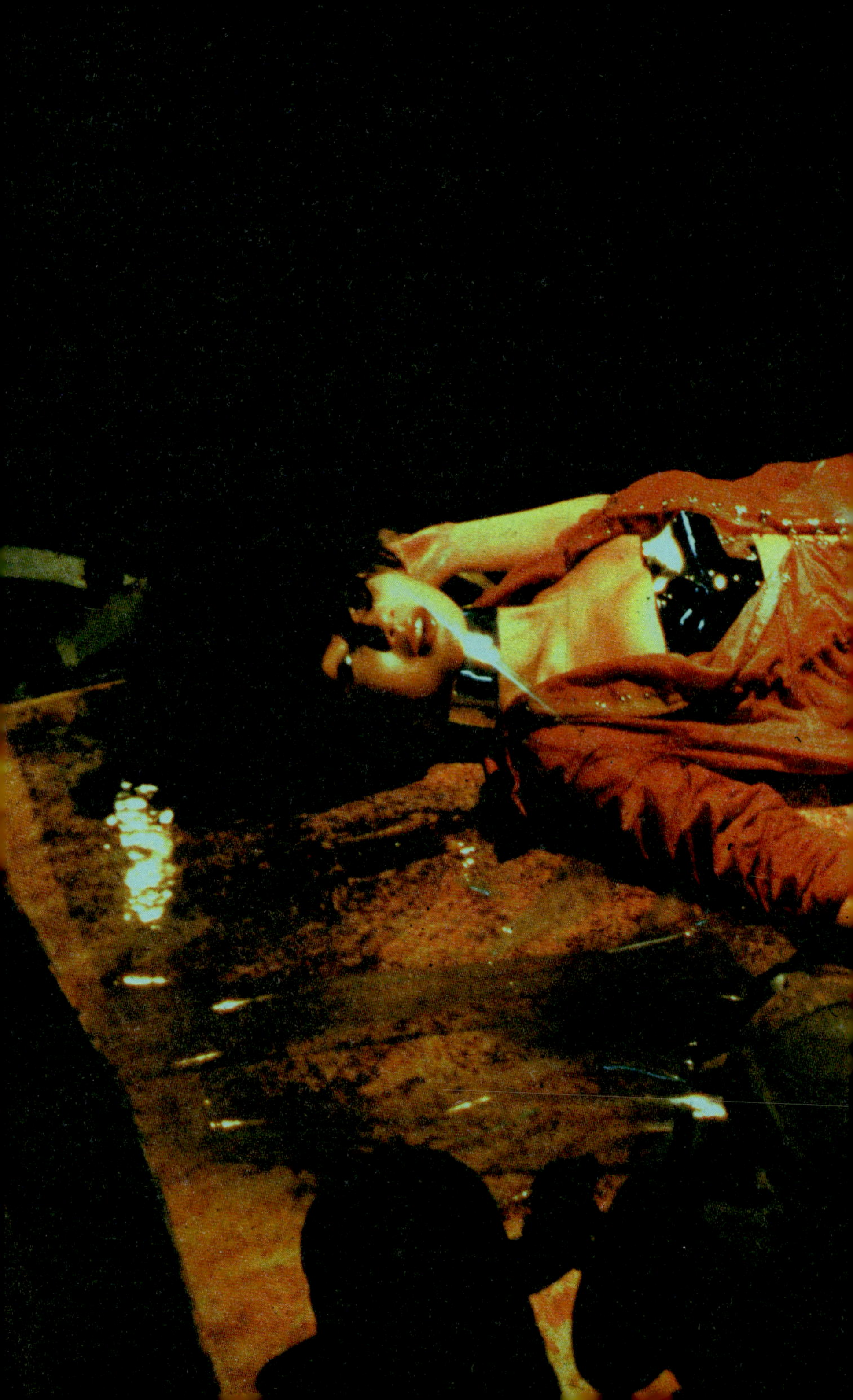

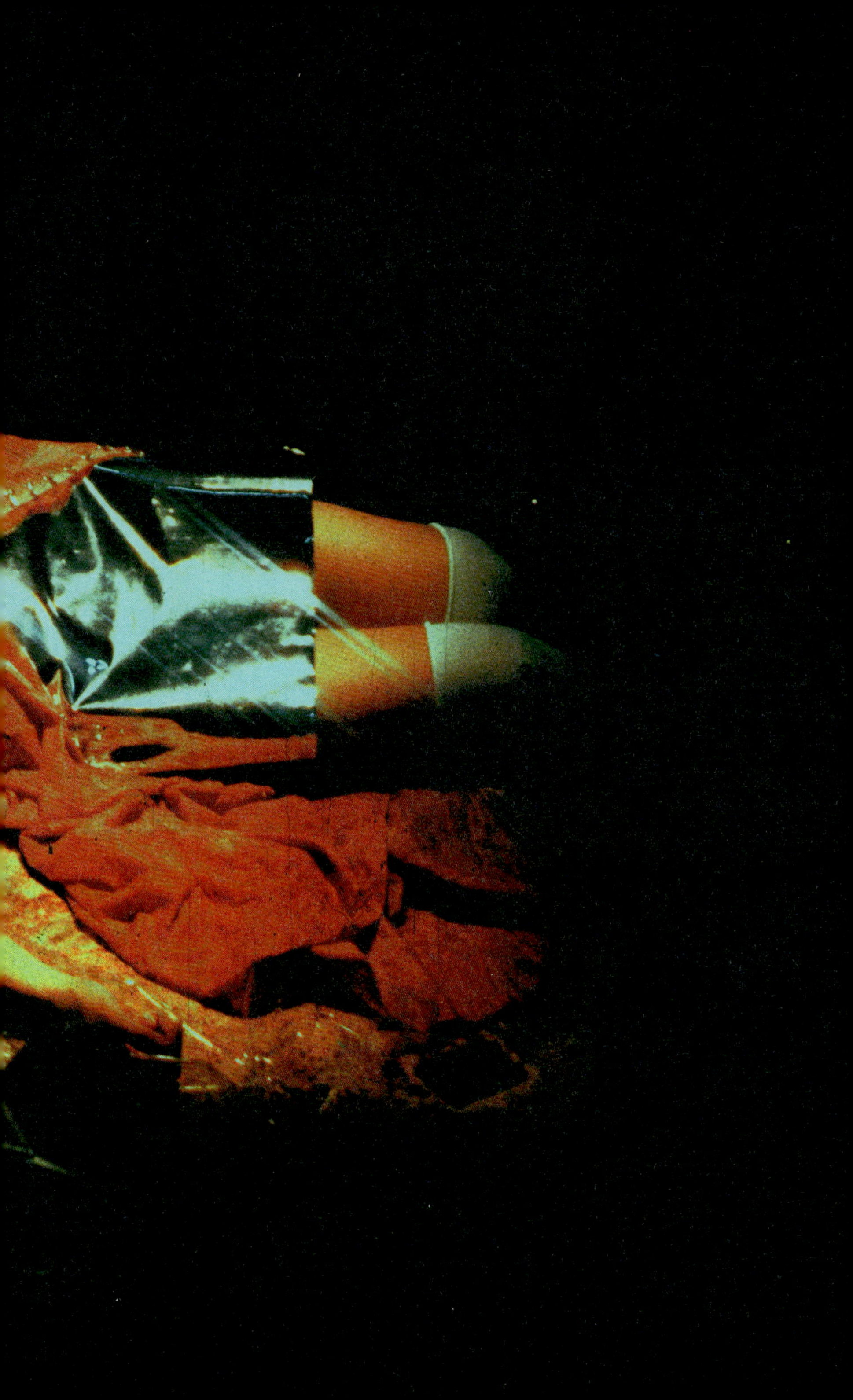

72 能这么做吗?

剧本里有四五场床戏。

但在当时的中国香港,我们没法拍这些。演员施展不开,导演也是第一次拍摄这类场面。

于是,我们在新界租了一间小屋,雇了几个"小妹"来给女演员做替身。

导演特地带了一本巨大的、塔森出版社的精装画册来片场。

这本画册叫作《艺术中的性》,里面展示了数百幅早期的绘画和照片,它们有着不同的文化背景。

导演在画册里贴了五十来张有颜色的便利贴。

他打开画册,翻到某一页,问道:能这么做吗?

又说:我们这个角色想要享受,可不是想要生小孩。

然后,他又翻到了另一页,画面上的女人靠在一棵树上,这样她和伴侣就可以用站立的姿势了。

导演问道:这行不通吧……对吗?

我说:那就要看她比他高多少了。

就在这时,我们找来的女孩们准时到达。

她们都很矮,人也胖乎乎的。

"她们都比那些男演员要矮。"导演若有所思。

其中一个女孩打量了一番现场。

"镜子在哪？灯为什么不亮？"显然，她已经习惯了这种特殊的工作环境。

第二个女人坐了下来，两腿突然打开，然后双手猛地掀起裙子说："开工吧。"

因此，灯光打开，机器摆好，男演员躺到床上。由于"小妹"的"专业精神"，那天，我们拍得相当迅速，也相当自由。她既不在乎自己的样貌，也不关心镜头在哪。

通常，拍摄床戏都很尴尬。这一次摆脱了尴尬，我前所未有的解脱。

我可以更随心所欲、更毫无干涉地打光，也可以自由地运镜，把镜头对准效果最好的地方。

其实在我看来，我们那天拍摄的场景，是有史以来最为美丽、动人的一幕。因为她什么都不怕。因为在这一场戏中，我们的"女主角"没有偶像包袱，也不在乎所谓的名誉。

对她来说，这只是一份工作而已。正因为如此，所有的工作人员也都能毫无顾虑地工作。

我真心为那天的拍摄感到自由。

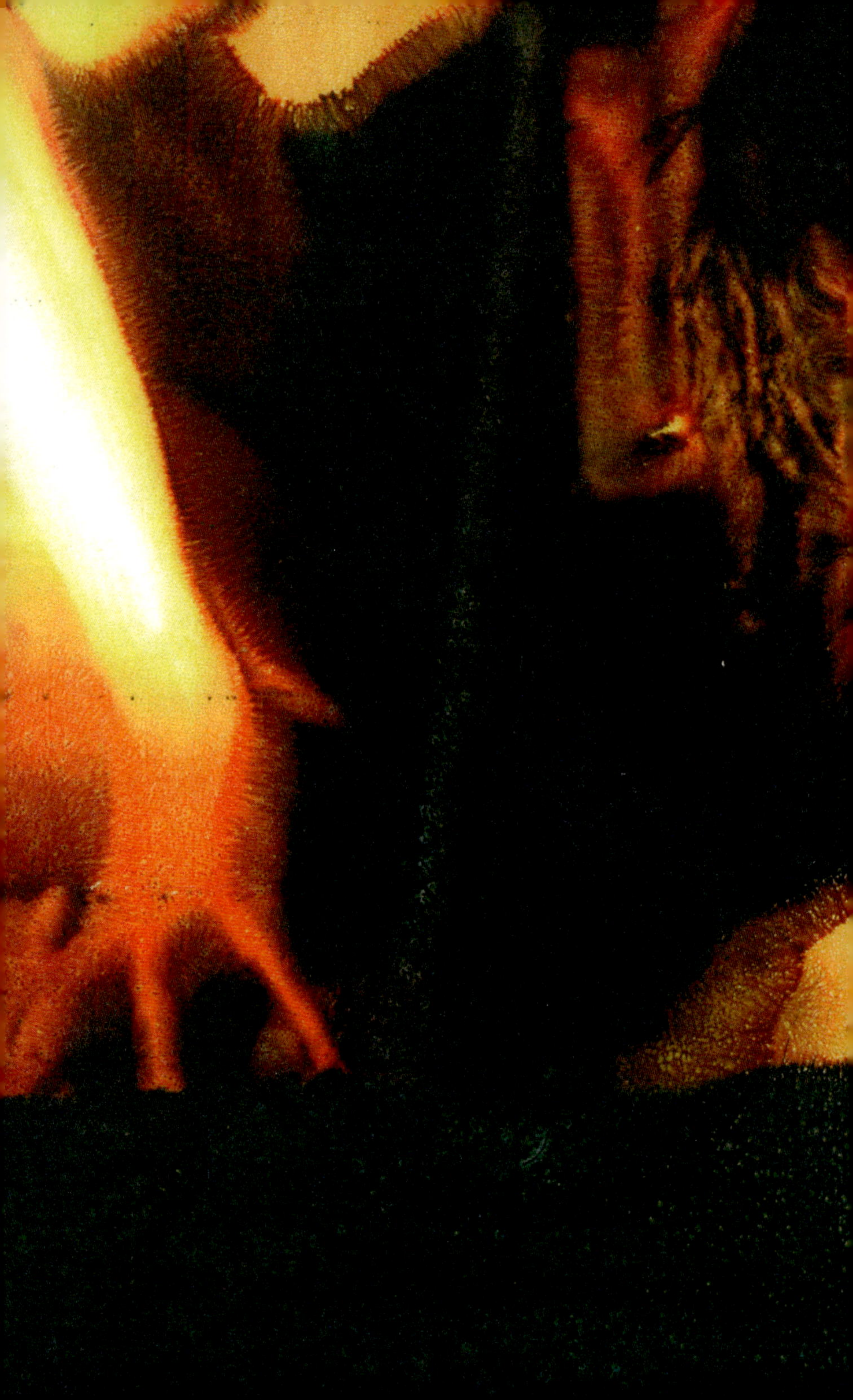

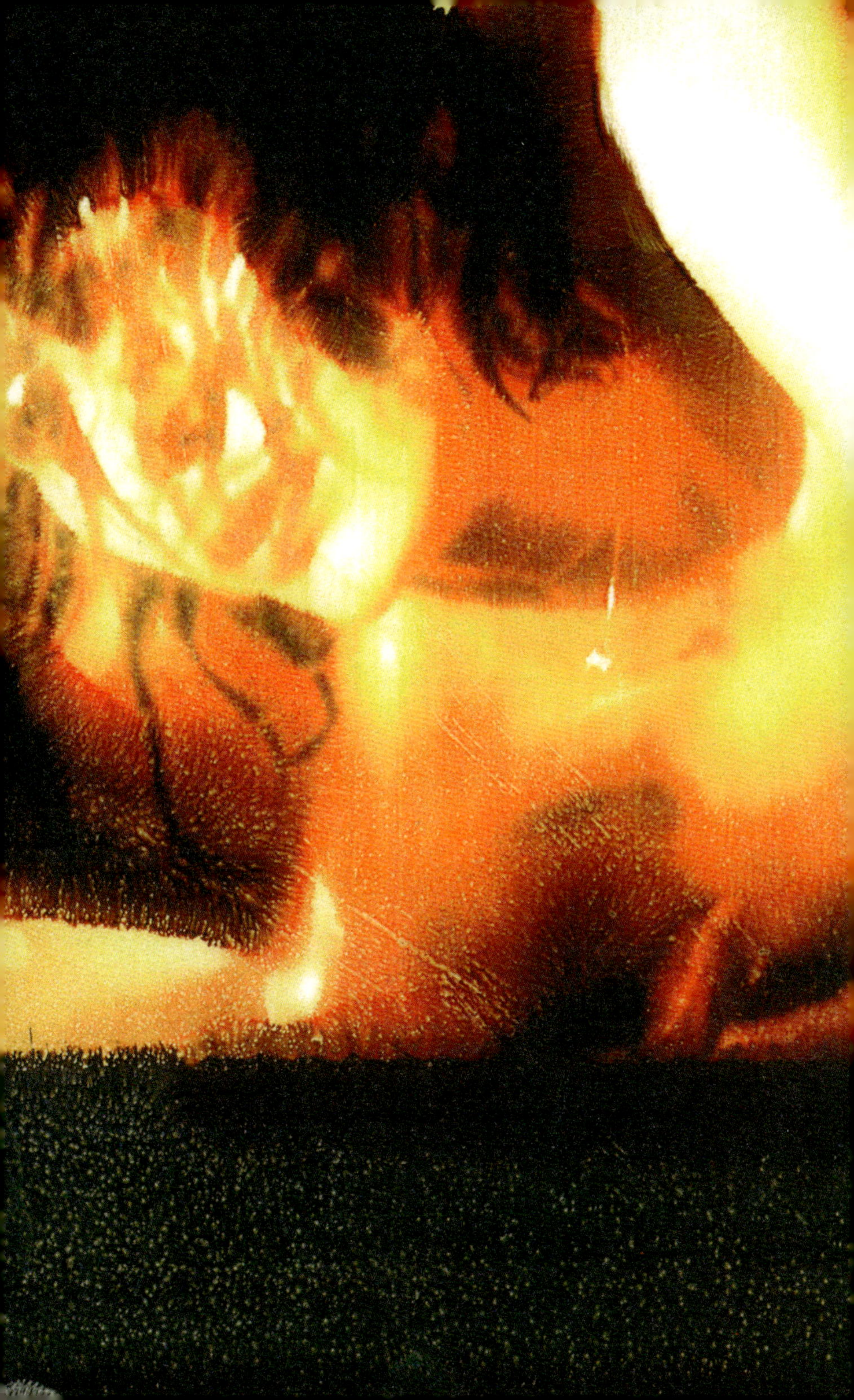

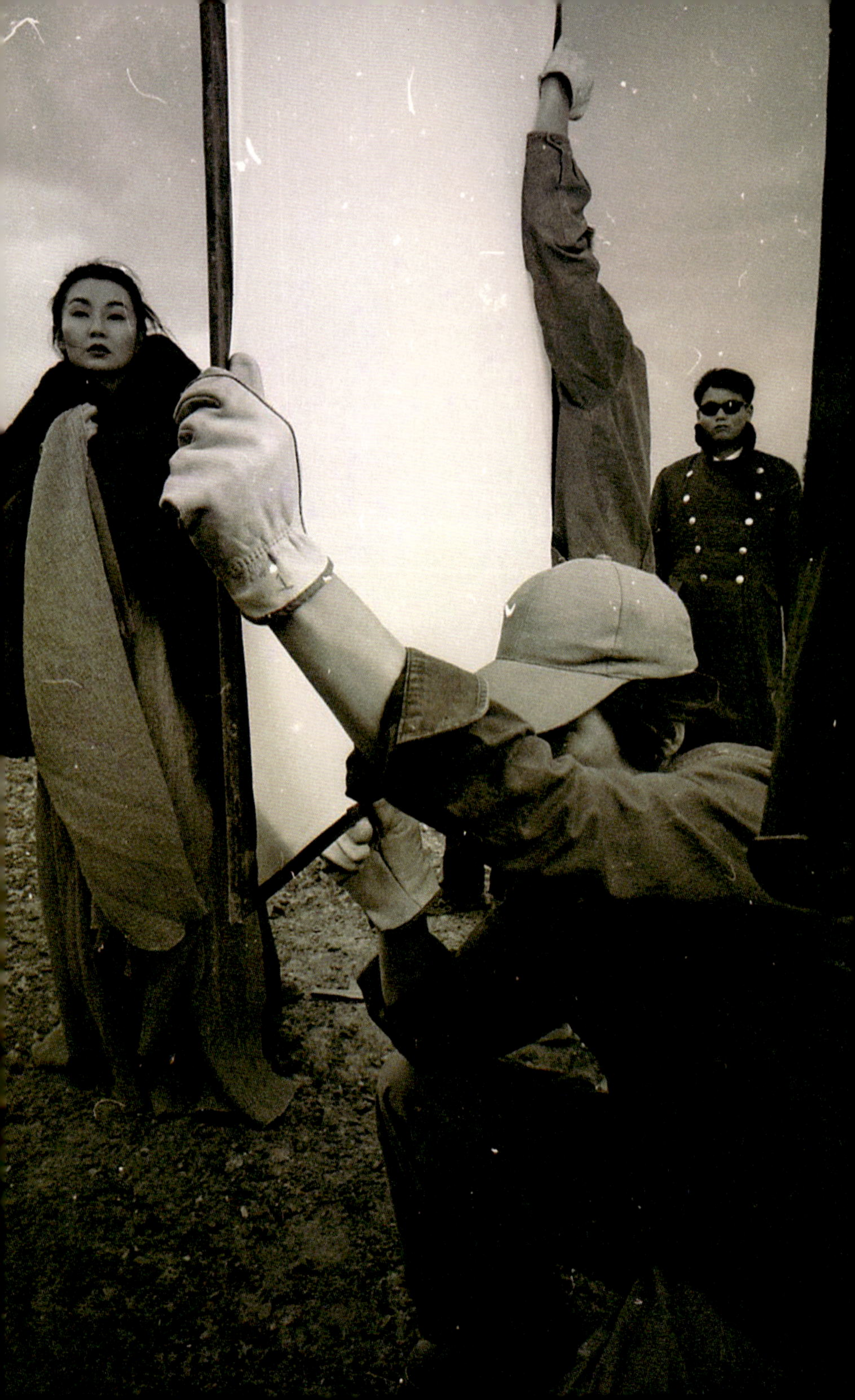

73 打不打

剧本上写着:"他们互相殴打。"

编剧写出"他们上床了"或者"他们玩游戏"这样的词句是很容易的。但是,要想让这些场景与众不同,就必须要有一支值得信赖的出色的团队。

仅仅几个字,就足以让我们花上整整一周来编排镜头和拍摄。我们想要拍出最好的打戏,也想让电影本身呈现出最好的状态。

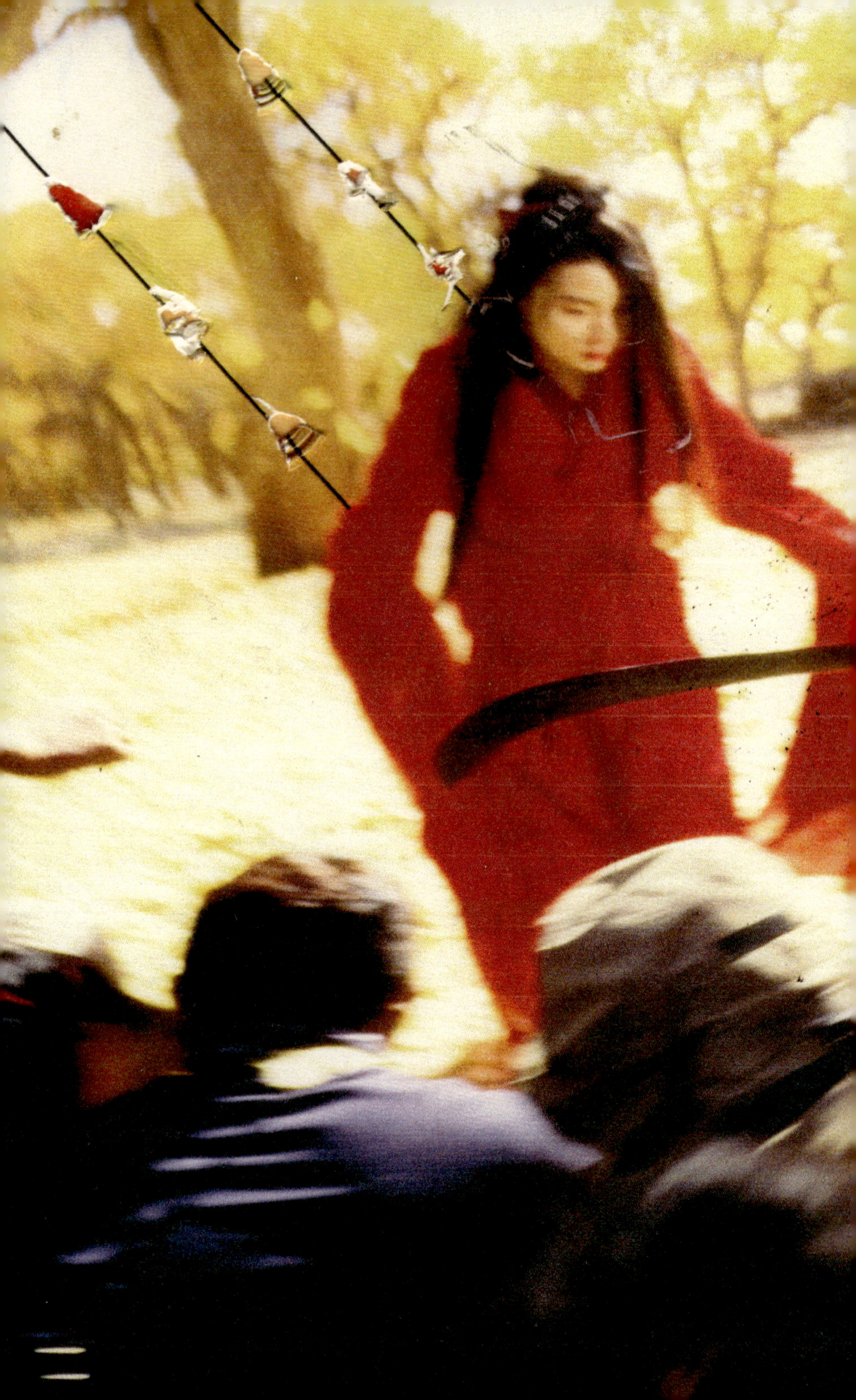

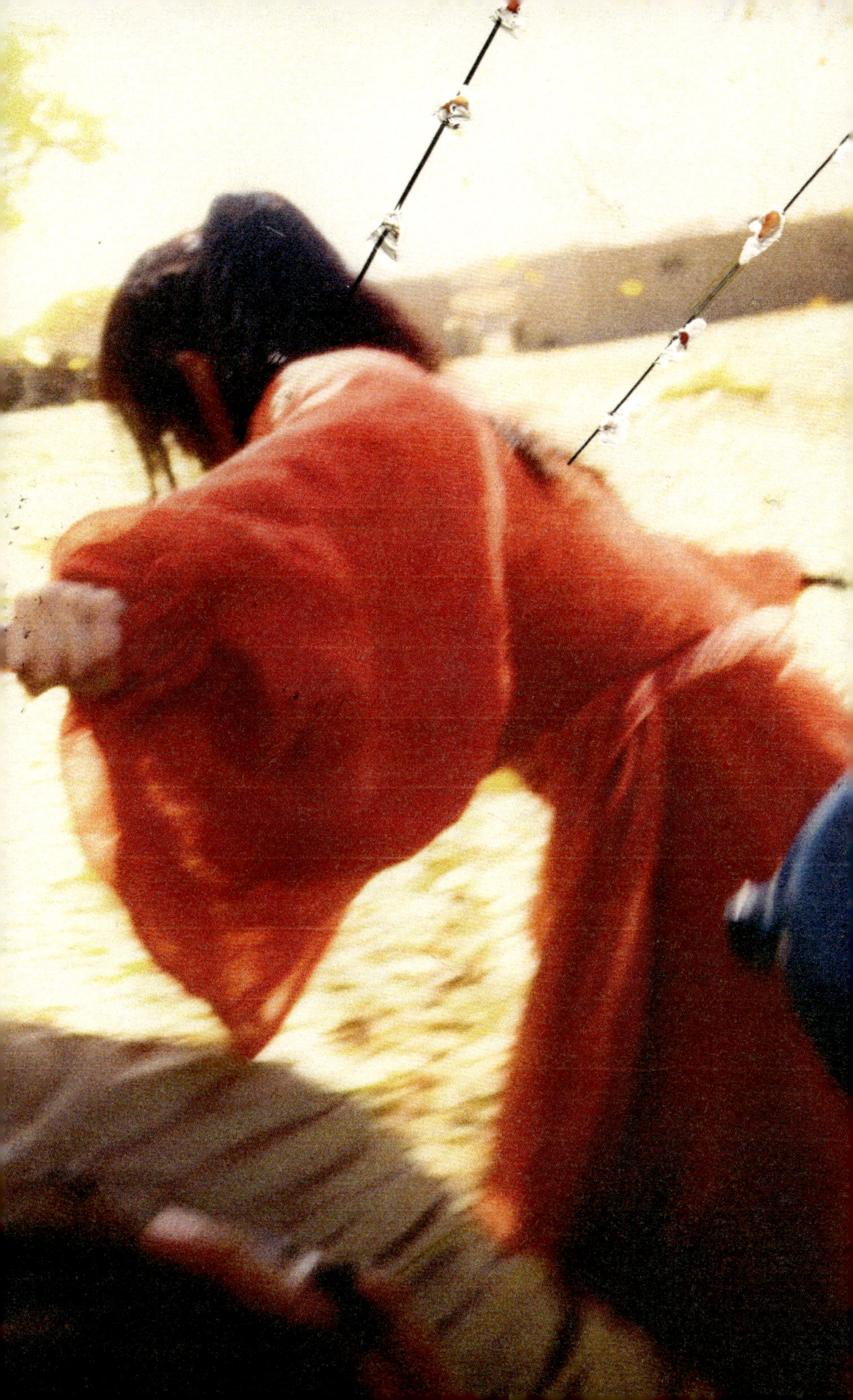

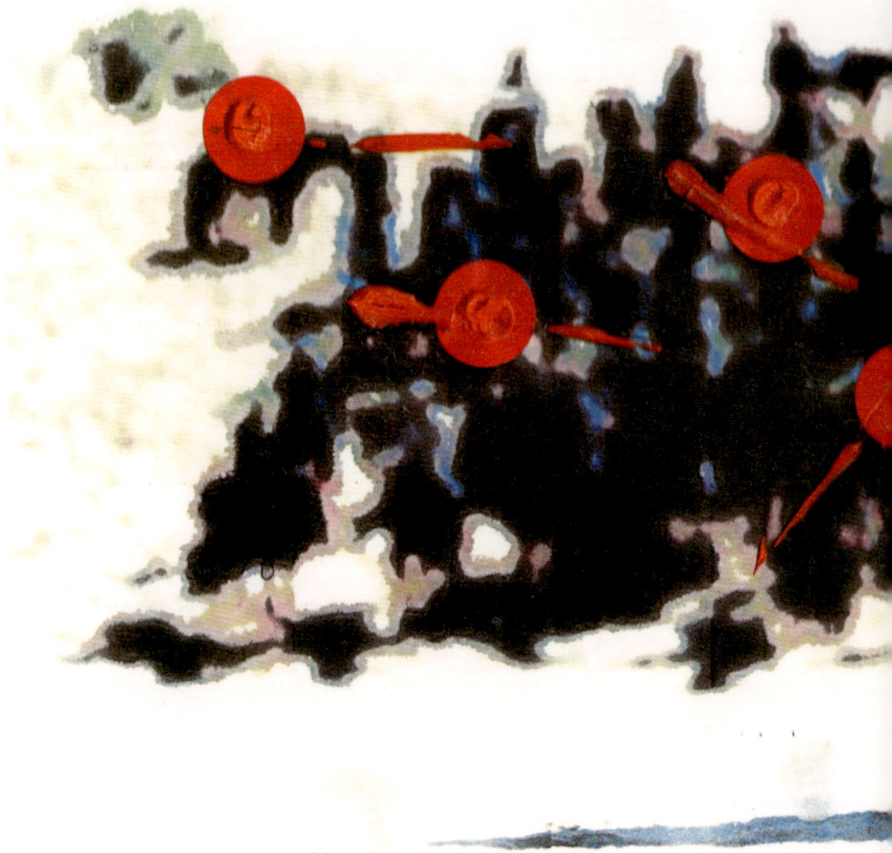

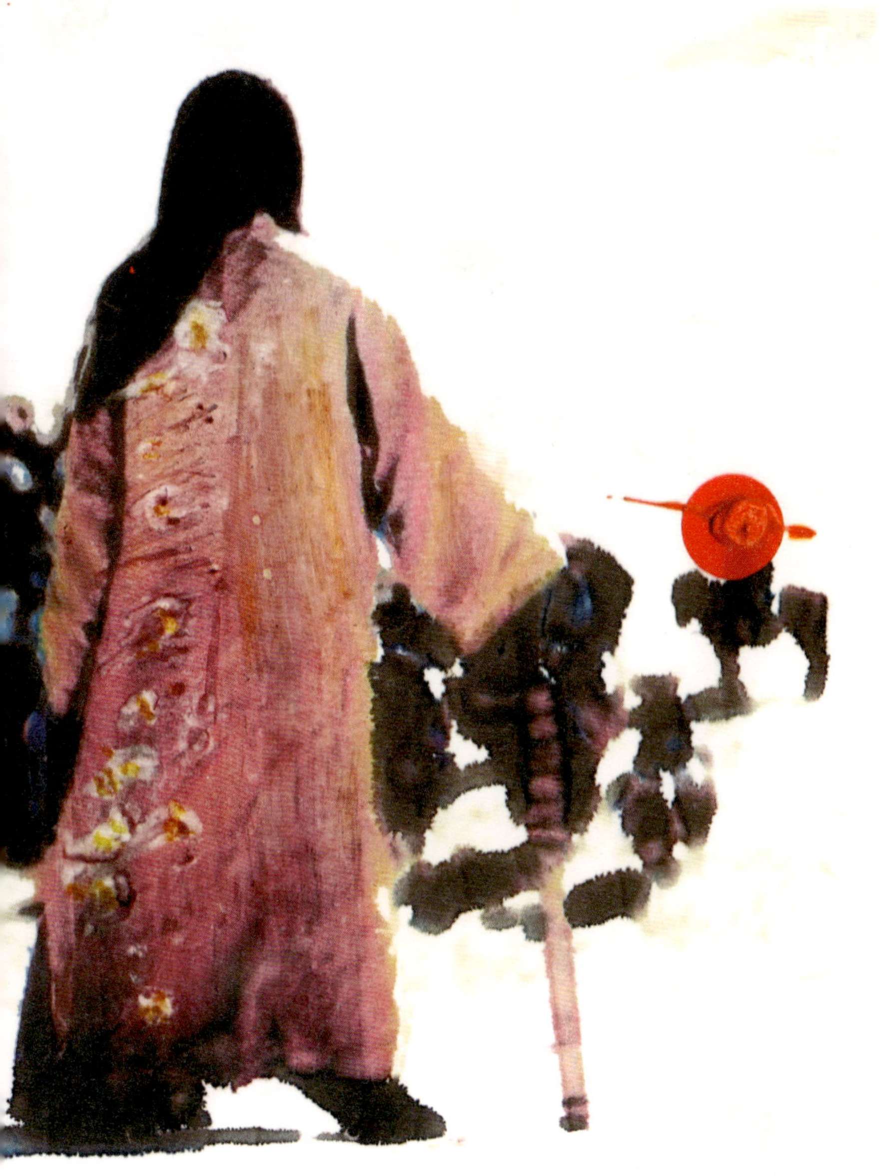

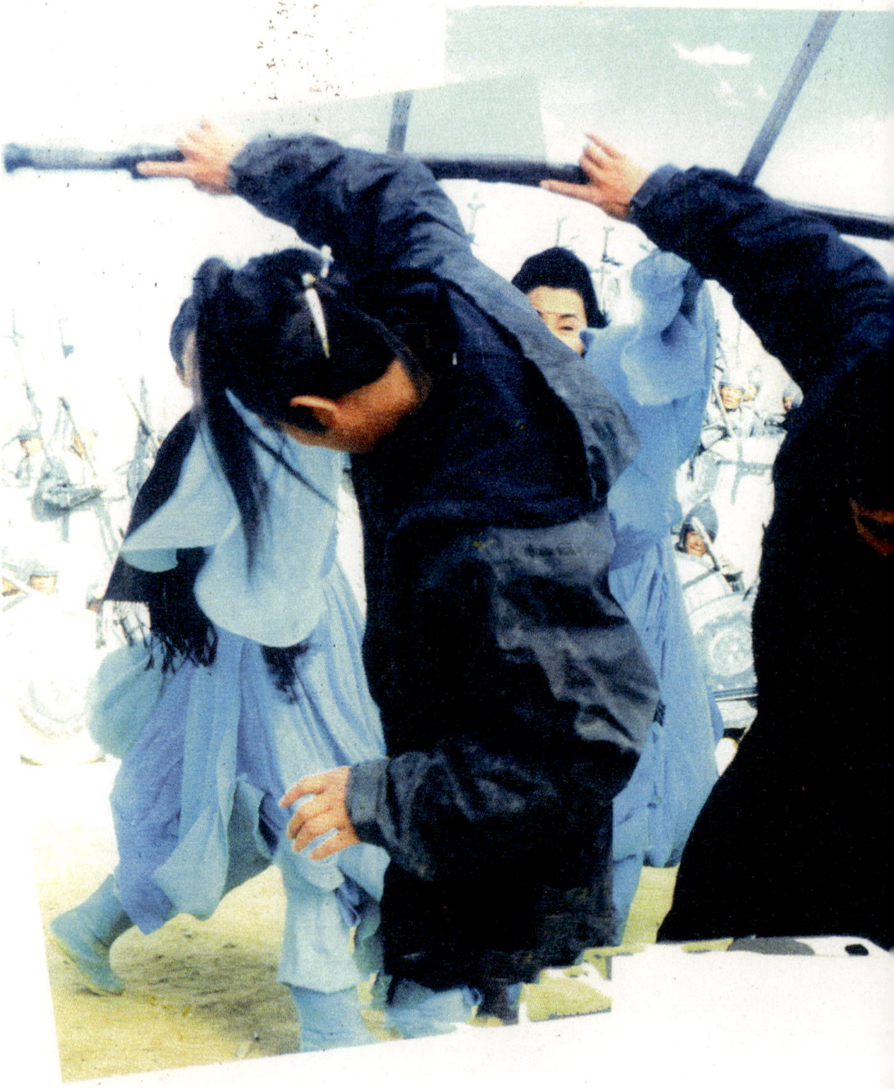

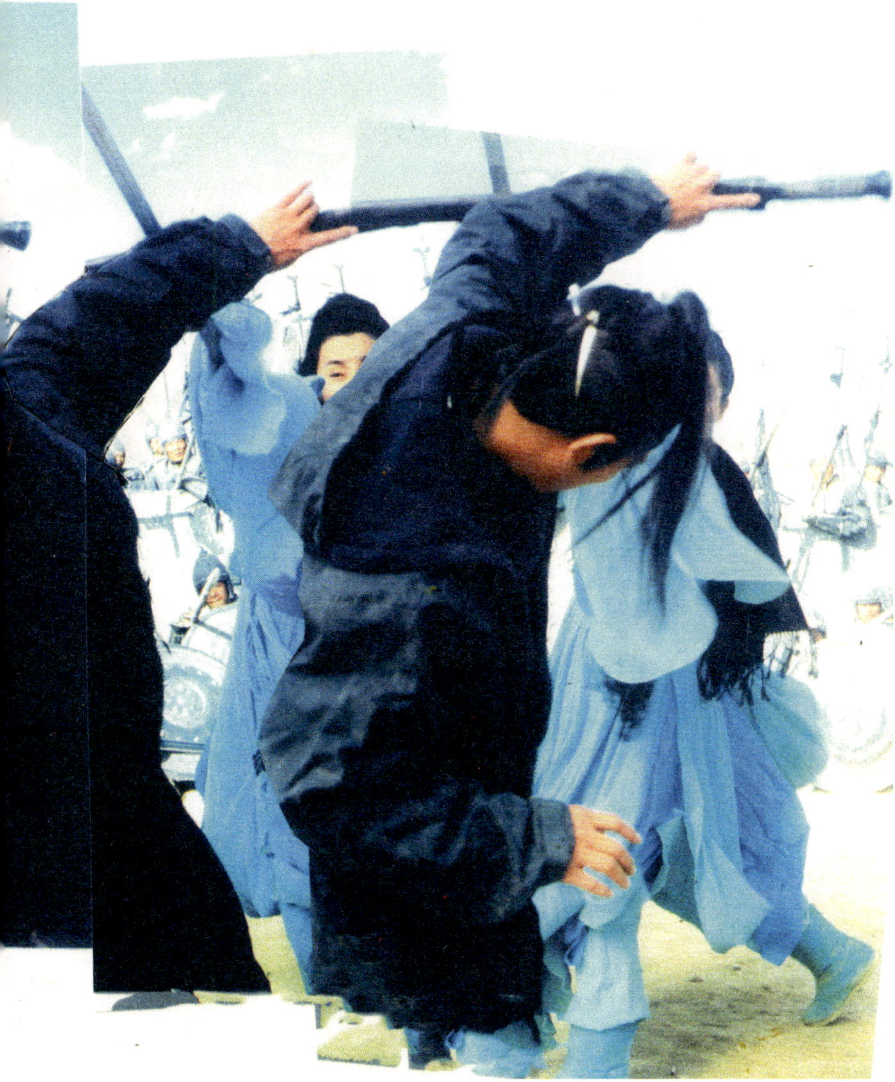

74 男子汉

在我们的设想中，两个战士会沿着山脊，一路追赶敌人。当敌人跑到山脊的尽头时，战士们就会步步逼近。

敌人赤手空拳，没有武器，但两个战士的装备却十分精良。因此对敌人来说，想要活命，就只能从四五十米高的山头跳下去，坠入山谷里的河流之中。

我们选择的拍摄地点，空间相当壮观，但河谷却位于风口。风刮得太猛了，任何跳下悬崖的人，都会被风拍回到峭壁上。

每隔一天，我都会和武术指导洪金宝去实地考察。

我们想把剧本所写的内容完完整整地拍摄下来，不加任何方式的特效。演员从高处坠落时，最传统的保护方式就是铺床垫和空纸箱，但人从四五十米高的地方摔下来，速度将会非常快，大家都能预测到这有多危险。在保证安全的情况下，为了这次演员的跳崖，大概需要准备两千多个超大空纸箱，可是我们在沙漠中央，去哪里找纸箱呢？

我问："谁敢往下跳？"洪金宝听到后说："他们都敢，我也敢。"

我问："为什么？"

洪金宝说："因为我。"

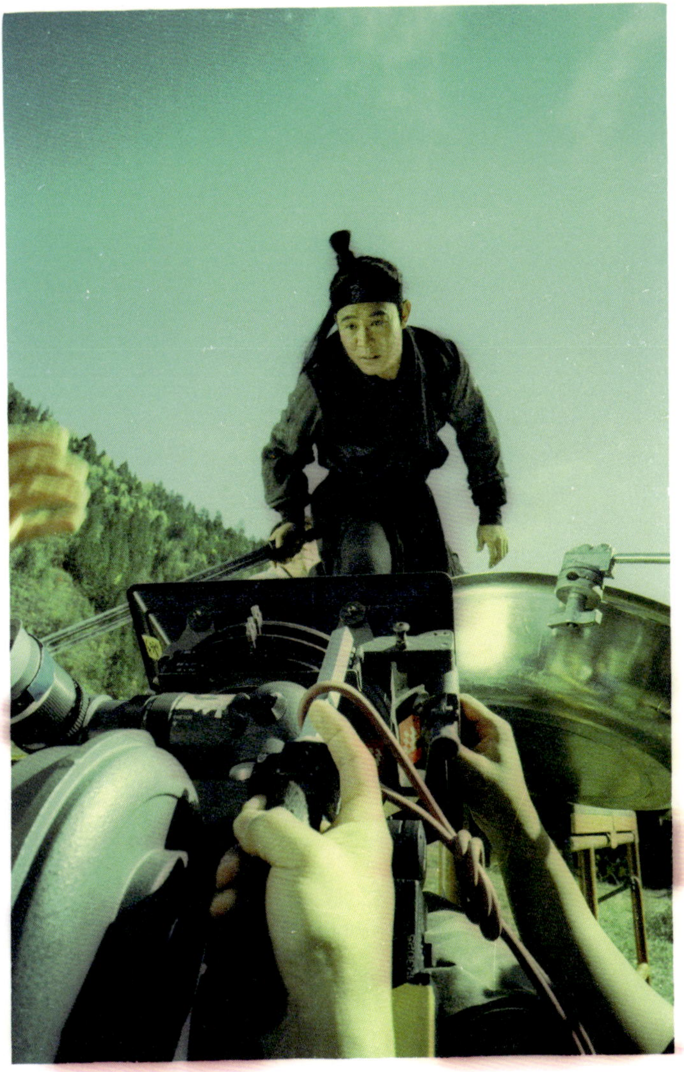

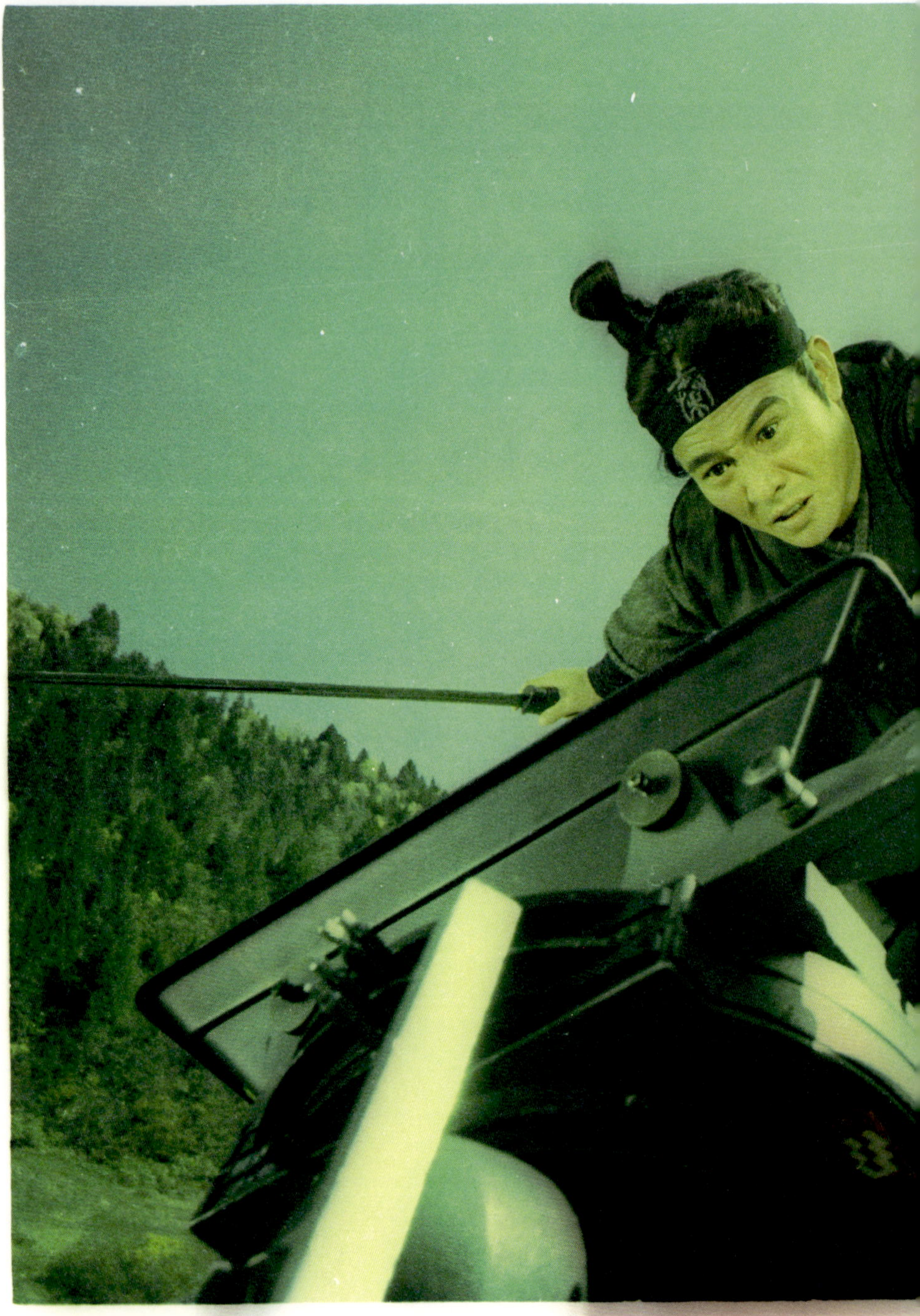

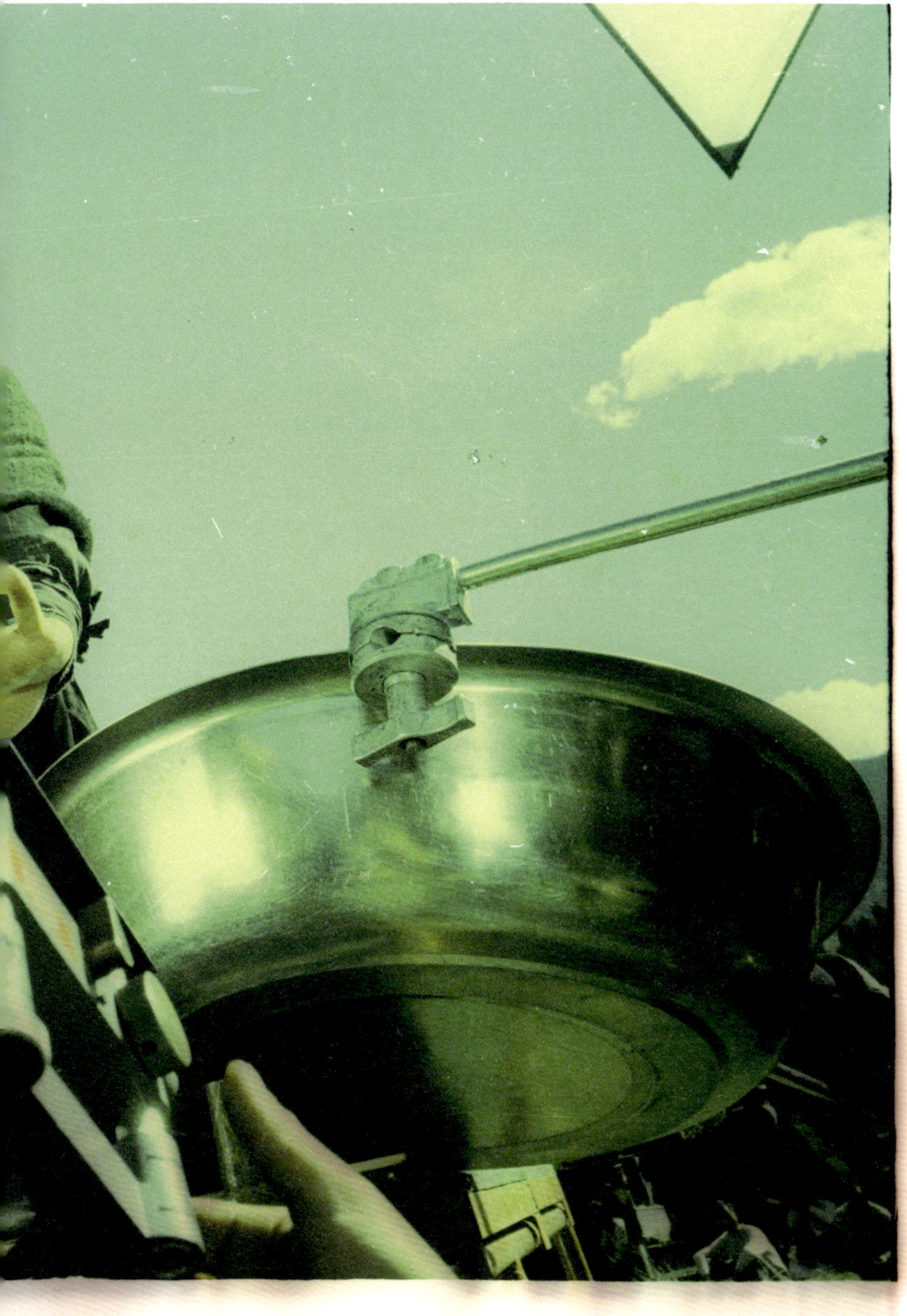

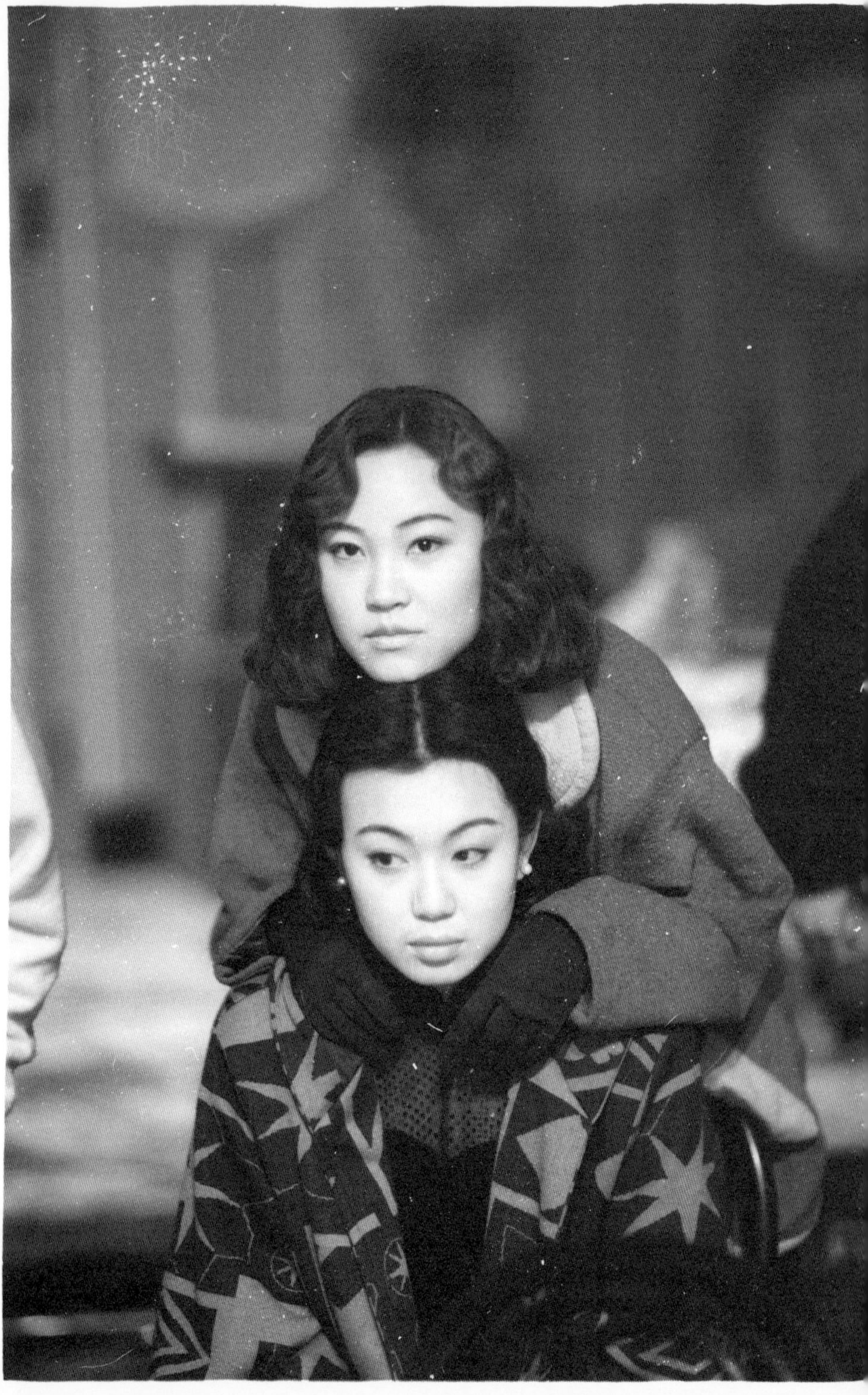

75 群众演员

在大多数国家，除非得到当事人的许可，否则随便拍摄大街上各自忙碌的人是违法的。因此，如果你要拍摄一大群人，就要花上好几个小时来取得他们的许可，这样一来，如果你要拍摄一组镜头——或者多拍几个镜头——你就没法完成当天的工作了。毕竟，人们不会一直在附近徘徊。

所以，我们通常都会雇佣一些群众演员。他们多半按照戏里的场景、年代来装扮，再按照要求进行表演。无论是作为背景人物还是群戏角色，他们的工作都相当辛苦：工作时间很长，伙食不怎么样，很多指挥群众演员的导演助理也往往不太礼貌、没有耐心。

如果拍摄地点远离城市，我们往往会雇佣当地人。在那些地方色彩浓郁的场景里，我们也会这么做。大多数人从没在片场工作过，常常不知道如何按要求去做。有时，他们一觉得无聊，就会起身回家。

当然也有一些专业的群众演员。他们似乎非常喜欢这份工作：拿着合理的报酬，也了解导演的期望。他们是一个个的小团体，在一部又一部的电影中聚集，分享着与明星一起拍摄时的趣事和合影。

一位编剧兼导演曾说："群众演员是整个剧组最努力的人。"我想补充的是，他们也是最友好的人，有着最为有趣的面孔。如果你尊重他们，那么他们也会很乐意与你共事。

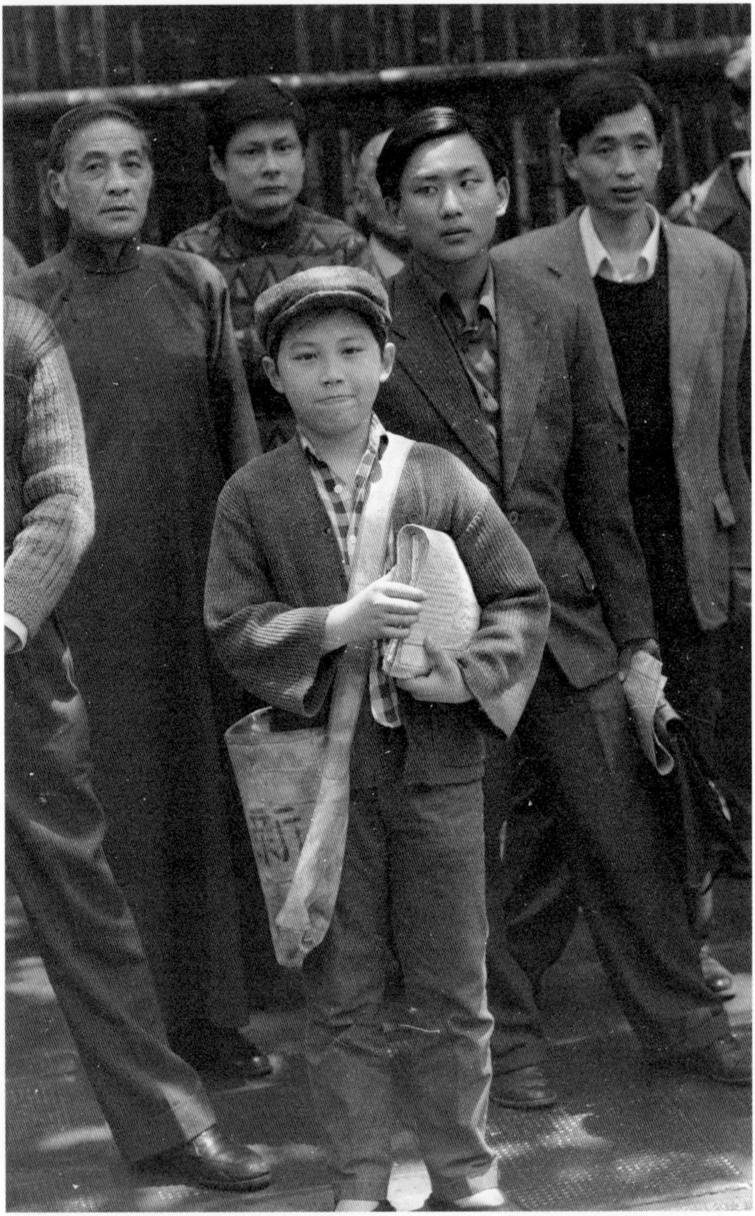

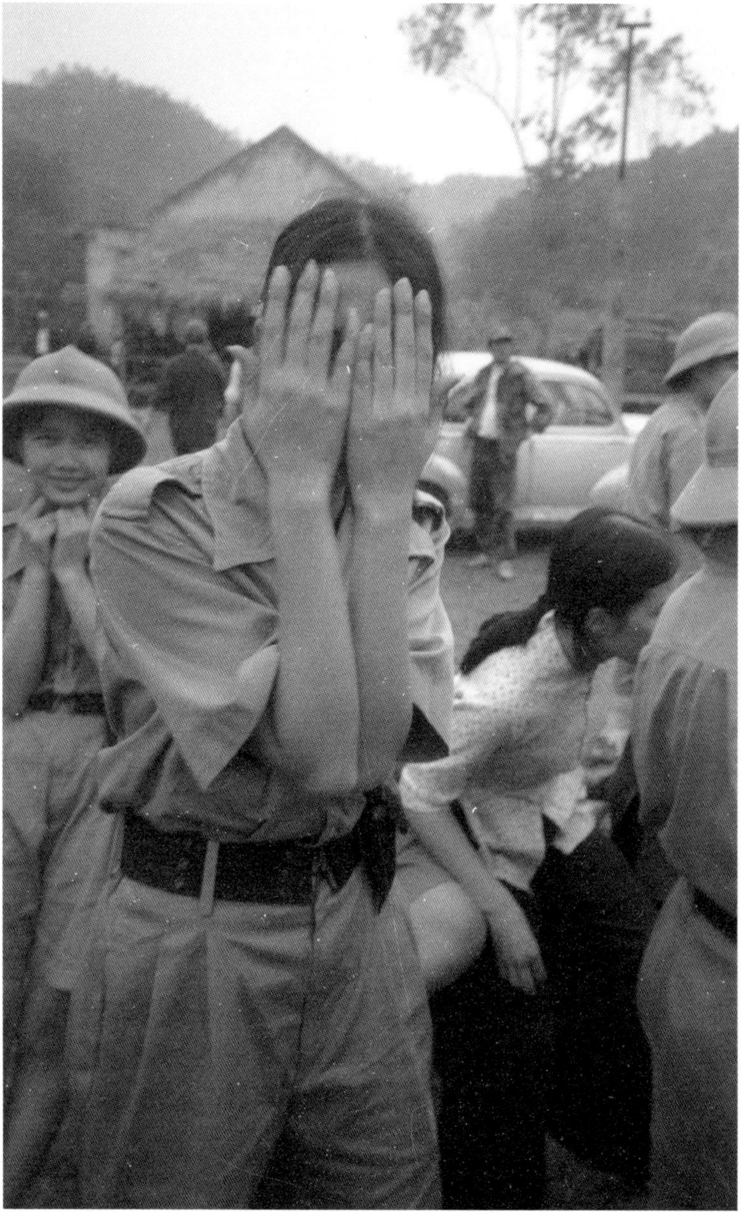

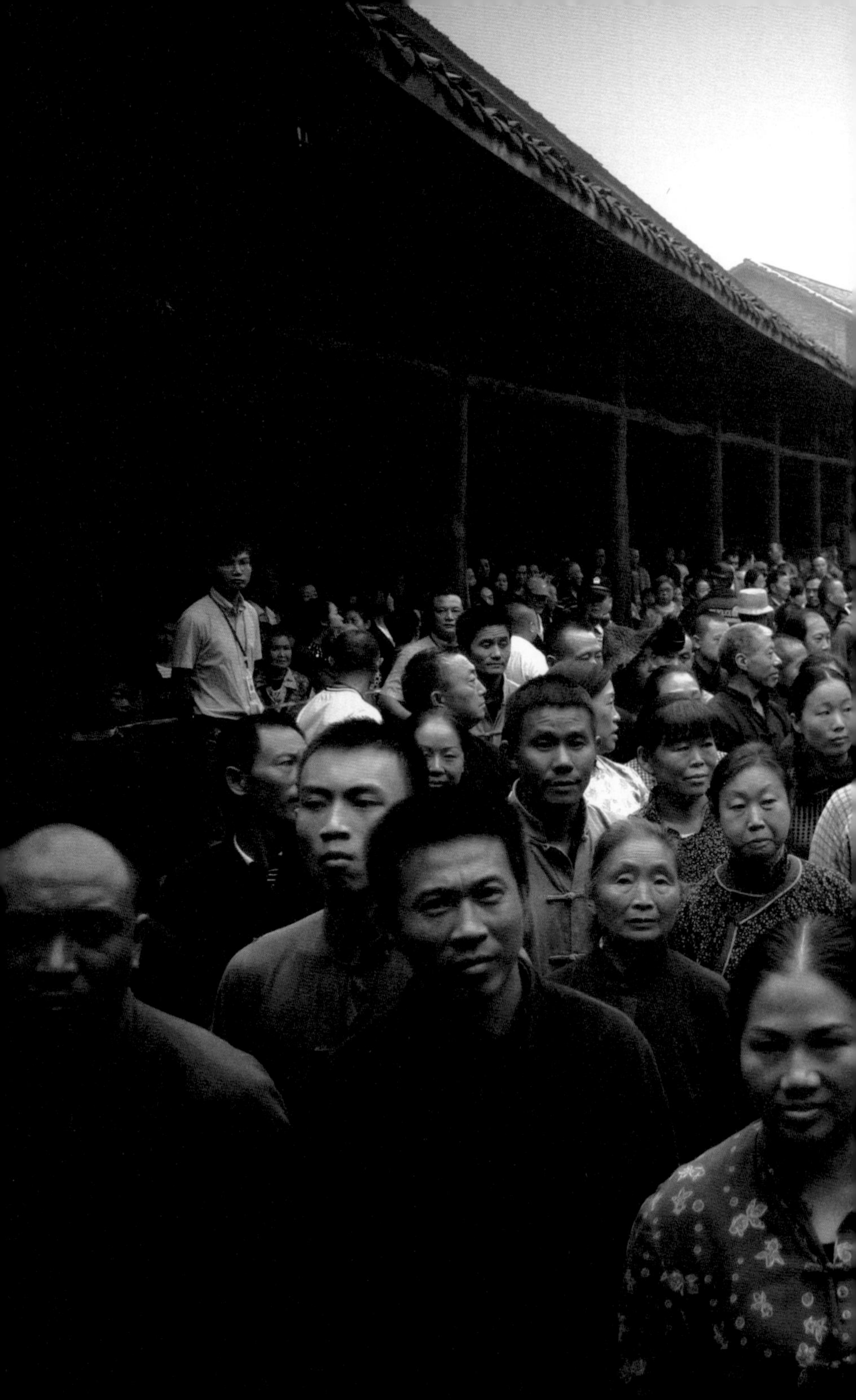

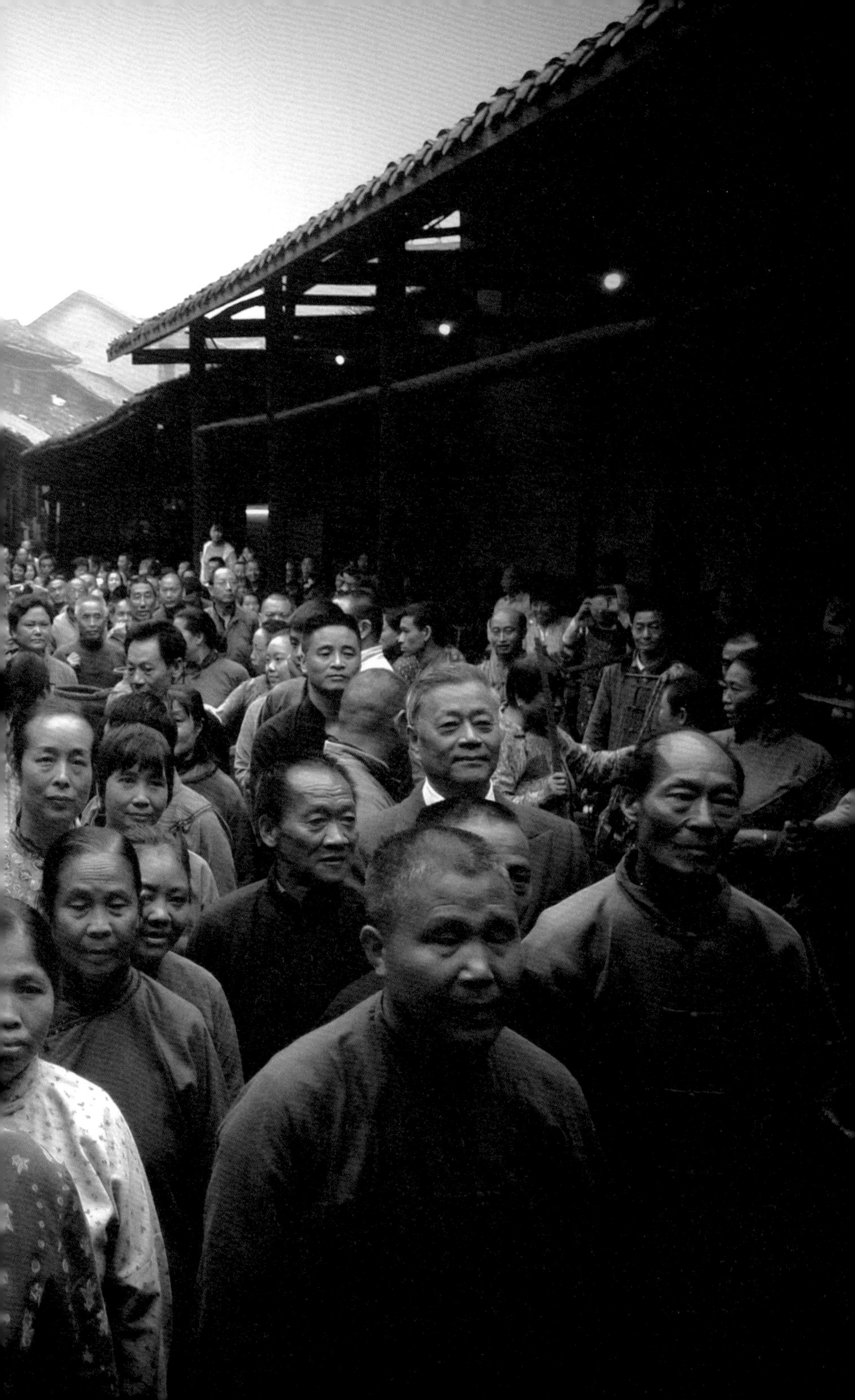

76 无限的诗

2012 年夏，智利，圣地亚哥

几个月前，亚历桑德罗·佐杜洛夫斯基跟我提起，说他想拍《现实之舞》。如今，他打来电话，告诉我最新的进展。

亚历桑德罗：这部电影终于要开拍了！我之前和你说过的，我真的很想和你一起。不过，投资方是法国人。

Chris：我明白。所以你只能用法国团队了。

亚历桑德罗：实在对不起，这次我们没法一起了。但下一部，我一定会喊你的。一定。

Chris：到时我会来的。

之后我才明白这个想法有多乐观。我不禁笑了。

那时，亚历桑德罗已经八十三岁，而我也六十多了。他的乐观和积极，让我印象深刻。

我对着他举杯，杯里是水。亚历桑德罗从不喝酒。

Chris：亚历桑德罗，你到现在也只拍了五部电影。差不多每二十年才拍一部……

亚历桑德罗：没错。

Chris：所以，等到我们能拍刚刚约好的那部电影时，你就已经……

亚历桑德罗：一百零三岁了。你呢？

Chris: 那个时候我还年轻，我才八十多岁！

亚历桑德罗：太好了！我们的计划非常完美。让我们为自己干杯吧！

后记：

不知为何，三年后，亚历桑德罗就拿到了一笔资金。

他言出必行，邀请我加入了《现实之舞》的续集——《无限的诗》的拍摄。

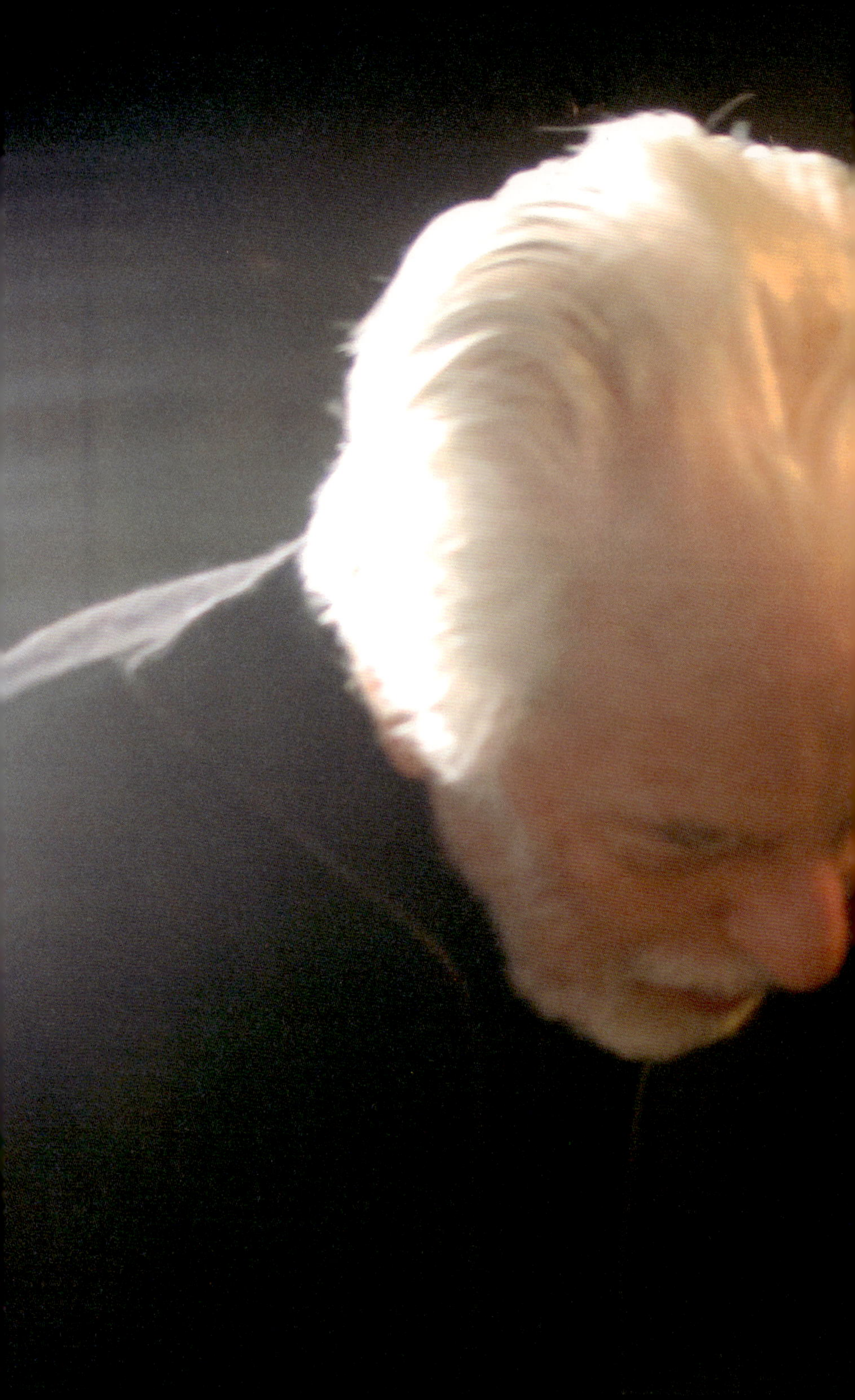

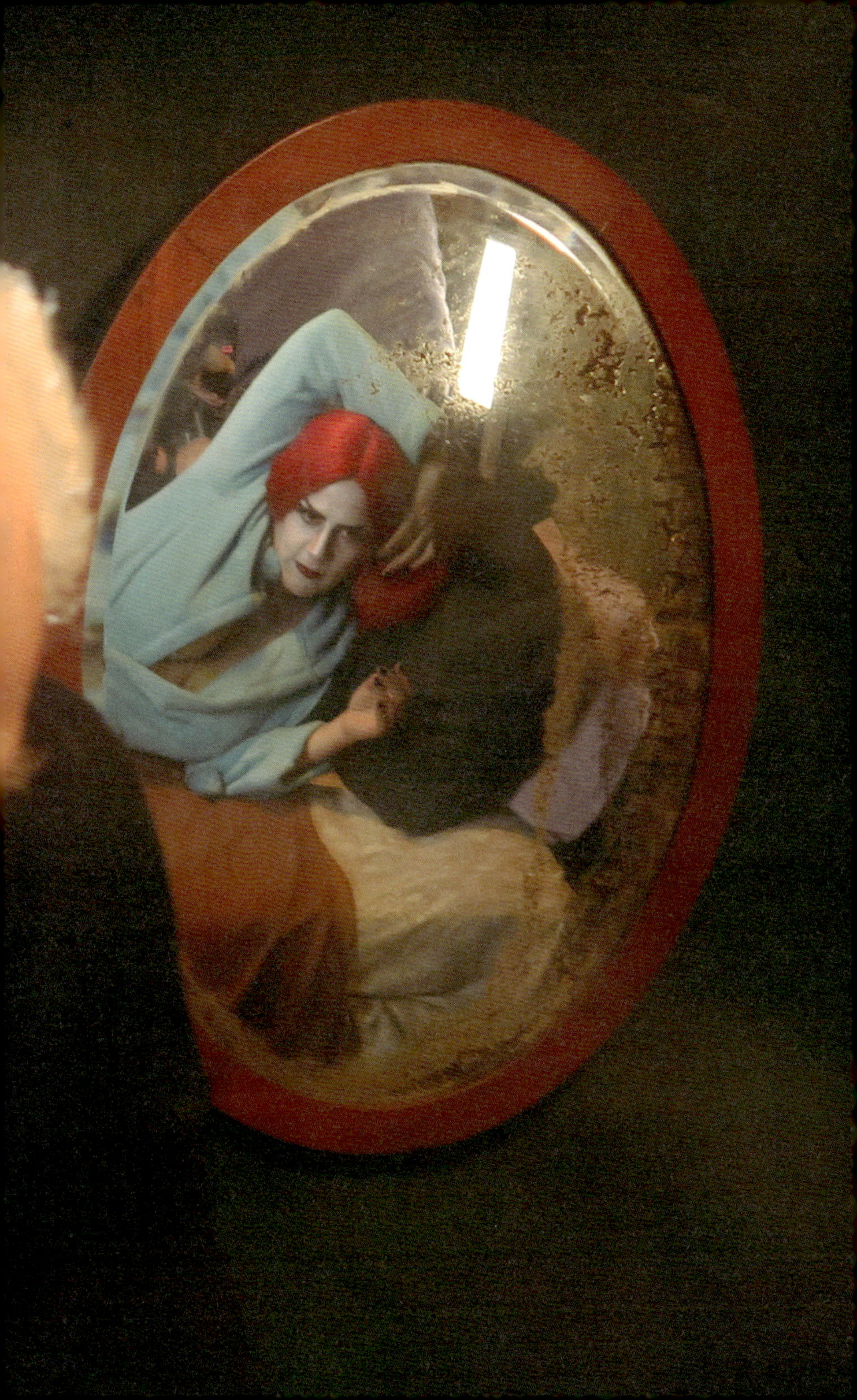

77 年龄歧视

通常，我都是整个片场年龄最大的人。

但在拍《一个船夫的故事》时，柄本明成为了年龄最大的那个。

他比我还要大三岁。

在电影里，他救下了溺水的年轻女主角。所以，我们要在水下拍一段戏。

拍摄是在一个奥林匹克游泳馆里进行的，当时是冬天，但泳池并没有加热。而且，似乎也没有人来问问柄本明，问问他到底会不会游泳。

当然，那里配备了救生员以及救生圈之类的安全设施。

然而，尽管我从三岁起就开始游泳了，却依旧紧张得不行。

我能感受到柄本明的焦虑。那种神情，在他的脸上一览无遗。

他要潜到水下五米深处，围着女孩游来游去。然后，他要把她带出水面。

这真的很了不起，一个很会游泳的人都不一定做得到，但柄本明先生却表现得相当专业。我想，在他漫长的职业生涯中，他也曾多次以同样坚忍的态度来应对类似的挑战。他读过剧本，知道这是里面的内容。所以，从他接下这一角色的那刻起，就接受了这个挑战。

他跳进了泳池。我们开始拍摄。然后，他又一次跳入水中，在水下待了更久。我们继续拍摄。

我很担心。我怕我们拍了太多次，以至于他筋疲力尽，无法继续。

幸运的是，大概六条镜头之后，我们就成功完成了。他从水里爬上岸，冲了个热水澡。我鼓起掌来，大喊"加油"，因为我在水边长大，我对于水的认识、对于水的爱和力量都了如指掌，为他喊加油真的是有感而发，但随即发现，只有我一个人鼓掌——没有人像我一样，为柄本明先生的勇气和努力而欢呼，也许他们是真的不了解水有多危险和无情。

整个剧组都开始忙着布置下一个场景了。

演员的旅程，就是这样一条孤独的路，但我喜欢为行走在这条孤独之路上的孤独者给予精神鼓励。

© 2019 "They Say Nothing Stays the Same" Film Partners

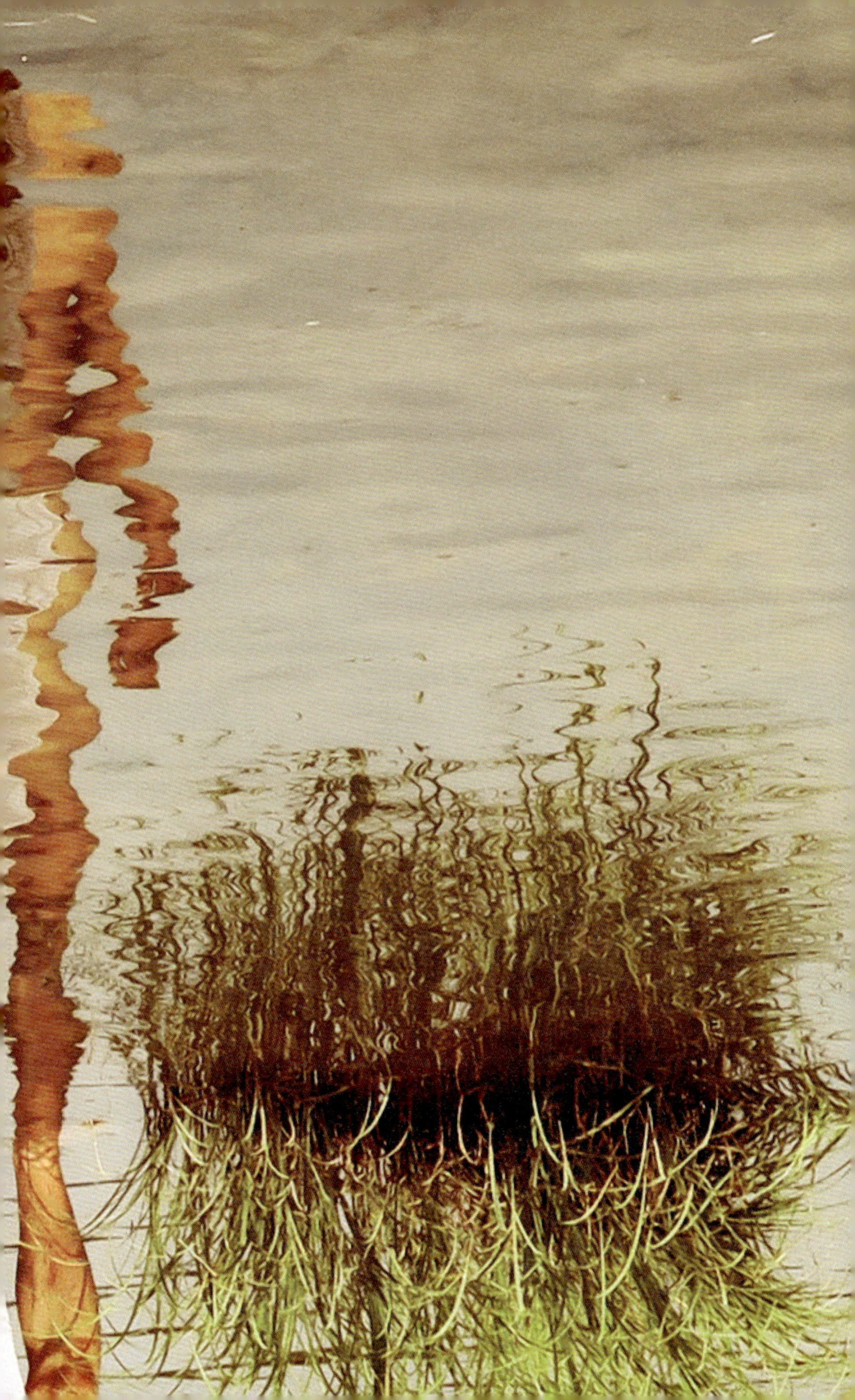

78 和田惠美

拍《第一炉香》之前，和田惠美已经参与过三十多部电影的制作了。

她是出了名的对工作一丝不苟。

在她参与的电影中，许多服装都是用相当珍贵、古老的面料制成的。她也会选用那些能在银幕上引起共鸣的色彩。

我们合作的第一部电影是《英雄》，之后是小田切让的《一个船夫的故事》。当时她已经八十三岁了，仍然一根接着一根地抽着烟，关注着每一处细节，比如，在我的打光下，布料会呈现什么模样；又比如，演员们能不能穿着这些服装，优雅地移动。

有一天，我们要拍完一场很长的戏，现场有近百位临时演员，片中所有重要的角色也都在。但是，天气突然变坏了，我们必须等到天晴才能拍我们想拍的。

雨时下时停，打乱了我们的拍摄。我们的进度落后了。

我开始不耐烦，甚至有些生气。

和田惠美递给我一瓶啤酒，把手搭在我的肩上说道："Chris，放松一点。"

"我怎么能放松呢？还有这么多事情没做！"

"耐心点，我们总会拍完这一场戏的，不一定非要在今天拍完。"她再次安慰道。

"我们的进度已经落后了,而且还超了预算。你不觉得很烦吗?"我问她。

"落后了什么进度呢?"她反问道。"我们可以买到好天气,它不会卖光的。放松吧,专心一点。"说完,她又吸了一口烟。

"黑泽明教会我要有耐心。我们常常要等上好几天,才能等来合适的天气。有一次,我们甚至等了整整一个月。如果这部电影要等上一两个小时,那又算得上什么呢?"她最后说。

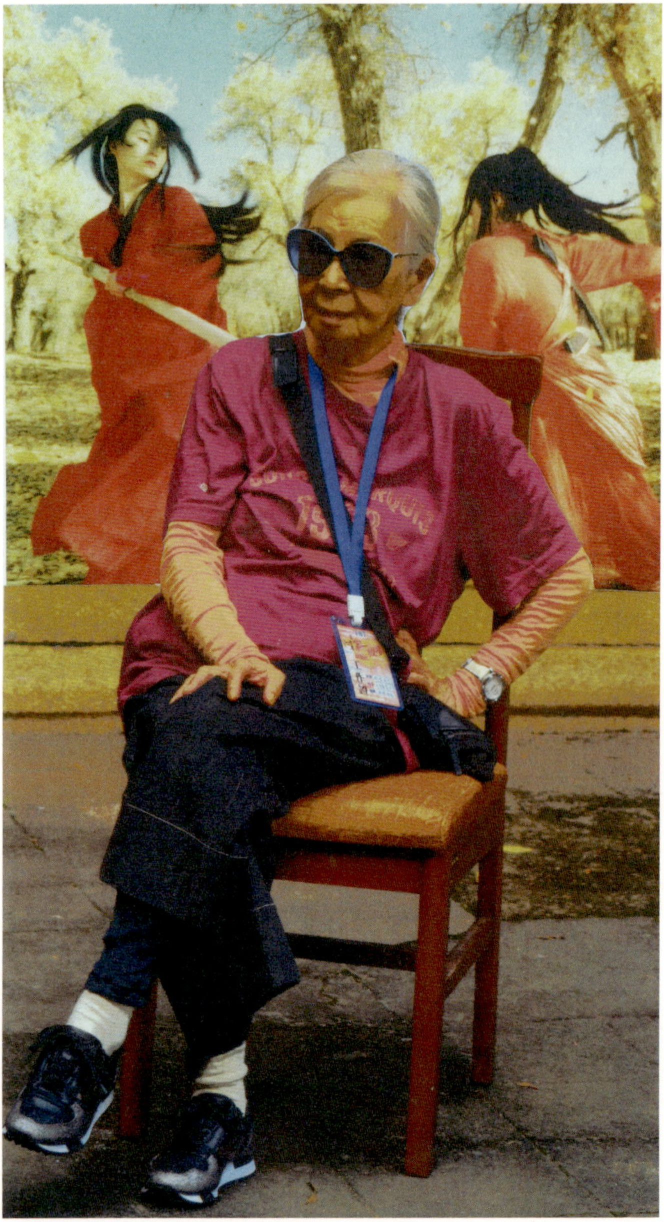

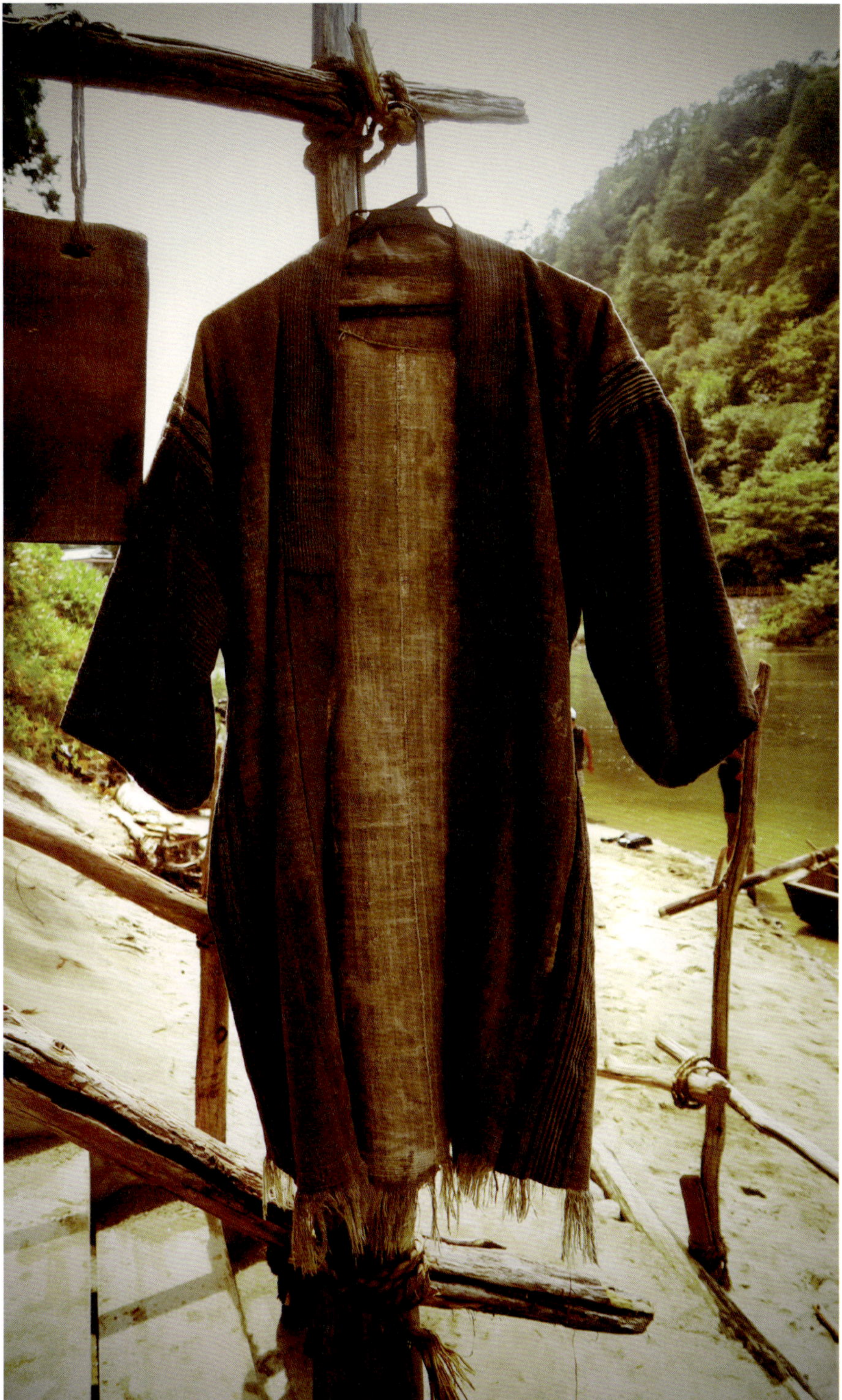

79 南京路

在电影《风月》中，我们复刻了 20 世纪 30 年代的上海，其中包括巷弄、住宅、剧院和舞厅，还复刻了中国第一条现代化购物大道：南京路。我们在电影中恰到好处地利用了那里的空间。在一天中的各种光线下，我们拍摄了每一处角落。

此后的许多年里，那处布景经历了成百上千部电影、电视节目、音乐视频、商业和时尚活动的拍摄。我自己也在那里拍摄过许多次。为了给 2008 年的北京奥运会做宣传，我们还在南京路的布景上铺了一整条红地毯，让姚明在上面跑了一程。

电影《伯爵夫人》同样发生在那个年代的上海，我们为此搭建了一个犹太聚居区、一间奢华的舞厅，还有一处庞大的河边布景。然而，如果宏大的历史背景是故事的卖点，我们就需要建造一个"大上海"，大量拍摄南京路的场景。问题是，大部分预算早已花在其他布景上了，而我们也都知道，制片人伊斯梅尔绝不会轻易多花一分钱。

那天，我和他沿着南京路的布景散步。

伊斯梅尔：看看这华丽的布景，简直是为我们量身打造的。

Chris：这是之前我和陈凯歌用的，后来就没怎么变过了。

伊斯梅尔：是啊，《风月》。我知道那部电影。很好的一部作品。里面的街景尤其好。

Chris：伊斯梅尔，这条街……就是"风月街"。

伊斯梅尔：以前是，但现在是我们的了。这里有我们想要的一切。难道你看不出来吗？有轨电车的那一幕就从这里开始，一直延伸到那里；对面的那栋建筑就是舞厅的入口；日军从那条小巷出来，一步步向我们走来，他们身后的高楼大厦亮着灯……你看，什么都不用变！

Chris：伊斯梅尔，我们要做很多改动。打开电视看看那些连续剧，你一晚上就能看到三次这样的场景。这些年来在这里拍摄的片子，少说也有一百多部了。

伊斯梅尔：连续剧！历史剧！谁会看那些东西？那都是用来打发时间的。我们的电影是真正的艺术。我们能让演员真正融入场景，让他们传递撕心裂肺的情感。你可以用属于你的方式来打光、拍摄。你的观众将会遍布世界的每个角落。即使在堪萨斯州这样的地方，观众也会惊叹于我们创造出的影像。

Chris：在电影节和大城市里，你们莫昌特·伊沃里制片公司的电影都很受欢迎。但在丹麦或者南非，又有多少人看过你们的电影呢？至少，美国中西部没人看过！

伊斯梅尔：但是，因为这条街的存在，他们都会看到这部电影。一旦你用灯光点亮这条街、用镜头勾勒出它的形态，一旦我们把它变成电影的一部分，它就不仅仅是一条街道，而将会成为永恒——只要我们不对它做任何改动。

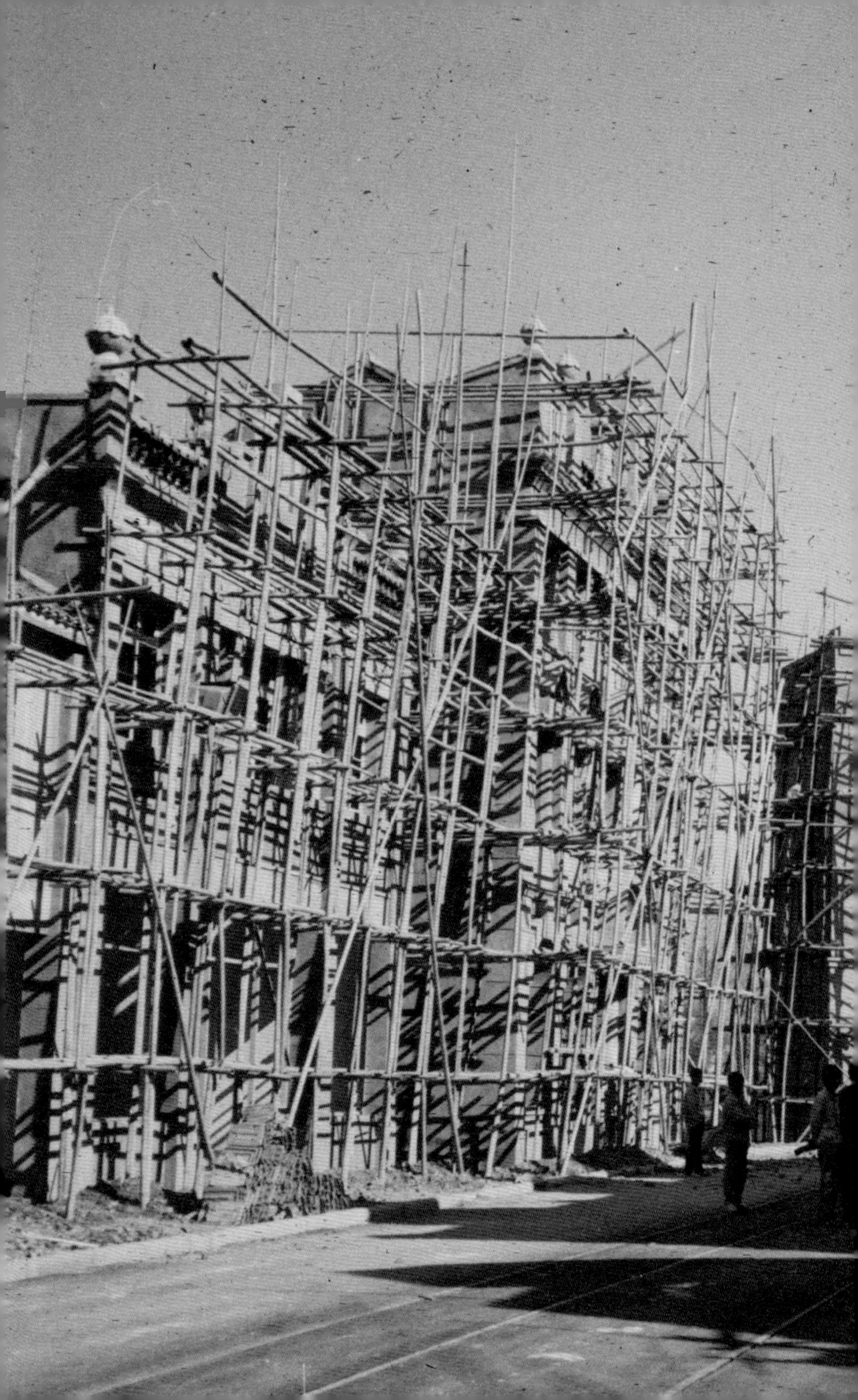

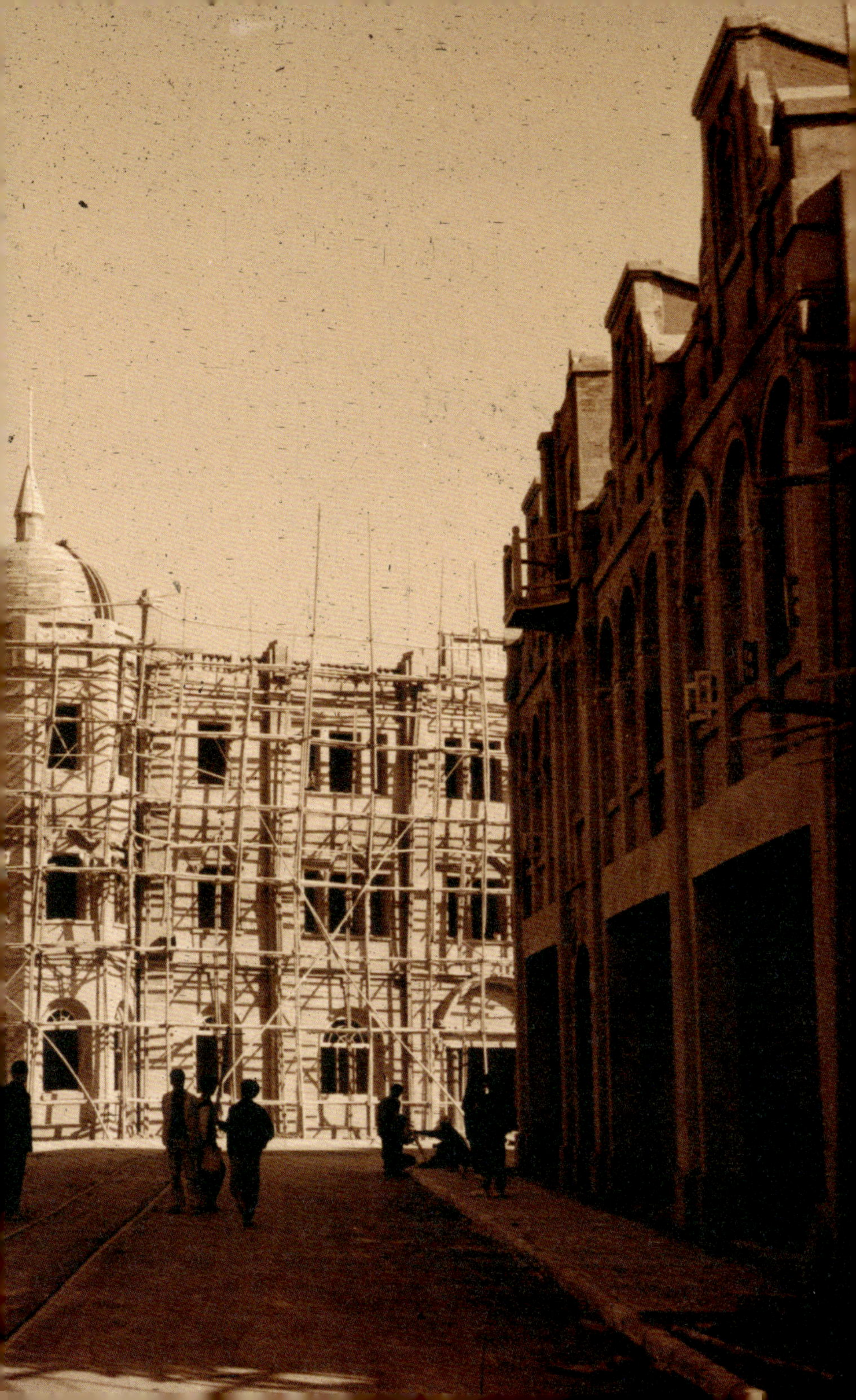

80 伊斯梅尔的咖喱和讨好

在过去的四十六年里，伊斯梅尔·莫昌特与他的搭档詹姆斯·伊沃里、作家兼编剧鲁丝·普罗厄·贾布瓦拉合作了四十七部电影。他们一起得过许多奖，也被吉尼斯世界纪录誉为电影史上最长的合作。

伊斯梅尔是个名副其实的商人。他就像印度集市上的那些小贩，总能让你买下那些你都没意识到自己会需要的东西。甚至，在你买完后，你才会发现自己一直很渴望它们。每个人都觉得伊斯梅尔是世界上最可爱、最迷人的骗子，与他合作过的演员尤其这么认为。他们都很崇拜他，甚至渴望被他欺骗。

优秀的制作人都擅长无中生有。他们做出的承诺，远比他们能做到的要多得多。跟别人相比，伊斯梅尔的拍片过程要更有想象力。有时他会有所保留、走些捷径，不会把自己所做的承诺全都付诸实践。

但伊斯梅尔也有一颗宽大的心。如果你已经被他惹恼了，他就会露出自己迷人的笑容，把他那令人无比安心的手搭在你的肩膀上，提议说："我来给大家做顿饭吧。"虽然这句话已经听过太多次了，但我们仍然会被他的礼貌和乐观所感染。"我来做点咖喱，讨好一下大家。然后，你就会发现，一切都会好起来的。"

附注：
在英语中，"to curry favor"有讨好、奉承、拍马屁之意。

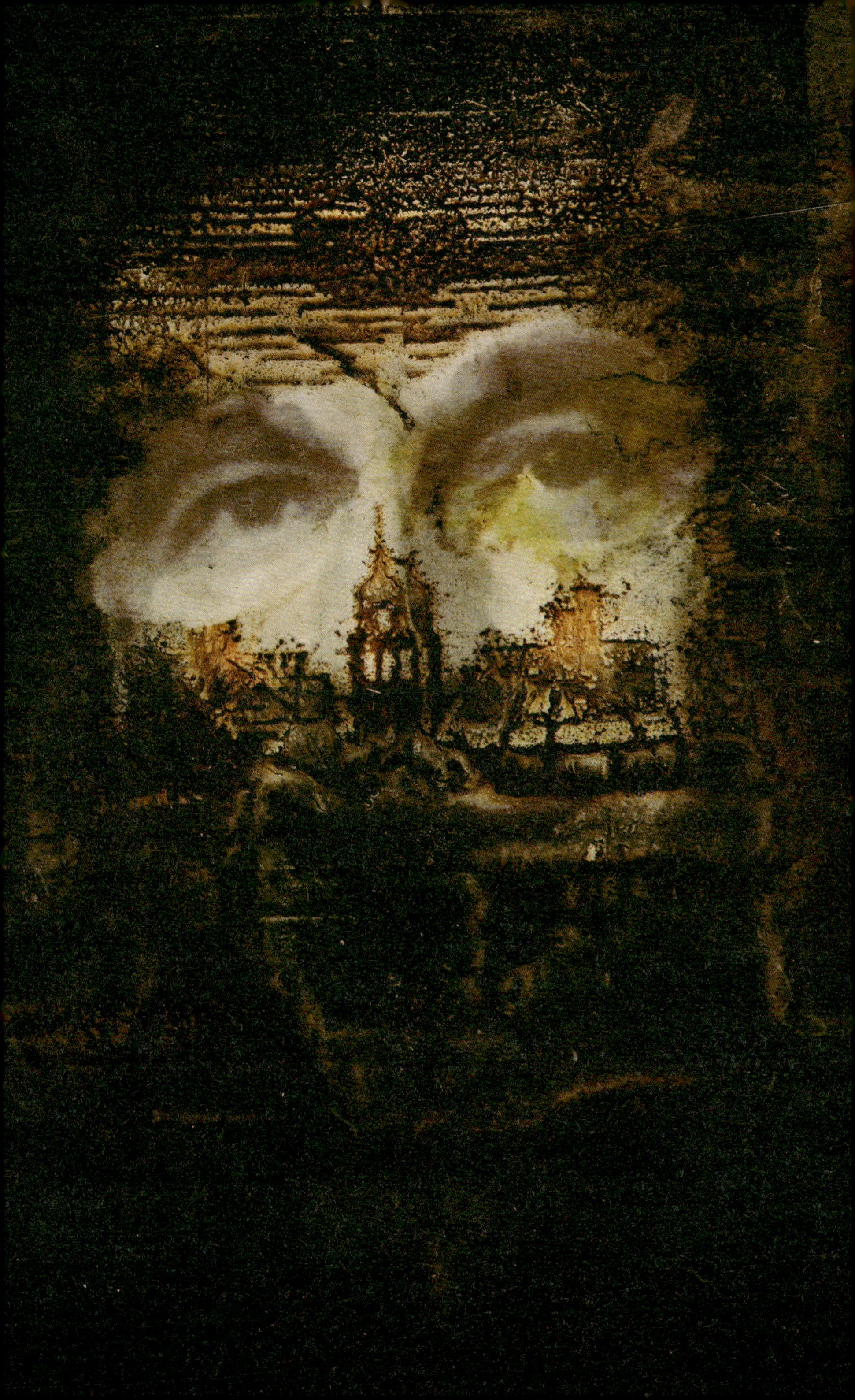

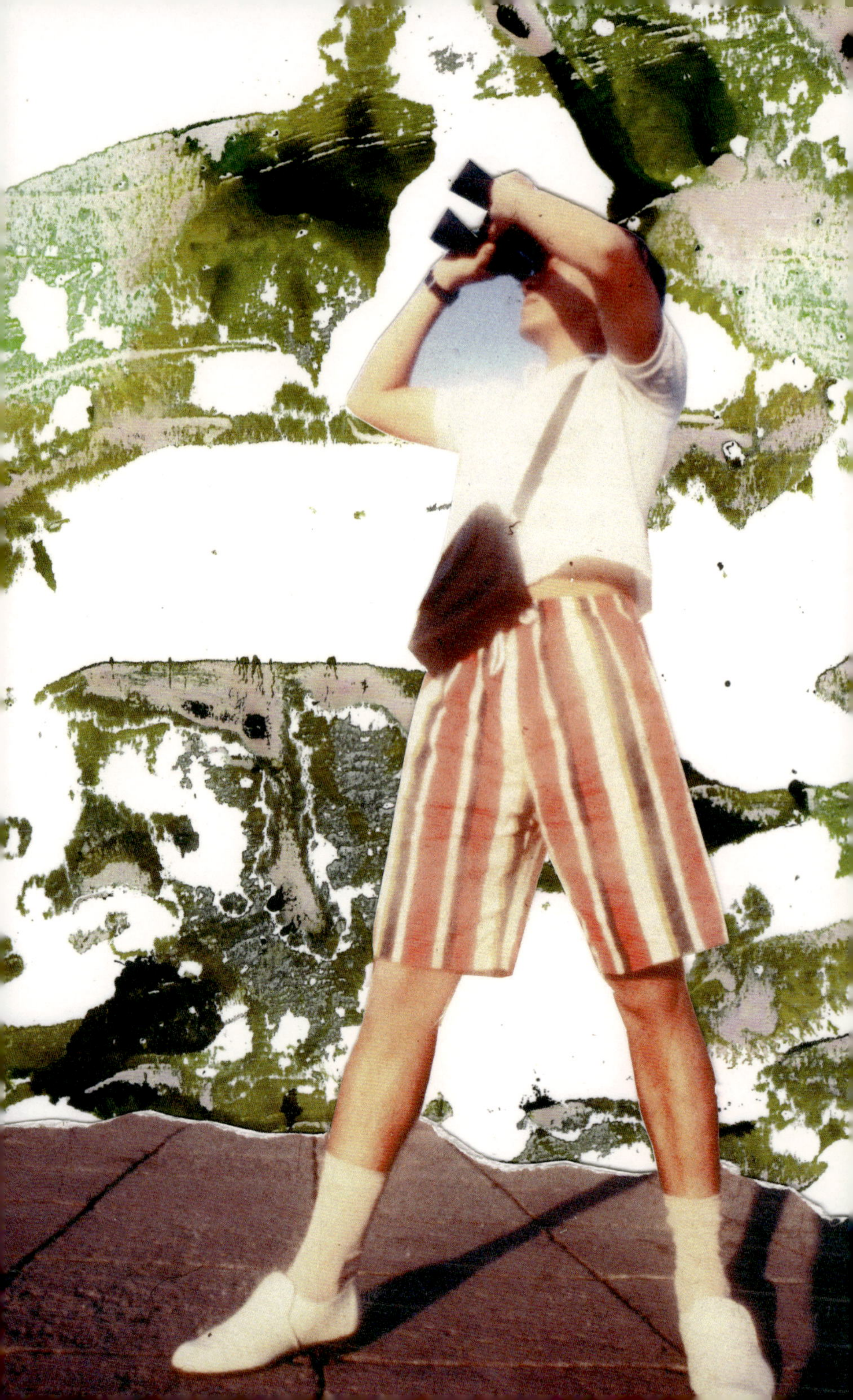

81 北京城的夏天

对白中的一句话、一个表情、一阵声音或是一段留白,都能激发我们拍电影的灵感。我一直觉得,如果用"北京城的夏天"来做一部电影的名字,那应该再好不过。我也一直梦想着在北京拍电影。两年过去了,这个梦想仍然没有实现,我们自然也就不能用它做电影的片名。

没有影像的海报,就如同没有句子的句号。我希望有一天,这个句号会被抹去。然后,句子会连成段落,段落会连成小说。

82 像电影一样

当有人评价我的作品,说它"像是电影里的画面"时,我会感觉受到了侮辱。

我不想自己拍出来的画面"像电影一样"。我希望它们就是自己本身的样子。

我希望它们传达出我原本的想法。在拍电影时,我们投入了能量,我希望观众也能觉知到那些能量。

我希望你们可以感受到电影里的空间。

我希望你们能拥抱我们的角色——不管那些角色是脆弱还是坚强。

我想要赞美这大千世界的色彩。我想告诉大家,为什么这样的故事会在这一时空的空间、环境、光线和时间下发生。

我想让你们知道,我是怎样看待灵感、故事、困境和人。

83 痛苦止于艺术

我最好的作品都是在失恋的时候拍成的。
失去重要的人，会让你身心俱疲。
但空虚也会带给你更多施展的空间。
你不需要再去在意什么了。
除了即将到来的每一天，你不用再去为谁付出。

SHE IS NOT S... N,
OR
HE IS...?

84 拼贴画

拍电影会耗费许多精力。一天下来,你会精疲力尽。你需要放松,让整个人松弛下来。

如果工作的地方离家不远,就可以和同事、家人一起喝杯啤酒、吃顿晚饭,上网聊天也会有帮助。但我更喜欢拿着剪刀和照片,找个地方坐下来,剪切、粘贴,创作一两幅拼贴画。

这是一种疗愈。它很程式化。你不需要想得很清楚,只需要埋头去做——就像呼吸那样自然而然。这个过程会带来许多超乎想象的可能性,让你发现意料之外的创作形式。

为了释放自己、找到一个更加真实的空间,你需要忘记自己学过的一切、知晓的一切。你要进入禅修者在冥想时所到达的境界,就像马拉松运动员在跑到二十至三十公里左右、速度突然急剧下降后进入的那种"撞墙"状态。

你要专注于虚无。你要重复一些声音和动作,清空你的大脑。你要摒弃无关紧要的杂念,屏蔽分散你注意力的事物。只有这样,你才能到达那个境界。

对我来说,剪切、粘贴,用简单而重复的动作去制作拼贴画,就会带来这样的体验。我没有任何计划和目的,往往只有一个大致的想法和框架。随手拿起一张照片,我就开始到处比划,看看它在这一处蓝色、那一处绿色旁的效果。

我做拼贴不是为了艺术创作,也不是为了钻研色彩和构图。但是,这种练习让我重新理解拍电影的过程,也让我明白电影的意义。

拼贴的过程开放且自由。随着作品的不断生长、完善,各种问题都会出现。大多数问题都没有答案。所以,你在这里看到的最终成果,都只是所有问题的大纲而已。纸张与颜料,是我对这些问题所做的开放式的回答。

the tru

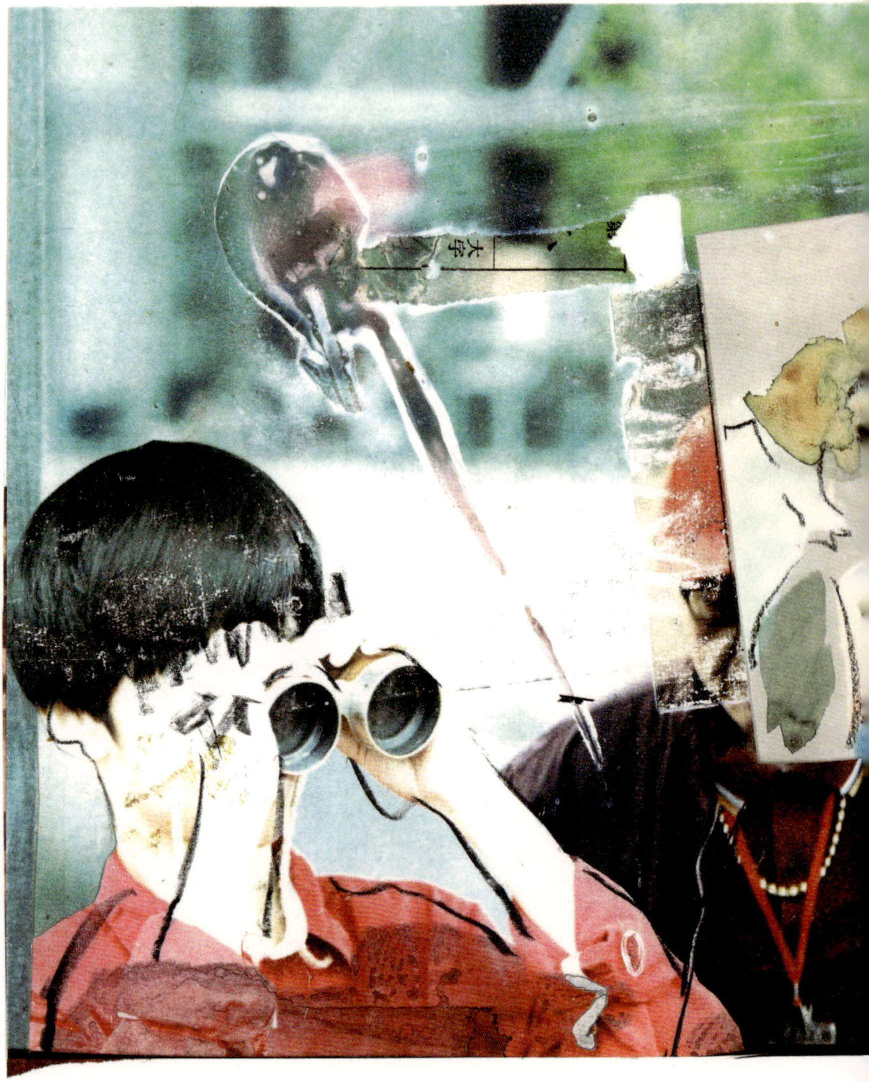
大字

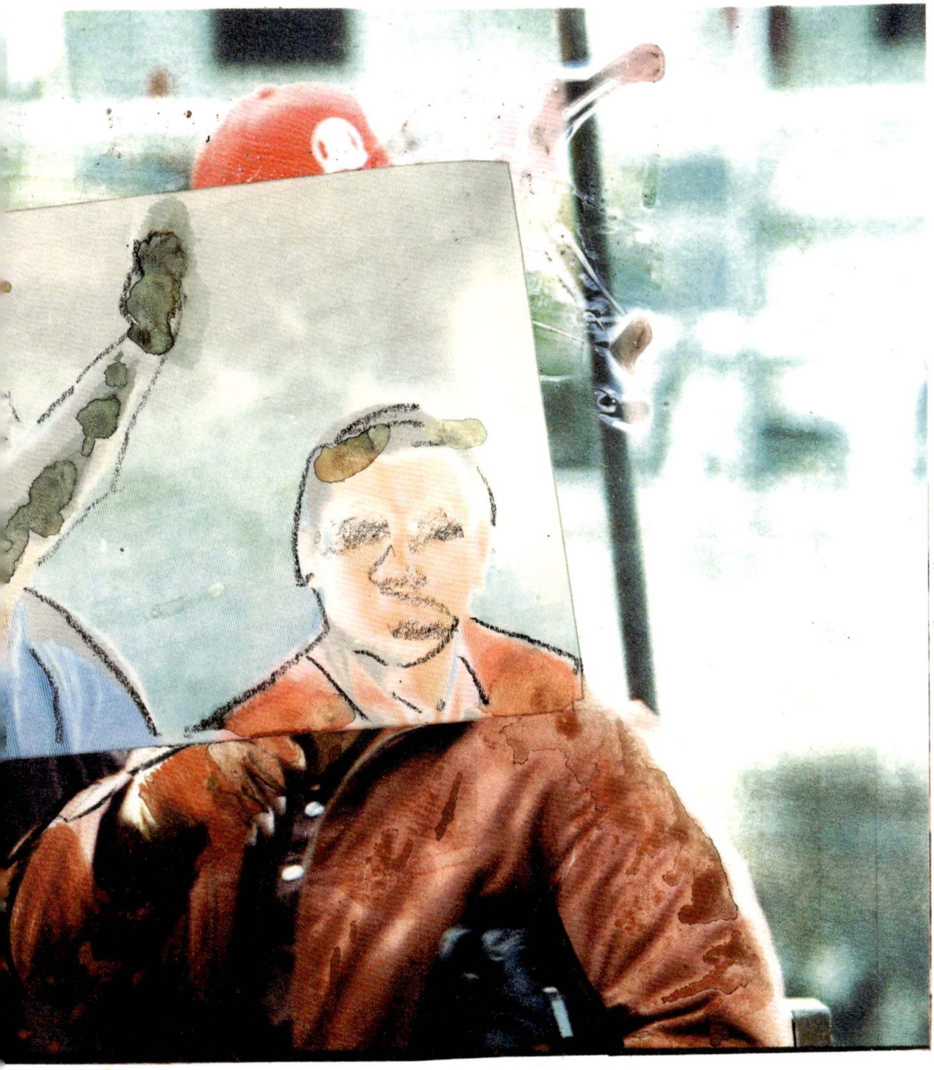

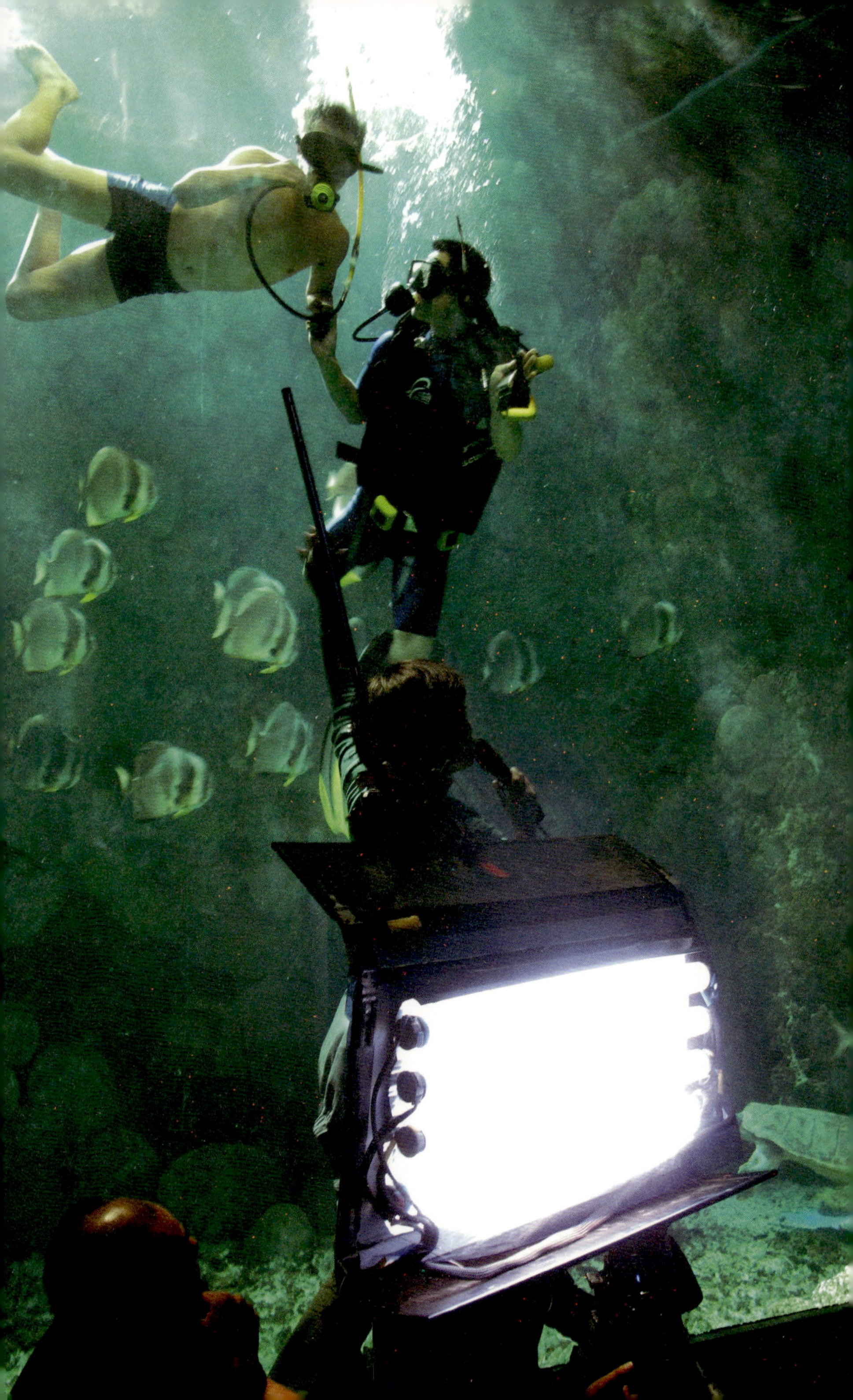

85 留白

莫扎特曾说过：音乐不在音符中，而在音符之间的留白里。

爵士乐手也常说，他们演奏的其实就是"音符之间的留白"。

就我的工作而言，"音符之间的留白"可能是空间里所蕴含的潜能，也可能是演员从椅子上站起来的方式。在我的视力变弱后，它又可能是我与场景之间的距离——我需要离场景多近，才能真正看清、感受到那里发生的一切。

86 正在拍的电影

作家尼尔·盖曼曾在书中提到科幻小说大师吉恩·沃尔夫对他说过的一句话:"你永远也学不会怎么写小说。你只能学会写你正在写的这本。"

对我来说,电影也是如此。毕竟,每部电影都不一样。每一次邂逅和经历,每一种工作及环境,每一个地点与定位,都独一无二。所以,你必须学会拍摄你正在拍的这部电影。

你并不是在拍别人的电影。你要让这部作品只属于自己。

如果你自己都对作品不够满意,又怎么能指望别人会喜欢它呢?

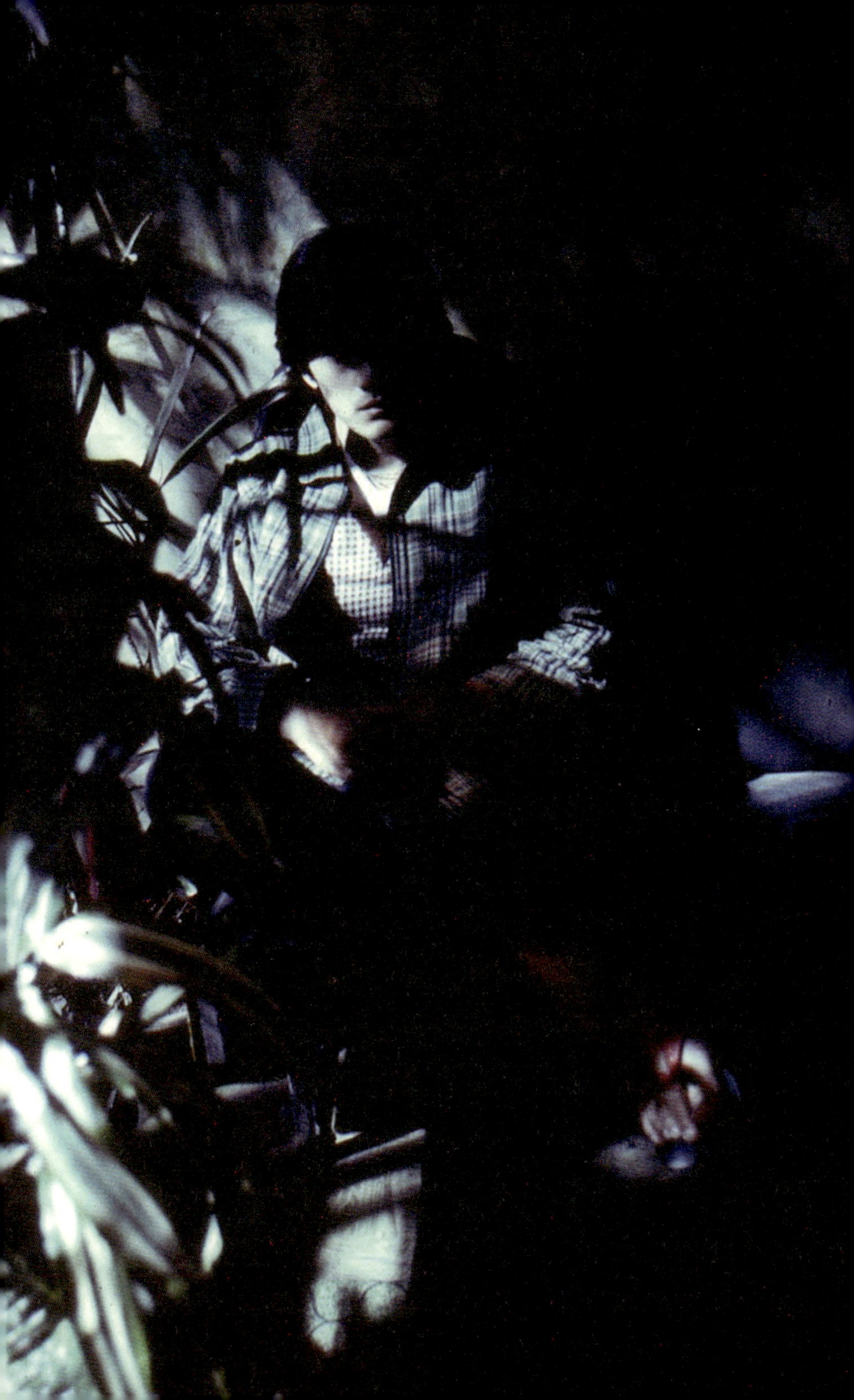

我们总有一种错觉,以为照片是由相机拍成的,其实,创造它们的,是眼睛、头脑和心。
——亨利 · 卡蒂埃-布列松

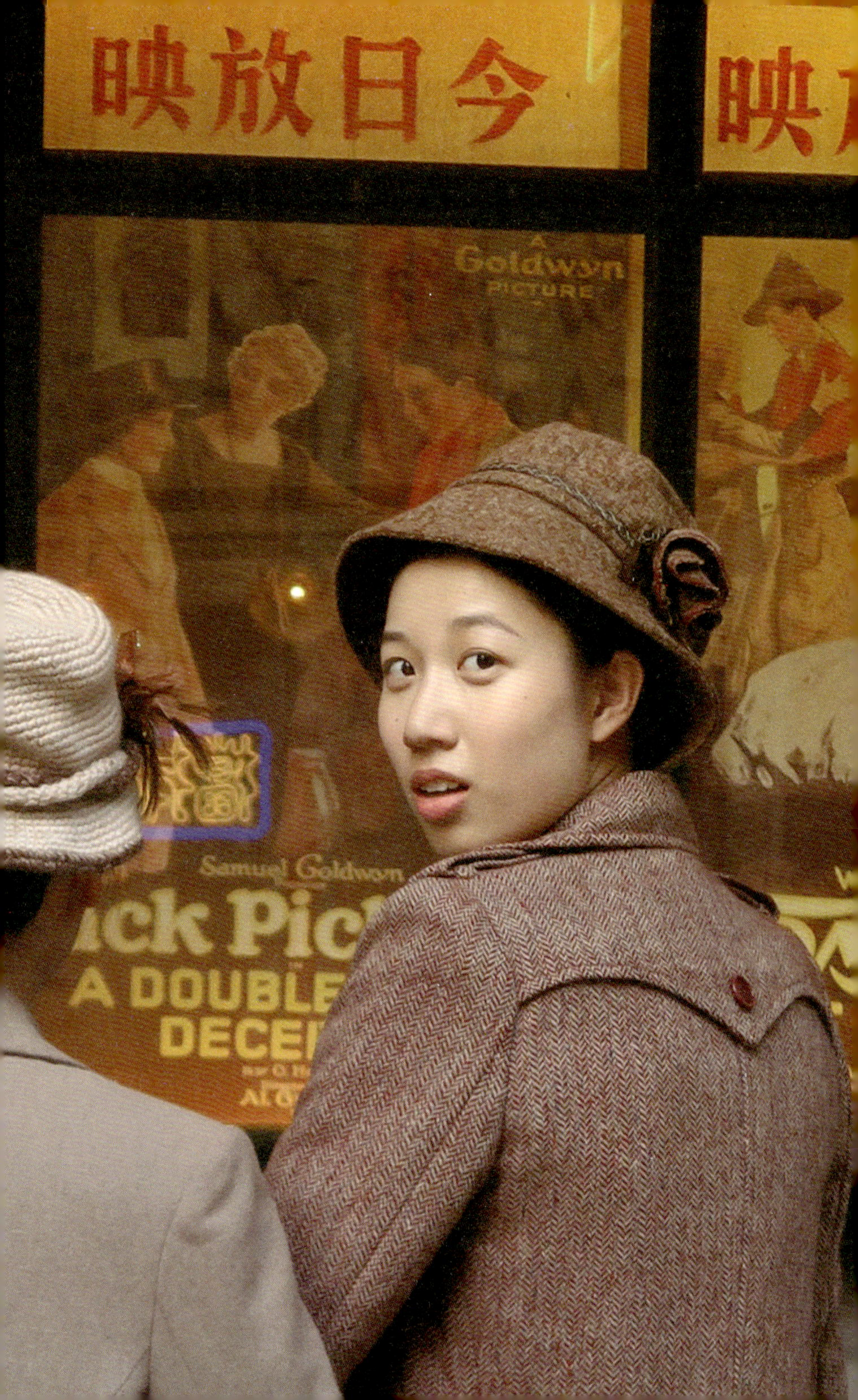
映放日今
A Goldwyn PICTURE
Samuel Goldwyn
A DOUBLE

87 各异人群

尼尔·乔丹曾问我道:"为什么你拍摄的每部电影都那么不同?"

我从不这样认为。我一直觉得,那些电影就像是世界上的另一个我。它们是我游荡之路上的又一个脚步,是这无尽段落中的又一句话。

然后,我思考了一番他的话。

我终于明白,如果说我拍摄的电影有任何"不同"之处,那是因为它们都是在不同的地方、与不同的人一起拍出来的。

不同的地理位置、光线,不同的生活方式,都在无意之中,把我推向一个从未抵达的地方。

88 不同篇章

无论我们的故事短暂还是无尽，宏大还是渺小，私密还是不朽，我们都必须放手。我们要让作品找到属于它自己的形式。

大多数时候，我们其实都是在拍摄同一部电影而已。只是，我们会辅以不同的形式，或者做些调整，运用一些难以施加于现实生活的风格。

因为生活总是比电影更加随机。即便如此，我们也往往把生活视作一整段个人的旅程。生活的每一刻都紧紧相连。它的存在，让世界得以运转，而这令我们感到宽慰。

生活就像一部电影，正如罗伯特·奥特曼所言："只不过是同一部电影里的不同篇章。"

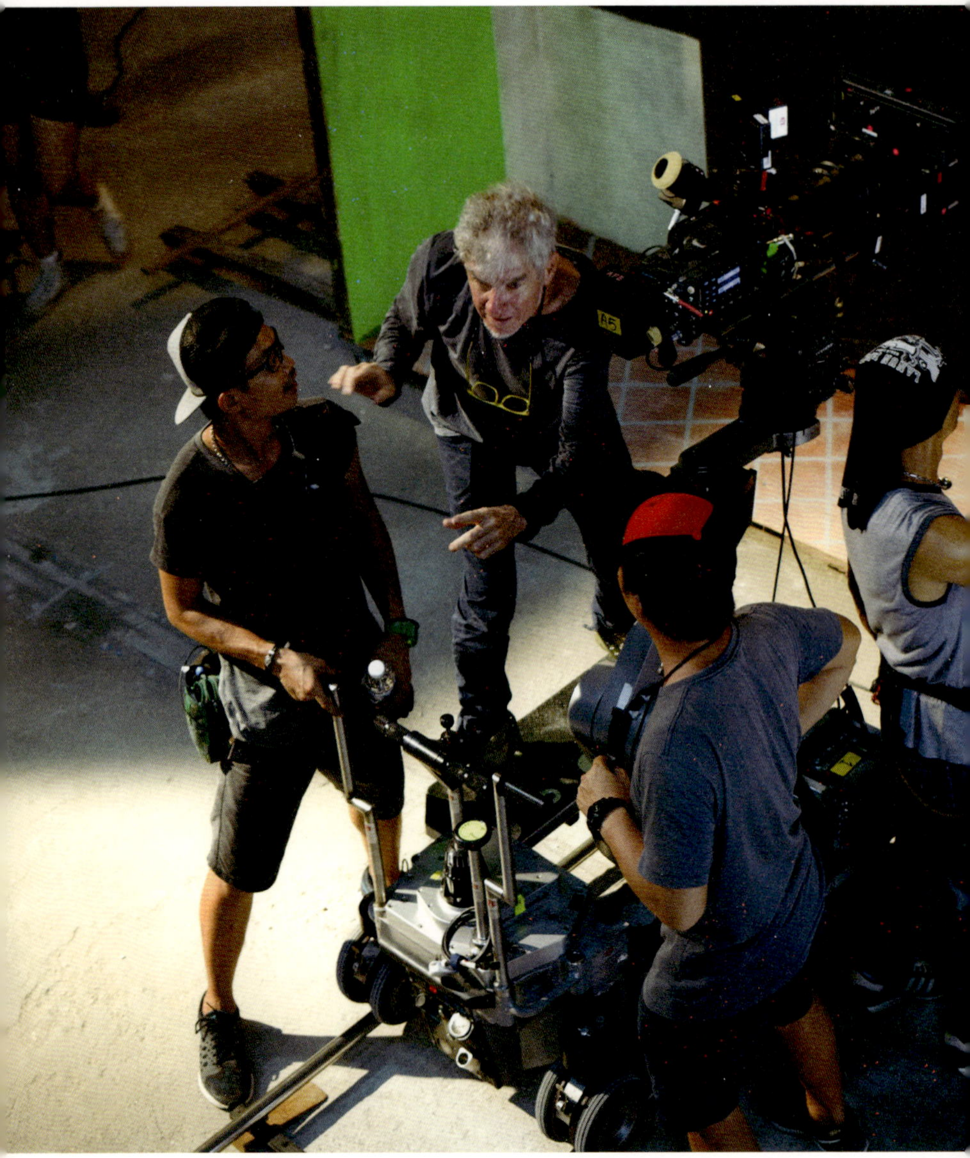

331

89 虚度光阴

约翰·列侬曾说,如果无所事事让你感到享受,那就不算虚度光阴。

我的青春,似乎是在海滩上、在台球室里、在悉尼郊区的街头巷尾中虚度的。

真的是虚度吗?

我把时间"浪费"在了女孩和书本上。我那时总有许多幻想,却不得不向现实低头。

真的是浪费吗?

我周游世界,做一些没意义的零工,和各种各样的人"厮混"。他们有的来自上流社会,也有的生活在底层。

现在,我拍电影了。我终于明白,如果我没把所有的时间和精力都"浪费"在那些地方和那些人身上,我就拍不了我所拍的电影。整个旅途中,我学到的最重要的一点就是,你不能学着如何生活,你要在生活中体会生活。

如果你没有什么能够给予,如果你不能为自己拿得出的事物感到骄傲和快乐,你就不会明白该怎么拍电影、写书和创作艺术。你甚至都没法为家人做上一顿饭。

如果不是坚信我们有许多东西可以分享,我势必不敢以这种方式写作,更不敢指望你们能参与到这本书的旅程之中。只有在分享中,我们才能一起成长,才能共同庆祝人生。

90 不会再有下次了

拍摄《水中仙》的第一周,导演尼尔就赶走了近一半的剧组成员。不知为何,我却没有被他解雇。

大部分时间里,我们都日以继夜地拍摄。尼尔并不是个随和的人,但随着时间的推移,他也热情了起来。

他会夸我"这场景绝了"或者"这镜头太棒了",而我总会回答他:"不会再有下次了。"

可我们却不断地迎来了下一次、再下一次。然后他就不停地赞叹,我就不停地提醒他"不会再有下次了",以至于我最终明白,这可能就是最完美的墓志铭。

亲爱的读者,面对我的这部作品时,也请保持真实。

"不会再有下次了。"这就是我的墓志铭。

致谢

杜可风的中文还算过得去，但在用母语思考时，Chris 会更有逻辑，因此 Chris 先用英语写完了这本书。

非常感谢上海文艺出版社的大力支持，以及对艺术、电影、文学的热爱和推广；感谢为这本书一起努力的编辑：乔晓华；感谢设计：周安迪；感谢两位有才华的译者：张熠如、张露婷，是她们将我那么天马行空的文字翻译得如此准确无误，而当我开始阅读翻译完的中文时，我才明白自己在说什么，这让我的中国思维得以清晰，也让我重新领悟到中文的博大精深，于是我在简化了一些内容的同时，又给另一些故事增添了细节。

感谢为这本书付出并提供帮助的每一位朋友和工作人员，感谢罗海伦以及雷添淇等人帮我在电脑程序上整理部分相关资料，感谢大家给这部作品带来了崭新的能量。

更要感谢我合作过的所有演员、导演，以及每一部电影的合作方及工作人员，因为他们的存在才有了呈现这本书的可能。特别感谢 Leslie、WKW、Maggie；感谢佟大为、许鞍华、阿关、Tony Karina；感谢 Gus、Jim、Tsui Hak 等等有心人及合作对象……我发现我感谢不完。我希望工作当中的你感觉到了你们对我的精神鼓励,这些作品没有你们就不存在。

最后我必须感谢给我起这个中文名字的林老师,对我来说,这个名字既是压力也是要撑起的一份责任。

只有回到中文本源时,这本书才得以真正成形,其精神才得以准确;只有用中文我才能最恰当地表达出我对世界的感受与看法。感谢中国让我可以自由展现地出不同角度的才华。

LAST FRAME

真实情况可能跟我写的不完全一致……
对话的真实度更可能有些偏差……
但我们是拍电影的,
我们应该赋予生活以戏剧性的张力,以及浓郁的色彩。

图片背后的故事

PART 1　庄周梦蝶

2-3　　　希腊莱斯沃斯岛附近的海域。在这里，你可以眺望到土耳其的海岸。为了逃离战乱，数以千计的难民会不惜代价地横渡这片海峡。

10-11　　多雷电影院是马德里乃至全欧洲最重要的独立电影院。

12-13　　拍摄电影《一个船夫的故事》中的高潮场面时，十市（柄本明饰演）被溅了满身的血。

14-15　　为电影《一个船夫的故事》绘制的图，规划十市的船在暴风雨中的行进路线。

21　　　 Chris 在菲律宾海域迷失了方向。我多希望能回到"大海"。

23　　　 黑文的水墨画：非洲海岸边飞翔的鸟

28　　　 在印度比哈尔邦的地下酒吧过夜的纪念。

33　　　 拼贴画尽可能地还原了我们在南美拍摄《春光乍泄》时的经历。

34-35　　在中国香港的大澳村为电影《白色女孩》勘景。

36-37　　崔健的《蓝色骨头》就是在这里拍摄的。

38-39　　三峡地区的拼贴画。(《蓝色骨头》)

43　　　 体验汽车电影院。

44-45　　弥敦道上的霓虹灯。（中国香港）

49　　　 李嘉欣：霓虹天使。（霓虹灯装置）

52-53	在美国内华达州的莫哈维沙漠，用八毫米的胶片为《三条人》中的角色拍摄了一组镜头。
56-57	位于中国台湾地区南部的美浓镇真正的样子。
58-59	我的老朋友杨德昌，如果当初没有他和张艾嘉对我的肯定，我不会有后面所有的故事，更不会有这本书里所有的内容，也不会如此痴迷于电影。
62	尽管场记板上标注着这是"第三场"，但我依然把它当作《海滩上的一天》中的第一组场景的第一个镜头。
66-67	陈冲和比色图表。(《红玫瑰白玫瑰》) 摄影师的首要职责和特权就是校正好所有演员的肤色，这也是摄影师的荣耀所在。比色表的存在就是为了让技术人员还原陈冲的美。
68-69	拍摄《东邪西毒》时为刘嘉玲准备的复古道具镜。这些瞬间亲密且自由，让我们能与彼此分享，也让我们津津乐道。
74-75	中国电影第一个黄金时代的梦的宫殿。(上海，淮海中路，国泰电影院）
76-79	梁朝伟在酒店屋顶上。(布宜诺斯艾利斯，《春光乍泄》) 有些人是演员也有些人是明星，梁朝伟两者皆是。他什么都不需要做。他只做他自己，就足够有魅力了。
81	《阿飞正传》剧照拼贴。 拍《阿飞正传》时，我忙得完全没机会停下来拍摄花絮。我们想要分享，也想要发现。这张拼图就是这样的一段记忆。
82-83	张国荣：该离开了。(《阿飞正传》)
85	仰望重庆大厦。

所有你在日常生活中捕捉不到的粗粝、能量、气味和混乱，都能在重庆大厦里找到。

86-87　以前的启德机场是全世界最危险、最令人兴奋，也是当地人觉得最嘈杂的机场，不过梁朝伟看起来并不在意。

89-90　中环半山扶梯。(《重庆森林》)

王菲在参观我当时的家——也是电影里梁朝伟的家。从她走进来的那一刻起，这个屋子就不再属于梁朝伟，也不再属于我。

92-93　用宝丽来相机连拍梁朝伟、我当时的家。我主卧里的热带风格的窗帘，总让我想起自己做水手时的时光。(《重庆森林》)

95　中国香港，中环，士丹顿街，往昔与今朝。

96-97　中国香港，中环，想象与现实。

100-101　王家卫在位于酒店房间的片场。(《春光乍泄》)

汤姆·威茨曾说过："有梦想的人无罪。"作为电影人，我们有权利、也有责任去拥抱梦想，也非常乐于敞开心扉，将我们的梦与他人分享。

103-105　我将这些称为"破碎的作品"。我想，我是在找寻一种视觉上的相似之处。在《春光乍泄》中，梁朝伟和张国荣经历了种种情绪。我就是想找寻那种情绪。

108-109　王家卫在帮助张国荣理解这一场景应该怎么表演、应该有什么氛围。

111　从阿根廷这端看到的伊瓜苏瀑布。

112-115, 119　张震在乌斯怀亚遭遇"海难"。尽管这里离地球的尽头——南极——只有一步之遥，但距离他渴望到达的地方还是遥远到不可思议。

341

120–121	我们在拍摄当中所想到的不一定在最后的作品中呈现出来。
122	《堕落天使》中的金城武、李嘉欣。
124	《花样年华》
125	人们不知道如何与彼此接触、联结。人们需要大排档这样的空间。大排档是属于当地的。你和我，终将不期而遇。
126–127, 129	绝望的旅馆之吻。(《2046》)

PART 2　周游世界

132–133	为《踏血寻梅》打造有漫射效果的窗户。
134–135	墙上的壁画。(《东邪西毒》)
136–137	"时间修复"拼贴。(日本奈良)
	这是通往世界的窗口。关键不在于你看到了什么，而在于你观察的方式。
138–139	"自然修复"拼贴。(日本奈良 / 中国香港大澳村)
140–141	大脑创造出的色彩、光线和空间，是在告诉大脑："你其实什么都还没看见。"
142–143	在美术和电影创作中，我们使用相似的灰度标尺。
145	皇后饭店。(《阿飞正传》)
148–149	我想不出比"出云"更诗意、雅致、平和的名字了。我们在这里拍摄了电影《缘：出云新娘》。
152–153	我到底是谁呢？我是 Christopher Doyle 想象中的、风一样的杜可风吗？又或者，我其实就是杜可风，不断努力，去实现

	Chris 对我的期望。
162–163	杜可风和 Chris 推出了第二款杜氏印度淡啤酒——可风啤酒。
164–165	片头。(《三条人》)
174–175	湿漉漉的梁朝伟。(伊瓜苏瀑布,《春光乍泄》)
	他不知道自己到底为什么要待在瀑布旁,但最终,这成为了我们所有电影中最真实的一刻。
176–177	梁朝伟在酒店屋顶上。(布宜诺斯艾利斯,《春光乍泄》)
178–179	在贫瘠的沙漠跋涉。(《防兔篱笆》)
182–183	为传统村落打光。
184–185	菲利普·诺伊斯在向群众演员展示他想要的效果。(《防兔篱笆》)
186–187	黛西在沙漠里的家。(《防兔篱笆》)
189	在拍摄间隙休息。(《防兔篱笆》)
190–191	我们试着从屋顶为电影《白色女孩》的拍摄地长洲岛取景。
193	小田切让正和他的伙伴何仔一起查看村子里到底发生了什么。(《白色女孩》)
196–197	祠官引领着上班族,走在一条不知通向何方的道路上。(出云大社,《缘:出云新娘》)
200–201	酒肉关系。

PART 3 青出于蓝

206–207	十市八十多岁了,而且也不会游泳。(《一个船夫的故事》)
	拍《一个船夫的故事》时,我们居然为了一组梦幻的镜头,而

让柄本明跳进奥运泳池的深水区。我们问了他的意见后，他就照着做了，但这显然是一件很难的事。要成为一名伟大的演员，首先要成为一个了不起的人。

208	陈凯歌在执导《风月》。
211	许鞍华在指导《第一炉香》里的演员。
213	陈可辛在指导金城武。(《如果·爱》)
216–217	王家卫在片场深情投入又客观超然。(《2046》)
220–221	小田切让。(中国香港大澳村，《白色女孩》)
222	彭力·云旦拿域安在指导浅野忠信。(《无形海浪》)
223	王家卫、木村拓哉和王菲。(《2046》)
228–229	沉思中的叶玉卿。(片场的舞厅，《红玫瑰白玫瑰》)

演员都要明白，那些所谓的重要想法，其实都无足轻重。

230–231	小田切让在面对任务。(《白色女孩》)
233	小田切让在指导演员。(《一个船夫的故事》)
234–235	张震在不断等待。(《爱神》)

黑白照片总有一种孤独的气质。拍《爱神》时，我们用了彩色胶片，但《爱神》的意图、氛围和特性却是黑白的。

236–237	黑文在自编自导自演的电影《单行道》中。整部影片她没有用痛苦表达痛苦、用仇恨表达仇恨。
238	张国荣。(《东邪西毒》)
239	给张国荣打光。(《风月》)

张国荣是一位真正的演员，又是永远在天空中闪耀的明星。

242	张国荣在两场戏中间小憩。(《风月》)
244–245	彭于晏饰演的纨绔子弟乔琪乔。(《第一炉香》)

246	金城武。(《初缠恋后的二人世界》)
	认认真真地演戏,开开心心地娱乐。
248-249	用宝丽来相机拍摄的张曼玉。(《花样年华》)
	在智能手机出现前,只需一张宝丽来相片,就能记录一整套造型。现在看来,这是多么简单纯粹,又是多么真实可触。
250	张曼玉看见我躲在衣柜里拍她。(《花样年华》)
251	"卡哇伊"的陈冲。(《红玫瑰白玫瑰》)
252	陈冲在她的红玫瑰公寓里。她没接电话。
253	佟大为给自己的镜头打光。(该电影尚未命名和发行)
254-255	李嘉欣跳脱了时空顺序。(时尚拍摄,中国香港)
260	给李嘉欣拍特写。(《堕落天使》)
	很多伟大的演员都属于另一个世界。他们的外表、气质和言行举止都像是来自别的时空。我们都想接近、了解他们,但我们做不到。正因如此,他们才显得如此特别、如此有意义、如此符合我们内心的憧憬。
262	电影胶片,巩俐。(《风月》)
263	巩俐被俘。(《风月》)

PART 4　来不及后悔

266	杜可风拼贴出来的角色。
268-269	如何发音、如何表达、身体带你去往何处——这些都属于天赋。我们也应该把它们当作天赋。

270-271	《2046》剧照。
	摄影师乔尔·迈耶罗维茨说得特别好:"我不知道我拍出来的女性是否美丽,但我知道,在我的照片中,她们都非常美丽。"
274-275	《仙人掌旅馆》。
276	风和日丽。(《英雄》)
	在我看来,拥有赞美的能力是一种天赋。我很荣幸,自己可以让所有人心中的感受更为真实。
278-279	红树林里的决斗。(《英雄》)
	艺术家、摄影师和演员都是天生的。他们本身就想成为这样的存在。他们不愿意成为别人,也希望自己能比别人做得更好。
280-281	武装攻击。(《东邪西毒》)
282-283	李连杰和张曼玉在演对手戏。(《英雄》)
285-287	李连杰。(《英雄》)
	我们透过一碗水去拍摄,这样一来,画面看上去就像是在九寨沟的湖里取的景,动作戏就发生在湖面之下。
288,290-293	幕后的群众演员。
	我不确定这些图片、文字能不能如实还原那些很优秀的演员。我曾和那些演员一起共度了许多瞬间。看着这些图片,我想我明白了为什么那些瞬间如此重要。我也想告诉你们问题的答案。
296-297	亚历桑德罗·佐杜洛夫斯基执导《无限的诗》。
	"如果没有你,我不会成为现在的自己。"
300-301	船夫十市在洗澡。(《一个船夫的故事》)
	只有这样,我们才能超越自己。这也是我心中的电影的真谛。
304	和田惠美。

| 305 | 和田惠美为船夫十市设计的服装。(《一个船夫的故事》) |

"事物本身"是决定一个瞬间的基础,也是我们能和演员产生共鸣的前提。

308-309	在车墩影视基地为电影《风月》中的"南京路"造景。
311	伊斯梅尔·莫昌特正在仔细检查"南京路"。
312-313	梁朝伟的拼贴画。
316	女主角的拼贴。(《沉静的美国人》)
319	"真正的"女演员拼贴。

我们应该相信自己所看见的,而不是让别人来告诉我们应该看见什么。

320-321	虾仔检查村长一幕的拼贴。(《白色女孩》)
322	文章大部分的戏是在水里演的。(《海洋天堂》)
325	金城武在树荫下。(《初缠恋后的二人世界》)
326-327	临时演员在观察当天的电影放映情况。(《伯爵夫人》)

对我们很多人来说,电影院都是"周六夜晚之心"一般的存在。这也是我下一本书的标题。

| 330-331 | 我在指导摄影团队。(《海埂新路》) |
| 336 | 《花样年华》的摄影工作室。 |

前一部电影的最后一个镜头,永远是下一部电影里的最好的开篇。

图书在版编目（CIP）数据

漆中之黑/（澳）杜可风著；张熠如，张露婷译
.--上海：上海文艺出版社，2023
ISBN 978-7-5321-8567-2

Ⅰ.①漆… Ⅱ.①杜…②张…③张… Ⅲ.①随笔-作品集-澳大利亚-现代 Ⅳ.①I611.65

中国国家版本馆CIP数据核字（2023）第044548号

发 行 人：毕　胜
责任编辑：乔晓华
内封作品：杜可风
书籍设计：周安迪
内文制作：周安迪　马郁璐

书名：漆中之黑
作者：[澳]杜可风
译者：张熠如　张露婷
出版：上海世纪出版集团　上海文艺出版社
地址：上海市闵行区号景路159弄A座2楼　201101
发行：上海文艺出版社发行中心
　　　上海市闵行区号景路159弄A座2楼206室　201101
　　　www.ewen.co
印刷：上海雅昌艺术印刷有限公司
开本：889×1194　1/32
印张：11
字数：225千字
印次：2023年4月第1版　2023年4月第1次印刷
ISBN：978-7-5321-8567-2/J.0590
定价：168.00元

告读者：如发现本书有质量问题请与印刷厂质量科联系　T：021-68798999